KB152653

마지막 패리시 부인

THE LAST MRS. PARRISH

미드나잇
스릴러
시리즈

리브 콘스탄틴 지음
박지선 옮김

THE LAST

마지막 패리시 부인

MRS. PARRISH

나무의철학

린(Lynne)

린(Lynn)에게

그리고 이 책이 나오기까지 도와준 수많은 사람에게

발레리

이 모든 일을 가능하게 해준 콜린에게

1부

앰버

1

앰버 패터슨은 무시당하는 데 진절머리가 났다. 세 달째 매일 이 체육관에 왔다. 그 긴 시간 동안 자기가 관심 있는 일에만 몰두하는 한가한 여자들을 지켜보았다. 이 여자들은 지나칠 정도로 자신에게만 집중했다. 앰버는 그들 중 누구와 길에서 마주치더라도 아무도 자기를 알아보지 못할 거라는 데 전 재산을 걸 수 있었다. 매일 1.5미터 거리에서 운동하는 사이인데도 말이다. 그들에게 앰버는 붙박이 가구처럼 하찮고 주목할 가치 없는 존재였다. 하지만 그녀는 그런 그들에게 조금도 신경 쓰지 않았다. 그녀가 매일 여덟 시 정각 무거운 몸을 이끌고 이곳에 와서 운동기구에 오르는 이유는 단 하나였다.

앰버는 매일 뼈 빠지게 일해야 하는 죽도록 괴로운 일상에 신물이 났고 변화를 꾀할 순간을 기다렸다. 그녀는 옆 운동기구에 올라가는 금색 나이키 상표를 곁눈질하더니 어깨를 똑바로 펴고 운동기구 앞 선반에 일부러 갖다놓은 잡지를 열심히 읽는 척했다. 그러고는 잠시 뒤 고개를 돌려 옆자리 금발 미인에게 수줍은 듯 미소 지었다. 여자는 앰버를 향해 예의 바르게 고개를 끄덕였다. 앰버는 물병을 잡으려고 손을 뻗는 척하며 운동기구 끄트머리로 발을 옮기다가 일부러 미끄러지며 잡지를 바닥에 떨어뜨렸다. 잡지는 옆 사람 운동기구 페달 아래 안착했다.

"오, 이런. 정말 미안해요." 앰버가 얼굴을 붉히며 말했다.

앰버가 운동기구에서 내리기도 전에 옆자리 여자는 페달을 멈추고 잡지를 주워주었다. 여자의 눈썹이 한데 모였다.

"이걸 읽으세요?" 여자가 앰버에게 잡지를 건네며 물었다.

"네, 낭포성 섬유증 연구재단에서 발행한 잡지예요. 일 년에 두 번 나오죠. 이 책을 아세요?"

"그럼요. 혹시 의료 분야에서 일하세요?" 여자가 물었다.

앰버는 바닥을 한 번 내려다보고는 다시 여자를 보았다. "아뇨, 여동생이 낭포성 섬유증을 앓았어요." 앰버는 둘 사이의 공간에 한마디 한마디가 무겁게 내려앉게끔 말했다.

"미안해요. 제가 너무 무례했군요. 괜한 걸 물었어요." 여자는 이렇게 말하고는 다시 운동하기 시작했다.

앰버는 고개를 저었다. "아뇨, 괜찮아요. 혹시 주위에 낭포성 섬유증 환자가 있나요?"

앰버를 바라보는 여자의 눈동자는 고통스러웠다. "여동생이요. 이십 년 전에 떠났어요."

"그런 안타까운 일이 있었군요. 여동생이 몇 살이었는데요?"

"겨우 열여섯 살이었어요. 저보다 두 살 어렸죠."

"샤를린은 열네 살이었어요." 앰버는 페달 속도를 늦추며 손등으로 눈을 훔쳤다. 있지도 않은 여동생 이야기를 하며 눈물을 흘리려면 상당한 연기력이 필요했다. 그녀의 자매 셋은 모두 잘 살고 있었다. 이 년 동안 연락 한 번 하지 않았지만.

여자의 운동기구가 멈췄다. "괜찮아요?" 그녀가 물었다.

앰버는 훌쩍이며 어깨를 으쓱했다. "몇 년이나 지났는데 아직도 힘드네요."

여자는 뭔가 결심이라도 하듯 앰버를 한동안 바라보더니 손을 내밀었다.

"전 대프니 패리시예요. 우리 다른 데 가서 커피 한잔하면서 이야기하면 어때요?"

"정말이요? 하지만 운동을 방해하고 싶지 않은걸요."

대프니는 고개를 끄덕였다. "괜찮아요. 꼭 이야기를 나누고 싶어서 그래요."

앰버는 정말 고마워하는 표정이기를 바라며 미소 짓고는 운동기구에서 내려왔다. "저야 정말 좋죠." 그녀는 이렇게 말하며 손을 내밀었다. "앰버 패터슨이에요. 만나서 반가워요."

그날 저녁 앰버는 거품을 푼 욕조에 누워 메를로 와인을 홀짝이며 〈앙트레프레뇌〉지에 실린 사진을 보았다. 잠시 뒤 그녀는 미소 지으며 잡지를 내려놓고는 눈을 감고 욕조 가장자리에 머리를 기댔다. 오늘 일이 잘 풀려서 정말 만족스러웠다. 시간이 더 오래 걸릴 거라고 예상하고 준비했는데 대프니 덕분에 수월해졌다. 두 사람은 커피를 마시며 일상적인 대화를 나눈 뒤에 앰버가 대프니의 관심을 끈 진짜 이유에 대해 이야기하게 되었다.

"낭포성 섬유증은 겪어보지 않은 사람은 이해 못 하죠." 이렇게 말하는 대프니의 파란 눈동자에 분노가 타올랐다. "줄리를 짐이라고 생각한 적은 한 번도 없어요. 하지만 고등학교 때 친구들은 언제나 그 애를 떼어놓고 오라고 다그쳤어요. 줄리가 친구들을 따라다니지 못하게 하라고요. 그 애들은 이해하지 못했어요. 줄리가 언제 병원에 가야 할지 모르고 그 병을 다시는 이겨내지 못할 수도 있다는 사실을 말이에요. 매 순간이 소중했죠."

앰버는 몸을 앞으로 기대며 관심 있어 하는 것처럼 보이려고 최선을 다했다. 그러는 내내 대프니의 귀걸이와 팔찌, 매니큐어를 바르고 완벽하게 태닝한 손가락에 낀 다이아몬드 반지 가격을 모두 합하면 얼마일지 계산했다. 마른 55사이즈 몸에 적어도 십만 달러를 걸치고 다니면서 어린 시절이 슬펐다고 징징거리기나 하다니. 앰버는 하품을 참고 대프니에게 경직된 미소를 지었다.

"그 마음 알죠. 전 학교에서 돌아오면 여동생과 함께 집에 있었어요. 엄마가 일하러 가셔야 했거든요. 엄마는 휴가를 너무 많이 내는 바람에 해고될 뻔하기도 했어요. 동생을 위해 의료보험은 꼭 있어야 했고요." 앰버는 거짓말이 술술 나와서 만족스러웠다.

"저런, 너무 안타깝군요." 대프니가 혀를 찼다. "제가 제 재단을 중요하게 여기는 데는 그런 이유도 있어요. 재단에서는 필요한 보살핌을 받을 수 없는 가정을 금전적으로 보조하죠. 바로 그런 재정적인 도움이 줄리스 스마일 재단의 임무에서 큰 비중을 차지할 거예요."

앰버는 깜짝 놀란 척했다. "줄리스 스마일이 당신이 운영하는 재단이라고요? 아까 그 줄리요? 줄리스 스마일에 대해서는 잘 알아요. 몇 년 동안 재단에서 무슨 일을 했는지도 기사로 알고 있고요. 정말 대단해요."

대프니가 고개를 끄덕였다. "대학원을 졸업하자마자 재단을 만들어 운영했어요. 사실 남편이 재단의 첫 후원자예요." 이 대목에서 그녀는 미소 지었다. 약간 쑥스러워하는 것도 같았다. "남편과 그렇게 만났죠."

"지금은 대규모 기금을 조성하려고 준비하고 있지 않나요?"

"맞아요. 몇 달 남았는데 할 일이 정말 많죠. 그래서 말인데…… 아니에요, 신경 쓰지 말아요."

"괜찮아요. 무슨 일인데요?" 앰버가 재촉했다.

"음, 혹시 당신이 도와줄 수 있지 않을까 해서요. 이런 상황을 잘 이해하는 사람이라면 좋지 않을까……."

"뭐든 기꺼이 돕고 싶어요." 앰버가 끼어들었다. "수입이 많지 않아서 기부는 못 하지만 시간이라면 얼마든지 있어요. 재단에서 하는 일이 얼마나 중요한데요. 거기에서 어떤 일을 해왔는지 생각하면……." 앰버는 입술을 깨물고 눈물을 삼켰다.

대프니는 미소 지었다. "잘됐어요." 그녀는 자신의 이름과 주소가 인쇄된 명함을 꺼냈다. "받아요. 목요일 오전 열 시에 우리 집에서 위원회 모임이 있어요. 와줄 수 있어요?"

앰버는 활짝 웃었다. 그러면서도 병든 사람들을 돕고 싶은 마음이 먼저라는 듯한 표정을 지으려 애썼다. "꼭 갈게요."

2

토요일이 되어 앰버는 비숍 하버에서 뉴욕으로 가는 기차에 올랐다. 규칙적인 덜컹거림에 몸을 맡기고 평일 근무의 엄격한 규율과 거리가 먼, 마음이 편안해지는 몽상에 빠져들었다. 그녀는 창가 자리에 앉아 머리를 기댄 채 이따금 눈을 뜨고 지나가는 풍경을 바라보았다. 기차에 처음 탔던 때가 떠올랐다. 그때 그녀는 일곱 살이었다. 미주리의 여름 가운데서도 가장 후텁지근한 7월이었고 기차 냉방장치는 고장 나 있었다. 앰버는 그때 맞은편에 앉아 있던 어머니의 모습이 아직도 생생했다. 검은색 긴소매 원피스를 입은 어머니는 무표정한 얼굴로 등을 꼿꼿이 세운 채 무릎을 꼭 붙이고 있었다. 밝은 갈색 머리카락은 늘 그렇듯 말아 올리고 귀걸이를 하고 있었다. 특별한 날에만 하는, 귓불에 달라붙는 작은 진주 귀걸이였다.

앰버는 외할머니 장례식도 특별한 날에 해당한다고 생각했다.

워렌스버그의 지저분한 역에 내리자 바깥 공기는 기차 안 공기보다 숨 막혔다. 어머니의 오빠인 프랭크 외삼촌이 마중 나와 있었고 그들은 외삼촌의 낡고 작은 파란색 트럭에 불편하게 구겨 탔다. 땀, 먼지, 눅눅함이 뒤섞인 냄새와 가죽 시트가 갈라져 살을 파고들던 느낌이 가장 기억에 남았다. 그들은 끝없이 펼쳐진 옥수수 밭, 권태로워 보이는 나무 집이 있고 앞마당에 녹슨 농기구가 들어찬 작은 농장, 콘크리트 블록 위의 낡은 자동차, 휠이 빠진 타이어, 부서진 금속 상자를 지나갔다. 그들이 사는 곳보다 훨씬 우울해서 앰버는 동생들처럼 집에 남았으면 좋았겠다고 생각했다. 어머니는 딸들이 장례식에 참석하기에는 너무 어리다는 이유로 데려오지 않았지만 그나마 앰버는 슬픔에 예를 표할 정도의 나이라서 동행하게 되었다. 그녀는 끔찍한 주말 동안 있었던 행사 대부분에 참석하지 않았지만 형편없이 허름한 주위 풍경만은 잊히지 않았다. 갈색과 빛바랜 노란색이 가득해 칙칙한 외가 거실에는 속을 너무 많이 채운 듯한 안락의자가 놓여 있었는데 그 의자에 외할아버지가 앉아 있었다. 턱수염이 까칠하게 자란 외할아버지는 내의와 얼룩진 카키색 바지를 입고 있었으며 엄하고 음침한 표정이었다. 앰버는 외할아버지를 보고서 어머니의 무기력과 상상력 부족이 어디에서 왔는지 알았다. 바로 그때, 어린 앰버의 마음속에 뭔가 다르고 나은 삶에 대한 꿈이 싹텄다.

눈을 뜨자 맞은편에 앉아 있던 남자가 일어나며 서류가방으로 그녀를 쳤다. 그제야 앰버는 그랜드 센트럴 터미널에 도착했다는 것을 알았다. 그녀는 황급히 핸드백과 재킷을 집어 들고 기차에서 내려 걸어가는 엄청난 승객 무리에 합류했다. 선로에서 중앙 홀까지 걸어가는 길은 질리는 법이 없었다. 수년 전의 그 우중충한 기차역과는 정말 대조적이었다. 그녀는 밖에서 기다리는 도시의 풍경과 소리를 예고하듯 반짝이는 역내 상점 앞을 천천히 지나갔다. 그리고 잠시 뒤 역을 나서 42번가를 따라 5번로까지 몇 블록 걸어갔다. 매달 한 번씩 하는 이 순례는 이제 너무도 익숙해져 눈을 감고도 갈 수 있었다.

앰버는 언제나 뉴욕공립도서관 중앙열람실에 가장 먼저 들렀다. 그녀는 긴 독서용 탁자에 자리 잡고 앉았다. 높은 창문으로 햇살이 쏟아져 들어오고 있었고 앰버는 천장에 그려진 아름다운 프레스코화를 넋을 잃고 쳐다보았다. 오늘은 벽을 타고 높이 쌓여 있는 책에 특히 기운을 얻었다. 그 책을 보자 노력만 하면 원하는 지식은 모두 쉽게 자기 것으로 만들 수 있을 듯했다. 그녀는 이곳에 앉아서 계획을 세우는 데 필요한 모든 것을 읽고 알게 되었다. 앰버는 이십 분 동안 말없이 가만히 앉아서 거리로 돌아갈 마음의 준비를 한 다음 나가서 5번로를 걸었다.

거리에 늘어선 명품 매장을 지날 때에는 일부러 천천히 걸었다. 베르사체, 펜디, 아르마니, 루이비통, 해리 윈스턴, 티파니, 구찌, 프라다, 카르티에 같은 매장이 이어졌다. 모두 세계에서 손꼽히는 일류 고가 부티크였다. 앰버는 매장마다 들어가서 부드러운 가죽과 이국적인 향수 냄새를 들이마셨고 화려한 견본품 용기에 담긴 채 보는 이를 애태우는 벨벳처럼 부드러운 값비싼 크림을 살갗에 문질렀다.

그러고 나서 디올과 샤넬 매장 앞에 멈춰 서서 쇼윈도 마네킹이 입은 은색과 검은색이 섞인 하늘하늘한 드레스를 보며 감탄했다. 그녀는 드레스를 물끄러미 바라보며 이 옷을 입고 머리를 높이 올리고 완벽하게 화장한 다음 남편의 팔짱을 끼고 연회장에 들어서서 스쳐가는 모든 여자의 질투를 받는 자기 모습을 상상해보았다. 그녀는 버그도프 굿맨과 세월이 흘러도 변함없는 플라자 호텔이 나올 때까지 계속 북쪽으로 걸었다. 붉은 카펫이 깔린 계단을 올라 화려한 로비로 가고 싶었지만 오후 한 시가 훌쩍 넘은 시간이었고 배가 고팠다. 힘들게 번 돈으로 맨해튼에서 미술관에 가고 점심까지 사 먹을 여유는 없어서 집에서 조촐하게 점심을 챙겨 왔다. 58번가에서 길을 건너 센트럴 파크로 간 다음 붐비는 도로와 마주한 벤치에 앉아 봉투에서 건포도와 견과가 담긴 봉지와 작은 사과를 꺼냈다. 그리고 서두르는 사람들을 보며 음식을 천천히 먹으면서 부모라는 음울한 존재와 따분한 대화 그리고 예측할 수 있는 뻔한 일상에서 탈출하게 되어 얼마나 다행인지 수백 번 생각했다. 어머니는 앰버의 야심을 이해하지 못했다. 앰버가 분수를 잊고 닿을 수 없는 곳에 가려 한다고, 그런 식으로 생각하면 어려운 상황에 빠질 뿐이라고 말했다. 앰버는 자기 생각을 행동으로 보여주었고 마침내 모든 것을 떠났다. 원래 계획한 대로는 아니었지만.

그녀는 점심식사를 마치고 공원을 지나 메트로폴리탄 미술관으로 가서 오후를 보낸 다음 이른 저녁 기차를 타고 코네티컷으로 돌아갈 예정이었다. 지난 이 년 동안 미술관 구석구석을 다니며 예술 작품을 살펴보았고 작품과 예술가에 관한 강의를 듣고 영화도 보았다. 처음에는 지식이 너무 부족해 주눅 들었지만 예술과 그 역사, 거장들에 관한 책을 모조리 빌려 읽으며 체계적으로 한 단계씩 밟아

나갔다. 그녀는 매달 새로운 정보로 무장하고 미술관을 다시 찾아 책에서 읽은 내용을 직접 확인했다. 덕분에 이제 가장 박식한 미술 평론가를 제외한 모든 사람과 상당히 지적으로 대화할 수 있게 되었다. 미주리의 좁아터진 집을 떠난 그날부터 그녀는 자신을 새롭고 더 나은 사람으로 만들어왔고 매우 부유한 사람들 사이에서도 편안하게 행동할 수 있게 되었다. 그리고 지금까지 그녀의 계획은 예정대로 진행되었다.

얼마간의 시간을 보낸 뒤에 그녀는 평소 마지막으로 들르는 미술관으로 향했다. 그곳에서 틴토레토의 작은 습작 앞에 한참 서 있었다. 이 스케치를 얼마나 여러 번 보았는지 기증자 이름이 뇌리에 박혀 있었다. '잭슨과 대프니 패리시 부부가 기증한 소장품'. 앰버는 마지못해 돌아서서 새로 시작한 알베르트 코이프 전시회로 향했다. 비숍 하버 도서관에 딱 한 권 있는 코이프에 관한 책을 읽은 뒤였다. 코이프는 처음 들어본 화가였는데 그가 얼마나 다작했고 유명한지 알고는 깜짝 놀랐다. 그녀는 전시회장을 둘러보다가 책에서 보고 매우 감탄해서 실제로 볼 수 있기를 바랐던 그림 〈폭풍우 치는 도르트레흐트의 마스강〉을 보았다. 생각보다 훨씬 훌륭했다.

그녀 가까이에 서 있던 노부부도 그림에 푹 빠졌다.

"정말 대단하지 않아요?" 부인이 앰버에게 말했다.

"상상 이상이에요." 앰버가 대답했다.

"이 그림은 코이프의 여느 풍경화와 매우 달라요." 남자가 말했다.

앰버는 계속 그림을 보며 말했다. "네, 하지만 코이프는 네덜란드 항구의 장대한 풍경도 많이 그렸죠. 코이프가 성서 속 장면이나 초상화도 많이 그렸다는 거 아세요?"

"그래요? 몰랐어요."

앰버는 전시회에 오기 전에 책 좀 읽으라고 말하고 싶었지만 그들을 향해 미소만 짓고 자리를 옮겼다. 그녀는 우월한 지식을 뽐내는 순간이 좋았다. 그리고 잭슨 패리시처럼 문화적 심미안을 자랑스러워하는 남자 역시 그런 순간을 좋아하리라고 생각했다.

3

롱아일랜드 해협에 자리한 낸터킷(세계적인 휴양지로 꼽히는 매사추세츠의 섬) 양식의 우아한 주택이 눈이 들어오자 앰버는 질투심에 목이 메어 토할 것 같았다. 수백만 달러짜리 저택 입구에 열린 하얀 대문으로 들어가니 녹색이 우거지고 수수한 울타리 너머로 장미 덤불이 넘치도록 뒤엉켜 있었다. 그리고 흰색과 회색으로 된 널찍한 2층 저택이 보였다. 앰버는 그 모습에 낸터킷과 마서즈 비니어드(매사추세츠 동쪽 섬으로 미국 대통령들의 휴가지로 알려짐)에 있는 부자들의 여름 별장 사진이 떠올랐다. 저택은 해안 굴곡을 따라 위풍당당하게 자리했고 바닷가와 아주 자연스럽게 어울렸다.

저택은 그렇게 살 만한 재력이 없는 사람들의 눈을 피해 안전하게 숨어 있었다. 앰버는 그것이 바로 돈이 줄 수 있는 것이라고 생각했다. 돈은 원하거나 필요하면 세상에서 숨을 수 있는 수단과 힘을 제공했다.

앰버는 십 년 된 파란색 토요타 코롤라를 주차했다. 곧 최신형 벤츠와 BMW가 줄줄이 세워질 정원에는 전혀 어울리지 않았다. 그녀는 눈을 감고 잠시 앉아서 천천히 심호흡한 다음 지난 몇 주 동안 외운 정보를 머릿속으로 점검했다. 오늘 아침에는 옷을 신중하게 골라 입은 뒤 쭉 뻗은 갈색 머리를 귀 뒤로 넘기고 거북 등딱지로 장식된 머리띠를 했다. 양 볼에 혈색만 조금 돌게 하고 입술에 옅은 색조만 칠하는 등 화장도 최소한으로 했다. 단정하게 다린 베이지색 면치마와 흰색 긴소매 면 티셔츠를 입었는데 둘 다 엘엘빈 카탈로그를 보고 주문한 것이었다. 튼튼하고 평범한 샌들은 여성화 같은 구석은 없었지만 짧은 거리를 걷기에 좋았다. 막판에 찾아낸 알이 큰 못생긴 안경은 그녀가 추구하는 외모를 완성시켰다. 아파트를 나오기 전에 마지막으로 거울을 본 그녀는 만족스러웠다. 평범한 것은 물론이고 소심해 보이기까지 했다. 절대 누군가에게 위협을 가할 사람 같지 않았다. 대프니 패리시 같은 사람에게는 더욱.

앰버는 조금 무례해 보일 수 있다는 위험을 무릅쓰고 약간 일찍 도착했다. 대프니와 단둘이 시간을 좀 보내고 싶었고 다른 여자들보다 먼저 도착하고 싶기도 했다. 처음 만나는 사람들과 인사를 나눌 때면 언제나 너무 긴장되고 초조하기 때문이었다. 그들은 앰버를 어리고 별 특징 없는, 대프니가 손을 내밀어 자선행사를 도울 사람으로 특별히 고용한 일벌레라고 여길 것이었다.

앰버는 자동차 문을 열고 자잘한 돌이 깔린 진입로에 발을 내디뎠다. 발밑의 자갈은 저마다 일정한 모양과 순도로 만들어진 것 같았고 윤나게 닦아 완벽할 정도로 평평하게 펼쳐져 있었다. 집이 가까워지자 그녀는 대지와 저택을 천천히 살펴보았다. 그러고는 자신이 뒷문으로 들어왔다는 사실을 깨달았다. 정문은 물론 바다를 면하고 있었다. 뒤에서 보았는데도 저택의 외관은 정말 우아했다. 왼쪽에는 올 여름 마지막으로 핀 등나무 꽃이 장식된 하얀 정자가 있었고 정자 바로 너머에는 긴 벤치가 두 개 있었다. 앰버는 이 정도로 부유한 사람들의 이야기를 글로 읽었고 영화배우와 갑부들의 집 사진을 잡지와 온라인에서 수없이 많이 보았다. 하지만 이렇게 가까이에서 실제로 본 적은 처음이었다.

그녀는 넓은 돌계단을 올라가 층계참에서 초인종을 눌렀다. 대문은 엄청나게 컸고 문에 달린 비스듬한 모양의 커다란 유리를 통해 집 앞쪽으로 이어지는 긴 복도가 보였다. 서 있는 곳에서도 그 너머의 눈부시게 파란 바다가 보였다. 그때 대프니가 현관문을 열고 나와 미소 지었다.

"어서 와요. 와줘서 얼마나 기쁜지 몰라요." 그녀는 이렇게 말하며 앰버의 손을 잡고 안으로 이끌었다.

앰버는 욕실 거울 앞에서 연습한 대로 어색하게 미소 지었다. "초대해줘서 고마워요, 대프니. 도울 수 있어서 정말 좋아요."

"당신이 우리와 함께 일한다니 나도 신나네요. 자, 이리 와요. 온실에서 모일 거예요." 두 사람은 바닥부터 천장까지 유리로 되어 있고 전형적인 여름용 직물 친츠(주로 꽃무늬가 날염된 광택 나는 면직물)가 강렬한 색을 내뿜는 커다란 팔각형 방으로 갔다. 프렌치 도어(가운데에서 양쪽으로 여는 유리문)가 열려 있어서 앰버는 숨 쉴 때마다 짭짤한 바다 냄새에 취했다.

"앉아요. 다들 도착하려면 좀더 있어야 해요." 대프니가 말했다.

앰버는 플러시(길고 부드러운 보풀이 있는 무명) 소파에 몸을 묻었고 대프니는 차분하고 우아한 이 공간의 다른 가구들과 완벽하게 조화를 이루는 맞은편의 노란색 안락의자에 앉았다. 앰버는 태어날 때부터 그랬다는 듯 부와 특권의 냄새를 아무렇지 않게 물씬 풍기는 대프니에게 짜증이 났다. 대프니는 〈타운 앤드 컨트리〉지에서 튀어나온 듯 몸에 완벽하게 맞는 회색 바지와 실크 블라우스를 입었고 장신구는 양쪽 귓불에 딱 달라붙는 큰 진주 귀걸이만 착용하고 있었다. 약하게 웨이브를 넣어 풀어내린 윤기 흐르는 금발은 그녀의 귀티 나는 얼굴을 감싸고 있었다. 대프니가 입은 옷과 착용한 귀걸이만 해도 3,000달러가 넘을 것 같았다. 커다란 보석반지나 카르티에 탱크 시계 같은 것은 착용하지도 않았는데. 위층 보석상자에는 그런 것이 수십 개 더 있겠지. 앰버는 백화점에서 구입한 자신의 값싼 손목시계를 보았다. 아직 십 분 정도 단둘이 있을 수 있었다.

"대프니, 도울 수 있게 해줘서 다시 한 번 고마워요."

"고마워할 사람은 나인걸요. 일손은 늘 모자라거든요. 물론 회원들 모두 멋진 사람이고 열심히 일해요. 하지만 당신은 그런 입장을 경험했으니 도움이 필요한 사람들을 누구보다 잘 이해할 수 있죠." 대프니는 자세를 바꿔 앉았다. "지난번에는 우리 여동생들 이야기만 했지 서로에 대한 이야기는 거의 못 했잖아요. 이 근처 출신이 아니라고 했던 것 같은데요. 네브래스카에서 태어났다고 했던가요?"

앰버는 미리 연습한 이야기를 조심스레 꺼냈다. "네, 맞아요. 네브래스카에서 태어났지만 동생이 죽은 뒤 그곳을 떠났죠. 고등학교 때 친했던 친구가 이곳 대학에 진학했어요. 그 친구가 동생 장례식에 참석하러 와서 제게 변화를 주고 새로 시작하는 게 좋을 것 같다고 했어요. 물론 서로 의지하며 지낼 수도 있었고요. 친구 말이 옳았어요. 변화와 새 출발은 정말 큰 도움이 되었어요. 비숍 하버로 이사한 지는 일 년이 되어가고요. 하지만 아직도 매일 샤를린이 생각나요."

대프니는 앰버를 골똘히 바라보았다. "동생 일은 정말 안타까워요. 형제자매를 잃는 게 얼마나 고통스러운지 겪어보지 않은 사람은 모르죠. 나 역시 매일 줄리를 생각해요. 때로는 감당하기 힘들 정도예요. 그래서 낭포성 섬유증 환자들을 위한 이 일이 내겐 정말 중요해요. 내 두 딸은 건강해서 다행이지만 이 끔찍한 병으로 괴로워하는 가족이 아직 정말 많잖아요."

앰버는 어린 여자아이 두 명의 사진이 담긴 은색 액자를 집어 들었다. 둘 다 금발에 가무잡잡했으며 같은 수영복을 입고서 부두에 다리를 꼬고 앉아 어깨동무를 하고 있었다. "딸들인가봐요?"

대프니는 사진을 흘끗 보더니 환하게 웃으며 손가락으로 가리켰다. "네. 얘가 탈룰라, 얘가 벨라예요. 작년 여름에 호수에서 찍은 사진이죠."

"정말 예쁘네요. 몇 살이에요?"

"탈룰라는 열 살이고 벨라는 일곱 살이에요. 자매가 있어서 얼마나 다행인지 몰라요." 대프니는 이렇게 말하며 눈가가 촉촉해졌다. "둘이 언제까지나 함께하기를 기도한답니다."

앰버는 배우들이 우는 장면을 촬영할 때 가장 슬펐던 기억을 떠올리며 도움을 얻는다는 글이 생각났다. 그녀는 눈물이 날 만한 일을 기억해내려 애썼지만 지금 떠오르는 가장 슬픈 일이라고는 이 멋진 집의 안주인 자리에 앉아 있는 사람이 자신이 아니라 대프니라는 것뿐이었다. 그래도 앰버는 최선을 다해 애달픈 표정을 연기하며 액자를 원래 있던 탁자에 내려놓았다.

바로 그때 초인종이 울렸고 대프니는 나가려고 일어났다. “커피나 차 마시고 있어요. 간식거리도 있고요. 전부 다 저쪽 탁자에 있어요.” 대프니는 이렇게 말하고 온실에서 나갔다.

앰버는 일어나서 대프니 옆 의자에 핸드백을 두어 자리를 맡아놓았다. 커피를 따르는 동안 여자들이 들뜬 인사와 포옹을 나누며 들어오기 시작했다. 앰버는 여자들이 내는 이런 소리가 싫었다. 꼬꼬댁대는 암탉 같았다.

“자, 여러분.” 수다를 뚫고 대프니의 목소리가 들리자 모두 조용해졌다. 그녀는 앰버에게 다가가 어깨에 팔을 둘렀다. “새로운 위원회 회원을 소개할게요. 앰버 패터슨이에요. 앰버는 우리 모임의 멋진 새 식구가 될 거예요. 앰버에게는 전문적인 지식이 꽤 있어요. 안타깝게도 여동생을 낭포성 섬유증으로 잃었거든요.”

앰버는 바닥을 보았고 여자들은 일제히 연민 섞인 말을 중얼거렸다.

“모두 앉아서 차례로 앰버와 인사하는 게 어떨까요?” 대프니가 말했다. 그녀는 찻잔과 접시를 들고 의자에 앉아 딸들 사진을 보았고 이를 눈치챈 앰버는 사진을 보기 좋게 약간 옮겼다. 앰버는 둘러앉은 사람들을 살펴보았고 여자들은 한 사람씩 미소 지으며 이름을 말했다. 로이스, 버니, 페이스, 메러디스, 아이린, 니브였다. 모두 눈에 띄고 세련된 외모였지만 그중 두 사람이 특히 앰버의 시선을 사로잡았다. 44사이즈밖에 안 돼 보이는 버니는 길고 곧은 금발에 커다란 초록색 눈동자가 매력적으로 보이도록 화장했다. 그녀는 모든 면에서 완벽했는데 스스로도 그 사실을 아는 것 같았다. 앰버는 체육관에서 짧은 바지와 스포츠 브라를 입고 미친 듯이 운동하는 그녀를 본 적이 있었지만 버니는 앰버를 처음 본다는 듯 물끄러미 바라보았다. 앰버는 '아, 당신이군요. 같이 있던 여자들에게 남편 이야기를 난잡하게 떠벌렸잖아요'라고 말하고 싶었다.

다른 한 사람은 메러디스였는데 그녀는 나머지 사람들과 전혀 어울리지 않았다. 값비싼 옷을 입었지만 다른 여자들과 달리 화려하지 않고 얌전한 스타일이었다. 귀에는 작은 금 귀걸이를 했고 한 줄짜리 노란빛 진주 목걸이가 갈색 스웨터 위로 나와 있었다. 트위드 스커트는 길지도 짧지도 않은 어중간한 길이였지만 상류층의 분위기를 풍기기에는 충분했다. 모임이 진행될수록 메러디스는 겉모습뿐만 아니라 여러모로 다르다는 것이 분명해졌다. 허리를 꼿꼿하게 세우고 어깨를 뒤로 젖힌 채 고개를 번쩍 든 자세는 가정교육을 잘 받은 부잣집 출신 같았다. 말을 시작하자 기숙학교 출신 같은 어투가 느껴졌는데 그 때문인지 입찰식 경매와 지금까지 확보한 경매 물품을 논의할 때 다른 사람들보다 상황을 더 잘 이해하는 것처럼 들렸다. 해외로 떠나는 휴가, 다이아몬드 보석류, 오래된 고급 와인 등 경매 물품 목록은 끝없이 이어졌으며 매번 앞서 말한 항목보다 비싼 것들이 나왔다.

모임이 끝날 때 즈음 메러디스는 자리에서 일어나 앰버 옆에 앉았다. "앰버, 줄리스 스마일에 합류한 걸 환영해요. 여동생 일은 정말 안됐어요."

"고마워요." 앰버는 이렇게만 대답했다.

"대프니와는 오래 알고 지냈어요?"

"아뇨, 사실 얼마 안 됐어요. 체육관에서 만났죠."

"그런 우연이." 메러디스가 말했다. 의중을 파악하기 힘든 말투였다. 그녀는 앰버를 물끄러미 바라보았다. 마치 앰버의 속을 꿰뚫어 보는 듯했다.

"둘 다 운이 좋은 날이었죠."

"그래요, 그렇다고 말할 수 있겠군요." 메러디스는 잠시 머뭇거리더니 앰버를 위아래로 훑어보았다. 그러고는 엷은 미소를 띠며 일어났다. "만나서 반가웠어요. 당신을 더 잘 알게 되기를 바라요."

앰버는 위험을 감지했다. 메러디스의 말이 아니라 행동에 뭔가가 있었다. 어쩌면 앰버의 상상에 지나지 않을지도 몰랐다. 그녀는 빈 커피잔을 탁자에 갖다놓고 데크로 나오라고 유혹하는 듯한 프렌치 도어로 나갔다. 그리고 바깥에 서서 탁 트인 롱아일랜드 해협을 바라보았다. 멀리 바람에 돛이 부푼 요트가 보였다. 절경이었다. 앰버는 데크 반대쪽 끝으로 갔다. 그곳에서는 아래쪽 모래사장 해변이 더 잘 보였다. 다시 안으로 들어가자 온실에서 틀림없는 메러디스의 목소리가 들렸다.

"대프니, 솔직히 이 사람을 얼마나 잘 안다고 그래요? 체육관에서 만났다면서요? 배경에 대해서 아는 게 있어요?"

앰버는 문간에 조용히 서 있었다.

"메러디스, 내가 알아야 하는 건 그녀 동생이 낭포성 섬유증으로 죽었다는 것뿐이에요. 더 이상 알 필요가 있을까요? 재단 기금을 조성하는 데 관심을 가질 만한 특별한 사연이 있잖아요."

"어떤 사람인지 알아봤어요?" 메러디스가 물었다. 그녀의 말투는 여전히 회의적이었다. "그런 거 있잖아요. 가족관계라든지 학력 같은 거."

"이건 자원봉사활동이지 대법원 법관 공천이 아니에요. 난 위원회에 그녀가 필요해요. 두고 보면 알 거예요. 우리 모임에 아주 훌륭한 자산이 될 테니."

앰버는 대프니의 짜증 섞인 목소리를 들었다.

"그래요, 당신이 운영하는 위원회니까. 이 문제는 다시 거론하지 않을게요."

앰버는 타일 바닥에 부딪치는 발소리를 들었다. 사람들이 온실에서 나가는 소리였다. 그녀는 안으로 들어가 소파에 놓인 쿠션 아래에 잽싸게 서류철을 밀어 넣었다. 깜빡하고 두고 간 것처럼 보이게 하기 위해서였다. 서류철 안주머니에는 모임에서 기록한 메모와 사진이 들어 있었다. 누구 가방인지 확인할 수 있는 정보가 없으니 대프니는 어쩔 수 없이 가방을 뒤져야 할 테고 그러다보면 사진을 발견할 것이었다. 사진 속 앰버는 열세 살이었다. 이 사진을 찍은 날은 좋은 날이었다. 그녀의 어머니가 세탁소를 벗어나 아이들을 데리고 공원에 갈 수 있었던 몇 안 되는 날 가운데 하루였다. 어머니는 여동생이 탄 그네를 밀어주고 있었다. 앰버는 사진 뒷면에 '앰버와 샤를린'이라고 써놓았다. 사실 그녀와 여동생 트루디의 사진이었지만.

메러디스는 까다로운 상대일 것 같았다. 그녀는 앰버를 더 잘 알게 되기를 바란다고 말했다. 앰버는 메러디스가 자신에 대해 가급적 모르게 하리라고 다짐했다. 사교계의 속물이 그녀를 업신여기도록 두고 보지는 않을 것이었다. 예전에 그녀를 업신여겼던 누군가도 대가를 톡톡히 치르게 만들었으므로.

4

앰버는 남겨둔 조시 와인 병을 열었다. 12달러짜리 카베르네 와인을 아껴 마셔야 하는 자신이 딱했지만 부동산 사무소에서 받는 쥐꼬리만 한 월급으로는 월세 내기도 벅찼다. 코네티컷으로 이사하기 전 그녀는 조사 끝에 잭슨 패리시를 표적으로 정하고 비숍 하버에 정착하게 되었다. 물론 월세가 훨씬 싼 옆 동네에 집을 빌릴 수도 있었지만 이곳에 살아야 대프니 패리시와 우연히 마주칠 기회가 많았고 동네의 훌륭한 생활 편의시설도 이용할 수 있었다. 게다가 뉴욕과 가깝다는 점도 마음에 들었다.

앰버의 얼굴에 미소가 번졌다. 잭슨 패리시를 조사하던 때가 떠올랐다. 그녀는 잭슨이 설립한 국제개발회사에 관한 기사를 읽고 구글에서 몇 시간 동안이나 그의 이름을 검색했다. 그의 사진이 화면을 채웠을 때 앰버는 숨이 막혔다. 검은 머리, 도톰한 입술, 코발트블루 눈동자. 영화에서나 볼 법한 외모였다. 앰버는 〈포브스〉지에 실린 인터뷰를 클릭했다. 포춘 500대 기업에 선정된 회사를 어떻게 일궈나갔는지 대서특필한 기사였다. 그다음 링크는 〈베너티 페어〉 기사로 그와 열 살 어린 아름다운 대프니와의 결혼에 관한 내용이었다. 앰버는 회색과 흰색이 섞인 저택 앞 해변에서 찍은 부부의 사랑스러운 두 아이 사진도 보았다. 그녀는 패리시 일가에 대해 모든 것을 찾아보았고, 대프니가 설립한 재단 줄리스 스마일이 낭포성 섬유증 환자들을 위해 기금을 조성한다는 기사에서 아이디어를 떠올렸다. 그녀가 머릿속에 세운 계획의 첫 단계는 비숍 하버로 이사하는 것이었다.

미주리에서 하려고 애썼던 시시한 결혼식이 떠오르자 앰버는 웃음이 났다. 결국 그 일은 매우 좋지 않게 끝났고 그녀는 이번에는 같은 실수를 저지르지 않겠다고 다짐했다.

그녀는 와인 잔을 들어 전자레인지에 비친 자기 모습을 향해 건배했다. "앰버를 위해." 그러고는 와인을 천천히 마신 다음 조리대 위에 잔을 내려놓았다.

노트북을 열어 검색창에 '메러디스 스탠튼 코네티컷'을 입력하자 그녀의 개인적인 이야기와 그녀가 벌인 자선사업에 관한 링크가 화면을 가득 채웠다. 메러디스 벨 스탠튼은 서러브레드 경주마를 기르는 벨 가문의 딸로 승마를 매우 좋아했다. 그녀는 마술(馬術)을 하기도 했으며 사냥, 점프 등 말을 타고 할 수 있는 일이라면 뭐든지 다 했다. 앰버는 놀라지 않았다. 메러디스는 '승마인'이라는 티를 많이 냈으니까.

앰버는 뉴욕의 어느 자선행사에서 찍은 메러디스와 그녀의 남편 랜돌프 H. 스탠튼 3세의 사진을 보았다. 나이 많은 랜돌프는 매우 근엄하고 엄격해 보였다. 앰버는 은행 경영이 딱딱한 일이라서 그럴 것이라고 짐작했다. 은행을 경영해서 좋은 점이라고는 돈밖에 없었는데 스탠튼은 돈을 쌓아둔 것 같았다.

다음으로 버니 니콜스를 검색했는데 정보가 그리 많지 않았다. 무자비하기로 이름난 뉴욕의 유명 변호사 마치 니콜스의 네 번째 부인이라는 내용 정도였다. 버니는 두 번째, 세 번째 부인과 소름 끼칠 정도로 닮았다. 앰버는 버니의 남편이 한결같이 금발의 파티 걸을 좋아하는 것이 아닐까 생각했다. 어떤 기사에서는 버니를 '전직 모델'이라고 설명했다. 웃기는 노릇이었다. 버니는 모델보다 스트리퍼가 어울렸다.

앰버는 잔에 남은 와인을 모두 마시고 코르크 마개로 병을 막은 다음 가짜 프로필로 운영하는 페이스북에 로그인했다. 매일 확인하는 페이스북 친구들의 프로필 중 하나에 들러 새로운 사진이 있거나 상태에 변화가 있는지 훑어보았다. 그녀는 한 손에는 도시락을 들고 다른 손으로는 남자아이 손을 잡고 있는 그 돈 많은 년의 사진을 보고 인상을 썼다. 사진에는 '세인트 앤드루스 아카데미 첫날'이라고 쓰여 있었고 슬픈 표정의 이모티콘과 함께 '엄마는 아직 마음의 준비가 안 됐는데'라는 재미없는 말이 쓰여 있었다. 세인트 앤드루스는 앰버가 고향에 있을 때 정말 가고 싶었던 학교였다. 그녀는 '엄마와 아빠란 원래 거짓말을 일삼는 몹쓸 종족이지'라고 댓글을 달고 싶었다. 하지만 그러는 대신 노트북을 거칠게 닫았다.

5

앰버는 울리는 휴대전화를 보며 빙긋 웃었다. '발신번호 표시제한'이라고 뜨는 것으로 보아 대프니였다. 앰버는 전화가 음성사서함으로 넘어가도록 했다. 대프니는 메시지를 남겼다. 다음 날 그녀는 다시 전화를 걸었고 앰버는 이번에도 받지 않았다. 대프니가 서류철을 발견한 것이 분명했다. 그날 밤 또 전화가 오자 앰버는 마침내 전화를 받았다.

"여보세요?" 앰버는 속삭이듯 말했다.

"앰버?"

앰버는 한숨을 쉰 다음 낮은 목소리로 말했다. "그런데요?"

"대프니예요. 괜찮아요? 계속 전화했어요."

앰버는 일부러 목이 메는 듯한 소리를 낸 다음 조금 크게 말했다.

"아, 대프니. 미안해요. 요즘 좀 힘들어서요."

"왜 그래요? 무슨 일 있어요?" 대프니의 목소리는 걱정스러웠다.

"기일이었어요."

"이런, 미안해요. 우리 집으로 올래요? 잭슨은 시내에 나가고 없어요. 와서 와인이나 같이 마셔요."

"정말요?"

"그럼요. 애들은 자고 있어요. 혹시 깨더라도 보모들이 봐줄 거예요."

'당연히 보모들이 있겠지. 대프니가 자기 손으로 아무것도 하지 못하도록 신이 명령이라도 한 모양이군.' "잘됐네요, 대프니. 뭐라도 가져갈까요?"

"아니, 그냥 와요. 이따가 봐요."

앰버는 저택 앞에 차를 세우고 대프니에게 문자메시지를 보냈다.

도착했어요. 초인종을 누르면 아이들이 깰까봐요.

문이 열렸고 대프니가 들어오라고 손짓했다. "먼저 문자를 보내다니 정말 사려 깊어요."

"초대해줘서 고마워요." 앰버가 레드 와인 한 병을 건넸다.

대프니는 그녀와 포옹했다. "고마워요, 이러지 않아도 되는데."

앰버는 어깨를 으쓱했다. 주류점에서 8달러에 산 저렴한 메를로 와인이었다. 앰버는 대프니가 이 와인을 마시지 않으리라는 것을 알았다.

"자, 이리 와요." 대프니는 앰버를 일광욕실로 데리고 갔다. 그곳에는 이미 와인 한 병이 개봉되어 있었고 탁자 위에 반쯤 채운 와인잔 두 개가 놓여 있었다.

"저녁 먹었어요?"

앰버는 고개를 저었다. "아니요, 하지만 별로 배고프지 않아요." 그녀는 앉아서 와인 잔을 들고 한 모금 마셨다. "정말 맛있군요."

대프니도 앉더니 자기 잔을 집어 높이 들어올렸다.

"우리 마음속에 살아 있는 동생들을 위해서 건배해요."

앰버는 대프니와 잔을 부딪친 다음 한 모금 더 마셨다. 그리고 눈물이 나지도 않은 눈을 훔쳤다.

"미안해요. 내가 제정신이 아니라고 생각하겠군요."

대프니는 고개를 저었다. "그럴 리가요. 괜찮아요. 나한테는 말해도 돼요. 동생 이야기 듣고 싶어요."

앰버는 잠시 망설였다. "우린 둘도 없는 친구였어요. 같은 방을 썼기 때문에 어른이 되어 독립하면 뭘 할지 같은 이야기를 밤늦도록 했어요." 그녀는 인상을 찡그리며 와인을 한 모금 더 마셨다. "엄마는 우리가 너무 늦게까지 안 잔다 싶으면 방문에 신발을 집어던지며 화내셨죠. 그래서 우린 밖으로 소리가 들릴까봐 아주 작게 말했어요. 서로 비밀이 없었죠. 꿈, 희망…… 뭐든 다 이야기했어요."

앰버가 말하는 동안 대프니는 조용히 듣기만 했으나 아름다운 파란 눈동자에 연민이 가득했다.

"샤를린은 특별했어요. 모두 그 앨 좋아했죠. 하지만 그 앤 전혀 우쭐하지 않았어요. 건방지게 구는 아이들도 있잖아요. 하지만 샤를린은 아니었죠. 그 애는 외모도 마음씨도 예뻤어요. 같이 나가면 사람들이 쳐다볼 정도로 매력적인 아이였어요."

앰버는 머뭇거리다가 고개를 기울였다. "당신과 비슷했죠."

대프니의 입에서 긴장 섞인 웃음이 흘러나왔다. "난 그런 사람이 아닌걸요."

'아니, 그렇다니까.' 앰버는 이렇게 생각했다. "아름다운 여자들에게는 그런 일이 너무 자연스러운 거죠. 그들은 다른 사람들이 쳐다보는 걸 알아차리지 못해요. 부모님은 언제나 샤를린은 미모를, 난 머리를 타고났다고 농담처럼 말씀하셨어요."

"그건 잔인한 말인데요. 너무해요. 앰버, 당신은 예뻐요. 외모도 마음씨도."

앰버는 너무 쉽다고 생각했다. 머리를 이상하게 자르고 맨얼굴에 안경을 끼고 어깨를 구부정하게 했을 뿐인데 자, 어떤가! 불쌍하고 촌스러운 여자가 탄생했다. 대프니는 누군가를 구원해주고 싶어 했고 앰버는 그 마음에 기꺼이 따를 셈이었다. 그녀는 대프니를 향해 미소 지었다.

"괜히 그러지 말아요. 괜찮아요. 모든 사람이 다 예쁠 수는 없잖아요." 앰버는 직물로 만든 액자에 담긴 탈룰라와 벨라의 사진을 집어 들었다. "딸들도 너무 예뻐요."

대프니의 얼굴이 환해졌다. "너무 예쁜 아이들이에요. 난 정말 복받았어요."

앰버는 사진을 계속 유심히 보았다. 이상하게 생긴 안경을 끼고 진지한 표정을 한 탈룰라는 몸집만 작은 어른 같았고 곱슬한 금발에 눈동자가 파란 벨라는 어린 공주 같았다. 앰버는 앞으로 이 자매 사이에 경쟁이 심하겠다고 생각했다. 그녀는 이 아이들이 십 대가 되었을 때 벨라가 평범한 외모의 언니 남자친구를 몇이나 빼앗게 될지 궁금했다.

"줄리 사진 있어요?"

"그럼요." 대프니는 일어나서 콘솔 탁자에 놓인 사진을 가져왔다. "여기요." 그녀는 이렇게 말하며 앰버에게 액자를 건넸다.

앰버는 열다섯 살쯤 되어 보이는 사진 속 여자아이를 바라보았다. 천사 같다는 생각이 들 정도로 예뻤고 커다란 갈색 눈동자가 밝게 빛났다.

"정말 사랑스럽군요." 앰버가 대프니를 보며 말했다. "시간이 지난다고 해서 더 편해지지는 않죠?"

"맞아요. 더 힘든 날도 있어요."

두 사람은 와인 한 병을 다 마시고 한 병을 또 열었다. 그동안 앰버는 대프니와 죽고 없는 완벽한 여동생 사이의 비극적이고 동화 같은 이야기를 더 들었다. 그리고 욕실로 가서 와인 한 잔을 다 버렸다. 거실로 돌아온 그녀는 비틀거리는 척하며 대프니에게 말했다. "이만 가야겠어요."

대프니는 고개를 저었다. "이 상태로 운전하면 안 돼요. 오늘은 여기에서 자고 가요."

"안 돼요. 그런 폐를 끼칠 순 없어요."

"오늘은 내 말 들어요. 이리 와요. 손님방으로 데려다줄게요."

대프니는 앰버의 허리를 안고 부축해서 터무니없이 큰 집 안을 걸어 2층으로 이어지는 긴 계단을 올랐다.

"화장실에 가야겠어요." 앰버는 다급하게 말하려고 애썼다.

"그래요." 대프니가 욕실로 안내하자 앰버는 문을 닫고 변기 위에 앉았다. 넓은 욕실은 공들여 꾸며져 있었다. 자쿠지와 샤워실은 가족이 모두 들어갈 정도로 넓었다. 그녀가 사는 아파트도 통째로 들어갈 것 같았다. 문을 열고 나오자 대프니가 기다리고 있었다.

"좀 괜찮아요?" 대프니의 목소리에는 걱정이 가득했다.

"아직 좀 어지러워요. 잠깐 누워도 될까요?"

"그럼요." 대프니는 이렇게 말하며 긴 복도를 따라 손님방으로 안내했다.

앰버는 모든 것을 예리하게 살폈다. 민트그린 벽 앞에 놓인 싱싱한 흰색 튤립이 아름다워 보였다. 손님이 올지 안 올지도 모르는데 손님방에 생화를 갖다놓다니. 반짝이는 마루 한쪽에는 두툼한 흰색 플로카티 러그(손으로 짠 그리스 양탄자)가 깔려 있어 우아함과 고급스러움을 더했다. 물결치는 얇은 재질의 커튼은 높은 창문에서 흘러내리는 것 같았다.

대프니는 앰버를 부축해 침대로 데려갔다. 앰버는 침대에 앉아 수놓인 이불 커버를 살며시 어루만졌다. 곧 이런 것에 익숙해지겠지. 그녀는 파르르 떨리는 눈을 감았다. 눈을 감자 금세 잠들 것처럼 어지러운 척할 필요가 없었다. 뭔가 움직이는 느낌이 들자 앰버는 눈을 떴다. 대프니가 그녀를 보며 서 있었다.

"여기에서 자요. 꼭 그래야 해요." 대프니는 이렇게 말하고는 옷장으로 가서 문을 연 다음 잠옷과 가운을 꺼냈다. "이걸로 갈아입어요. 그동안 복도에서 기다릴게요."

앰버는 스웨터를 벗어 침대 위에 던져놓은 다음 청바지를 벗었다. 그리고 새하얀 실크 잠옷을 입고 이불 속으로 들어갔다. "다 됐어요." 그녀가 외쳤다.

대프니가 들어와 그녀 이마에 손을 얹었다. "가여워라. 어서 쉬어요."

앰버는 다독이며 이불을 덮어주는 손길을 느꼈다.

"난 내 방에 있을게요. 복도 끝이에요."

앰버는 눈을 뜨고 대프니의 팔을 잡았다. "가지 말아요. 샤를린처럼 내 옆에 있어주면 안 돼요?"

앰버는 잠시 망설이는 대프니의 눈빛을 보았다. 대프니는 침대 맞은편으로 가서 앰버 옆에 누웠다.

"되고말고요. 잠들 때까지 있을 테니 쉬어요. 필요한 게 있으면 말하고요. 내가 여기 있을게요."

앰버는 미소 지었다. 필요한 건 대프니가 가진 전부였다.

6

앰버는 〈보그〉를 뒤적거리며 고객의 불평을 듣고 있었다. 고객은 눈여겨봐둔 500만 달러짜리 집이 다른 사람에게 팔렸다고 전화기 너머로 우는 소리를 했다. 앰버는 월요일이 싫었다. 월요일 점심시간마다 안내데스크에 앉아 있어야 하기 때문이다. 상사는 한 달 안에 직원을 새로 뽑는 대로 업무를 빼주겠다고 약속했다.

앰버는 비숍 하버로 이사하고 나서 롤린스 부동산 주택부서에서 비서로 일하기 시작했고 일하는 매 순간이 지긋지긋했다. 고객들은 주로 제멋대로 구는 여자들과 거만한 남자들이었는데 모두 특권의식이 매우 강했다. 이들은 교차로의 일단정지 지점에서도 고급 승용차의 속도를 늦추지 않을 사람들이었다. 자신들에게 길을 마음대로 지나갈 권리가 있다고 생각하기 때문이다. 앰버는 약속을 잡고 고객들에게 전화를 걸어 최신정보를 알려주고 감정평가회를 개최하고 현장시찰 일정을 잡는 일을 했다. 하지만 그녀에게 고맙다고 인사하는 고객은 거의 없었다. 고객들이 중개인에게는 약간이나마 정중하다는 것을 눈치챘지만 그들의 무례함에는 여전히 화가 났다.

앰버는 직장생활 첫해에 상업 부동산에 관해 야간수업을 들었다. 주말이면 도서관에서 해당 주제에 대한 책을 빌려 열심히 읽었고 때로는 책을 읽느라 점심이나 저녁식사를 잊기도 했다. 준비되었다는 생각이 들자 그녀는 롤린스의 상업 부동산 부서장 마크 잰슨에게 가서 신문에서 읽은 용도변경 투표에 어떤 기회가 잠재되어 있는지, 그 투표 결과가 성공적일 경우 고객들에게 어떤 의미가 있는지에 대해 자신의 생각을 알렸다. 마크는 그녀의 지식과 시장 이해도에 감탄했고 가끔 그녀 자리에 들러 업무에 대해 견해를 나누기 시작했다. 몇 달 뒤 앰버는 마크의 사무실 바로 밖 그와 가까운 곳에서 근무하게 되었다. 독서와 그의 가르침 덕분에 앰버의 지식과 전문식견은 더욱 늘어났다. 운 좋게도 마크는 훌륭한 상사이자 가정적인 남자였으며 그녀를 존중하고 친절하게 대했다. 앰버는 입사했을 때부터 가고자 했던 바로 그 자리에 앉았다. 시간과 투지가 필요했지만 투지라면 앰버에게 차고 넘쳤다.

그녀는 구겨진 맥도널드 봉투와 음료를 들고 오는 안내데스크 직원 제나를 보았다. 그러면서 제나가 저렇게 살이 찐 것이 당연하다고 생각하고 넌더리 냈다. 어떻게 저 정도로 절제를 못할까?

"어이, 아가씨. 나 대신 자리 지켜줘서 고마워. 별일 없었지?" 제나가 미소 짓자 평소보다 얼굴이 더 달덩이 같았다.

앰버는 발끈했다. 아가씨라니? "다른 사람이 집 샀다고 성질내는 얼간이 몇 명뿐이었어."

"워스 부인이었을 것 같은데. 정말 실망이 크겠군. 안됐어."

"동정심 따위는 집어치워. 남편한테 징징대서 800만 달러짜리 집이라도 대신 받아내겠지."

"앰버, 넌 정말 재미있는 사람이야."

어리둥절해진 앰버는 제나를 향해 고개를 젓고 안내데스크에서 나왔다.

그날 밤 앰버는 욕조에 몸을 담그고 지난 이 년을 떠올렸다. 그때는 모든 것을 뒤로하고 떠날 준비가 되어 있었다. 눈과 코가 시큰거리던 드라이클리닝 세제도, 더러운 옷을 만질 때 손에 묻던 오물도. 게다가 엄청난 계획은 엉망이 되고 말았다. 마침내 성공할 기회를 잡았다고 생각한 바로 그때 모든 것이 무너졌다. 더 이상 그곳에 머물 수 없었다. 미주리를 떠날 때 앰버는 누가 그녀를 찾아 나서든 추적할 흔적조차 찾지 못하도록 확실히 해두었다.

목욕물이 식었다. 앰버는 욕조에서 나와 테리 소재의 얇은 가운을 입었다. 코네티컷으로 초대한 학창시절 친구 같은 건 없었다. 그녀는 비숍 하버에 도착한 지 며칠 만에 가구가 딸린 작은 아파트를 세냈다. 때 묻은 흰색 벽은 비어 있었고 바닥에는 1980년대부터 있었을 법한 황록색 카펫이 깔려 있었다. 앉을 곳이라고는 천을 씌운 2인용 안락의자뿐이었는데 팔 부분이 닳고 쿠션이 꺼졌다. 작은 소파 끝에는 플라스틱 탁자가 놓여 있었다. 탁자 위에는 램프는 고사하고 아무것도 없었다. 낮은 천장에 걸린 술 장식 갓을 씌운 전구 한 개짜리 조명만이 방을 비추었다. 겨우 잠을 자고 쉴 수 있는 이 공간은 앰버의 계획이 완료될 때까지만 머물 임시거처에 불과했다. 결국에는 모두 그만한 가치를 할 것이었다.

앰버는 재빨리 물기를 닦고 잠옷 바지와 헐렁한 티셔츠를 입은 다음 아파트의 하나뿐인 창문 앞에 놓인 작은 책상에 앉았다. 그러고는 네브래스카에 관한 서류철을 꺼내 읽고 또 읽었다. 대프니가 어린 시절에 대해 더 이상 묻지 않았지만 다시 살펴본다고 해서 손해날 것은 없었다. 네브래스카는 미주리의 고향 마을을 떠나 처음 자리 잡은 곳이자 앰버의 운이 바뀌기 시작한 곳이었다. 그녀는 네브래스카의 유스티스와 그곳에서 열리는 부어스트 타크 축제에 대해 마을에 가장 오래 산 사람보다 잘 안다고 자부했다. 그녀는 서류를 훑어본 다음 서류철을 내려놓고 그날 밤 집에 오는 길에 도서관에서 빌린 국제 부동산 책을 집어 들었다. 책은 현관 계단으로 쓸 수 있을 정도로 묵직했고 앰버는 이 책을 다 읽으려면 여러 밤 동안 매우 집중해야겠다고 생각했다.

그녀는 미소 지었다. 지금 그녀의 집은 좁고 답답했다. 하지만 아버지가 내무반 형식으로 개조한 다락방에서 여동생 셋과 비좁게 지내면서 자기만의 방이 있으면 좋겠다고 바랐던 밤이 얼마나 많았던가. 동생들의 옷, 신발, 책이 흩어진 방은 아무리 애써 정리해도 항상 엉망이었다. 앰버는 미칠 지경이었다. 그녀에게는 질서가 필요했다. 잘 통제되고 구조적인 질서가. 그리고 지금 그녀는 마침내 자기 세상의 주인이 되었다. 자기 운명의 주인이 되었다.

7

월요일이었던 그날 아침 앰버는 옷을 신중하게 골랐다. 전날 오후 늦게 동네 도서관에서 우연히 대프니와 그녀의 딸들을 만났다. 그들은 잠시 이야기를 나누었고 대프니는 앰버를 딸들에게 소개했다. 앰버는 탈룰라와 벨라가 너무 달라서 놀랐다. 키가 크고 날씬하며 안경을 쓰고 평범하게 생긴 탈룰라는 조용하고 내성적인 것 같았다. 하지만 금빛 곱슬머리를 휘날리며 서가 사이를 신나게 뛰어다니던 벨라는 사랑스러운 요정 같았다. 두 아이 모두 예의 발랐지만 책에는 관심이 없는지 앰버와 대프니가 이야기를 나누는 동안 읽고 있던 책을 휙휙 넘겼다. 앰버는 대프니가 평소만큼 쾌활하지 않다는 것을 알아차렸다. "별일 없죠?" 그녀가 대프니의 팔을 다정하게 잡으며 물었다. 대프니의 눈에 이내 눈물이 고였다. "그냥 오늘 종일 떨칠 수 없는 추억들이 자꾸 떠올라서요. 그뿐이에요."

앰버는 바짝 긴장했다. "추억이요?"

"내일이 줄리 생일이에요. 그 애가 자꾸 생각나요." 대프니가 벨라의 머리를 쓰다듬자 아이는 엄마를 올려다보며 미소 지었다.

"내일이요? 21일?" 앰버가 물었다.

"네, 내일이요."

"세상에 이럴 수가요. 샤를린 생일도 내일이에요!" 앰버는 이 말을 하자마자 속으로 자신을 질책했다. 지나치게 밀고 나간 것이 아니기를 바랐다. 하지만 대프니의 표정을 보는 순간 심금을 제대로 울렸다는 것을 알았다.

"이럴 수가. 앰버, 정말 놀라워요. 하늘이 우릴 만나게 해준 것 같아요."

"그러게요, 정말 운명 같아요." 앰버는 이렇게 말한 다음 잠시 머뭇거리다가 말을 이었다. "내일 뭐라도 하면서 동생들 생일을 축하해야겠어요. 슬퍼하지만 말고 좋았던 일들을 떠올려보자고요. 샌드위치를 좀 준비할 테니 우리 회사에서 같이 점심 먹으면 어때요? 회사 건물 옆에 소풍을 할 만한 작은 벤치가 있어요. 옆에 시냇물도 흐르고요."

"정말 좋은 생각이에요." 이렇게 말하는 대프니에게 약간 생기가 돌았다. "하지만 수고스럽게 샌드위치를 준비할 필요가 뭐 있어요? 내가 사무실로 데리러 갈 테니 컨트리클럽으로 가요. 어때요?"

앰버는 대프니가 바로 이런 것을 제안해주기를 원했지만 너무 바라는 것처럼 보이고 싶지는 않았다. "정말 그래도 돼요? 샌드위치 준비하는 건 별로 힘들지 않아요. 어차피 매일 도시락을 싸니까요."

"그래도 괜찮아요. 몇 시에 데리러 갈까요?"

"보통 열두 시 삼십 분쯤 점심 먹어요."

"좋아요. 그때 봐요." 대프니는 이렇게 말하며 들고 있던 책을 추슬렀다. "기념일을 즐겁게 보내겠군요."

이제 앰버는 거울 앞에서 마지막으로 자기 모습을 점검했다. 흰색 보트넥 티셔츠와 한 벌뿐인 고급 남색 바지를 입었다. 그녀는 튼튼한 샌들을 신으려다가 흰색 샌들을 꺼내 신었다. 모조 진주 귀걸이를 하고 오른손에는 작은 사파이어가 박힌 금반지를 꼈다. 늘 하던 대로 머리띠를 하고 화장은 엷은 분홍색 립밤만 발랐다. 그녀는 차분하면서도 너무 촌스럽지 않은 모습에 만족하고는 열쇠를 집어 들고 출근길에 나섰다.

열 시가 되었다. 앰버는 그사이에 쉰 번도 넘게 시계를 보았다. 앞에 놓인 신규 쇼핑센터 계약 건에 집중하려고 애쓰는 동안 시간은 못 견딜 정도로 더디게 흘렀다. 마지막 네 쪽을 다시 읽으며 메모했다. 회사에 막대한 손해를 끼칠 오류를 발견한 이후로 마크는 앰버가 계약서를 검토하기 전에는 결재하지 않았다.

오늘은 앰버가 제나를 대신해 전화를 받는 날이었지만 앰버가 점심시간에 나가야 했기 때문에 제나가 남기로 했다.

"누구랑 점심 약속이 있는데?" 제나가 물었다.

"넌 모르는 사람이야. 대프니 패리시라고." 이렇게 대답한 앰버는 중요한 사람이 된 듯한 기분이었다.

"아, 패리시 부인. 만난 적 있어. 몇 년 전에 부인의 어머니와 함께 만났지. 어머니가 가족과 가까운 이 동네로 이사한다면서 찾아왔더라고. 집을 엄청나게 많이 봤는데 결국 그냥 뉴햄프셔에 있기로 했지. 정말 좋은 분이었는데."

앰버는 귀가 쫑긋했다. "그래? 이름 기억나?"

제나는 천장을 보았다. "어디 보자." 그녀는 한동안 말이 없다가 고개를 끄덕이며 앰버를 보았다. "맞아, 루스 베닛이었어. 남편이 세상을 떠났고."

"혼자 산다고?" 앰버가 말했다.

"음, 그랬던 것 같아. 뉴햄프셔에서 비앤비를 운영했으니 혼자 지낸다고 할 수는 없지만. 어쨌든 다들 낯선 사람일 테니 혼자 산다고 할 수도 있겠지. 반쯤 혼자 산다거나 밤에 잘 때만 혼자라고 해야 할지도 모르겠네." 제나가 계속 지껄였다. "부인이 친절하게 대해줘서 고맙다면서 떠나기 전에 사무실 직원들에게 정말 맛있는 간식을 줬어. 다정한 분이었지. 하지만 슬퍼 보이기도 했어. 이 동네로 정말 이사하고 싶어 하는 것 같았는데."

"왜 못 했어?"

"모르겠어. 패리시 부인이 어머니와 가까이 사는 걸 원치 않았는지도 모르지."

"그렇게 말했어?" 앰버가 캐물었다.

"그렇진 않아. 그냥 내가 보기에 엄마가 가까이 이사한다는데 패리시 부인이 별로 좋아하는 것 같지 않더라고. 옆에 엄마가 필요 없었나보지 뭐. 보모들도 있으니까. 부인의 첫째 딸이 아기였을 때 내 친구가 보모였잖아."

앰버는 횡재한 기분이었다. "정말? 얼마나 일했는데?"

"한 2년쯤일걸."

"친한 친구야?"

"샐리? 응, 오랜 친구지."

"그 친구에게 들을 만한 이야기가 많겠어." 앰버가 말했다.

"무슨 소리야?"

'제나 말이 진짜일까?' 정말 믿기지 않았다.

"그런 거 있잖아. 그 집 가족들이 어떤지, 집에서 뭘 하는지 같은 거."

"응, 그렇겠지. 하지만 난 별로 관심이 없어. 다른 할 이야기가 많아서."

"다음 주에 셋이 저녁 한번 먹자."

"그것도 좋지."

"내일 전화해서 약속 잡으면 어때? 친구 이름이 뭐라고 했지?" 앰버가 물었다.

"샐리. 샐리 매카티어."

"여기 비숍 하버에 사는 거지?"

"우리 집 바로 옆에 살아서 매일 만나. 어릴 적 친구거든. 저녁 같이 먹는 거 어떠냐고 물어볼게. 정말 재미있겠다. 삼총사 같겠는데?" 제나는 자기 책상으로 갔고 앰버는 다시 일을 시작했다.

그녀는 계약서를 들고 가서 마크의 빈 사무실 책상 위에 놓았다. 약속 때문에 노워크에 간 그가 오후에 돌아오면 의논하기 위해서였다. 손목시계를 본 앰버는 대프니가 도착하기 전에 일을 마무리하고 단장할 시간이 이십 분밖에 남지 않았다는 것을 알았다. 앰버는 전화를 두 통 걸고 흩어진 서류를 정리한 다음 화장실에서 머리 모양을 점검했다. 만족스러워진 그녀는 회사 로비로 가서 대프니의 레인지로버가 오는지 살펴보았다.

앰버는 정확히 열두 시 삼십 분에 도착한 대프니의 차를 발견했고 그녀가 제시간에 도착해서 고마웠다. 앰버가 건물 유리문을 밀고 나가자 대프니가 자동차 창을 내리고 활기차게 불렀다. 앰버는 조수석으로 가서 문을 연 다음 세련된 실내로 올라탔다.

"이렇게 만나니 정말 좋은데요?" 앰버는 이렇게 말하며 진심으로 들리기를 바랐다.

대프니는 그녀를 흘끔 보며 미소 짓더니 차를 출발시켰다. "아침 내내 이 시간만 생각했어요. 원예클럽 모임이 끝나기를 얼마나 기다렸는지 몰라요. 이제야 오늘 하루를 훨씬 수월하게 보낼 수 있을 것 같군요."

"그러면 좋겠어요." 앰버가 차분하게 대답했다.

몇 블록을 지나는 동안 둘은 말이 없었다. 앰버는 부드러운 가죽 시트에 기댔다. 고개를 대프니 쪽으로 살짝 돌려 그녀가 입은 흰색 리넨 바지와 아랫단에 넓은 남색 줄무늬가 있는 흰색 민소매 리넨 상의를 보았다. 그녀는 작은 링 모양의 금 귀걸이를 하고 시계와 함께 디자인이 단순한 금 뱅글을 했다. 그리고 타이타닉도 침몰시킬 것 같은 큰 보석이 박힌 반지를 꼈다. 호리호리한 팔은 보기 좋은 구릿빛이었다. 그녀는 매력적이고 건강하며 부유해 보였다.

타이드워터 컨트리클럽 진입로에 들어서자 앰버는 넋을 잃고 눈앞의 광경을 바라보았다. 도로는 완만한 곡선이었고 자로 잰 듯 깎은 양옆 잔디에는 잡초 한 포기 보이지 않았다. 테니스장에서는 눈부시게 하얀 옷을 입은 사람들이 테니스를 치고 있었고 멀리 수영장이 보였다. 그리고 이 모든 것을 내려다보는 위풍당당한 건물이 있었다. 앰버가 상상한 것보다 더 웅장했다. 그들은 차를 타고 빙 돌아 중앙 입구로 갔다. 그러자 짙은 카키색 바지와 초록색 폴로셔츠로 된 편안한 유니폼을 입은 젊은 직원이 맞아주었다. 그는 타이드워터 로고가 초록색으로 수놓인 챙이 넓은 흰색 선캡을 쓰고 있었다.

"어서 오세요, 패리시 부인." 차 문을 열며 직원이 말했다.

"반가워요, 대니." 대프니가 그에게 열쇠를 건네며 말했다. "점심 먹으러 왔어요."

직원은 앰버의 문도 열어주려고 돌아갔지만 그녀는 이미 차에서 내린 뒤였다.

"그럼, 즐거운 시간 보내세요." 그는 이렇게 말하고 차에 탔다.

"아주 괜찮은 청년이에요." 건물로 이어진 널찍한 계단을 오르며 대프니가 앰버에게 말했다. "대니 어머니는 잭슨의 본가에서 일했는데 그만두기 몇 년 전부터 몸이 많이 아팠어요. 대니는 어머니를 돌보면서 일도 하고 대학교 공부까지 했죠."

앰버는 아픈 어머니를 돌보고 겨우 먹고살기 위해 일하는 그가 이 클럽에 흩뿌려지는 돈을 보면서 무슨 생각을 할지 궁금했지만 아무 말도 하지 않았다.

대프니가 데크에서 식사하고 싶다고 하자 지배인이 그들을 밖으로 안내했다. 그곳에서 앰버는 그토록 좋아하는 바닷바람을 마음껏 쐴 수 있었다. 그들은 요트 정박지가 보이는 자리에 앉았다. 정박지의 세 부두에 갖은 모양과 크기의 배가 가득 차 일렁이는 물결에 흔들렸다.

"와, 정말 아름다워요." 앰버가 말했다.

"그렇죠? 샤를린과 줄리와의 좋은 추억을 떠올리기에 딱 맞는 곳이에요."

"동생이 왔다면 무척 좋아했을 거예요." 앰버는 진심이었다. 그녀의 건강한 여동생들은 이런 곳을 상상조차 하지 못할 테니까. 앰버는 바다에서 눈을 떼고 대프니를 보았다. "가족들과 자주 왔겠군요."

"네, 잭슨은 틈만 나면 골프를 치러 와요. 탈룰라와 벨라는 요트, 수영, 테니스 수업을 받고요. 꼬마 운동선수들이랍니다."

앰버는 아기 때부터 삶의 온갖 좋은 것을 누리는 이런 세계에서 자라면 느낌이 어떨지 궁금했다. 태어나자마자 제대로 된 사람들을 친구로 사귀고 최고의 학교에서 교육받고 외부인들에게 철저히 가려진 이런 세계에서 자란다면. 문득 슬픔과 질투심이 밀려왔다.

웨이터가 아이스티가 담긴 긴 유리잔 두 개를 가지고 와서 주문을 받았다. 대프니는 샐러드를, 앰버는 황다랑어 요리를 주문했다.

"이제 동생에 대한 좋은 추억을 이야기해봐요." 음식을 기다리는 동안 대프니가 말했다.

"음, 동생이 태어난 지 몇 달 안 됐을 때 엄마와 같이 산책하러 나갔던 일이 떠올라요. 전 여섯 살이었죠. 화창하게 맑은 날이었고 내가 유모차를 밀었어요. 물론 만일에 대비해 엄마가 바로 옆에 계셨고요." 앰버는 조금씩 이야기를 꺼내며 계속 꾸며나갔다. "그때 어른이 된 기분이었고 아기 여동생이 생겨서 너무 좋았어요. 눈동자가 파랗고 곱슬한 금발이었던 동생은 정말 예뻤거든요. 그림 같았어요. 그날부터 동생을 딸처럼 느꼈던 것도 같아요."

"앰버, 정말 사랑스러운 이야기예요."

"줄리 이야기는 생각나는 거 없어요?"

“줄리와 나는 두 살 차이밖에 나지 않아서 그 애가 아기였을 때는 기억나지 않아요. 하지만 조금 자란 줄리는 무척 용감했어요. 항상 웃는 얼굴이었고요. 불평하는 법이 없었죠. 줄리는 항상 누군가가 낭포성 섬유증을 앓아야 한다면 그게 자기라서 다행이라고 말했어요. 다른 아이가 고통스러워하는 건 싫다면서 말이에요.” 대프니는 말을 멈추고 바다를 바라보았다. “그 애는 정말 인정이 많았죠. 내가 아는 사람들 중 최고였어요.”

앰버는 자세를 바꿨다. 알 수 없는 불편함이 느껴졌다.

대프니는 말을 이었다. “줄리가 겪어냈던 그 모든 일을 떠올리는 게 제일 힘들어요. 그 애가 매일 겪어야 했던 일과 먹어야 했던 그 약들 말이에요.” 그녀는 고개를 저었다. “우린 함께 일찍 일어나는 데 익숙했고 줄리가 조끼를 입고 있는 동안 난 그 애에게 말을 걸었어요.”

“그 진동장치 말하는 거죠?” 앰버는 폐에서 점액을 제거하는 데 도움이 된다는 조끼에 대해 읽은 내용이 기억났다.

“조끼나 분무기, 흡입기 같은 것을 사용하는 일이 일과가 되었죠. 줄리는 병의 영향력에서 벗어나려고 매일 두 시간 넘게 할애했어요. 대학에 가고 결혼해서 아이도 낳게 될 거라고 굳게 믿었죠. 치료도 열심히 받고 운동도 열심히 했어요. 그래야 자기에게 미래가 생긴다면서 말이에요. 마지막까지 줄리는 그렇게 믿었어요.” 대프니의 뺨에 눈물이 한 줄기 흘러내렸다. “그 애를 되살릴 수만 있다면 뭐든 할 거예요.”

“그 마음 알아요.” 앰버가 속삭였다. “어쩌면 우리 동생들의 영혼 덕분에 우리가 만날 수 있었는지도 몰라요. 그 애들의 영혼이 지금 여기에 함께 있을지도 모르죠."

대프니는 눈을 깜빡이며 눈물을 참았다. "그 생각이 마음에 드는군요."

점심시간 내내 대프니의 추억과 앰버의 이야기가 이어졌다. 웨이터가 접시를 치울 때 좋은 생각이 떠오른 앰버는 그에게 말했다. "오늘 두 사람 생일을 축하하려고 왔는데요. 초콜릿 케이크를 한 조각 가져다주시겠어요? 나눠 먹을 거예요."

대프니는 앰버를 향해 따뜻함과 고마움이 가득한 미소를 지었다.

웨이터가 초 두 개에 불을 붙인 케이크를 가져와 축하의 말을 건넸다. "두 분 생일 진심으로 축하합니다."

점심식사는 한 시간 조금 넘게 계속되었지만 앰버는 서둘러 돌아갈 필요가 없었다. 마크가 아무리 빨라도 세 시는 되어야 사무실에 돌아오기 때문이었다. 제나에게는 좀 늦을지도 모른다고 말해두었다.

"그럼 이제 사무실로 데려다줄게요. 상사와 곤란한 일이 생기는 건 원치 않으니까요." 커피를 다 마시자 대프니가 말했다.

앰버는 주위를 둘러보며 웨이터를 찾았다. "계산서 받아야 하지 않아요?"

"아, 걱정 말아요." 대프니가 손사래를 치며 말했다. "우리 계좌에 합산해놓을 거예요."

앰버는 당연히 그렇겠다고 생각했다. 돈이 많을수록 그 불결한 물건과 직접 접촉하는 일은 줄어드는 것 같았다.

회사 앞에 도착하자 대프니는 차를 세우고 앰버를 바라보았다. "오늘 정말 즐거웠어요. 날 진심으로 이해해줄 수 있는 사람과 이야기 나누는 일이 얼마나 좋은지 그동안 잊고 지냈어요."

"대프니, 나도 즐거웠어요. 도움이 많이 됐어요."

"금요일에 시간 괜찮으면 저녁식사 함께하고 싶은데, 어때요?"

"어머, 좋지요." 앰버는 대프니가 이렇게 빨리 마음을 열어서 매우 흥분했다.

"좋아요. 그럼 금요일에 만나요. 여섯 시쯤 괜찮아요?"

"아주 좋아요. 그때 만나요. 그리고 고마워요." 앰버는 멀어져가는 대프니의 차를 보면서 복권에 당첨된 기분이었다.

8

대프니와 점심식사를 한 다음 날 앰버는 체육관 줌바 강습 시간에 버니 바로 뒤에 섰다. 그리고 강사를 따라 하다가 발이 걸려 넘어지는 버니를 보며 혼자 웃었다. 어설프기 짝이 없었다. 강습이 끝나고 탈의실로 간 앰버는 버니 옆줄 사물함 뒤에서 천천히 옷을 갈아입으며 나이 많은 남편을 둔 젊고 매력적인 아내와 그녀에게 아첨하는 사람들의 이야기를 엿들었다.

"그 남자 언제 만나려고?" 한 사람이 물었다.

"블루 페즌트 해피 아워에 만나기로 했어. 하지만 잊지 마. 혹시 네 남편이 물어보면 난 오늘 여자들끼리 모임이 있는 거야."

"블루 페즌트? 거기 안 가는 사람이 없는데. 누가 보면 어쩌려고?"

"고객이라고 하지 뭐. 나 공인중개사 자격증 있잖아."

앰버는 낄낄대는 소리를 들었다.

"왜 웃어, 리디아?" 버니가 쏘아붙였다.

"마치랑 결혼한 뒤로 자격증을 거의 안 썼잖아."

앰버의 머릿속에는 마치 니콜스의 순 자산이 1억 달러라고 입력되어 있었다. 이와 함께 그가 므두셀라(구약성경 창세기에 등장하는 인물)를 닮았다는 사실도. 앰버는 버니가 왜 다른 섹스 상대를 찾는지 이해할 수 있었다.

"어쨌든 거기 오래 있진 않을 거야. 길 건너 피드먼트 호텔에 방을 잡아뒀거든."

"못됐다, 못됐어. 로빈슨 부인 이름으로 예약했어?"

그들은 모두 웃고 있었다.

나이 많은 남편과 젊은 애인. 여기에는 시를 떠오르게 하는 무언가가 있었다. 앰버는 원하는 정보를 얻고 샤워실로 가서 씻었고 자리를 오래 비운 이유를 설명할 핑곗거리를 마련해 서둘러 사무실로 돌아갔다.

그날 퇴근 뒤 앰버는 일찌감치 술집에 가서 뒤쪽에 자리 잡고 와인을 한 잔 마시며 책을 읽었다. 술집에 사람이 들어차기 시작하자 그녀는 버니가 만나기로 한 남자가 누구인지 찾아보려 했다. 그녀의 시선이 청바지를 입은 귀여운 금발에 머물렀을 때 매력적인 남자가 들어왔다. 새까만 머리카락에 파란 눈동자가 빛나는 그는 패트릭 뎀시를 꼭 닮았다. 낙타색 캐시미어 재킷에 검정 실크 스카프를 헐렁하게 맸지만 신경을 많이 쓴 것 같았다. 그는 맥주를 주문하고 병째 꿀꺽꿀꺽 마셨다. 버니가 술집으로 들어왔다. 그녀는 그 남자를 뚫어지게 쳐다보며 서둘러 다가가 끌어안았다. 두 사람은 성냥 하나 들어갈 틈도 없이 딱 붙어 있었다. 서로 푹 빠진 게 분명했다. 그들은 술을 마시고 한 잔 더 주문했다. 버니의 허리를 끌어안은 남자는 그녀를 더욱 바짝 끌어당겼다. 버니는 사랑스러운 얼굴로 그를 바라보며 키스했다. 바로 그 순간 앰버는 아이폰을 무음 모드로 바꾸고 서로에게 취한 두 사람의 모습을 몇 장 찍었다. 마침내 입술을 뗀 그들은 두 번째 잔을 들이켜더니 팔짱을 끼고 나갔다. 길 건너 호텔이 유혹하는데 술집에서 더 이상 시간을 낭비하고 싶지 않은 것이 분명했다.

앰버는 와인을 다 마시고 사진을 살펴보았다. 버니는 차를 타러 가는 동안에도 계속 웃고 있었다. 불쌍하고 늙은 마치는 내일 정신이 번쩍 드는 사진을 받게 되겠지. 그리고 버니는, 음, 버니는 너무 심란한 나머지 대프니와 공동으로 위원회를 이끌며 맡은 일을 계속하지 못할 것이다.

9

앰버는 금요일이 되기까지 날짜를 세고 있었다. 마침내 저녁식사에서 잭슨을 만나게 된다는 기대감에 어지러울 지경이었다. 초인종을 누를 때에는 폭발할 것 같았다.

대프니가 눈부신 미소로 맞이하며 손을 잡았다. "어서 와요, 앰버. 와줘서 정말 좋아요. 들어와요."

"고마워요, 대프니. 일주일 내내 이 시간을 기다렸어요." 앰버는 넓은 복도에 들어서며 말했다.

"식사 전에 온실에서 술 한 잔 마시려고요." 대프니가 말했다. 앰버는 그녀를 따라 온실로 갔다. "뭐 마실래요?"

"음, 레드 와인 한 잔 주세요." 앰버가 말했다. 온실을 둘러보았지만 잭슨은 보이지 않았다.

"피노 누아 괜찮아요?"

"아주 좋아요." 앰버는 이렇게 대답하며 도대체 잭슨은 어디에 있는지 궁금해했다.

대프니가 와인 잔을 건네며 앰버 속을 들여다보기라도 한 것처럼 말했다. "잭슨은 야근해야 한대요. 그래서 오늘 저녁에는 여자들뿐이에요. 우리 둘, 탈룰라, 벨라 이렇게요."

앰버는 들뜬 기분이 증발해버렸다. 이제 저녁 내내 앉아서 아이들이 재잘대는 소리를 머리가 멍해지도록 들어야 했다.

그때 벨라가 온실로 뛰어들어왔다.

"엄마, 엄마." 벨라는 대프니의 무릎을 파고들며 울었다. "언니가 《앤젤리나 발레리나》 안 읽어줘요."

탈룰라는 바로 뒤에 있었다. "엄마, 벨라가 스스로 읽도록 도와주려고 했는데 말을 안 들었어요." 이렇게 말하는 탈룰라는 몸집만 작았지 어른 같았다. "난 벨라만 할 때 더 어려운 책도 읽었는데."

"얘들아, 오늘 저녁엔 다투면 안 돼." 대프니가 벨라의 머리를 쓰다듬으며 말했다. "벨라, 언니는 널 도와주려고 했던 거란다."

"하지만 언니는 내가 못 읽는다는 걸 알잖아요." 벨라가 말했다. 대프니의 무릎에 고개를 계속 묻고 있어서 소리가 잘 안 들렸다.

대프니는 벨라의 머리를 다시 쓰다듬었다. "괜찮아. 걱정하지 마. 곧 읽게 될 거야."

"자, 갈까요?" 대프니가 세 사람을 향해 말했다. "데크로 가서 맛있게 저녁 먹자고요. 마르가리타가 전채로 맛있는 과카몰리를 만들었대요."

곧 여름이 끝날 것이다. 산들바람이 날이 시원해지리라고 알렸다. 앰버는 데크에서 먹는 편안한 저녁식사마저 대프니의 집에서는 멋있고 세련되었다고 생각했다. 감청색 개인 매트 위에는 삼각형의 밝은 빨간색 접시가 놓여 있고 은색 요트가 장식된 냅킨 고리에는 파란색과 흰색 체크 냅킨이 꽂혀 있었다. 앰버는 모든 자리가 이와 똑같이 준비되어 있다는 것을 알아차렸다. 귀족이 등장하는 영국 영화가 떠올랐다. 영화에서는 하인들이 그야말로 자로 재면서 식탁에 물건을 배치했다. 이 여자는 긴장 푸는 법을 아예 모르는 걸까?

"앰버, 여기에 앉아요." 대프니는 바다가 잘 보이는 곳에 놓인 의자를 가리켰다.

부드러운 잔디밭이 모래사장으로 이어지고 그 너머로 바다가 펼쳐진 경치는 당연히 멋있었다. 앰버는 물에서 조금 떨어진 모래 위에 놓인 야외용 안락의자 개수를 세었다. 다섯 개였다. 정말 그림 같고 뛰어들고 싶은 풍경이었다.

식탁 건너편에서 벨라가 앰버를 보았다. "결혼했어요?"

앰버는 고개를 저었다. "아니, 안 했어."

"왜요?" 벨라가 물었다.

"얘야, 그건 너무 사적인 질문 같은데." 대프니는 이렇게 말하고는 앰버를 보며 웃었다. "미안해요."

"괜찮아요." 앰버는 벨라에게 주의를 돌렸다. "아직 반쪽을 못 만나서 그런 것 같은데?"

벨라는 눈을 가늘게 떴다. "반쪽이 누군데요?"

"바보야, 그런 표현이 있어. 결혼하고 싶은 사람을 못 만났다는 뜻이야." 탈룰라가 설명했다.

"흥, 못생겨서 그런 거야."

"벨라! 당장 사과하렴." 대프니의 얼굴이 약간 달아올랐다.

"왜요? 사실이잖아요. 안 그래요?" 벨라는 고집을 부렸다.

"사실이라고 해도 무례한 거야." 탈룰라가 말했다.

앰버는 상처받았다는 듯 눈을 내리깔고 아무 말도 하지 않았다.

대프니가 일어났다. "그만해. 너희 둘은 주방에서 따로 식사해야겠다. 거기서 다른 사람들에게 어떻게 말해야 좋을지 생각해봐." 대프니는 마르가리타를 불러서 말대꾸하는 딸들을 내보냈다. 그러고는 앰버에게 다가가 어깨를 감쌌다. "정말 미안해요. 애들 행동이 당황스러운 정도를 넘어 끔찍하군요."

앰버는 희미하게 미소 지었다. "사과할 필요 없어요. 애들인걸요. 나쁜 의도로 한 말은 아니잖아요." 그녀는 다시 미소 지었다. 버르장머리 없는 아이들에게서 해방되어 대프니와 단둘이 저녁을 보낼 수 있다는 생각에 기분이 좋아졌다.

"그렇게 너그럽게 말해줘서 고마워요."

그들은 이런저런 이야기를 하며 새우튀김을 올린 퀴노아와 시금치 샐러드를 맛있게 먹었다. 하지만 앰버는 대프니가 새우튀김이나 샐러드를 두 입 이상 먹지 않았다는 것을 눈치챘다. 앰버는 자기 몫을 남김없이 먹었다. 이렇게 값비싼 음식이 버려지게 하고 싶지 않았다.

날씨가 서늘해지기 시작했다. 대프니가 일광욕실에 가서 커피를 마시자고 하자 앰버는 안도했다.

그녀는 대프니를 따라 노란색과 파란색으로 경쾌하게 장식된 방으로 갔다. 벽에는 하얀 책장이 즐비했다. 앰버는 대프니가 어떤 책을 읽는지 궁금해서 그중 한 책장 앞에 섰다. 책장에는 모두 고전이

꽂혀 있었고 작가 이름에 따라 알파벳순으로 정리되어 있었다. 올비(Albee)로 시작해 울프(Woolf)로 끝났다. 앰버는 대프니가 이 책을 모두 읽었을 리 없다고 확신했다.

"앰버, 책 좋아해요?"

"정말 좋아해요. 하지만 유감스럽게도 여기에 있는 책은 거의 읽어보지 못했네요. 근대작가 책을 주로 읽거든요. 이 책들 다 읽어봤어요?"

"네, 대부분이요. 잭슨이 고전에 대해 이야기하는 걸 좋아해요. 아직 H 항목까지밖에 못 갔어요. 호메로스의 《오디세이아》와 씨름하고 있죠. 가볍게 읽을 수 있는 책이 아니에요." 대프니가 웃으며 말했다.

카리브해처럼 푸른 도기로 만든 예쁜 거북 장식품이 앰버의 시선을 사로잡았다. 그녀는 장식품을 만져보려고 손을 뻗었다. 집안 곳곳에서 보이는 거북 장식품은 저마다 독특하고 아름다웠으며 모두 고가였다. 앰버는 그것들을 바닥에 내동댕이치고 싶었다. 그녀는 매달 월세를 내려고 고군분투하는데 대프니는 바보 같은 거북 장식품을 사 모으는 데 돈을 버리다니. 정말 불공평했다. 앰버는 돌아서 대프니가 앉아 있는 실크 소재의 2인용 안락의자로 가서 그녀 옆에 앉았다.

"즐거웠어요. 초대해줘서 다시 한 번 고마워요."

"저도 즐거웠어요. 어른과 이야기를 나누니 어찌나 좋은지요."

"남편은 야근이 잦은가봐요?" 앰버가 물었다.

대프니는 어깨를 으쓱했다. "그때그때 달라요. 보통 저녁식사는 집에서 해요. 가족들과 식사하는 걸 좋아하거든요. 하지만 캘리포니아 신규 토지 계약 건으로 바쁘기도 하고 시차 때문에 가끔은 어쩔 수 없나봐요."

앰버는 앞쪽 탁자에 놓인 커피잔을 집으려다가 손이 미끄러졌다. 잔이 요란한 소리를 내며 바닥에 떨어졌다.

"정말 미안……" 겁에 질린 대프니의 얼굴에 앰버는 말을 하다가 말았다.

대프니는 의자에서 일어나 날다시피 방에서 나가더니 잠시 뒤 하얀 수건과 세제 같은 것이 담긴 그릇을 들고 왔다. 그녀는 수건으로 얼룩을 닦아내더니 뭔지는 몰라도 그릇 안에 섞어온 물질로 문지르기 시작했다.

"도와줄까요?" 앰버가 물었다.

대프니는 쳐다보지 않았다. "아니, 아니에요. 제가 하면 돼요. 얼룩이 배기 전에 닦고 싶어서 그래요."

자기 생명이 달린 양 얼룩을 맹렬하게 문지르는 대프니를 보며 앰버는 쓸모없어진 기분이었다. 그렇게 열심이면서 도움이 필요하지 않다니? 대프니가 열심히 문지르는 동안 앰버는 바보가 된 기분으로 그렇게 앉아 있었다. 그리고 차츰 화가 나기 시작했다. 그녀가 뭔가를 쏟기는 했다. 그런데 그게 뭐 그리 큰일이라고? 누군가에게 못생겼다고 한 것도 아닌데.

대프니는 일어나서 깨끗해진 양탄자를 마지막으로 보더니 앰버를 향해 멋쩍은 듯 어깨를 으쓱였다. "맙소사, 잔을 새로 갖다줄까요?"

진심일까? "아니, 괜찮아요. 가봐야겠어요. 시간이 늦었네요."

"정말요? 이렇게 빨리 가다니요."

다른 때 같았으면 앰버는 더 머물며 연극을 이어갔겠지만 언짢은 기분을 감출 자신이 없었다. 게다가 대프니는 아직도 안절부절못했다. 이런 결벽증 환자를 보았나. 대프니는 앰버가 가고 나면 돋보기로 양탄자를 검사할지도 몰랐다.

"오늘은 이만 갈게요. 저녁 즐겁게 보냈어요. 당신과 보내는 시간이 정말 좋아요. 다음 주 위원회 모임 때 만나요."

"운전 조심해요." 대프니가 문을 닫으며 말했다.

앰버는 휴대전화로 시간을 확인했다. 서두르면 도서관이 닫히기 전에 가서 《오디세이아》를 빌릴 수 있을 것 같았다.

10

세 번째 위원회 모임이 열릴 때쯤 앰버는 '버니 보내기 작전'의 마지막 단계를 실행할 준비가 되었다. 오늘은 가진 것 가운데 가장 좋은 검은색 바지에 로프트에서 산 얇은 랩 스타일 스웨터를 입었다. 다른 여자들을 만나는 일도, 그들의 거들먹거리는 시선과 지나치게 예의 차린 대화를 견디는 일도 두려웠다. 자기가 그들과 다르다는 것을 잘 알았고 이런 생각에 괴로워하는 자신에게 화가 났다. 그녀는 심호흡하며 자기가 걱정해야 할 사람은 대프니뿐이라고 되뇌었다.

그녀는 억지로 미소 지으며 초인종을 누르고 실내로 안내받기를 기다렸다.

유니폼을 입은 가정부가 문을 열었다.

"부인께서 곧 내려오실 거예요. 기다리는 동안 살펴보실 서류를 온실에 놔뒀다고 하셨어요."

앰버는 미소 지었다. "고마워요, 마르가리타. 그런데 물어보고 싶은 게 있어요. 지난번 저녁에 만들어준 과카몰리 정말 맛있더라고요. 그만큼 맛있는 건 먹어보지 못했어요. 비법 양념이 뭐예요?"

마르가리타는 기뻐했다. "고맙습니다, 앰버 양. 아무한테도 말하지 않을 거죠?"

앰버는 고개를 끄덕였다.

마르가리타는 몸을 기울여 속삭였다. "커민이에요."

앰버는 사실 아보카도를 싫어했고 그 찐득한 초록색 음식이 그리 맛있지 않았다. 하지만 여자들이라면 모두 자기 조리법이 특별하다고 생각하기 마련이라서 비법을 묻는 것은 누군가의 환심을 사기에 좋은 방법이었다.

온실에는 아침식사로 머핀, 과일, 커피, 차 등이 준비되어 있었다. 앰버는 머그잔 가장자리까지 찰랑거리도록 커피를 따랐다. 대프니가 평소처럼 완벽한 모습으로 들어왔을 때 앰버는 안건을 다 읽은 뒤였다. 그녀는 일어나서 대프니와 포옹했다. 그리고 서류를 든 채 첫 번째 안건을 가리키며 미간을 찡그렸다. "공동의장을 새로 뽑다니요? 버니에게 무슨 일이 생겼어요?"

대프니는 한숨을 쉬며 고개를 저었다. "며칠 전 버니에게 전화를 받았어요. 집에 급히 해결해야 할 일이 생겼다더군요. 편찮으신 삼촌을 돌보러 떠나야 한다고 했어요."

앰버는 당혹스러운 표정을 지어 보였다. "그런 일이 생기다니요. 오늘까지 경매 준비를 마치기로 되어 있지 않나요?" 경매 준비는 사람을 모으고 세세한 데까지 관심을 기울여야 하는 등 일이 많았다. 경매 물건은 모두 확보되었지만 앰버는 일주일 전에 버니의 세계가 박살난 것을 감안하면 아직 해야 할 일이 많을 것이라고 확신했다.

“그러게요. 어제 안타깝게도 준비를 마무리할 수 없다고 이야기하더라고요. 입장이 아주 난처하게 됐어요. 다른 사람에게 이 일을 넘겨받아달라고 하기도 난감하고요. 다들 일정에 맞춰 준비하느라 쉬지 않고 일하고 있으니까요.”

“위원회에 합류한 지는 얼마 안 되었지만 전에 이런 일을 해본 적 있어요. 제가 마무리하고 싶어요.” 앰버는 고개를 숙여 자기 손톱을 내려다보고는 다시 대프니를 보았다. “하지만 다른 사람들이 싫어하겠죠.”

대프니는 눈썹을 추켜올렸다. “위원회에 온 지 얼마 되지 않은 건 중요하지 않아요. 전 당신이 진심으로 돕고 싶어서 이 모임에 합류했다는 걸 알아요. 하지만 일이 정말 많을 텐데요. 경매 물품 평가서를 작성해야 하고 입찰양식은 물론 경매 번호판도 만들어야 하고요.”

앰버는 아무렇지 않게 목소리를 내려고 애썼다. “전에 회사에서 경매를 준비해본 적이 있어요. 입찰양식은 색이 다른 종이로 세 부 작성되도록 하는 게 가장 좋아요. 그러면 경매가 끝나고 현금출납원이 두 부를 가져가고 맨 밑에 한 부는 물품과 함께 남게 되죠. 그래야 헷갈리지 않아요.”

앰버는 어젯밤에 구글에서 이 내용을 찾아보았다. 예상대로 대프니는 깊이 감명한 것 같았다.

“샤를린을 위해 뭔가를 하는 기분이 들 것 같아요.” 앰버가 말을 이었다. “기부할 만한 큰돈은 없지만 시간이라면 얼마든지 낼 수 있어요.” 그녀는 측은해 보이기를 바라며 대프니를 쳐다보았다.

“그럼요, 그렇고말고요. 당신이 공동의장이 되어준다면 나야 영광이죠.”

“다른 사람들은 어떡하죠? 괜찮다고 할까요? 심기를 불편하게 하고 싶지는 않은데요.”

“그건 내가 알아서 할게요.” 대프니는 이렇게 말하고는 앰버를 향해 커피가 담긴 머그잔을 건배하듯 들어올렸다. “우린 동반자예요. 줄리와 샤를린을 위해.”

앰버도 자기 잔을 들어 대프니의 잔과 부딪쳤다.

삼십 분 뒤 대프니가 준비한 음식을 먹으며 저마다 휘황찬란한 일상 이야기를 나누고 나서야 여자들은 일 이야기를 할 준비가 되었다. 오전 내내 이런 식으로 시간을 흘려보낼 수 있다면 좋을 텐데. 이번에도 앰버는 모임에 참석하려고 휴가를 내야 했다.

대프니가 목소리를 가다듬고 방 안에 모인 사람들에게 말하기 시작하자 앰버는 숨을 죽였다. “안타깝게도 버니가 위원회에서 사임했어요. 편찮은 삼촌을 돌보러 떠나야 한다는군요.”

“오, 그런 일이 있다니요. 심각한 일이 아니면 좋겠어요.” 메러디스가 말했다.

“자세한 내용은 나도 몰라요.” 대프니는 이렇게 말하고 잠시 멈추었다. “여러분 가운데 한 사람에게 공동의장 자리를 제안하려 했는데 고맙게도 앰버가 해주겠다는군요.”

메러디스는 앰버를 보고는 잠시 뒤 대프니를 보았다. “정말 고마운 일이지만 현명한 결정일까요? 괜히 딴지 걸려는 게 아니라 앰버는 합류한 지 얼마 안 됐잖아요. 속도를 내서 준비하려면 일이 많아요. 내가 대신할게요."

"지금 남은 일 가운데 중요한 게 경매인데 앰버는 경매를 진행한 경험이 있어요." 대프니가 차분한 목소리로 대답했다. "게다가 앰버에게는 개인적인 사연이 있어요. 여동생을 추모하고 싶어 하거든요. 메러디스는 물론이고 여러분이 도와준다면 앰버는 기꺼이 환영할 거예요."

앰버는 대프니에게서 메러디스로 시선을 옮겼다. "뭐든 좋으니 조언해주시면 감사하겠어요. 현재 상황을 파악한 뒤에 업무를 분장할게요." 저 돈 많은 여자에게 보고받는다고 생각하자 앰버는 기분이 좋아서 화색이 돌았다. 그녀는 메러디스의 짜증스러운 표정도 놓치지 않았다. 그러면서 웃음이 나는 것을 참았다.

메러디스는 눈썹을 추켜올렸다. "물론이에요. 우리 모두 기꺼이 맡은 일을 할 거예요. 원래 버니는 집 안에 경매 물품을 전부 꺼내놓고 우리 중 몇몇과 함께 입찰양식을 만들고 물품 설명서를 작성할 계획이었어요. 그러니 당신 집으로 가면 될까요, 앰버?"

앰버가 뭐라고 대꾸하기도 전에 대프니가 끼어들어 그녀를 살렸다. "경매 물품은 이미 여기에 와 있어요. 어제 오후에 사람을 보내서 가져왔죠. 굳이 다시 옮길 필요는 없을 것 같군요."

앰버는 메러디스에게 시선을 고정한 채 말했다. "경매에 필요한 서류는 되도록 온라인으로 작성할 생각이에요. 제가 여러분에게 물품 사진과 서류양식을 이메일로 보내면 여러분이 설명을 작성해서 제게 다시 보내는 게 훨씬 효율적일 거예요. 그러면 제가 모두 인쇄해서 물품에 부착할게요. 오늘 밤 여러분에게 단체 이메일을 보낼 테니 각자 어떤 물품의 설명서를 작성할지 알려주세요. 시간 맞춰 모이느라 시간 낭비할 필요 없잖아요."

"앰버, 정말 좋은 생각이에요. 여러분, 봤죠? 새로운 피가 영입되니 좋잖아요."

앰버는 의자에 기대어 앉아 미소 지었다. 메러디스에게서 평가하는 듯한 시선이 느껴졌다. 앰버는 두 줄짜리 진주 목걸이부터 약간 닳은 낙타색 재킷까지 대대로 물려받은 부를 자랑하는 메러디스의 차림새를 다시 한 번 살펴보았다. 메러디스는 화장을 최소한으로 했고 머리 모양은 특별할 것이 없었으며 얌전한 손목시계와 귀걸이를 하고 있었다. 사파이어와 다이아몬드가 박힌 결혼반지는 집안에서 내려오는 물건 같았다. 영국 혈통임이 분명하게 드러나고 막대한 신탁자금이 있다는 것만 빼면 그녀에게서 특별한 점은 찾아볼 수 없었다. 그녀의 거만한 모습에 앰버는 고향 마을에서 가장 부유했던 록우드 부인이 떠올랐다. 부인은 매주 월요일 아침 캐시미어 스웨터와 모직 정장과 드레스를 세탁소에 맡겼는데 그때마다 자신의 신성한 옷이 하층민의 옷에 닿는 것을 견딜 수 없다는 듯 옷을 계산대에 조심스레 내려놓았다. 그녀는 앰버의 인사를 받아주지 않았고 그 누구와도 인사를 나누지 않았으며 썩은 냄새를 맡은 듯 찡그린 미소만 지었다.

록우드 일가는 마을이 내려다보이는 언덕 위 저택에 살았다. 앰버는 마을 축제에서 그 집의 외동딸 프랜시스를 만났고 둘은 빠르게 친해졌다. 프랜시스가 처음으로 앰버를 집에 데려간 날 앰버는 집의 크기와 멋들어진 가구에 감탄을 금할 수 없었다. 온통 분홍색과 흰색과 프릴로 장식된 프랜시스의 침실은 모든 여자아이가 꿈꾸는 모습이었다. 주문 제작한 선반에는 수많은 인형이 깔끔하게 정리되어 있었고 한쪽 벽에는 책과 우승컵이 진열되어 있었다. 앰버는 그 방에서 나가고 싶지 않았다. 하지만 둘의 우정은 오래가지 못했다. 어쨌든 앰버는 록우드 부인이 소중한 딸의 친구로 좋아할 만한 사람이 아니었으니까. 둘이 통화할 때면 전화가 연결되자마자 프랜시스의 오만한 어머니가 선을 잘랐다. 이 일로 앰버는 오랫동안 화나 있었고 프랜시스의 잘생긴 오빠 매튜를 만나는 것으로 복수했다. 록우드 부인은 자신에게 무슨 일이 닥쳤는지도 몰랐다.

그리고 지금 이곳에서 앰버는 그때와 같은 오만함을 메러디스 스탠튼에게서 느꼈다. 하지만 지금까지는 앰버가 한 점 앞서고 있었다.

"앰버." 공상에 잠겨 있던 앰버는 대프니의 목소리에 깜짝 놀랐다. "사전홍보를 위해 사진을 찍고 싶은데요. 당신과 나머지 경매 준비 위원들이 경매 물품 일부를 들고 찍었으면 해요. 〈하버 타임스〉에 기금 조성 광고가 실릴 거예요."

앰버는 움직일 수 없었다. '사진이라고? 그것도 신문에 실릴?' 그런 일이 생겨서는 안 되었다. 재빨리 생각해야 했다. "음." 그녀는 잠시 머뭇거렸다. "이런, 대프니. 전 합류한 지 얼마 안 됐잖아요. 제가 같이 사진을 찍는 건 불공평한 것 같아요. 저보다 오래 이 일로 애쓴 분들이 사진을 찍어야죠."

"정말 마음이 넓군요. 하지만 앰버는 이제 공동의장이에요." 대프니가 말했다.

"다른 분들의 공로가 두드러져야 마음이 편해서 그래요." 주위를 둘러본 앰버는 겸손함 덕분에 점수를 땄다는 사실을 알았다. 서로 좋은 처사였다. 그녀는 이 특권계층의 속물들에게 가난하지만 다정하고 주제넘지 않으며 가여운 사람이라는 인상을 유지할 수 있었다. 무엇보다 과거의 망령들이 킁킁거리며 다니지 않도록 하는 게 가장 중요했다. 앰버는 당분간 낮은 자세를 취해야 했다.

11

다음 날 아침 제나가 앰버의 사무실로 춤을 추며 들어왔다. 어찌나 활짝 웃는지 사시인 작은 눈이 볼살에 눌려 보이지 않을 정도였다.

"내가 왜 이러는지 맞춰봐." 그녀가 숨을 가쁘게 몰아쉬며 말했다.

"모르겠는데?" 앰버가 심드렁하게 대답했다. 작성하고 있던 수수료 보고서에서 고개를 들지도 않았다.

"어젯밤에 샐리한테 이야기했어."

앰버는 고개를 번쩍 들고 펜을 내려놓았다.

"우리랑 같이 저녁 먹는 거 좋대, 오늘."

"제나, 정말 잘됐다." 앰버는 제나의 끈덕진 성격이 처음으로 고마웠다. 그녀는 앰버가 출근한 첫날부터 성가시게 했고 앰버가 초대를 거절할 때마다 펀치넬로(17세기 이탈리아 희극이나 인형극에 나오는 어릿광대) 장난감처럼 튀어올라 다시 물어보았다. 앰버는 마침내 초대에 응하게 되었다. 제나는 자신이 원하는 것을 얻었고 이제 앰버 입장에서도 득이 되는 일이었다.

"몇 시가 좋을까? 특별히 생각해둔 장소는 있어?"

"음, 프렌들리나 레드 로브스터에 갈까 해. 오늘 저녁엔 새우나 실컷 먹어보자고."

앰버는 맞은편에 앉아 턱에 칵테일소스를 묻히고 작은 분홍색 새우를 게걸스레 먹어치우는 제나의 모습을 상상했다. 도저히 견딜 수 없을 것 같았다. "그러지 말고 메인 스트리트 그릴에 가자. 퇴근 시각 이후엔 아무 때나 좋아." 앰버가 말했다.

"좋아, 샐리에게 다섯 시 삼십 분쯤 만나자고 할게. 정말 재미있겠다." 제나는 손뼉을 치며 꺅 하고 소리 지르더니 껑충거리며 사무실을 나갔다.

그릴에 도착한 앰버와 제나는 뒤쪽 자리에 앉았다. 제나는 샐리가 오는지 보려고 문이 보이는 쪽에 앉았다. 제나는 오늘 새로 온 고객에 대해 이야기를 쏟아냈다. 500만 달러 정도의 부동산을 찾던 여자 손님이 얼마나 상냥하고 친절했는지 이야기하다가 갑자기 말을 끊고 손을 흔들었다. "샐리, 여기야." 그녀는 이렇게 말하며 자리에서 일어났다.

샐리가 가까이 오자 앰버는 자각할 정도로 놀랐다. 샐리는 앰버의 상상과 전혀 달랐다.

"안녕, 제나." 샐리는 제나와 포옹한 뒤에 앰버를 보았다. "네가 앰버구나. 제나에게 이야기 많이 들었어." 그녀는 미소 지으며 호리호리한 팔을 탁자 너머로 뻗어 앰버와 악수했다. 샐리가 입은 몸에 딱 달라붙는 청바지와 흰색 긴소매 티셔츠 덕분에 늘씬한 몸매와 보기 좋게 탄 피부와 풍성한 갈색 머리카락이 돋보였다. 제나 옆에 앉은 그녀를 보며 앰버는 다시 한 번 놀랐다. 샐리의 눈동자는 검은색에 가까울 정도로 짙었고 속눈썹도 길고 진했다.

"만나서 반가워, 샐리. 오늘 시간 낼 수 있어서 다행이다." 앰버가 말했다.

"어른이 되어서도 같이 어울리자고 제나와 약속했는데 일이 바빠서 요즘 잘 못 만났어. 이렇게 만나니 좋은데?" 앰버는 같은 동네에 산다는 것 외에 둘의 공통점이 무엇일지 궁금했다.

"너무 배고프다. 뭐 먹을지 정했어?" 제나가 말했다.

샐리는 메뉴판을 들고 재빨리 살폈다.

"난 시금치를 곁들인 연어구이 먹을래." 앰버가 말하자 제나는 콧잔등을 찡그렸다.

"나도 같은 걸로." 샐리가 메뉴판을 내려놓으며 말했다.

"윽, 매시드 포테이토와 그레이비소스를 곁들인 따뜻한 터키 샌드위치가 있는데 어떻게 연어를 고를 수 있어? 난 그거 먹을래. 시금치는 싫어."

종업원이 주문을 받았고 앰버는 하우스 레드 와인을 한 병 주문했다. 오늘 저녁에는 모두 긴장을 풀고 아무 말이나 하기를 바랐다.

"자, 여기." 앰버가 잔을 채우며 말했다. "느긋하게 즐기는 거야. 그나저나 샐리, 무슨 일을 해?"

"그리니치에 있는 사립학교 세인트 그레고리에서 특수교육 교사로 일해."

"대단한데? 제나에게 들었는데 보모로 일했다면서. 아이들을 좋아하나봐."

"응, 좋아해."

"보모로는 몇 년이나 일했어?"

"육 년. 두 집에서만 일했어. 두 번째로 일한 집은 이 동네였고."

"누구?" 앰버가 물었다.

"이런, 앰버. 까먹었어? 네가 패리시 부인과 점심 먹던 날 내가 말했잖아. 샐리가 그 집에서 일했다고." 제나가 말했다.

앰버는 경멸 어린 눈길로 그녀를 보았다. "이런, 내가 잊고 있었네." 앰버는 다시 샐리를 보았다. "어땠어? 그러니까 그 집에서 일할 때 말이야."

"정말 좋았어. 패리시 씨 부부는 정말 좋은 분들이야."

앰버는 패리시 일가가 얼마나 완벽한지와 같은 동화 속 이야기에는 관심이 없었다. 그녀는 다른 방식을 택하기로 했다. "보모는 힘든 일이잖아. 넌 뭐가 제일 힘들었어?"

"음, 탈룰라가 태어났을 때 좀 피곤했지. 2.3킬로그램으로 작게 태어나서 두 시간마다 우유를 먹여야 했거든. 물론 밤중 수유는 전문 돌보미가 맡았지만 난 매일 아침 일곱 시부터 밤에 돌보미가 올 때까지 그 애를 돌봐야 했어."

"밤에는 전문 돌보미가 돌봤다고? 그럼 패리시 부인은 수유하지 않았어?"

"응, 정말 슬픈 일이지. 패리시 씨 말로는 처음에는 노력해봤지만 모유가 나오지 않는대. 그러면서 내게 아무 말도 하지 말라고, 그런 말을 하면 부인이 울 거라고 했지. 그래서 우리는 그 이야기를 꺼내지도 않았어." 샐리는 연어를 한 입 먹었다. "가끔은 궁금하더라고."

"무슨 뜻이야?"

샐리는 아무렇지 않게 말하려 했지만 앰버는 그녀에게서 불편한 기색을 눈치챘다. "아, 아무것도 아니야."

"아무것도 아닌 게 아닌데?" 앰버가 재촉했다.

"음, 하긴 다들 아는 이야기일 테니까."

앰버는 몸을 가까이 기울이고 기다렸다.

"탈룰라가 태어나고 얼마 지나지 않아서 패리시 부인이 떠났어. 쉬면서 도움을 받는 병원 같은 곳이라던데."

"요양원 말이야?"

"그런 곳이었어."

"혹시 부인이 산후우울증을 앓았어?"

"그건 잘 몰라. 그때는 떠도는 소문이 많았지만 귀담아 듣지 않으려고 애썼거든. 모르겠어. 경찰이 연루되었다는 말도 있었고. 그건 기억나네. 부인이 아기에게 위협을 가해서 부인과 아기를 단둘이 두면 안 된다는 소문이 돌았어."

앰버는 호기심을 감추려 애썼다. "부인이? 위협을 가했다고?"

샐리는 고개를 저었다. "나도 믿기지 않아. 하지만 부인을 다시 보지는 못했어. 부인이 집으로 돌아오자마자 패리시 씨가 일을 그만해도 된다고 말했거든. 탈룰라에게 프랑스어로 말할 수 있는 보모를 원한다고 했어. 그래서 난 학교에서 상근직으로 일하는 게 어떨까 생각했던 거고. 나중에 그 집에서 내 친구 서리를 주말 보모로 고용했는데 그 애한테서 별달리 이상한 이야기는 못 들었어."

앰버는 대프니가 무슨 일로 입원했는지 궁금했다. 머릿속으로 딴 생각을 한참 하다가 샐리가 계속 이야기하고 있다는 것을 퍼뜩 깨달았다.

“미안해. 무슨 이야기 하고 있었지?” 앰버가 물었다.

“나한테 계속 공부해서 석사학위를 따라고 격려해준 사람이 패리시 부인이었다고. 여성에게 가장 중요한 건 독립적으로 사는 것과 자신이 원하는 걸 정확히 아는 거라고 말했어. 결혼을 고려할 때는 더 그렇다고.” 샐리는 와인을 한 모금 마셨다. “좋은 충고였던 것 같아.”

“그러게. 하지만 부인은 꽤 어린 나이에 결혼하지 않았어?”

샐리는 미소 지었다. “이십 대에 했지. 내 눈에는 완벽한 부부 같던데. 잘 결정한 거지.”

‘정말 헛소리만 잔뜩 지껄이는군.’ 앰버는 이렇게 생각하며 남은 와인을 잔 세 개에 나누어 따랐다. “제나에게 들었는데 패리시 부인 어머니가 이곳으로 이사하려고 했다며? 그분을 만난 적 있어?”

“몇 번 만났어. 그리 자주 오진 않았고. 북부 어딘가에서 비앤비를 운영한다고 듣긴 했지만 오래 머물면서 손녀를 보지 않는 게 이상하긴 했어.”

“왜 비숍 하버로 이사하지 않기로 했는지 알아?”

“정확히는 모르지만 패리시 가문에서 모든 걸 도와줘서 밀려나는 것 같았어. 자기가 방해된다고 생각했는지도 모르지.” 샐리는 이렇게 말하고 와인을 마셨다. “패리시 부인은 극도로 정돈되고 엄격하게 짜인 삶을 살잖아. 그 집의 특징은 정확함이야. 그 무엇도 원래 자리를 벗어나서는 안 되고 방에는 먼지 한 점 없어야 하고 물건은 전부 완벽한 위치에 놓여 있어야 하지. 베닛 부인이 그런 걸 너무 힘들어했는지도 몰라.”

"와, 정말 그랬겠네." 앰버 역시 최근 대프니의 집에 드나들 때마다 그렇게 느꼈다. 마치 아무도 살지 않는 집 같았다. 잔에 담긴 음료를 다 마시거나 접시를 비우자마자 순식간에 가져가버렸다. 잘못 놓인 물건은 하나도 없었는데 어린아이 둘이 있는 집에서는 힘든 일이었다. 아이들 방마저 티 없이 깔끔했다. 그 집에서 자고 난 다음 날 아침 앰버는 아이들 방을 들여다보고 책과 장난감이 꼼꼼하게 정리된 모습에 놀랐다. 무질서한 것은 아무것도 없었다.

샐리는 와인을 더 마셨다. 이야기 주제가 마음에 드는 모양이었다. "서리에게 들었는데 탈룰라와 벨라는 만화나 어린이 프로그램을 못 본대. 다큐멘터리와 교육용 DVD만 본다더라고." 그녀는 손사래를 쳤다. "내 말은 그게 나쁘다는 게 아니라 재미나 오락용으로 뭔가를 볼 수 없다니 안타깝다는 거야."

"패리시 부인이 교육을 중요하게 생각하나보네." 앰버가 말했다.

샐리는 손목시계를 보았다. "교육 이야기가 나와서 말인데 난 이만 가봐야겠다. 내일 아침 학교에 출근해야 하니까." 그녀는 제나를 향해 말했다. "지금 갈 거면 내가 집까지 태워줄게."

"그거 좋지." 제나는 두 손을 맞잡았다. "오늘 재미있었어. 또 이렇게 모이자."

계산 뒤에 제나와 샐리는 집으로 갔다. 앰버는 남아서 와인을 마저 마시며 기대앉아 오늘 수집한 여러 정보를 되새겼다.

그녀는 집에 도착해 제일 먼저 대프니의 어머니를 검색해보았다. 잠깐 찾았는데도 뉴햄프셔에서 자가로 비앤비를 운영하는 루스 베닛을 발견할 수 있었다. 근사한 풍경 속에 자리한 예스러운 시골 여관이었다. 화려하지 않지만 근사해 보였다. 웹사이트 사진 속의 나이 든 베닛 부인은 대프니만큼 아름답지는 않았지만 그녀와 닮아 있었다. 앰버는 둘 사이에 무슨 일이 있었는지, 왜 대프니는 어머니가 가까이 이사하는 것을 못마땅해했는지 궁금했다.

그녀는 비앤비 홈페이지를 즐겨찾기에 추가한 다음 페이스북에 로그인했다. 늙고 살찐 그 남자의 모습이 보였다. 지난 몇 년 동안 그리 잘 지내지 못한 것 같았다. 앰버는 웃으며 노트북을 덮었다.

12

승강장에서 기다리는 동안 앰버는 장갑을 끼고 뜨거운 커피를 마시며 몸을 따뜻하게 하려 했다. 입을 열 때마다 하얀 입김이 나왔다. 그녀는 몸을 데우려고 제자리에서 걸었다. 대프니와 탈룰라, 벨라와 만나서 종일 뉴욕에서 쇼핑도 하고 관광도 하기로 했다. 록펠러 센터의 크리스마스트리를 보는 것이 주목적이었다. 앰버는 일부러 관광객처럼 옷을 입었다. 편한 신발을 신고 따뜻한 오리털 재킷을 입고 토트백을 보물처럼 끌어안았다. 네브래스카에서 갓 올라온 여자 같았다. 화장이라고는 월그린에서 고른 싸구려 립스틱을 바른 것이 전부였다.

“앰버!” 대프니가 양쪽에 아이들 손을 잡고 달려오며 불렀다. “늦어서 미안해요. 애가 입을 옷을 고르질 못해서요.” 그녀는 미소 지으며 벨라 쪽으로 고개를 기울였다.

앰버가 미소 지었다. "안녕, 얘들아. 다시 만나서 반가워."

벨라는 미심쩍은 눈길로 그녀를 쳐다보았다. "정말 못생긴 외투다."

"벨라!" 대프니와 탈룰라가 동시에 외쳤다. 대프니는 무척 당황하며 수치스러워했다. "그런 못된 말이 어디 있어!"

"하지만 사실인걸요."

"정말 미안해요, 앰버." 대프니가 말했다.

"괜찮아요." 앰버는 쪼그려 앉아 벨라와 눈높이를 맞췄다. "네 말이 맞아. 이건 못생긴 외투야. 옛날부터 입던 거지. 오늘 새로 하나 사려고 하는데 네가 골라주면 안 될까?" 앰버는 이 버릇없는 녀석을 한 대 때리고 싶었다. 예닐곱 살 밖에 안 된 주제에 은색 스니커즈를 신고 있었다. 며칠 전 경매에 쓸 상품권을 전달하러 대프니 집에 갔을 때 주방 식탁에 놓여 있던 상자에서 본 신발이었다. 그날 집에 가서 찾아보니 신발 가격은 300달러에 육박했다. 이 버릇없는 아이는 이미 패션계의 속물이었다.

벨라는 엄마를 보며 칭얼댔다. "기차는 언제 와요? 추워요."

대프니는 벨라를 끌어안고 머리에 입 맞췄다. "곧 올 거란다."

벨라가 징징대는 소리를 오 분 더 듣고 나서야 기차가 들어왔다. 그들은 재빨리 기차에 탔고 운 좋게도 앞쪽에서 두 열이 마주보는 빈자리를 찾았다. 앰버가 자리에 앉자 벨라가 팔짱을 끼고 그 앞에 섰다.

"거긴 내 자리에요. 난 거꾸로 못 앉는단 말이에요."

"그럼 여기 앉아." 앰버는 반대쪽에 앉았고 탈룰라는 벨라 옆에 앉았다.

"엄마가 내 옆에 앉는 게 좋아."

이 괴물 같은 것들이 종일 으르렁거리며 지시해대는 걸 그냥 놔둬야 한단 말인가?

대프니의 표정이 엄격해졌다. "벨라, 엄마는 네 맞은편에 앉아 있잖니. 말도 안 되는 행동 그만해. 엄마는 앰버 옆에 계속 앉아 있을 거야."

벨라는 표정이 어두워지더니 맞은편 의자를 발로 찼다. "저 아줌마는 왜 온 거예요? 가족여행이잖아요."

대프니가 벌떡 일어났다. "잠깐 실례할게요." 그녀는 벨라 손을 잡고 통로 끝으로 갔다. 앰버는 그녀가 벨라에게 손짓해가며 말하는 것을 보았다. 오 분 뒤 벨라는 고개를 끄덕였고 둘은 자리로 돌아왔다.

벨라는 자리에 앉아 앰버를 보았다. "죄송해요."

하나도 미안하지 않은 표정이었지만 앰버는 친절해 보이기를 바라는 표정을 지었다.

"고마워, 벨라. 사과받을게." 앰버는 탈룰라를 보았다. "엄마한테 들었는데 낸시 드루(미스터리 소설 시리즈에 등장하는 주인공)를 좋아한다면서?"

탈룰라는 눈을 반짝이며 가지고 온 작은 배낭에서 《나무 여인의 비밀》을 꺼냈다. "엄마가 어릴 때 보던 책 전부 다 가지고 있어요. 정말 재미있어요."

"나도 좋아하는데. 낸시 드루처럼 되고 싶었던 적도 있었어." 앰버가 말했다.

탈룰라는 긴장을 풀기 시작했다. "낸시는 정말 용감하고 똑똑하고 항상 모험을 떠나요."

"너무너무 지루해." 탈룰라 옆자리의 퍼비(귀가 달리고 새처럼 생긴 털북숭이 장난감 인형)가 외쳤다.

"네가 뭘 안다고 그래? 읽지도 않았잖아." 탈룰라가 말했다.

"엄마! 언니가 나한테 저렇게 말하면 안 되잖아요." 벨라가 목소리를 높였다.

"얘들아, 그만하렴." 대프니가 온화하게 말했다.

이제 앰버는 대프니의 뺨을 때리고 싶었다. 저 아이에게 훈육이 필요하다는 사실을 모르는 걸까? 제대로 가르치려면 엉덩이라도 흠씬 두들겨야 할 텐데.

그들은 마침내 그랜드 센트럴에 도착했고 기차에서 내려 붐비는 역으로 나갔다. 앰버는 대프니가 아이들과 계단을 올라가 중앙 터미널로 가는 동안 뒤따라갔다. 웅장한 건물을 보자 기분이 좋아지기 시작했고 자신이 뉴욕을 얼마나 좋아하는지 새삼 깨달았다.

대프니가 걸음을 멈추고 모두 불러 모았다. "자, 오늘 할 일을 알려줄게. 먼저 쇼윈도 크리스마스 장식을 구경하고 앨리스 티컵에 가서 점심을 먹을 거야. 그리고 아메리칸 걸 스토어에 들렀다가 마지막으로 록펠러 센터에서 스케이트를 탈 거야."

앰버는 차라리 자기를 죽여줬으면 좋겠다고 생각했다. 쇼윈도 장식이 멋있다는 것은 그녀도 인정했다. 쇼윈도는 저마다 경쟁이라도 하듯 공들여 장식되어 있었다. 벨라마저 넋이 빠져 칭얼대지 않을 정도였다. 앨리스 티컵에 도착하자 앰버는 긴 줄을 보고 속으로 앓는 소리를 냈지만 대프니가 그곳 단골인 덕분에 곧장 안으로 들어갔다. 음식은 맛있었고 특별한 사건도 일어나지 않았다. 앰버와 대프니는 오 분 넘게 대화를 나눌 수 있었다.

아이들이 프렌치토스트를 먹는 동안 앰버는 햄 치즈 크루아상을 다 먹고 차를 마셨다.

"대프니, 불러줘서 다시 한 번 고마워요. 이런 때 가족행사에 함께하니 참 좋군요."

"저야말로 고마워요. 덕분에 훨씬 즐거운걸요. 잭슨이 못 간다고 해서 취소하려고 했거든요." 대프니가 몸을 기울여 속삭였다. "보다시피 벨라는 다루기가 좀 힘들어요. 도와줄 사람이 있으면 정말 좋죠."

앰버는 등줄기가 후끈해졌다. 자신이 그런 존재라는 말인가? 도와줄 사람이라고?

"오늘은 보모가 올 수 없었나봐요?" 앰버가 참지 못하고 물었다.

대프니는 앰버의 날 선 기분을 알아차리지 못한 것 같았다. "미리 계획한 일이라 휴가를 줬거든요." 그녀는 환하게 웃으며 앰버의 손을 꼭 잡았다. "우리랑 같이 와줘서 기뻐요. 내 동생이 살아 있었다면 이런 일들을 같이했겠죠. 하지만 이젠 이런 걸 함께 즐길 특별한 친구가 있어요."

"정말 재미있네요. 아까 상점 쇼윈도에서 아름다운 애니메이션을 볼 때 샤를린이 이걸 보면 얼마나 좋아할까 생각했거든요. 그 애는 크리스마스 무렵을 좋아했어요." 사실 앰버가 어린 시절에 보낸 크리스마스는 궁색하고 실망스러웠다. 하지만 샤를린이 정말 존재했다면 크리스마스를 좋아했을지도 몰랐다.

"줄리도 크리스마스를 좋아했어요. 이 이야기는 아무한테도 안

했는데 해마다 크리스마스이브면 줄리에게 편지를 쓰느라 무척 늦게 자요."

"뭐라고 쓰는데요?"

"한 해 동안 있었던 일들이나 사람들이 크리스마스카드에 쓰는 그런 거 있잖아요. 하지만 줄리에게 쓰는 편지는 달라요. 그때만은 마음속에 있는 이야기를 털어놓죠. 조카들 이야기도 쓰고요. 살아 있었으면 정말 예뻐했을 테고 아이들도 이모를 좋아했을 거라는 내용을 써요. 편지를 쓰면 뭐라 설명할 수 없는 방식으로 줄리와 연결된 느낌이 들어요."

앰버는 잠시 연민을 느꼈지만 연민은 이내 질투로 바뀌었다. 앰버는 가족 누구에게도 그런 종류의 사랑을 느껴보지 못했다. 그 기분이 어떨지 궁금했다. 앰버는 무슨 말을 해야 할지 몰랐다.

"이제 아메리칸 걸에 가는 거예요?" 벨라가 일어나며 외투를 입었다. 앰버는 아이의 방해가 고마웠다.

그들은 레스토랑에서 나와 택시를 탔다. 앰버가 기사 옆자리에 앉았다. 차 안에서 나는 오래된 치즈 냄새에 토할 것 같았다. 하지만 창문을 열기가 무섭게 뒷자리의 벨라 여왕님이 소리쳤다.

"난 추운데."

앰버는 이를 악물고 창문을 닫았다.

5번로 49번가에 도착하자 상점으로 들어가는 줄이 블록을 돌 정도로 길었다.

"줄이 너무 길어요." 탈룰라가 말했다. "꼭 기다려야 해요?"

벨라는 발을 굴렀다. "난 벨라 인형에게 입힐 새 옷을 사야 한단 말이야. 엄마, 우리 먼저 들어가게 해주면 안 돼요? 아까 밥 먹을 때처럼요."

대프니는 고개를 저었다. "얘야, 그건 안 돼." 그녀는 애원하는 눈빛으로 탈룰라를 바라보았다. "벨라에게 약속했는걸."

탈룰라는 울고 싶은 얼굴이었다.

앰버에게 좋은 생각이 떠올랐다. "오다가 몇 블록 떨어진 데서 반스앤드노블을 봤어요. 내가 탈룰라를 데리고 그리로 갈 테니 두 사람이 볼일을 마친 다음에 우리가 있는 곳으로 오는 게 어때요?"

탈룰라의 눈이 빛났다. "엄마, 그래도 돼요? 제발요."

"괜찮겠어요, 앰버?" 대프니가 물었다.

괜찮고말고. "물론이에요. 그렇게 하면 둘 다 좋잖아요."

"정말 고마워요, 앰버."

앰버와 탈룰라가 걸어가자 대프니가 외쳤다. "앰버, 서점에서 아이 옆에 계속 있어줘요."

앰버는 맨해튼에서 아이가 혼자 돌아다니도록 놔둘 것 같으냐고 비꼬며 쏘아붙이고 싶었지만 참았다. "계속 지켜볼게요."

5번로 남쪽으로 걸어가는 동안 앰버에게는 탈룰라를 더 잘 알게 될 기회가 생겼다.

"넌 아메리칸 걸 인형 안 좋아하니?"

"몇 시간씩 줄 설 정도로 좋아하지는 않아요. 차라리 책 읽는 게 낫죠."

"넌 뭘 좋아하는데?"

탈룰라는 어깨를 으쓱했다. "음, 책이요. 사진 찍는 것도 좋아해요. 하지만 필름을 넣는 옛날 카메라여야 해요."

"정말? 디지털 카메라는 왜 별로야?"

"옛날 카메라 해상도가 더 나아요. 그리고 또 알아낸 게 있는데……"

앰버는 탈룰라의 설명을 듣지 않았다. 상관없었다. 그녀는 탈룰라가 좋아하는 것을 알고 싶었을 뿐 그와 관련된 장황한 과학 이야기에는 관심 없었다. 탈룰라는 아이의 탈을 쓴 꼬마 교수 같았다. 앰버는 이 아이에게 친구가 있을지 궁금했다.

"다 왔네."

앰버는 탈룰라를 좇아 드넓은 서점을 둘러보았고 추리소설 코너에 이르자 탈룰라는 책을 한아름 뽑아 들었다. 그들은 편하게 앉을 수 있는 곳을 찾았고 앰버도 서가에서 책을 몇 권 꺼냈다. 그녀는 탈룰라가 에드거 앨런 포의 글 모음집을 읽고 있는 것을 보았다.

"에드거 앨런 포가 고아였다는 거 알아?" 앰버가 물었다.

탈룰라가 고개를 들었다. "뭐라고요?"

앰버는 고개를 끄덕였다. "네 살 때 부모님이 돌아가셨대. 그 뒤 부유한 상인 손에 자랐고."

탈룰라의 눈이 휘둥그레졌다.

"슬프게도 양부모님이 유언장에 그의 이름을 빠뜨리는 바람에 그는 매우 가난해졌지. 어쩌면 그가 양부모님에게 친부모님에게만큼 착하게 굴지 않아서였는지도 몰라." 충격에 빠진 탈룰라의 표정에 앰버는 속으로 웃었다. 아이가 명심하기에 좋은 교훈이었다.

그들은 두 시간 동안 책을 읽었다. 탈룰라는 앰버를 신경 쓰지 않고 포의 책에 푹 빠졌고 앰버는 포뮬러 원 경주에 관한 책을 읽었다. 잭슨이 포뮬러 원의 열혈 팬이라는 글을 읽었기 때문이다. 책을 다 읽고 나서는 휴대전화로 페이스북 앱에 접속했다. 업데이트된 내용을 읽자 분노가 밀려왔다. 그년이 임신하다니. 어떻게 그럴 수 있지? 세 사람은 바보처럼 웃고 있었다. 임신 팔 주 만에 그 소식을 알리는 바보가 어디 있담? 앰버는 유산할 수도 있다고 생각하며 자신을 위로했다. 그때 누군가가 다가오는 소리가 들려 고개를 들어보니 대프니였다. 그녀는 쇼핑백을 한가득 들고 황급히 다가왔다.

"여기 있었군요!" 대프니는 숨을 가쁘게 몰아쉬었다. 벨라는 함께 뛰느라 엄마 손을 잡고 있었다. "방금 잭슨에게서 전화가 왔어요. 우리를 만나러 오겠대요. 여기에서 택시를 타고 식스티파이브 레스토랑으로 가야 해요. 그곳에서 만나기로 했어요. 저녁을 먹고 트리를 보기로 했고요." 대프니가 미소 지었다.

"잠깐만요." 앰버는 이렇게 말하며 대프니의 외투 소맷자락을 잡았다. "가족끼리 보내는 시간을 방해하고 싶지 않아요." 사실 앰버는 잭슨을 만날지도 모른다는 생각에 너무 긴장한 자신이 놀라웠다. 갑작스러운 상황 때문에 그녀는 평정심을 잃었다. 이미 충분히 알고 있는 남자를 직접 만나게 되리라는 것을 미리 알고 시간을 가지고 준비하고 싶었다.

"그러지 마요." 대프니가 감정을 실어 말했다. "당신이 방해가 된다니요. 자, 어서 같이 가요. 잭슨이 기다리고 있어요."

탈룰라는 바로 일어나 책을 모두 쌓아서 손에 들었다.

그러자 대프니가 손사래를 쳤다. "얘야, 책은 내려놓으렴. 지금 가야 한단다."

13

그는 레스토랑의 가장 좋은 자리에서 기다리고 있었다. 바깥 풍경은 앰버가 상상한 것보다 훨씬 근사했다. 잭슨도 마찬가지였다. 그에게서는 성적 매력이 그야말로 흘러넘쳤다. 넋이 나갈 정도로 매력적이었다. 달리 표현할 길이 없었다. 나무랄 데 없는 맞춤정장을 입은 그는 제임스 본드 영화에서 막 튀어나온 것 같았다. 그들이 다가가자 그는 자리에서 일어났고 눈부시게 푸른 눈동자가 대프니에게 이르자 환하게 웃으며 따뜻한 입맞춤으로 맞이했다. 앰버는 그가 대프니에게 푹 빠져 있다는 데 좌절했다. 그가 쭈그리고 앉아 두 팔을 벌리자 아이들이 그의 품으로 뛰어들었다.

"아빠!" 벨라가 활짝 웃었다. 오늘 처음으로 행복해 보였다.

"내 딸들. 오늘 엄마랑 잘 놀았어?"

둘이 한꺼번에 말하기 시작하자 대프니는 그들을 자리에 앉히고 잭슨 옆에 앉았다. 앰버는 남은 자리에 앉았다. 잭슨 맞은편, 벨라 옆자리였다.

"잭슨, 앰버예요. 내가 이야기했죠? 위원회 행사를 준비할 때 날 구해줬다고요."

"만나서 정말 반가워요, 앰버. 아주 큰 도움을 주었다고요."

앰버의 시선은 그가 미소 지을 때 나타나는 매력적인 보조개에 빨려 들어갔다. 가족들이 식사하는 자리에 앰버가 왜 따라왔는지 의아하게 생각할 수도 있었지만 적어도 그에게는 그런 궁금증을 겉으로 드러내지 않을 정도의 예의가 있었다.

그들은 칵테일과 아이들이 먹을 전채를 주문했다. 그리고 잠시 뒤 앰버는 배경이 되어 그들을 관찰했다.

"자, 오늘 어땠는지 아빠한테 이야기해줘. 뭐가 제일 좋았어?"

"벨라 인형 옷 두 개랑 마구간 세트를 샀고 내 발레복이랑 어울리는 튀튀도 샀어요. 이제 벨라 인형이랑 같이 발레할 수 있어요."

"루, 넌 어땠니?"

"앨리스 티컵이 좋았어요. 멋진 곳이었어요. 그리고 앰버 아줌마랑 반스앤드노블에 갔어요."

잭슨은 고개를 저었다. "책 좋아하는 우리 딸. 시내까지 나와서 서점에 간 거야? 우리 동네에도 있잖니." 그가 다정하게 말했다.

"네, 하지만 여기처럼 크지 않잖아요. 게다가 뉴욕에는 자주 오는 걸요. 별로 대단한 일도 아니에요."

앰버는 탈룰라가 그런 식으로 말해서 화가 났지만 꿀꺽 삼켰다. 대단한 일이 아니라니. 탈룰라를 몇 년 동안 시골에 떨궈놓고 미국 다른 지역 사람들이 어떻게 사는지 보여주고 싶었다.

잭슨은 대프니에게 고개를 돌려 잠시 그녀의 뺨을 어루만졌다. "여보, 당신은? 뭐가 제일 좋았어요?"

"당신 전화 받은 거요."

앰버는 역겨웠다. 지금 눈앞에서 벌어지고 있는 일이 진짜일까? 그녀는 와인을 오랫동안 마셨다. 굳이 자제할 필요 없었다. 잭슨에게는 이 정도 와인을 계속 주문할 능력이 있으니까.

그가 마침내 매력적인 아내에게서 눈을 떼고 앰버를 보았다. "앰버, 고향이 코네티컷인가요?"

"아니요, 네브래스카예요."

그는 놀란 표정이었다. "어쩌다 동부까지 왔어요?"

"시야를 넓히고 싶었어요. 친구가 코네티컷으로 오면서 같이 지내자고 했고요." 앰버는 와인을 한 모금 더 마셨다. "그리고 아름다운 해안과 이내 사랑에 빠지고 말았죠. 뉴욕과 가깝다는 점도 좋았고요."

"이사한 지는 얼마나 됐어요?"

정말 궁금한 걸까 그저 예의상 묻는 걸까? 앰버는 가늠할 수 없었다.

그녀가 대답하기 전에 대프니가 말했다. "일 년쯤 됐죠?" 그녀는 앰버를 향해 미소 지었다. "앰버도 부동산 쪽에서 일해요. 롤린스 부동산에서 상업 부동산을 담당한대요."

"두 사람은 어떻게 만났어요?"

"이야기했잖아요. 우연이었죠." 대프니가 말했다.

잭슨은 앰버를 계속해서 쳐다보았고 앰버는 심문당하는 기분이

들었다.

“저기요? 너무 지루해요.” 벨라가 큰 소리로 말했다. 요 악마 같은 녀석이 잭슨의 주의를 흩뜨려놓아서 앰버는 다행스러웠다.

잭슨은 벨라를 보았다. “벨라, 어른들이 이야기할 때는 방해하면 안 돼.” 그의 목소리는 단호했다. 앰버는 부모 둘 중 하나는 엄격해서 다행이라고 생각했다.

벨라가 그를 향해 혀를 내밀었다.

탈룰라는 놀라서 헉 소리를 내며 잭슨을 보았고 대프니도 마찬가지였다. 모두 그의 반응을 기다리는 동안 시간이 멈춘 것 같았다.

잭슨이 웃음을 터뜨렸다. “오늘 하루가 누군가에게는 너무 길었겠군.”

둘러앉은 사람 모두 숨을 내쉬었다.

벨라는 의자를 밀고 내려와 그의 가슴팍에 머리를 묻었다. “잘못했어요.”

잭슨은 딸의 금발을 쓰다듬었다. “고맙구나. 이제 숙녀답게 행동할 거지?”

벨라는 고개를 끄덕이고 자리로 돌아갔다.

앰버는 어린 난봉꾼이 또 이겼다고 생각했다. 옆자리의 골칫덩이가 이렇게 작고 귀여운 그렘린이 될 줄 누가 알았을까?

“깜짝 선물을 하나 더 해줄까?” 잭슨이 말했다.

“뭔데요?” 아이들이 일제히 물었다.

“라디오 시티에서 크리스마스 쇼를 보고 뉴욕에서 하룻밤 자면 어떨까?”

아이들은 흥분해서 환호성을 질렀지만 대프니는 잭슨의 팔짱을 끼며 말했다. "여보, 하룻밤 자고 갈 계획이 아니었는걸요. 그리고 앰버도 집에 가고 싶어 할 거예요."

사실 앰버는 하룻밤 자고 간다는 생각에 기분이 몹시 좋아졌다. 집에 돌아가고 싶은 것보다 패리시가(家)의 아파트를 구경하고 싶은 마음이 더 컸다.

잭슨은 해결하기 성가신 문제라는 듯 앰버를 흘끗 보았다. "내일은 일요일이잖아요. 별문제 없을 것 같은데. 갈아입을 옷이야 빌려주면 되고." 그는 앰버를 똑바로 쳐다보았다. "혹시 곤란한가요?"

앰버는 속으로 춤이라도 추고 싶었지만 진지하게 고마워하는 표정을 지었다. "저는 좋은데요? 벨라와 탈룰라를 실망시키기는 싫어요. 자고 간다는 말에 정말 좋아하는 것 같았거든요."

잭슨은 미소 지으며 대프니의 손을 꼭 잡았다. "들었죠? 괜찮다고 하잖아요. 재미있을 거예요."

대프니는 어깨를 으쓱했다. 계획이 바뀌었다는 데 체념하는 것 같았다. 그들은 극장에서 한 시간 삼십 분 동안 〈산타와 로케츠〉 공연을 보았다. 앰버는 쇼가 바보 같다고 생각했지만 아이들은 매 순간 좋아했다.

극장에서 나오자 눈이 내리고 있었다. 앙상한 나뭇가지에 마법 가루가 덮여 하얗게 반짝이는 도시는 겨울왕국처럼 보였다. 앰버는 감탄하며 주위를 둘러보았다. 이렇게 늦은 시간에 뉴욕을 본 적은 없었다. 조명 때문에 모든 것이 반짝이는 야경은 정말 볼 만했다.

잭슨은 주머니에서 휴대전화를 꺼낸 다음 가죽장갑을 벗고 번호를 누르더니 전화기를 귀에 갖다 댔다. "라디오 시티 입구로 기사를 보내줘요."

창문을 짙게 칠한 검은 리무진이 나타나자 앰버는 어떤 유명인이 타고 있는지 보려고 목을 길게 뺐다. 제복을 입은 키 큰 운전기사가 내려 뒷문을 열자 차내는 비어 있었다. 앰버는 리무진이 그들이 탈 차라는 사실을 깨달았다. 그녀는 유명인이 된 기분이었다. 리무진은 처음이었다. 대프니와 아이들은 조금도 동요하지 않는 것 같았다. 잭슨이 대프니의 손을 잡고 먼저 차에 태웠다. 그런 다음 벨라와 탈룰라를 장난스럽게 슬쩍 밀자 아이들도 엄마를 따라 차에 탔다. 다음으로 앰버에게 차에 타라고 손짓했지만 그는 그녀를 제대로 쳐다보지도 않았다. 차는 여자 둘과 아이 둘이 한 줄로 앉아도 될 만큼 널찍했다. 잭슨은 팔을 뒤로 젖히고 다리를 벌린 채 그들 맞은편에 앉았다. 앰버는 힘들었지만 그를 쳐다보지 않으려고 애썼다. 그는 긍정적인 의미에서 권위와 남성성이 넘쳐흘렀다.

벨라는 엄마에게 기대 잠들기 직전이었다. 그때 탈룰라가 말했다. "아빠, 곧장 아파트로 가는 거예요?"

"그래, 아빠가……"

그가 말을 잇기 전에 잠에서 완전히 깬 벨라가 냉큼 말했다. "안 돼요, 싫어, 싫어. 아파트로 가기 싫어요. 엘로이즈(케이 톰슨이 쓴 《엘로이즈》의 주인공으로 뉴욕 플라자 호텔에 살며 실제로 플라자 호텔에는 이 인물을 테마로 꾸민 객실이 있다)가 있는 곳으로 가고 싶어요. 플라자에서 자고 싶단 말이에요."

"얘야, 그건 안 된단다. 예약을 안 했잖니. 다음에 가자." 대프니가 말했다.

벨라는 그 말을 듣지 않았다. "아빠, 부탁이에요. 우리 반 애들 중에 처음으로 엘로이즈가 살았던 곳에 가보고 싶어요. 다들 부러워할 거예요. 아빠, 제발요. 네, 네?"

처음에 앰버는 징징대는 어린 녀석을 붙잡고 이기적인 목을 비틀어주고 싶었지만 벨라가 하는 말에서 이 아이를 적이 아니라 자기편으로 만들 방법이 떠올랐다. 게다가 아파트에서 묵든 플라자 호텔에서 묵든 상관없었다. 앰버에게는 어느 쪽이든 특별했다.

다음 날 아침 앰버는 이불을 턱까지 끌어 올리고 이리저리 뒹굴었다. 그러다가 숨을 크게 내쉬고는 실크 이불의 부드러운 감촉을 느끼며 몸을 꿈지럭거렸다. 이렇게 호화롭고 편안한 침대에서 잔 것은 처음이었다. 옆 침대에서 탈룰라가 뒤척였다. 스위트룸에는 침실이 두 개뿐이라서 벨라는 부모와 함께 잤고 탈룰라는 앰버와 같은 방을 쓰게 되었다. 아이는 그 사실이 못마땅한 듯했지만 군소리하지 않았다. 앰버는 이불을 젖히고 일어나 창가로 갔다. 그랜드 펜트하우스 스위트룸에서는 센트럴 파크가 보였다. 눈앞에 펼쳐진 뉴욕은 손에 잡힐 듯했다. 그녀는 천장이 높고 우아한 가구가 놓인 아름다운 객실을 살펴보았다. 웬만한 집보다 큰 스위트룸은 왕족에게 어울렸다. 잭슨은 벨라의 부탁을 들어주었고 운전기사를 아파트로 보내 필요한 옷을 모두 가져오도록 했다. 부자들에게는 이 모든 일이 믿기지 않을 만큼, 정말 부당하리만큼 쉬웠다.

앰버는 대프니가 빌려준 잠옷을 벗고 샤워한 다음 역시 지난밤에 빌린 파란 양모 바지와 하얀 캐시미어 스웨터를 입었다. 씻고 난 뒤 피부에 닿는 옷의 감촉이 정말 좋았다. 그녀는 거울을 보며 완벽한 재단과 깔끔한 선에 감탄했다. 침대 쪽을 보니 탈룰라는 아직 자고 있었다. 앰버는 발뒤꿈치를 들고 조용히 방에서 나왔다. 벨라는 이미 일어나 초록색 터프트 소파에 앉아서 책을 읽고 있었다. 아이는 앰버를 흘끗 보더니 말없이 다시 책을 읽었다. 앰버는 소파 맞은편 의자에 앉아 탁자 위에 놓인 잡지를 집어 들고 말없이 읽는 척했다. 그들은 십여 분 동안 그렇게 말없이 있었다.

결국 벨라가 책을 덮고 앰버를 보았다. "왜 어젯밤에 집에 안 갔어요? 가족끼리 보내려고 했는데 말이에요."

앰버는 잠시 생각했다. "음, 벨라, 사실 회사 친구들이 내가 플라자 호텔에서 자고 엘로이즈와 아침을 먹었다는 걸 알면 부러워할 것 같아서 그랬어." 앰버는 극적인 효과를 내려고 잠시 쉬었다가 말을 이었다. "가족모임이라는 사실을 깊이 생각하지 않은 것 같아. 네 말이 맞아. 난 집에 가야 했어. 정말 미안해."

벨라는 고개를 갸웃하며 앰버를 미심쩍은 눈초리로 보았다. "친구들이 엘로이즈를 알아요? 하지만 아줌마는 어른이잖아요. 왜 엘로이즈에 관심이 있어요?"

"어렸을 때 우리 엄마가 엘로이즈 책을 모두 읽어주셨어." 말도 안 되는 거짓말이었다. 앰버의 어머니는 그 무엇도 읽어준 적 없었다. 시간이 날 때마다 도서관에 가지 않았다면 앰버는 지금 문맹일 것이다.

"왜 아줌마네 엄마는 어렸을 때 플라자 호텔에 안 데리고 갔어요?"

"우리 집은 뉴욕에서 정말 멀었거든. 네브래스카라고 들어봤어?"

벨라는 눈동자를 이리저리 굴렸다. "당연히 들어봤죠. 난 오십 개 주 전부 다 알아요."

이 꼬맹이에게는 동지애를 느끼게 하고 조심스럽게 구슬리는 것 이상의 조치가 필요했다.

"그래, 그곳이 내 고향이야. 그리고 우리 집에는 뉴욕에 올 만큼 돈이 많지 않았어. 그래서 그랬지. 하지만 네게 고맙다고 말하고 싶어. 내 꿈을 하나 이루어줬으니 말야. 회사 친구들에게 다 네 덕분이라고 이야기해야겠어."

벨라는 알 수 없는 표정을 지었다. 아이가 뭐라고 대꾸하기 전에 잭슨과 대프니가 거실로 나왔다.

"잘 잤어요?" 대프니의 목소리는 활기찼다. "탈룰라는 어디에 있어요? 아침 먹을 시간인데. 아직 안 일어났어요?"

"가서 볼게요." 앰버가 말했다.

앰버가 노크하고 방에 들어갔을 때 탈룰라는 일어나서 옷을 거의 다 입었다. "잘 잤니?" 앰버가 물었다. "엄마가 네가 일어났는지 보고 오래서. 내려가서 아침 먹을 것 같은데."

탈룰라는 돌아서서 앰버를 보았다. "네, 준비 다 됐어요." 두 사람은 모두 기다리고 있는 거실로 갔다.

"다들 잘 잤어요?" 엘리베이터를 타러 가는 동안 잭슨의 목소리가 울렸다. 모두 한꺼번에 말을 쏟아냈다. 엘리베이터가 내려가기 시작하자 잭슨은 벨라를 보며 말했다. "팜 코트에서 엘로이즈와 아침을 먹을 거야."

벨라는 활짝 웃으며 앰버를 보았다. "우리가 그걸 얼마나 오래 기다렸다고요." 그녀가 말했다.

앰버는 마침내 이 작은 골칫덩이를 자기편으로 끌어들인 것 같다고 생각했다. 이제 잭슨 차례였다.

14

앰버와 대프니는 패리시 저택의 다이닝룸 식탁에 나란히 앉아 있었다. 식탁에는 종이가 가득했는데 그중에는 참석자 명단과 연회장 좌석 배치도가 있었다. 앰버가 참석자 대부분을 모르기 때문에 대프니가 탁자마다 자리를 정했고 앰버는 모든 정보를 엑셀 파일에 충실히 입력했다. 대프니가 앞에 놓인 이름을 보며 곰곰이 생각하느라 잠시 시간이 걸릴 때면 앰버는 방을 둘러보고 길게 늘어선 유리창 밖으로 바다를 바라보았다. 이 방은 열여섯 명이 편히 앉아 저녁식사를 할 만큼 널찍하면서도 친밀한 느낌이 있었다. 은은한 금색 벽은 요트와 바다를 그린 금빛 액자 속 유화의 배경으로 완벽했다. 앰버는 이곳에서 디너파티가 열리면 어떨지 상상해보았다. 도기, 크리스털, 순은, 최고급 식탁보가 우아하게 놓여 있겠지. 그녀는 이 집

안 어디에도 종이 냅킨 따위는 없을 것이라고 확신했다.

"오래 걸려서 미안해요. 아홉 번째 자리 배치를 겨우 끝냈어요." 대프니가 말했다.

"괜찮아요. 이 아름다운 방을 보며 감탄하고 있었어요."

"정말 아름답죠? 이 집은 결혼하기 전부터 남편이 가지고 있던 거예요. 그래서 내가 많이 손댈 수 없었죠. 일광욕실 정도만 바꿨어요." 대프니는 주위를 둘러보며 어깨를 으쓱했다. "모든 게 이미 완벽했거든요."

"정말 대단한데요?"

대프니의 얼굴에 묘한 표정이 순식간에 스쳤다. 너무 빨리 지나가서 앰버가 확실히 알아차리기 힘들 정도였다.

"음, 이제 자리 배치는 끝난 것 같아요. 명단을 인쇄하고 식탁에 놓을 이름표를 만들어야겠어요." 대프니가 의자에서 일어나며 말했다. "얼마나 고마운지 몰라요. 당신이 도와주지 않았다면 끝내지 못했을 거예요."

"천만에요. 도울 수 있어서 기쁜걸요."

대프니는 손목시계를 확인하고는 앰버를 보았다. "테니스 강습 받으러 간 아이들을 데리러 가려면 아직 한 시간은 더 있어야 하는데 차를 마시거나 뭘 좀 먹을래요? 시간 있어요?"

"좋아요." 앰버는 대프니를 따라 다이닝룸을 나섰다. "화장실 좀 써도 될까요?"

"그럼요." 대프니는 조금 더 걸어가서 왼쪽에 있는 문을 가리켰다. "나와서 오른쪽으로 쭉 걸어가면 주방이에요. 차를 끓이고 있을게요."

1층 화장실에 들어간 앰버는 어안이 벙벙해졌다. 이 집의 모든 공간은 잭슨 패리시가 얼마나 막대한 부를 소유하고 있는지를 충격적으로 일깨워주었다. 검고 빛나는 벽에 테두리가 은색인 웨인스코팅(실내 벽에 사각 틀 형태로 장식 패널을 덧대는 인테리어 방식)을 시공한 공간은 차분한 화려함이 무엇인지 잘 보여주었다. 욕실에서 가장 눈에 띄는 것은 폭포가 떨어지는 듯 꺾인 대리석 판이었는데 그 위에 세면대가 놓여 있었다. 앰버는 놀라서 다시 한 번 둘러보았다. 모든 것이 진짜였고 주문 제작한 것들이었다. 그녀는 맞춤형 삶을 산다는 것이 어떤 기분일지 궁금했다.

앰버는 손을 씻은 다음 거울을 보았다. 길고 경사진 거울을 물결치는 은색 나뭇잎처럼 생긴 장식이 감싸고 있었다. 긴 복도를 걸어 주방으로 가는 동안 그녀는 벽에 걸린 그림을 보느라 걸음을 늦췄다. 책과 미술관에서 본 시슬레와 부댕의 멋진 그림도 있었다. 모두 진품이라면 그림만 해도 액수가 상당할 것이었다. 그림은 복도를 따라 촘촘히 걸려 있었다.

주방으로 가자 아일랜드 식탁 위에 차와 과일 접시가 놓여 있었다.

"머그잔에 마실래요, 찻잔에 마실래요?" 대프니가 그릇장 문을 열고 서서 물었다.

그릇장 선반은 고급 주방용품 전시회장을 방불케 했다. 앰버는 찻잔과 유리컵 사이 간격을 누군가가 정확하게 재는 모습을 상상했다. 물건은 모두 완벽하게 정리되어 있었고 짝이 맞았다. 하지만 묘하게 불편했다. 앰버는 어느새 완벽한 균형에 넋이 빼앗겨 그 모습을 멍하니 바라보았다.

"앰버?" 대프니가 말했다.

"아, 머그잔이요." 앰버는 쿠션이 놓인 의자에 앉았다.

"우유 넣을래요?"

"네, 부탁해요."

대프니가 냉장고를 활짝 열자 앰버는 안을 들여다보았다. 내용물은 한 치의 오차도 없이 정리되어 있었다. 키가 큰 것이 맨 뒤에 있었고 모두 앞쪽에 이름표가 붙어 있었다. 모든 것이 정확한 대프니의 집은 정이 가지 않았다. 앰버에게는 이 모든 것이 집을 깔끔하게 하고 싶은 마음보다는 강박과 강요로 느껴졌다. 그녀는 탈룰라가 태어난 뒤 대프니가 요양원에 잠시 있었다는 샐리의 말이 떠올랐다. 어쩌면 단순한 산후우울증이 아니었을지도 모른다는 생각이 들었다.

대프니는 앰버 맞은편에 앉아 차를 따랐다. "이제 행사까지 이 주밖에 안 남았군요. 당신은 정말 대단했어요. 당신과 함께하니 일이 더 잘되는 것 같아요. 우리 두 사람 모두 이 일에 진심을 다해서 그런가봐요."

"저 역시 같이 일하는 매 순간이 좋았어요. 모금행사가 정말 기다려지는군요. 엄청난 성공을 거둘 거예요."

대프니는 차를 한 모금 마신 다음 머그잔을 조리대 위에 올려놓고 두 손으로 감싸 쥐었다. 그리고 앰버를 보며 말했다. "이렇게 열심히 일한 데 대한 감사의 표시로 뭔가를 해주고 싶어요."

앰버는 고개를 갸웃하며 궁금하다는 표정을 지었다.

"행사 때 입을 드레스를 사주고 싶어요." 대프니가 말했다.

이런 일이 있을 줄 알았지만 앰버는 신중하게 연기해야 했다. "오, 이런. 아니에요, 그렇게까지 할 순 없어요."

"부탁이에요. 정말 사주고 싶어서 그래요. 내 방식대로 고마움을 전하고 싶어요."

"모르겠어요. 그러면 돈을 받고 일한 기분이 들어서요. 돈 때문에 이 일을 한 건 아닌데 말이에요. 하고 싶어서 한 일이에요." 앰버는 겸손함을 아주 잘 연기했다는 생각에 속으로 웃었다.

"돈을 받는다고 생각하진 말아줘요. 도와주고 지원해줘서 고맙다는 선물로 생각해줘요." 대프니는 이렇게 말하며 구불거리는 금발을 뒤로 넘겼다. 다이아몬드 반지가 번쩍거렸다.

"글쎄요. 당신이 저 때문에 돈을 쓰면 기분이 좀 이상할 것 같은데요."

"음." 대프니는 잠시 머뭇거렸다. "그럼 내 드레스 중 하나를 빌려주면 어때요?"

앰버는 지나치게 사양한 것을 자책했지만 드레스를 빌리는 것도 차선책으로 괜찮을 것 같았다. "이런, 그 생각은 안 해봤네요. 제게 돈을 쓰지 않으면 기분이 나을 것 같기는 해요." 하지만 이 여자에게는 불에 태워도 될 만큼 돈이 많았다.

"좋아요." 대프니가 의자에서 일어났다. "같이 위층으로 가서 옷장을 살펴보자고요."

두 사람은 함께 위층으로 갔고 앰버는 벽에 걸린 네덜란드 거장들의 그림에 감탄했다.

"소장하고 있는 미술품이 정말 엄청나군요. 그림을 보면서 몇 시간이라도 보내겠어요."

"보고 싶다면 언제든 환영해요. 그림에 관심 있어요? 잭슨이 정말 좋아하죠." 그들은 계단 꼭대기에 이르렀다.

"음, 전문가는 아니지만 미술관을 좋아해요." 앰버가 대답했다.

"잭슨도 좋아해요. 비숍 하버 아트센터 상임이사이기도 하고요. 자, 다 왔어요." 대프니는 넓은 방으로 들어갔다. 크기로 보아 안에 들어갈 수 있는 대형 옷장 정도가 아니라 옷방이었다. 안에는 완벽하게 줄을 맞춰 정리된 옷걸이가 가득했다. 옷에는 모두 투명한 덮개가 씌워져 있고 벽 두 면에는 온갖 모양의 신발이 색깔별로 정리되어 있었다. 또 다른 벽에 설치된 붙박이 서랍에는 스웨터가 들어 있었고 열어보지 않아도 무엇이 들어 있는지 알 수 있도록 서랍마다 작고 길쭉한 구멍이 나 있었다. 방 한쪽 끝에는 삼면거울과 받침대가 놓여 있었다. 밝은 조명은 비추는 대상을 돋보이게 했다. 백화점 탈의실의 가혹한 조명과 달랐다.

"와." 앰버는 감탄하지 않을 수 없었다. "정말 대단해요."

대프니가 손사래를 쳤다. "참석해야 하는 행사가 많아서요. 행사가 있을 때마다 옷을 사러 가는데 잭슨은 내가 쇼핑에 시간을 너무 많이 빼앗긴다면서 집으로 물건을 보내 고르도록 해요." 그녀는 앰버를 데리고 뒤쪽 옷걸이로 갔다. 그러자 갑자기 젊은 여자가 방으로 들어왔다.

"부인, 아이들 데리러 갈 시간이 되었는데요." 여자가 말했다.

"오, 이런. 그러네요, 사빈." 손목시계를 본 대프니가 놀라며 말했다. "이만 가야겠어요. 애들을 직접 데리러 가겠다고 약속했거든요. 내가 올 때까지 드레스 고르고 있을래요? 오래 걸리지 않을 거예요." 그녀는 앰버의 팔을 토닥거렸다. "아, 참. 앰버, 이 사람은 보모 사빈이에요." 대프니는 이렇게 말하고는 서둘러 방에서 나갔다.

"사빈, 만나서 반가워요." 앰버가 말했다.

사빈은 수줍은 듯 고개를 살짝 끄덕이더니 억양이 강한 영어로 대답했다. “저도 반갑습니다.”

“패리시 부인에게 들었는데 아이들에게 프랑스어를 가르친다면서요. 여기에서 일하는 건 어때요?”

사빈의 눈빛이 잠시 부드러워지는가 싶더니 이내 다시 근엄하고 침착해졌다. “정말 좋아요. 그만 가봐도 될까요?”

앰버는 방에서 나가는 사빈을 보았다. 그녀가 프랑스인이라는 건 그리 대단한 일이 아니었다. 어쨌든 보모일 뿐이니까. 하지만 대프니의 친구들은 이를 대단하게 여길 것 같았다. 스페인어를 쓰는 흔한 보모가 아니라 아이들에게 프랑스어를 가르쳐줄 수 있는 보모니까.

앰버는 감탄하며 방을 살펴보았다. 이게 정말 대프니의 옷장이라니. 마음대로 이용할 수 있는 고급 백화점 같았다. 그녀는 어슬렁대며 옷걸이에 걸린 옷을 하나하나 천천히 살펴보았다. 모두 색과 종류에 따라 꼼꼼하게 분류되어 있었다. 신발은 주방 그릇장만큼이나 세심하게 정리되어 있었다. 옷 사이의 간격마저 동일해 보였다. 삼면거울 앞에 서자 양쪽에 낮은 안락의자가 하나씩 놓여 있는 것이 보였다. 잭슨이든 누구든 옷을 골라 입은 대프니를 보며 고개를 끄덕일 사람이 앉는 자리가 틀림없겠지. 앰버는 대프니가 일러준 옷걸이에 걸린 드레스를 살펴보았다. 디올, 샤넬, 우, 맥퀸 같은 이름이 이어졌다. 대프니에게 옷을 보내는 곳은 일반적인 백화점이 아니었다. 돈 많은 고객들만 살 수 있는 옷을 만드는 고급 디자이너 부티크였다. 앰버는 이런 생각에 기가 죽었다.

대프니는 이 모든 것에 무심했다. 값비싼 물건과 미술품 그리고 디자이너가 만든 고급 정장과 드레스와 신발이 가득한 ‘옷장’에도.

앰버는 덮개 지퍼를 내리고 터키색 베르사체 이브닝드레스를 꺼냈다. 그러고는 삼면거울로 가져가 단 위에 올라서서 아름다운 드레스를 대고 거울에 비친 자기 모습을 바라보았다. 록우드 부인이 세탁소에 맡긴 옷 중에는 이와 조금이나마 비슷한 것도 없었다.

앰버가 드레스를 다시 걸어놓고 돌아섰을 때 방 가장 끝에 문이 보였다. 그녀는 문으로 다가가 손잡이를 잡고 잠시 멈춘 뒤에 열었다. 그러자 고급스러움과 편안함이 섞인, 눈부시게 호화로운 공간이 펼쳐졌다. 그녀는 안으로 들어가 천천히 거닐며 노란 실크 벽지를 살며시 매만졌다. 한쪽에는 하얀 벨벳으로 된 긴 안락의자가 놓여 있었고 팔라디오풍 창문으로 쏟아져 들어오는 빛은 대형 샹들리에의 크리스털을 투과하며 벽에 반짝이는 무지개를 만들었다. 그녀는 안락의자에 비스듬히 누워 맞은편 벽에 걸린 그림을 보았다. 방에 걸린 유일한 그림이었다. 그녀는 곧 나무와 하늘이 담긴 그림 속의 평화로운 풍경에 빠져들었다. 어깨의 긴장을 풀고 이 특별한 공간이 주는 정적과 평온함에 몸을 맡겼다.

그녀는 눈을 감고 이 방이 자기 방이라면 어떨지 상상하며 잠시 그대로 있었다. 마침내 자리에서 일어나 방을 자세히 살펴보자 우아한 탁자 위에 놓인 어린 대프니와 여동생 줄리 사진이 눈에 띄었다. 집 안 곳곳에 놓인 사진 속에서 본 검고 긴 머리에 아몬드 모양의 예쁜 눈을 한 가냘픈 소녀를 이내 알아볼 수 있었다. 앰버는 작은 서랍이 잔뜩 달린 앤틱 장식장 앞으로 갔다. 그리고 서랍 하나를 열어보았다. 레이스 달린 속옷이 들어 있었다. 또 다른 서랍에는 이국적인 향이 나는 비누가 있었다. 다른 서랍도 비슷했다. 모두 꼼꼼하게 정리되어 있었다. 보관장을 열자 플러시 목욕수건이 많았다. 문을 닫으려는 순간 장 뒤쪽에 놓인 자단나무 상자가 보였다. 앰버는 상자를 꺼내 고리를 풀고 열었다. 상자 안 초록 벨벳 쿠션 위에는 진주로 손잡이가 장식된 작은 권총이 있었다. 그녀는 가만히 총을 들어 총열에 새겨진 'YMB'라는 머리글자를 보았다. 왜 총이 여기에 있을까? 그리고 'YMB'는 누굴까?

얼마나 그곳에 서 있었을까. 갑자기 사람 목소리와 문 여닫는 소리가 들렸다. 앰버는 재빨리 총을 제자리에 두고 흐트러진 게 없는지 방 안을 살펴본 다음 나갔다. 옷방에 다시 들어가자 아이들이 막 뛰어들어왔고 그 뒤로 대프니가 보였다.

"우리 왔어요. 오래 걸려서 미안해요. 벨라가 그림을 놓고 오는 바람에 가지러 다시 갔다 왔지 뭐예요." 대프니가 말했다.

"괜찮아요. 드레스가 모두 너무 예뻐서 고를 수가 없었어요."

벨라는 인상을 쓰며 엄마에게 속삭였다. "저 아줌마 여기에서 뭐 하는 거예요?"

"미안해요." 대프니는 앰버에게 이렇게 말하고는 벨라의 손을 잡았다. "모금행사 때 빌려 입을 드레스를 고르고 있었어. 언니랑 같이 도와주지 않을래? 재미있지 않을까?"

"좋아요." 탈룰라는 미소 지었지만 벨라는 싫은 기색이 역력한 얼굴로 앰버를 보더니 휙 돌아서서 방에서 나갔다.

"기분 나빠하지 말아요. 애가 아직 낯설어서 그래요. 벨라와 친해지려면 시간이 좀 걸린답니다."

앰버는 고개를 끄덕였다. 벨라도 서서히 그녀에게 익숙해질 것이라고 생각했다. 오래, 아주 오래 가까이에 있을 테니까.

15

앰버는 잔뜩 화가 났다. 12월 24일인데 롤린스 부동산은 오후 두 시까지 문을 열었다. 크리스마스이브에 집을 보러 다니는 바보가 어디에 있다고. 집에서 값비싼 선물을 포장하고 커다란 크리스마스 트리를 장식하는 날 아닌가? 하지만 앰버는 모든 사람이 이런 일들을 손수 하지 않을 수도 있다고 생각했다. 그녀 같은 사람이라면 모를까.

정오가 되자 제나가 사무실 문간에 왔다. "앰버, 들어가도 돼?"

"무슨 일이야?" 짜증이 난 앰버는 잘 걸렸다고 생각했다.

제나는 큰 꾸러미를 들고 들어와 앰버의 책상에 놓았다. "메리 크리스마스."

앰버는 선물과 제나를 쳐다보았다. 제나에게 선물하려고 생각지 못해서 당황스러웠다.

"풀어봐!" 제나가 말했다.

앰버는 포장지를 벗기고 상자 뚜껑을 열었다. 맛있어 보이는 크리스마스 쿠키 선물 세트였다. 모두 정교하게 장식되어 있었고 서로 가장 맛있다는 듯 자태를 뽐냈다. "직접 만든 거야?"

제나는 두 손을 맞잡았다. "응, 엄마랑 매년 같이 만들어. 엄마는 제과제빵을 정말 잘하시거든. 마음에 들어?"

"응. 정말 고마워, 제나. 이렇게까지 챙겨주다니." 앰버는 잠시 머뭇거렸다. "미안해. 난 아무것도 준비 못 했어."

"괜찮아, 앰버. 선물 바라고 만든 거 아니야. 엄마랑 내가 좋아서 하는 일인걸. 사무실 사람 모두에게 주는 거야. 맛있게 먹으면 좋겠다. 메리 크리스마스."

"너도 메리 크리스마스."

크리스마스 아침 앰버는 늦잠을 잤다. 잠에서 깨보니 파란 하늘에 태양이 빛났으며 눈이 약간 내려 있었다. 그녀는 뜨거운 물로 천천히 샤워하고 테리 가운을 입은 다음 커피를 진하게 끓였다. 그리고 머그잔을 욕실로 가져가 젖은 머리에 약하게 웨이브가 생기도록 드라이어로 말렸다. 수수하면서도 우아해 보였다. 블러셔와 아이섀도를 연하게 바르고 마스카라도 칠했다. 마지막으로 거울 앞에서 한 발 물러나 화장을 마친 모습을 점검했다. 젊고 상큼해 보였고 섹시한 느낌은 전혀 없었다.

대프니가 두 시쯤 와달라고 했기 때문에 앰버는 요구르트를 먹고 지난주 도서관에서 빌려온 《오디세이아》를 읽었다. 어느새 옷을 갈아입고 준비할 시간이 되었다. 입을 옷은 옷장 문에 걸어두었다. 회색 모직 바지와 흰색과 회색이 섞인 터틀넥 스웨터였다. 귓불에 딱 붙는 작은 진주 귀걸이도 했다. 물론 진짜는 아니었지만 아무도 신경 쓰지 않을 것이었다. 왼쪽 손목에는 간결한 금색 팔찌를 하고 하나뿐인 사파이어 반지도 꼈다. 앰버는 깨끗하고 순결해 보이고 싶었다. 마지막으로 전신거울에 자기 모습을 비춰본 그녀는 원하는 모습이 되었다는 듯 고개를 끄덕이고는 큰 쇼핑백에 선물을 넣었다.

십오 분 뒤 그녀는 열려 있는 대문으로 들어가 원형 진입로에 주차했다. 선물이 든 쇼핑백을 챙겨서 현관문으로 간 다음 초인종을 눌렀다. 대프니가 현관으로 다가오는 모습이 보였고 그 뒤로 벨라가 보였다.

"어서 와요! 메리 크리스마스. 와줘서 기뻐요." 문을 활짝 연 대프니는 이렇게 말하며 앰버와 포옹했다.

"메리 크리스마스. 오늘 같은 날 가족과 함께 보낼 수 있게 초대해줘서 고마워요." 앰버가 말했다.

"오, 우리가 더 고맙죠." 대프니가 문을 닫으며 말했다.

벨라는 대프니 옆에서 점핑 빈(멕시코산 식물 씨앗으로 씨앗 속에 생긴 작은 벌레가 움직이면 씨앗이 뛰어다니는 것처럼 보인다)처럼 춤을 추었다.

"안녕, 벨라. 메리 크리스마스." 앰버는 아이를 향해 억지로 환하게 웃었다.

"내 선물 있어요?" 벨라가 물었다.

"이런, 벨라. 인사도 안 하니? 무례하구나." 대프니가 꾸짖었다.

"그럼, 당연히 있지. 내가 좋아하는 꼬마 아가씨 선물을 빼놓을 수는 없지."

"와, 좋아요! 지금 주면 안 돼요?"

"벨라! 앰버는 아직 외투도 안 벗었잖니." 대프니가 벨라를 살짝 밀었다. "앰버, 외투 이리 줘요. 그리고 다 같이 거실로 가요."

대들 것 같던 벨라는 고분고분해졌다.

앰버와 대프니, 벨라가 거실로 가자 인형 집을 꾸미고 있던 잭슨과 탈룰라가 쳐다보았다. "메리 크리스마스, 앰버. 어서 와요." 잭슨이 말했다. 그의 따뜻한 말투에 앰버는 정말 환영받는 기분이 들었다.

"초대해주셔서 고맙습니다. 가족이 모두 네브래스카에 있어서 혼자 보낼 뻔했는데 얼마나 고마운지 몰라요."

"크리스마스에는 누구도 혼자 있으면 안 되죠. 와줘서 기뻐요."

앰버는 그에게 고맙다고 다시 말하고는 탈룰라를 보았다. "안녕, 탈룰라. 메리 크리스마스. 인형 집 정말 멋진데?"

"와서 구경할래요?" 탈룰라가 물었다.

이 아이들은 낮과 밤처럼 달랐다. 앰버는 아이들을 좋아하지 않지만 적어도 탈룰라에게는 예의가 있었다. 태양과 달이 자기를 중심으로 도는 줄 아는 어린 동물 같은 누구와는 달랐다. 앰버는 인형 집 앞에 앉은 탈룰라 옆에 다가가서 앉았다. 이런 인형 집은 처음이었다. 사진으로도 본 적이 없었다. 그녀와 여동생들이 어렸을 때 이렇게 멋진 시설을 갖춘 인형 집과 그에 어울리는 인형을 가지고 놀 수 있었다면 얼마나 좋았을까? 3층짜리 인형 집은 거대했다. 층마다 진짜 마루가 깔려 있고 욕실에는 타일이 붙어 있었다. 샹들리에에는 불이 들어오고 벽에는 아름다운 그림이 걸려 있었다. 가까이에서 보고 나서야 앰버는 인형 집이 그들이 사는 이 집의 복사판이라는 것을 알게 되었다. 주문 제작한 인형 집이었다. 이런 것은 가격이 얼마나 될까?

"앰버, 에그노그(술에 달걀과 우유를 섞은 음료로 북미에서 크리스마스에 주로 마신다) 한 잔 마실래요?" 대프니가 물었다.

"네, 고마워요." 그녀는 탈룰라가 인형 집에 소파와 탁자, 의자를 신중하게 배치하는 모습을 지켜보았다. 벨라는 거실 다른 쪽에서 아이패드로 뭔가를 하느라 바빴다.

앰버가 앉은 자리에서는 포장이 뜯긴 채 크리스마스트리 아래에 놓여 있는 선물이 모두 보였다. 선물은 높이 쌓여 있었고 포장지와 리본은 거실 한쪽에 뒤엉켜 있었다. 그녀는 어린 시절의 인색한 크리스마스가 떠올라 몹시 슬퍼졌다. 그녀와 동생들은 언제나 속옷이나 양말 같은 생활용품만 받았다. 호화로운 것은 고사하고 가지고 놀 장난감조차 선물로 받은 적 없었다. 크리스마스 양말 안에도 실용적인 물건이나 먹을 것밖에 없었다. 거실 한구석을 오랫동안 차지했던 큰 오렌지가 양말 맨 아래에 깔려 있었고 학교에서 쓸 연필이나 지우개, 가끔은 하루만 맞추고 나면 싫증 나는 작은 퍼즐이 있었다.

패리시 일가의 거실 모습에 앰버는 할 말을 잃었다. 어떤 상자에는 실크 속옷처럼 생긴 것이 튀어나와 있었고 그보다 작은 상자 여러 개에는 대프니를 위한 보석이 담겨 있는 게 틀림없었다. 탈룰라의 선물은 말끔하게 쌓여 있었다. 반면 벨라의 선물은 거실을 넓게 차지하고 아무렇게나 흩어져 있었다. 벨라는 아이패드를 내려놓더니 선물을 재빨리 정리하기 시작했다.

앰버는 이 풍경에 대프니의 어머니가 빠졌다고 생각했다. 아이들의 외할머니는 차를 타고 올 수 있는 거리에 혼자 살면서 왜 외동딸과 외손녀들과 크리스마스를 보내도록 초대받지 못했을까? 앰버 눈에는 이들이 크리스마스의 가치를 가족이 아니라 호화로운 선물에 둔 것 같았다.

대프니가 에그노그 세 잔을 거실로 가져와서 큰 소파 두 개 사이에 있는 마호가니 탁자 위에 놓았다.

"앰버, 와서 마셔요." 그녀가 이렇게 말하며 자기 옆자리를 톡톡 두드렸다. "새해가 되기 전에 좀 쉴 수 있어요?"

"네, 상업 부동산을 담당하는 부서의 장점이죠." 앰버는 에그노그를 한 모금 마셨다. "연휴에 가족들과 어디 가나요?"

"28일에 생 바르텔레미 섬으로 떠나요. 보통은 크리스마스 다음날 떠나는데 메러디스가 27일에 남편 랜돌프의 쉰 살 생일 깜짝 파티를 준비하고 있대서 날짜를 미뤘어요."

"멋지군요." 앰버는 속이 부글거렸지만 이렇게 말했다. 이들이 일광욕하는 동안 그녀는 칙칙한 아파트에서 몸을 덥히려 애쓰며 휴일을 보내겠지.

그녀는 얼굴에 질투심이 드러나지 않았기를 바라며 소파에서 일어났다. "선물을 준비했어요. 지금 주고 싶어요."

바닥에 앉아 있던 벨라가 벌떡 일어나 달려왔다. "내 선물 봐도 돼요? 네? 네?"

잭슨은 기대감에 들떠 일어난 벨라를 미소 지으며 바라보았다.

"자, 벨라." 앰버는 포장한 책 세트를 건넸다. 다행히 반짝이는 목걸이와 팔찌도 준비했다. 벨라는 반짝이는 것을 좋아했다.

벨라는 포장지를 탐욕스럽게 찢고서 책을 흘끗 본 다음 작은 상자를 열었다. "우와, 예쁘다."

"정말 예쁘구나. 엄마가 해줄게." 대프니가 말했다.

"자, 탈룰라, 이건 네 선물이야."

탈룰라는 포장지를 천천히 벗겼다. "고맙습니다. 이 책 정말 좋아해요."

목걸이와 팔찌를 한 벨라는 앰버에게서 받은 책을 보더니 발을 굴렀다. "말도 안 돼. 난 이 책 이미 갖고 있단 말이에요!"

잭슨이 벨라를 번쩍 안아 달랬다. "아가야, 괜찮아. 서점에 가서 없는 책으로 바꾸면 되잖니. 그렇지?"

"네." 벨라는 칭얼대며 아빠 어깨에 머리를 기댔다.

대프니는 포장된 꾸러미를 크리스마스트리 아래에서 집어 앰버에게 건넸다. "이건 우리가 준비한 거예요. 마음에 들면 좋겠어요."

앰버는 빨간색 벨벳 리본을 풀고 검은색과 금색이 섞인 포장지를 조심스레 벗겼다. 작은 상자 안에는 진주 한 알이 달린 우아한 금 목걸이가 있었다. 아름다웠다. 앰버는 잠시 감정을 주체할 수 없었다. 이렇게 아름다운 물건을 가져본 적이 없었다. "오, 대프니, 고마워요. 마음에 들어요. 정말 고마워요."

"천만에요."

"당신 선물도 준비했어요."

대프니는 앰버에게서 받은 상자를 열어 팔찌를 꺼냈다. 팔찌에 달린 장식물에 새겨진 줄리의 이름을 읽은 그녀의 눈에 눈물이 가득 고였다. 그녀는 팔찌를 착용했다. "정말 멋진 선물이에요. 항상 하고 다닐게요. 고마워요!"

앰버는 팔을 쭉 뻗어 내보였다. "나도 있어요. 이제 우린 동생들과 항상 함께예요."

"그래요." 대프니는 목 멘 소리로 대답하더니 앰버를 끌어당겨 꼭 안았다.

"나도 볼래요, 엄마." 벨라가 소파로 뛰어와 대프니의 무릎에 털썩 앉았다.

"자, 봐. 이 예쁜 팔찌에 줄리 이모 이름이 새겨져 있어. 근사하지?"

"응, 내가 해봐도 돼요?"

"나중에 해보자. 그래도 괜찮지?"

"아니, 지금 할래요."

"음, 그럼 잠깐만 해보고 엄마한테 다시 줘야 해." 대프니가 팔찌를 빼서 벨라에게 건넸지만 벨라의 가는 손목에 팔찌는 너무 컸다. 그러자 벨라는 대프니에게 팔찌를 돌려주었다. "엄마, 여기요. 난 별로예요. 엄마가 가져요."

앰버는 대프니와 진지하게 유대감을 형성하는 순간에 이 무례한 꼬마가 끼어들어서 매우 화났지만 선물을 하나 더 집어 들어 대프니에게 건넸다. "좋아할 것 같아서 하나 더 준비했어요."

"앰버, 이건 정말이지 너무 과해요. 지나친 것 같은데요."

앰버는 버려진 리본과 포장지 틈에 호화로운 선물이 가득한 이 방이야말로 지나치다고 생각했다. "별거 아니에요. 작은 거예요."

대프니는 상자를 열어 얇은 종이에 싸인 거북을 꺼냈다. 종이를 벗기고 크리스털 거북의 모습이 드러나는 순간 대프니의 손이 미끄러지며 거북이 바닥에 떨어졌다.

앰버가 손을 뻗어 잽싸게 잡아서 거북은 다행히 깨지지 않았다.

"잡았어요." 그녀는 거북을 탁자에 놓았다. "하나도 안 깨졌어요."

잭슨이 다가와 허리를 숙여 거북을 자세히 보더니 손 위에 올려놓고 뒤집어보았다. "여보, 이거 봐요. 당신이 가진 거북 중에 이런 건 없잖아요. 수집품에 포함시키는 데 손색없겠어요." 잭슨은 거북을 원래대로 놓았다. "앰버, 정말 좋은 선물이군요. 이제 다이닝룸으로 가서 크리스마스 만찬을 즐길까요?"

"잠깐만요." 앰버가 말했다. "잭슨 선물도 있어요."

"정말이지 이럴 필요까지는 없어요." 앰버가 건네는 꾸러미를 받으며 잭슨이 말했다. 그녀는 포장지를 벗기고 손에 든 책을 바라보는 잭슨을 살폈다. 그는 놀란 얼굴로 앰버를 보았다. 그녀는 처음으로 잭슨이 자신을 제대로 쳐다보았다고 생각했다. "정말 놀랍군요. 이걸 어디에서 찾았어요?"

"원래 동굴벽화에 관심이 있어요. 당신과 대프니가 미술에 대한 안목이 뛰어난 것 같더라고요. 그래서 오래된 책을 취급하는 웹사이트에서 이 책을 우연히 발견했을 때 당신도 관심이 있을 거라고 생각했어요." 그녀는 고서를 판매하는 온라인 서점을 샅샅이 뒤져 잭슨이 좋아할 만한 F. 윈델스의 《라스코 동굴벽화》를 찾아냈다. 75달러라는 가격을 보고 침을 꿀꺽 삼켰지만 눈을 딱 감고 거액을 썼다. 라스코 동굴벽화는 1만 7,000년 전에 그려진 것으로 벽화가 그려진 프랑스의 동굴은 유네스코 세계유산으로 지정되었다. 앰버는 잭슨이 깊은 인상을 받았기를 바랐다.

앰버는 속으로 빙긋 웃었다. 이 책으로 마침내 점수를 얻었다.

대프니가 소파에서 일어났다. "자, 여러분. 이제 저녁 먹으러 갈까요?"

"잠깐만요. 하나만 더요." 앰버는 대프니에게 쿠키 상자를 건넸다.

"세상에나, 앰버. 정말 맛있어 보여요. 애들아, 이것 보렴. 정말 맛있어 보이지 않니?"

"하나 먹고 싶어요." 벨라는 까치발을 하고 상자 안을 들여다보았다.

"저녁 먹고 나서 먹으렴. 앰버, 정말 다정하기도 하군요."

"어제 일찍 퇴근해서 저녁에 구울 수 있었어요."

"뭐라고요? 직접 만들었다고요?"

"대단한 것도 아닌데요. 재미있었어요."

그들은 함께 다이닝룸으로 갔다. 갑자기 벨라가 앰버 옆으로 왔다. 아이는 앰버의 손을 잡더니 쳐다보며 미소 지었다. "쿠키 정말 대단해요. 오늘 와서 기뻐요."

앰버는 버릇없는 녀석을 내려다보며 웃었다. "나도 그래, 벨라."

만족감이 차올랐다.

16

앰버는 새해를 맞아 세운 계획으로 일을 빠르게 진척할 수 있기를 바랐다. 당황한 목소리로 건 전화는 효과가 있었다. 대프니는 앰버가 도착하기를 기다리고 있었다.

앰버를 안으로 불러들이는 대프니의 얼굴에 걱정스러운 기색이 스쳤다. 그들은 일광욕실로 갔다.

"무슨 일이에요?" 대프니가 걱정스러운 목소리로 물었다.

"혼자 해결해보려고 했지만 더 이상 견딜 수가 없어서요. 누군가에게 이야기라도 해야겠어요."

"앉아요." 대프니는 앰버의 손을 잡고 소파로 안내했다. "자, 무슨 일인지 말해봐요." 그녀는 몸을 앞으로 기울인 채 앰버의 얼굴을 뚫어지게 쳐다보았다.

앰버는 숨을 깊이 들이마셨다. "오늘 해고당했어요. 하지만 나는 잘못한 게 없어요. 누군가에게 이 억울함을 털어놓고 싶어요." 그녀는 울기 시작했다.

"무슨 말이에요? 편히 앉아서 전부 다 말해봐요."

"몇 달 전부터 시작됐어요. 그의 사무실, 그러니까 상사 마크, 마크 잭슨의 사무실에 들어갈 때마다 그가 날 만질 구실을 찾는 것 같았어요. 내 어깨에 뭐가 묻은 것처럼 털어낸다든지 내 손에 자기 손을 얹는다든지요. 처음에는 별일 아니라고 생각했어요. 하지만 지난주에 그가 고객과 저녁식사를 하는데 같이 가자고 하더라고요."

대프니는 집중해서 그녀를 보았고 앰버는 자신이 너무 담백하게 말하고 있는 게 아닐까 생각했다.

"고객과의 저녁식사에 함께 가는 게 일반적인가요?" 대프니가 물었다.

앰버는 어깨를 으쓱했다. "그렇지 않아요. 하지만 그때는 우쭐했던 것 같아요. 그는 내 의견을 귀담아듣고 내게 조언을 구했죠. 어쩌면 조만간 승진할지도 모른다고 생각했어요. 차를 운전해서 길리스에서 그를 만났어요. 그는 먼저 도착해 있었는데 혼자였죠. 고객이 늦는다고 전화했다면서요. 함께 맥주를 마시는데 이상한 예감이 들었어요." 앰버는 말을 다시 멈추고 숨을 깊이 들이마셨다. "그다음으로 기억나는 건 그의 손이 내 무릎에 있었고 잠시 뒤 허벅지로 올라왔다는 거예요."

"뭐라고요?" 대프니가 화난 목소리로 외쳤다.

앰버는 웅크리고 앉아 몸을 앞뒤로 움직였다. "정말 끔찍했어요. 칸막이가 있는 그 좁은 공간에서 그가 내게 다가오더니 입에 혀를 억지로 집어넣고 가슴을 만지기 시작했어요. 나는 그를 밀어내고 도망쳤고요."

"이런 돼지 같은 놈! 꼭 벌받게 해야 해요." 대프니의 눈동자가 타올랐다. "신고해야 해요."

앰버는 고개를 저었다. "그럴 수 없어요."

"그럴 수 없다니 무슨 말이에요?"

"다음 날 그는 내가 때렸다고 주장했어요. 내 말은 아무도 믿지 않을 거라고도 했고요."

"말도 안 되는 소리. 당장 회사 인사팀에 알려야 해요."

"이런 말 하기 정말 수치스럽지만 몇 주 전 회사에서 크리스마스 파티를 열었는데 내가 과음하고 다른 직원에게 키스했어요. 다들 봤죠. 그래서 다들 그 사람 말을 믿을 거예요. 내가 여지를 줬다고 생각할 거라고요."

"그래도 그 일과 상사가 당신을 이용하는 일은 달라요."

"문제를 일으킬 순 없어요. 그는 내가 조용히 그만두면 두 달치 급여를 주겠다고 했어요. 어머니가 아직도 샤를린의 의료비를 갚는 중이라서 매달 돈을 보내야 해요. 그 제안을 거절할 여유가 없었어요. 다른 일을 찾아봐야죠. 너무 수치스러워요."

"아무 말도 하지 않은 대가로 돈을 주려고 하다니요. 돈 문제라면 다른 일을 구할 때까지 내가 도와줄게요. 끝까지 싸워야 해요."

'이제야 이 이야기를 하는군.' 하지만 앰버는 판돈을 올려 대프니가 어떻게 하는지 끝까지 지켜보기로 했다.

"그랬다가 코네티컷에 있는 모든 부동산 회사에서 나를 고용하지 않으면요? 안 돼요. 이대로 조용히 있어야 해요. 게다가 그 사람이 나쁜 마음을 품도록 내가 정말 빌미를 줬는지도 몰라요."

대프니는 자리에서 일어나 서성댔다. "자기 탓을 하다니요. 당연히 당신에겐 아무 잘못이 없어요. 그 쓰레기 같은…… 그놈은 다른 사람에게도 같은 짓을 했을 거예요."

"나도 그런 생각을 안 한 건 아니에요. 하지만 대프니, 내게는 책임져야 할 사람이 너무 많아요. 그 사람을 신고해서 일할 기회를 잃을 순 없어요."

"천벌받을 사람이군요. 당신 상황이 난처한 걸 알고 그런 거예요."

"이번 일로 교훈을 얻었어요. 이제 새로운 일을 찾아봐야죠." 앰버는 대프니를 향해 미소 지었다. "좋은 점이라면 이제 한가해져서 모금행사를 종일 도울 수 있다는 거예요."

"당신은 어떤 상황에서도 장점을 찾아내는 사람이군요. 그럼 그 생각을 존중할게요. 마음 같아서는 당장 가서 그놈과 한바탕하고 싶지만요. 그나저나 어머니를 돕다니 정말 훌륭해요." 대프니가 이렇게 말한 뒤에 생각에 잠긴 듯 조용해지자 앰버는 그녀의 표정을 살폈다. 그러면서 대프니가 자기 어머니를 생각하며 죄책감을 느끼는지 궁금했다. "잭슨에게 말해볼까 해요. 남편 회사에 당신이 일할 만한 자리가 있을지도 모르잖아요."

앰버는 놀란 표정을 지으려 애썼다. "정말 그럴까요? 그러면 더없이 좋겠어요. 뭐든 기꺼이 할게요. 행정비서 같은 일로 시작해도 좋아요." 이번에 앰버가 지은 미소는 진짜였다.

"그럼요. 분명 당신이 일할 자리가 있을 거예요. 오늘 밤에 이야기해야겠어요. 그건 그렇고 기분이 좋아질 만한 걸 해요. 같이 쇼핑하러 갈까요?"

앰버의 표정을 본 대프니는 해고당한 지금 그녀에게 쇼핑할 여유가 없다는 사실을 눈치챘다. 하긴, 이 여자가 현실에 대해 무엇을 알까?

"미안해요. 내가 너무 무신경하다고 생각할 거예요. 내 말은 쇼핑하러 가서 내가 뭔가를 사주고 싶다는 뜻이었어요. 그리고 미리 말해두지만 난 이런 환경에서 자라진 않았어요." 대프니는 팔을 뻗어 방 안을 가리켰다. "난 뉴햄프셔의 작은 마을에서 태어났어요. 아마 당신이 자란 곳과 크게 다르지 않을 거예요. 잭슨을 만나 이 집을 처음 봤을 때 모든 게 과하고 터무니없다고 생각했어요. 시간이 지나면서 익숙해져버린 거죠. 어쩌면 너무 익숙해졌는지도 모르고요. 솔직히 이곳 여자들과 시간을 보내는 동안 나를 좀 잃었어요."

앰버는 대프니의 고백이 어떻게 이어지는지 궁금해서 조용히 듣기만 했다.

"당신 덕분에 정말 중요한 게 뭔지 기억났어요. 처음에 내가 왜 이곳에 왔는지도요. 남을 돕고 끔찍한 병으로 괴로워하는 사람들의 고통을 덜어주기 위해서였죠. 잭슨이 돈을 많이 버는 건 사실이에요. 하지만 당신과 나 사이에 벽이 있는 건 싫어요. 동생이 떠난 뒤 처음으로 누군가와 가깝다고 느끼는걸요. 그러니 제발 허락해줘요."

앰버는 허락해달라는 말이 마음에 들었다. 무엇보다 대프니가 마음이 넓은 쪽은 앰버라고 생각하는 것이 좋았다. 앰버는 뉴욕의 옷을 전부 산다 해도 대프니에게 돈을 내게 할 수 있을지 궁금해졌다.

앰버가 눈을 크게 떴다. "정말이에요?"

"그럼요."

"음, 생각해보니 구직하는 데 몇 가지가 필요할 것 같아요. 면접 의상 고르는 걸 도와주겠어요?"

"그러고 싶어요."

앰버는 웃음을 간신히 참았다. 대프니가 너무 착해서 죄책감이 들 지경이었다. 대프니가 패리시 인터내셔널에 일자리를 알아보게 하려면 은연중에 뜻을 비치고 교묘하게 행동해야 할 줄 알았는데 그녀는 미끼가 무슨 맛인지 알아보기도 전에 덥석 물어버렸다. 그리고 앰버 때문에 명성이 더러워지고 불쌍해질 행복한 유부남 마크 잰슨은 앰버에게 접근과 비슷한 행위조차 한 적이 없었다. 앰버는 오후에 마크에게 전화를 걸어 회사를 그만두겠다고 할 생각이었다. 자동차 엔진에서 부르릉 하고 소리가 났다. 이제 모든 일은 운전하는 것만큼이나 쉬웠다.

17

마침내 그날이 다가왔다. 앰버는 그러지 않으려고 했지만 첫 공연을 앞둔 배우처럼 긴장됐다. 모금행사는 저녁 여덟 시에 시작되었지만 잭슨과 대프니는 여섯 시에 앰버를 데리러 오기로 했다. 행사장에 일찍 도착해서 모든 것이 준비되었는지 확인하기 위해서였다. 앰버는 250달러짜리 입장료를 어떻게 사야 할지 걱정했지만 대프니가 탁자 하나에 해당하는 자리를 전부 구입해 앰버를 초대한 덕분에 근심을 덜었다.

앰버는 샤도네 와인을 한 잔 따랐다. 옷을 입는 동안 와인과 음악 덕분에 긴장이 풀렸다. 오늘 밤 그녀가 돋보일 필요는 없었지만 시골뜨기처럼 보이고 싶지도 않았다. 그녀는 저녁에 입을 옷을 펼쳐 놓은 침대로 가서 검은색 레이스 끈 팬티를 집어 들어 입었다. 속옷을 볼 사람은 아무도 없겠지만 속옷을 입은 자기 모습이 섹시하다는 것을 알면 기분이 달라질 것이었다. 그다음으로 대프니의 옷장에서 고른 매력적인 발렌티노 드레스를 입었다. 목이 높이 올라오고 소매가 긴 간결한 검은색 드레스는 바닥에 끌리는 길이였고 뒤에 우아하게 주름이 잡혀 있었다. 묘하게 섹시한 느낌을 줄 뿐 조금도 노골적이지 않았다. 앰버는 머리를 올리고 최소한으로 화장했다. 액세서리는 대프니에게 크리스마스 선물로 받은 진주 목걸이와 원래 가지고 있던 작은 진주 귀걸이만 했다. 마지막으로 거울에 비친 모습을 확인한 그녀는 미소 지었다. 흡족한 기분으로 온라인 쇼핑몰 DSW에서 저렴하게 구입한 작은 은색 클러치를 들었다. 대프니에게 빌린 은색 숄을 걸치자 그녀의 향수 냄새가 풍겼다.

앰버는 문 앞에 서서 불을 끄기 전에 자기가 사는 방을 둘러보았다. 자신이 처한 환경을 애써 외면하려 했지만 대프니와 그녀의 친구들이 사는 모습을 보고 나니 그러기가 점점 힘들어졌다. 어린 시절의 음울한 집에서 나와 이렇게 수도자처럼 살다니. 그녀는 한숨을 쉬며 생각을 떨치고 문을 닫았다.

그녀가 아파트에서 거리로 내려간 시간은 여섯 시 십 분 전이었다. 여섯 시 정각이 되자 검은 리무진이 나타났다. 운전기사가 차에서 내려 문을 열어주자 앰버는 이 소박한 동네에 사는 사람들이 자기 모습을 보면 어떻게 생각할지 궁금했다. 그녀는 차에 올라타 잭슨과 대프니 맞은편에 앉았다.

"안녕하세요, 대프니, 잭슨. 데리러 와줘서 고마워요."

"당연히 그래야죠." 대프니가 말했다. "오늘 정말 예쁜데요. 앰버를 위해 만들어진 드레스 같아요. 당신이 가지면 좋겠어요."

잭슨은 앰버를 한동안 쳐다보더니 고개를 돌렸다. 앰버가 보기에 그는 약간 화난 것 같았다. 이런 일이. 앰버는 그동안 잭슨에게 깊은 인상을 남기려고 애썼다. 그리고 바람대로 된 것 같았다, 이유는 전혀 달라 보였지만. 대프니에게 드레스를 빌리는 게 아니었는데. 무슨 생각으로 그랬을까?

"호텔에 미리 가서 경매가 어떻게 준비되어가고 있는지 확인했어요." 대프니가 어색한 분위기를 누그러뜨리려고 말했다. "행사장이 정말 아름답던데요? 우리 잘해낼 것 같아요."

"나도 그렇게 생각해요." 앰버가 말했다. "경매 물품이 정말 훌륭해요. 산토리니 별장이 얼마에 낙찰될지 궁금해서 견딜 수가 없어요."

호텔로 가는 동안 시시콜콜한 이야기가 이어졌다. 앰버는 잭슨이 차를 타고 가는 내내 아내의 손을 잡고 있는 것을 보았다. 호텔에 도착하자 그는 대프니가 차에서 내릴 때 사랑을 담아 다정하게 도왔고 앰버의 손은 운전기사가 잡아주도록 놔두었다. 그는 대프니에게 넋이 나가 있었고 이에 앰버는 결의가 약간 꺾였다.

그들보다 먼저 도착한 사람들이 있었다. 장식을 맡은 사람들은 이미 행사장에 와서 경매 탁자를 마지막으로 매만졌다. 분홍색 테이블보를 깔고 검은색 냅킨이 놓인 탁자 50개의 중앙에 꽃도 놓았다. 행사장 한쪽에서 밴드가 준비 중이었고 바텐더들은 물건을 정리하고 있었다. 오늘 밤 그들은 몹시 바쁠 것이었다.

"와, 대프니. 정말 멋져요." 앰버가 말했다.

잭슨은 대프니의 허리에 팔을 둘러 끌어당기며 귀에 입을 맞추고는 속삭였다. "여보, 정말 대단해요. 전보다 훨씬 좋은데요?"

앰버는 그들을 보았다. 검은색 연회복 재킷을 입은 잭슨은 영화 배우 같았고 몸에 휘감기는 에메랄드그린 시폰 드레스를 입은 대프니 역시 정말 매력적이었다.

"여보, 고마워요. 당신이 그렇게 말해주니 정말 기뻐요." 그녀는 잭슨을 바라보더니 몸을 뺐다. "이제 가서 자원봉사자들을 만나 더 필요한 게 없는지 확인해야 해요. 잠깐 다녀올게요." 대프니는 앰버를 보았다. "메러디스에게 필요한 게 있는지 확인하고 올 테니 그동안 잭슨 말동무 좀 해줘요."

"그럼요." 앰버가 말했다.

잭슨은 행사장을 가로질러 가는 대프니를 계속 바라보았다. 앰버가 그 자리에 있는지도 모르는 듯했다.

"부인이 무척 자랑스러우시겠어요."

"여기서 가장 아름답고 재주 많은 여자예요." 잭슨이 뿌듯한 목소리로 말했다.

"대프니는 제게 정말 잘해줘요. 가장 친한 친구나 다름없죠."

잭슨이 인상을 찡그렸다. "가장 친한 친구라고요?"

앰버는 자신이 실수했다는 것을 곧바로 눈치챘다. "음, 사실 가장 친한 친구라기보다 멘토 같은 존재죠. 그녀에게 정말 많이 배웠어요."

잭슨은 조금 긴장을 푸는 것 같았다. 이로써 그동안의 연습이 무용지물이 되었다는 것이 입증되었다. 오늘 밤 앰버의 계획에는 전혀 진전이 없을 것이었다.

"도울 일이 있는지 가보는 게 좋겠어요." 그녀가 잭슨에게 말했다.

그는 별 생각 없이 몸짓했다. "그래요. 좋은 생각이군요."

행사는 엄청나게 성공적이었다. 경매는 열띤 분위기에서 진행되었고 손님들은 자정이 되도록 마시고 춤췄다. 앰버는 여기저기 돌아다니며 모든 것을 머릿속에 담았다. 고급 드레스와 화려한 장신구, 여자들이 모여서 쏟아내는 소문과 웃음, 최근 S&P 500 지수가 영향력을 잃고 있다고 시끄럽게 토론하는 검은 타이를 맨 남자들. 돈 많고 힘 있는 사람들은 그들만의 세상에서 서로 어울리며 잔을 부딪쳤고 자신들이 차지한 1퍼센트의 세계에서 의기양양하고 자신만만했다.

대프니와 같은 탁자에 앉아 있었지만 앰버는 어린 시절 세탁소에서 느낀 것처럼 소외된 기분이었다. 대프니처럼 자신을 우러러보고 자신에게 아첨하는 사람들 틈에 있고 싶었다. 아무도 주목하지 않고 신경 쓰지 않는 사람으로 사는 것이 지긋지긋했다.

결국 오늘 밤은 그녀의 바람대로 되지 않을 것이었다. 잭슨은 대프니에게서 눈을 떼지 않았다. 그는 언제나 대프니의 손을 잡고 있거나 등을 쓸어내렸다. 앰버는 계획을 실행하지 못하거나 그녀가 원하는 보상이 닿을 수 없는 곳에 있으면 어쩌나 생각하며 처음으로 낙담했다.

자리에 앉아서 춤추는 사람들을 보고 있자니 나이 차이가 많이 나는 부부들은 우스울 정도로 서로 어울리지 않았다. 그때 뭔가 번쩍해서 고개를 돌리자 사진기자가 보였다. 앰버는 플래시가 계속 번쩍이는 동안 자기 모습이 카메라에 잡히지 않았기를 바라며 머리를 재빨리 굴렸다.

잭슨과 대프니는 춤을 오래 춘 다음 자리로 돌아왔다. 대프니가 잭슨을 살짝 밀자 그는 앰버 앞에 와서 섰다. "춤추겠어요?" 그가 물었다.

앰버가 대프니를 보자 그녀는 미소 지으며 고개를 끄덕였다. "네, 좋아요." 앰버는 일어나서 잭슨의 손을 잡고 플로어로 나갔다.

앰버는 잭슨의 강한 팔에 안겨 그에게서 나는 말끔하고 남성적인 냄새를 맡으며 그의 몸이 스치는 느낌을 즐겼다. 그녀는 눈을 감고 잭슨이 자기 남편이라고, 이곳의 모든 여자가 자기를 부러워한다고 상상했다. 이런 상태는 춤을 다 추고 나서도 계속되었다. 잭슨은 춤추겠느냐고 다시 묻지 않았지만 한 번만으로도 저녁 내내 상상에 빠지기에 충분했다. 열두 시 삼십 분이 되자 앰버는 낙찰자들을 확인하려고 자원봉사자들이 앉아서 대기하고 있는 긴 탁자로 갔다. 그러고는 메러디스 옆의 신용카드 결제 단말기가 놓인 자리에 앉았다.

"오늘 행사 정말 잘 치러냈어요." 메러디스가 말했다.

"네, 엄청나게 성공적이었죠. 다 메러디스 덕분이에요." 앰버가 아첨했지만 메러디스는 넘어오지 않았다.

"그러지 말아요. 다 같이 애쓴 덕분이죠. 다들 열심히 했잖아요." 그녀가 무뚝뚝하게 대꾸했다.

앰버는 아무 말도 하지 않았다. 이 여자는 앰버를 절대 받아주지 않을 테니 노력할 필요도 없었다. 사람들이 낙찰받은 물건을 확인하는 동안 두 사람은 말없이 나란히 앉아 일만 했다. 일이 끝나자 메러디스는 앰버를 보았다. "대프니에게 들었는데 네브래스카 출신이라면서요?"

"네, 맞아요."

"네브래스카에는 안 가봤어요. 어떤 곳이에요?" 메러디스가 물었지만 말투에서 궁금증은 전혀 느껴지지 않았다.

앰버는 잠시 생각했다. "저는 작은 마을에서 자랐어요. 시골이 다 비슷하죠."

"음, 그럴 것 같군요. 마을 이름이 정확히 뭐죠?"

"유스티스요. 아마 못 들어봤을 거예요."

메러디스가 뭐라고 질문하기 전에 그들 앞에 대프니가 나타났다.

"모두 정말 잘해줬어요." 그녀가 자원봉사자들에게 말했다. "이렇게 기념할 만한 밤을 만들어줘서 정말 고마워요. 이제 집으로 가서 그토록 원했던 휴식을 취하자고요. 모두 사랑해요." 대프니는 앰버를 보았다. "이제 갈까요?"

"네, 다 끝났어요. 소지품 좀 챙길게요."

집으로 가는 동안 잭슨과 대프니는 사이좋은 원앙 같았다. 잭슨은 대프니의 허벅지에 손을 단단히 붙이고 있었다.

"연설 정말 훌륭했어요." 그가 손에 힘을 주며 말했다.

대프니는 놀란 표정이었다. "고마워요."

"내게 연설문을 봐달라고 하지 그랬어요."

"당신 너무 바빴잖아요. 성가시게 하고 싶지 않았어요."

잭슨은 대프니의 다리를 어루만졌다. "여보, 아무리 바빠도 당신 일은 도울 수 있어요."

대프니는 잭슨의 어깨에 기대 눈을 감았다.

이들을 바라보는 앰버는 실망감이 점점 커졌다. 잭슨은 대프니의 삶 전반에 애정 어린 관심을 보이는 것이 분명했다. 대프니는 손쉬운 상대였지만 잭슨은 전혀 달랐다. 앰버가 그를 상대하려면 교활함과 기발함을 총동원해야 했다.

18

모금행사가 열린 지 한 달이 지났지만 그날 밤 대프니에게 푹 빠진 잭슨을 본 뒤로 앰버는 마음이 어수선했다. 그런데도 그녀와 대프니의 관계는 더욱 돈독해졌다. 앰버는 탈룰라의 열한 번째 생일 파티에 가는 길이었다. 그녀는 대프니의 삶에 안착했고 모든 가족 행사에 초대받았다. 대프니가 앰버를 너무 신뢰하는 나머지 그녀는 양심의 가책을 느낄 뻔했다. 하마터면. 앰버는 탈룰라 선물로 에드거 앨런 포의 일생을 다룬 책을 골랐고 벨라를 위해서도 작은 선물을 준비하는 게 좋겠다고 생각했다. 꼬맹이 녀석의 머릿속이 어떻게 돌아가는지 이해하기 시작했고 탈룰라가 수많은 선물을 열어보는 동안 구경만 하는 일을 벨라가 재미있어하지 않으리라는 사실을 알았다.

놀이방에 들어서자 아이들이 큰 원을 그리고 앉아 있었고 두 여성이 이국적인 새와 동물원에서 볼 법한 작은 동물을 우리에서 꺼냈다. 앰버는 이 재미있는 광경을 서서 지켜보는 대프니와 노부인이 있는 곳으로 갔다.

“앰버, 어서 와요. 와서 우리 엄마와 인사 나눠요.” 대프니가 앰버의 손을 꼭 잡았다. “엄마, 친구 앰버예요.”

노부인은 팔을 내밀어 악수를 청했다. “만나서 반가워요, 앰버. 난 루스예요.”

“만나 뵙게 되어 반갑습니다.” 앰버는 가져온 선물을 다른 손으로 힘겹게 옮겨 들며 루스와 악수하려고 했다.

“세상에, 이게 다 뭐예요?” 대프니가 물었다.

“아, 선물 몇 가지 준비했어요.”

“온실에 다른 선물들을 놔뒀는데 거기에 같이 두는 게 어때요? 동물원 쇼가 곧 시작될 거예요. 그건 꼭 봐야 해요.” 대프니가 말했다.

온실에 들어간 앰버는 넘쳐나는 선물에 다시 한 번 놀랐다. 어린 시절에는 이런 파티를 원치 않았던 것이 아니라 이런 게 존재하는지도 몰랐다. 선물은 높이 쌓여 있었고 아이들이 점심을 먹을 수 있도록 큰 탁자가 놓여 있었다. 자리마다 알록달록한 그릇과 냅킨이 세심하게 준비되어 있었고 예쁘게 포장한 답례 선물 꾸러미도 있었다. 아이들이 정말 좋아할 만하면서도 매우 우아했다. 앰버는 선물을 두고 나왔다. 파티장으로 돌아가는데 복도를 걸어 내려오는 잭슨이 보였다. 그는 앰버를 향해 매력적으로 미소 지었다.

“어서 와요. 오늘 와줘서 기쁘군요.” 그는 진심 어린 목소리로 말했다.

"아, 고마워요. 저 역시 와서 기뻐요." 앰버가 더듬더듬 말했다.

잭슨은 다시 한 번 활짝 웃더니 놀이방 문을 잡아주었다.

그들은 함께 서서 조련사가 동물을 차례차례 꺼내며 설명하는 모습을 지켜보았다. 잭슨은 술을 들고 있었다. 앰버는 그에게서 눈을 떼기가 힘들었다. 잭슨을 침대로 데려가는 데 시간이 얼마나 걸릴지 생각했다. 이렇게 권력과 부를 쥔 남자가 자기에게 꼼짝 못한다고 생각하자 기분이 정말 좋았다. 그녀는 남자를 기분 좋게 하는 법을 잘 알았고 짐작컨대 잭슨과 대프니는 십여 년의 결혼생활을 한지라 그들의 잠자리는 지루하고 진부할 것 같았다. 앰버는 기회가 조금이라도 생긴다면 잭슨이 자신을 원하게 만들기 위해 무엇을 해야 할지 떠올렸다. 그녀는 시간을 좀 가진 뒤에 원래 계획을 조심스레 실행에 옮기기로 결심했다. 예전처럼 무모하게 서둘러서 일을 망칠 수는 없었다.

쇼가 끝나자 어른들은 점심을 먹으러 온실로 간 아이들을 진정시키려고 애썼다. 요란한 웃음소리와 높은 목소리 때문에 시끄럽고 정신이 없었다. 앰버는 소리라도 지르고 싶은 심정이었다. 그때 그녀는 모두 점심을 먹고 있는 온실에 잭슨이 없다는 사실을 알았다.

마침내 마르가리타가 발레리나 모양의 하얀 초 열한 개가 꽂힌 커다란 초콜릿 케이크를 가지고 왔다. 앰버는 케이크 한쪽에 작은 덩어리가 떨어져 나간 것을 발견했다.

"자, 얘들아." 대프니가 큰 소리로 말했다. "이제 생일 노래 부르고 탈룰라가 선물을 열어볼 시간이야."

아이들과 어른들이 탈룰라를 위해 노래하는 동안 앰버는 벨라의 눈에 먹구름이 몰려오는 것을 보았다. 벨라는 입을 앙다문 채 팔짱을 끼고 앰버 앞에 앉아 있었다. 이 상황을 받아들이지 않는 것이었다.

노래가 끝나고 탈룰라가 촛불을 끄자 대프니가 선물을 건네기 시작했다. 탈룰라가 선물을 하나씩 풀어보며 고맙다고 인사하는 동안 식탁에 모인 아이들은 즐겁게 케이크를 먹는 데 빠져 있었다. 일곱 번째 선물을 뜯어본 뒤 벨라의 목소리가 울려 퍼졌다. "이건 불공평해. 왜 언니가 저 선물을 다 받는 거야? 내 선물은 어디에 있어?"

앰버가 기다린 바로 그 순간이었다. "벨라, 난 탈룰라 선물과 함께 네 선물도 가져왔어. 이건 네 거야. 마음에 들면 좋겠구나."

대프니는 앰버를 향해 미소 지었고 루스는 알 수 없는 표정으로 앰버를 보았다. 앰버는 잭슨이 방금 들어온 것을 알고서 그가 조금 전 대화를 들었기를 바랐다. 벨라는 포장지를 찢고 상자를 열었다. 그러고는 하얀 인조 모피 깃이 달린 분홍색 스웨터와 반짝이는 손잡이가 달린 작은 분홍색 핸드백을 꺼내며 환하게 웃었다. 그녀는 앰버에게 달려가 허리를 끌어안았다. "앰버 아줌마, 사랑해요. 아줌마는 제일 좋은 친구예요."

벨라의 애정 표현에 모두 웃음을 터뜨렸다. 하지만 앰버는 다른 사람들과 달리 루스가 그리 즐거워 보이지 않는 것을 알아차렸다. 탈룰라는 선물을 거의 다 풀어보고 사빈이 준 작은 상자만 남겨두고 있었다. "와, 정말 좋아요. 고맙습니다." 탈룰라는 가는 십자가가 달린 금목걸이를 들어 보이며 사빈에게 프랑스어로 말했다.

"천만에." 사빈도 프랑스어로 대답했다.

잠시 뒤 지역 유명인사들이 부유하게 키운 자식들을 데리러 속속 도착했다. 아이들은 엄청나게 재미있는 놀거리와 맛있는 음식과 값비싼 답례품으로 대접받았다. 이들이 모두 특권의식을 갖고 자란다는 것이 전혀 놀랍지 않았다. 아이들은 이 세상 밖을 몰랐다.

손님들이 떠나자 또 다른 보모인 서리가 선물을 모았다.

"선물을 모두 위층으로 가져다줄래요? 애들도 데려가고요. 애들 목욕시키고 잠옷 입혀줘요. 그런 다음 여섯 시쯤 가볍게 저녁 먹을 테니까." 대프니가 보모에게 말했다.

잭슨은 위스키를 한 잔 더 따랐다. "누구 한잔할 사람 없어요?"

"여보, 난 와인 한 잔 마실게요." 대프니가 말했다. "엄마, 뭐 드실래요?"

"난 탄산수 다오."

잭슨이 앰버를 보았다. "당신은요?"

"저도 와인 한 잔 주시겠어요?"

잭슨이 웃음을 터뜨렸다. "마시고 싶은 거 마셔요."

앰버는 자기도 그러고 싶다고 생각했지만 그저 웃기만 했다.

"대프니, 앰버 양에게 모금행사 사진 보여줬니?" 루스는 이렇게 말하며 앰버를 보았다. "〈비숍 하버 타임스〉에 아주 멋진 사진들이 실렸어요. 앰버 양 예쁘게 잘 나왔더군요."

앰버는 심장이 멎는 듯했다. 사진이라고? 신문에? 그날 밤 사진기자를 피하려고 그렇게 신경 썼는데 언제 찍혔을까? 대프니가 신문을 가져와 앰버에게 건넸다. 앰버는 떨리는 손으로 신문을 들고 사진을 살펴보았다. 그녀가 있었다. 사진이 실물만큼이나 크게 실려 쉽게 알아볼 수 있었다. 이름은 쓰여 있지 않았지만 그게 문제가 아니었다. 얼굴이 문제였다. 앰버는 독자가 한정된 작은 마을의 지역신문이 멀리 퍼져 나가지 않았을 것이라고 믿는 수밖에 없었다.

"잠시 실례할게요." 앰버는 이 방에서 나가 불안한 마음을 가라앉혀야 했다. 그녀는 욕실 문을 닫고 변기 뚜껑을 내린 뒤에 앉아서 머리를 감싸 쥐었다. 어떻게 그렇게 부주의했을까? 잠시 뒤 호흡이 안정된 그녀는 앞으로는 더 조심하자고 다짐했다. 그리고 얼굴에 살짝 물을 뿌린 뒤에 꼿꼿하게 서서 문을 천천히 열었다. 온실로 돌아가자 루스와 대프니가 나누는 이야기가 들렸다.

"엄마, 엄마는 이해 못 해요. 전 여기 일만 해도 정말 바빠요."

"대프니, 네 말이 맞아. 난 이해 못 하겠다. 넌 교회 성가대에서 노래하는 걸 좋아했잖니. 내가 보기에 넌 예전에 좋아했던 일을 하나도 안 하고 있어. 온통 돈 생각뿐이지. 네게 좋은 게 뭔지 생각해보렴. 그러면 네 뿌리를 떠올리고 높은 말 위에서 내려오게 될 테니까."

"말도 안 되는 말씀 마세요. 지금 무슨 말씀 하는지 아세요?"

"내가 뭘 봤는지는 잘 알고 있어. 세상에, 보모가 둘이라니. 한 사람은 프랑스어를 하고. 거기에 네가 통제할 수 없을 정도로 버릇없는 딸에다 클럽과 온갖 강습까지. 나는 약속해야만 손녀들을 볼 수 있고. 이게 도대체 어찌된 일이니?"

"엄마, 그만하세요."

앰버는 대프니가 정말 화났을 때의 목소리를 처음으로 들었다. 잠시 뒤 보모와 아이들이 계단을 내려오는 소리가 들렸다. 그들이 동시에 온실로 들어가자 어머니와 딸의 대화가 뚝 끊겼다.

벨라는 대프니에게 달려가 무릎에 머리를 묻었다. 벨라는 소리 내지 않고 울다가 엄마를 쳐다보며 말했다. "언니는 선물을 저렇게 많이 받았는데 난 두 개뿐이에요. 불공평해요."

루스가 몸을 숙여 벨라의 뺨을 쓰다듬었다. "벨라, 얘야, 오늘은 언니 생일이잖니. 네 생일에는 네가 선물을 전부 받잖아. 그렇지?"

벨라는 외할머니 손길을 뿌리쳤다. "아니에요. 할머니 싫어요."

"벨라!" 대프니는 충격을 받은 것 같았다.

갑자기 잭슨이 나타나 소파로 성큼성큼 걸어가더니 벨라를 안았다. 벨라는 몸을 비틀며 버둥댔지만 잭슨이 계속해서 꼭 붙들고 있자 결국 잠잠해졌다. 그는 벨라를 방 한구석에 내려놓고 무릎을 꿇어 눈높이를 맞추고는 조용히 이야기했다. 잠시 뒤 그들은 함께 자리로 왔고 벨라는 외할머니 앞에 섰다.

"할머니, 죄송해요." 아이는 이렇게 말하고는 고개를 숙여 사과했다.

루스는 의기양양한 얼굴로 대프니를 보더니 벨라의 손을 잡았다. "벨라, 용서하마. 하지만 앞으로는 그렇게 말하면 안 돼."

벨라는 아버지를 보았지만 돌아오는 것은 엄한 표정뿐이었다. "네, 할머니."

마르가리타가 온실 안을 조심스레 살피더니 저녁식사가 준비됐다고 알렸다. 잭슨은 루스의 팔을 잡았고 그들은 함께 다이닝룸으로 갔다. 벨라와 탈룰라가 바로 뒤따랐다. 대프니가 자리에서 일어나자 앰버는 그녀의 어깨를 토닥거렸다.

"긴 하루였잖아요. 벨라는 너무 피곤해서 그랬을 거예요. 다른 사람들 말에 괴로워하지 말아요." 앰버가 말했다.

"때로는 그게 정말 힘들어요." 대프니가 말했다.

"당신은 좋은 엄마예요. 다른 사람이 그렇지 않다고 말하는 걸 참지 말아요."

"앰버, 고마워요. 당신은 정말 좋은 친구예요."

어떤 면에서 대프니는 정말 훌륭한 어머니였다. 그녀는 아이들에게 모든 것을, 그중에서도 특히 사랑과 보살핌을 주었다. 그녀는 분명 앰버의 어머니보다 좋은 엄마였다. 앰버의 어머니는 매일같이 아이들이 지긋지긋한 짐이라고 말했다.

"아직 가지 말아요. 우리랑 같이 저녁 먹어요." 대프니가 말했다.

앰버는 지치고 짜증 난 벨라와 모든 것이 못마땅한 루스와 함께 식사하는 자리에서 어떻게든 계획을 진전할 수 있으리라는 확신이 들지 않았다. "그러고 싶지만 집안일이 쌓여 있어서요. 그래도 그렇게 말해줘서 고마워요."

"아, 할 수 없군요." 대프니가 앰버의 팔짱을 끼며 말했다. "그럼 다이닝룸에 가서 모두에게 인사라도 하고 가요."

앰버는 군말 없이 대프니를 따라 가족들이 모두 앉아 마르가리타가 내어주는 음식을 먹고 있는 곳으로 갔다.

"모두 잘 있어요." 앰버가 손을 흔들며 말했다. "파티 멋졌어요."

가족들이 일제히 작별 인사를 한 뒤에 잭슨의 부드러운 목소리가 울려 퍼졌다. "잘 가요, 앰버. 내일 회사에서 봅시다."

19

패리시 인터내셔널에 출근하는 첫날 앰버는 옷을 신중하게 골랐다. 머리를 하나로 묶은 다음 무난한 금색 링 귀걸이를 하고 화장은 최소한으로 했다. 다섯 시 삼십 분 기차를 타려고 네 시에 일어나야 하는 일이 고역이었지만 좋은 인상을 주고 싶었다. 장기간 이렇게 해야 한다면 견딜 수 없을 것이다. 그녀는 이 일이 오래지 않아 끝나기를 바랐다.

잭슨의 회사가 있는 유리 고층건물은 거대했다. 앰버는 이 건물이 잭슨 소유라는 데 감탄했다. 맨해튼에 이런 건물을 가지려면 돈이 엄청나게 많이 들 텐데. 로비에는 비서뿐이었다. 비서가 사원증을 본 다음 고개를 끄덕이자 회전식 출입구에 초록색 불이 들어왔다. 13층에 내린 앰버는 이미 출근한 사람이 많아서 놀랐다. 다음 날은 기차를 더 일찍 타야 할 것 같았다. 그녀가 일할 작은 방은 상사의 사무실 밖에 있었다. 앰버는 제1비서인 배틀리 부인에게 먼저 보고하게 되었다. 앰버는 지난주 오리엔테이션에서 부인을 만난 뒤로 그녀에게 배틀 액스(전투용 도끼)라는 이름이 어울린다고 생각했다. 배틀 액스 부인은 예순다섯에서 일흔다섯 살 사이로 보였다. 강철 수세미 같은 희끗한 머리카락에 두꺼운 안경을 꼈고 입술이 얇았다. 그녀는 효율적으로 일만 하는 사람의 전형이었고 앰버는 그런 그녀가 처음부터 싫었다. 그녀는 앰버가 자기를 밀치고 끼어든 것을 노골적으로 기분 나빠했다. 이 늙은 새의 호감을 사려면 꽤 힘들 것 같았다.

"안녕하세요, 배틀리 부인. 커피 가져왔는데 드실래요?"

부인은 노트북에서 고개를 들지 않았다. "아니요, 이미 마셨어요. 전해줄 서류가 있으니 커피 다 마시고 나 좀 봐요." 앰버는 잭슨의 고급스러운 사무실 쪽을 몰래 흘끗 보았다. 문이 닫혀 있었지만 유리로 된 한쪽 벽을 가린 블라인드 틈으로 누군가가 움직이는 것이 보였다.

"뭐 필요한 거 있어요?" 배틀리의 걸걸한 목소리가 앰버의 생각을 방해했다.

"아니요, 죄송해요. 커피는 이따가 마실게요. 서류 먼저 주세요."

"여기요." 부인은 앰버에게 서류 뭉치를 건넸다. "데이터베이스에 추가할 새로운 고객 명단이에요. 어떻게 하는지 적어서 책상에 올려놨어요. 고객 프로필에 웹사이트와 소셜미디어 계정까지 모두 등록해야 해요."

앰버는 서류철을 받아 자리로 갔다. 창밖이 보이는 사무실을 포기하고 밀실공포증이 느껴질 것만 같은 이 작은 사무실을 얻었지만 적어도 계획이 진행되고는 있었다. 배틀 액스 부인의 가장 유능한 비서가 되기로 결심한 앰버는 일에 몰입하며 시간을 보냈다. 점심 시간에도 가져온 음식을 자리에서 먹으며 쉬지 않고 일했다. 여섯 시가 되자 배틀리가 외투를 입고 자리에서 일어났다.

"앰버, 아직도 있는지 몰랐어요. 알고 있겠지만 다섯 시에 퇴근해도 돼요."

앰버는 일어나서 짐을 챙겼다. "일을 마저 끝내고 싶었어요. 내일 아침에 출근했을 때 책상이 깨끗하면 좋을 것 같아서요."

이 말에 부인은 미소 지었다. "정말 맞는 말이에요. 나도 항상 그렇게 생각해요."

부인이 나가려고 돌아서자 앰버가 외쳤다. "같이 가요!"

그들은 말없이 엘리베이터로 향했다. 엘리베이터에 타자 앰버가 수줍게 미소 지었다.

"이런 기회를 주셔서 정말 감사해요. 이게 제게 얼마나 중요한지 모르실 거예요."

배틀리는 눈썹을 추켜올렸다. "나한테 고마워할 필요 없어요. 난 이 일과 아무 관계가 없으니."

"패리시 부인께 들었어요. 패리시 씨가 배틀리 부인 의견을 귀담아듣는다던데요." 앰버가 말했다. "제가 수습사원 자격으로 일한다는 걸 분명히 들었어요. 기준 미달이라고 평가받으면 다른 곳을 찾아봐야 해요."

앰버는 배틀리 부인이 자만심 때문에 이 말도 안 되는 이야기를 믿는다는 것을 알 수 있었다. 배틀리는 등을 조금 더 꼿꼿하게 폈다. "그건 두고 보면 알겠죠."

앰버는 맞는 말이라고, 두고 보면 알 거라고 생각했다.

한 달이 지났지만 앰버는 아직 잭슨을 직접 만난 적이 없었다. 하지만 배틀 액스 부인은 그녀에게 점점 의지하기 시작했다. 앰버는 부인보다 적어도 십오 분 먼저 출근해서 뭔가를 넣은 모닝커피를 갖다주었다. 앰버는 내과 전문의에게서 항우울제 엘라빌 삼 개월분을 처방받았다. 병원에 가서 공황발작이 왔다고 하자 의사가 이 약을 추천했다. 의사는 단기적으로 기억력이 떨어지고 정신이 혼미해지는 증상이 부작용으로 나타날 수 있다고 말했다. 앰버는 적은 용량부터 시작했다. 배틀리가 좋아하는 크림 넣은 커피 덕분에 커피에서 약의 흔적이 느껴지지 않기를 바랐다.

그날 아침 출근한 배틀리는 평소보다 멍해 보였다. 앰버는 그녀가 점점 느리게 걷고 행동을 자주 멈추며 뭘 하려고 했는지 몰라 책상을 살펴보는 모습을 목격했다.

배틀리가 화장실에 가려고 일어나자 앰버는 재빨리 그녀 자리로 가서 가방에서 열쇠를 꺼내 다른 곳으로 옮겨놓았다. 그런 다음 책상 위에 있던 서류철을 뒤섞었다. 자리로 돌아와 서류철을 살펴보는 배틀리의 눈에 당황한 기색이 역력했다. 그날 퇴근 무렵 배틀리는 가방을 열어보았다. 앰버는 그녀가 가방을 뒤적이다가 결국 책상 위에 내용물을 모두 쏟아내는 모습을 지켜보았다. 열쇠가 없었다. 배틀리는 괴로워 보였다. "앰버." 그녀가 불렀다. "내 열쇠 못 봤어요?"

앰버는 서둘러 배틀리의 자리로 갔다. "못 봤는데요. 가방에 없어요?"

"없어요." 이렇게 대답한 배틀리는 금방이라도 울 것 같았다.

"자." 앰버는 책상 위에 놓인 가방을 집어 들었다. "제가 한번 볼게요." 그녀는 열쇠를 찾는 척했다. "음, 그렇네요. 이 안에는 없군요." 그녀는 서서 생각하는 척했다. "책상 서랍은 찾아봤어요?"

"아뇨, 열쇠는 언제나 가방에 넣어놓는걸요. 책상에 꺼내둔 적은 한 번도 없어요."

"혹시 모르니 확인해보죠."

"그럴 리 없어요." 배틀리는 씩씩대면서도 서랍을 열었다. "봐요, 없잖아요."

앰버는 허리를 숙여 서랍 안을 살핀 다음 서류 보관장 옆에 놓인 쓰레기통 속을 보았다. 그리고 그것을 끌고 왔다.

"이 안에 있네요." 앰버는 열쇠를 꺼내 배틀리에게 건넸다.

배틀리는 손에 받아 든 열쇠를 멍하니 바라보고 서서 침을 꿀꺽 삼켰다. 그녀는 넋이 나간 채 먼저 가보겠다는 인사만 남기고 돌아서서 가버렸다. 걸어가는 그녀를 보며 앰버는 빙긋 웃었다.

며칠 뒤 앰버는 배틀리의 롤로덱스(회전식 명함 정리기)에 꽂힌 명함 순서를 바꾸어놓았다(아직도 롤로덱스를 쓰는 사람은 지구상에 배틀리뿐일 것이다). 몇 주가 지나자 스트레스는 의도한 효과를 발휘하기 시작했다. 나이 든 여자의 눈빛은 언제나 걱정에 사로잡혀 있었다. 앰버는 자기가 한 짓에 가책을 조금 느꼈지만 배틀리는 정말 은퇴할 때가 되었다. 손주들과 함께 시간을 보내는 쪽이 훨씬 좋을 것이었다. 언젠가 배틀리는 손주가 다섯인데 그 아이들을 만나는 시간이 짧다고 불평했다. 이제 배틀리는 손주들과 시간을 많이 보낼 수 있을 테고 잭슨은 제법 괜찮은 퇴직연금을 보장해줄 것이다. 배틀리가 치매에 걸렸다고 생각한다면 더욱. 사실 앰버가 한 일은 배틀리에게 득이 되었다.

그리고 잭슨에게는 더 세련되고 젊은 비서가 필요했다. 그가 성실한 앰버를 계속 고용할 가능성도 있었다. 앰버는 이 일을 생각할 때마다 모두를 위해 좋다고 믿었다. 오늘 아침에는 뜻 모를 문장이 쓰인 종이를 인쇄해 배틀리가 막 끝낸 보고서 사이에 끼워 넣었다. 그 종이를 보면 배틀리는 분명 자기가 제정신이 아니라고 생각할 것이었다. 물론 아무에게도 말하지는 않겠지만. 앰버는 몇 주가 더 필요하다고 생각했다. 배틀리가 점점 자신감을 잃고 실수를 연발하면 잭슨이 이상하게 생각할 테고 앰버는 머지않아 배틀리의 자리를 차지할 것이었다.

20

앰버의 예상보다 시간이 오래 걸렸으나 삼 개월 뒤 배틀리는 일을 감당하기가 버거워져 사직서를 냈다. 앰버는 잭슨이 새로운 수석비서를 찾는 동안 그 자리를 대신하게 되었다. 배틀리의 사무실이 비어 있었지만 앰버는 여전히 자신의 좁은 사무실에 있었다. 잭슨이 자기를 정규직으로 채용할 생각이 아직도 없다는 데 짜증이 났지만 머지않아 그가 자신을 대체할 사람이 없다는 사실을 알게 되리라고 믿었다. 앰버는 지난 일주일 밤을 투자해 도쿄에서 온 잭슨의 신규고객들에 대한 정보를 모두 파악했다. 사람들의 소셜미디어 프로필에는 놀라운 내용들이 담겨 있었다. 개인정보 보호 설정을 잘해놓아도 다른 사람들의 사진 태그를 통해 프로필로 이동할 수 있었다. 모든 사람이 태그 허용 여부를 설정할 만큼 부지런하지는 않았다. 앰버는 신원조회 소프트웨어를 이용하고 소셜미디어 사이트를 모두 뒤져서 혐오스러운 취향을 비롯해 상당히 많은 사진을 수집했다. 이뿐만 아니라 고객들의 최근 사업거래를 꼼꼼히 조사해서 그들이 협상할 때 쓰는 기술과 비장의 무기로 사용할 전략에 관해 아이디어를 얻었다.

잭슨이 사무실로 부르자 앰버는 고객 보고서를 챙겼다. 그는 검은 가죽 의자에 기대앉아 아이폰으로 뭔가를 보고 있었다. 재킷을 벗고 셔츠 소매를 걷어 올려 구릿빛 팔이 보였다. 패리시 가족은 앙티브에서 돌아온 지 얼마 안 됐다. 앰버는 그들이 그토록 숭배하는 프랑스어를 연습할 수 있었겠다고 생각했다. 그녀가 들어갔지만 잭슨은 쳐다보지 않았다.

"오늘 일정이 많은데 오후에 벨라가 캠프에서 연극한다는 걸 잊었군요. 점심시간 뒤에 거기 가봐야 해요. 약속을 다른 날로 옮겨줘요."

영향력이 막강한 아버지가 바쁜 일정 중에 시간을 내서 연극을 보러 올 정도로 관심을 주면 기분이 어떨까? 그 버릇없는 꼬맹이는 고마워할 줄도 모르겠지. "알겠어요."

"내일 다나카 씨 일행과 함께 갈 캐치 레스토랑 예약했나요?"

"아니요."

그는 고개를 번쩍 들고 비로소 앰버에게 온전히 주목했다. "뭐라고 했어요?"

"대신 델 포스토를 예약해두었어요. 다나카 씨는 이탈리아 음식을 좋아하고 갑각류 알레르기가 있어서요."

잭슨은 흥미롭다는 듯 앰버를 보았다. "그래요? 그걸 어떻게 알았지?"

앰버는 보고서를 건넸다. "제 마음대로 좀 조사해봤어요. 물론 업무 시간이 아닐 때요." 그녀는 재빨리 덧붙였다. "그 보고서가 도움이 될 거예요. 소셜미디어를 동원하면 찾아내기 그리 어려운 정보들은 아니죠."

잭슨은 이가 드러나도록 환하게 웃으며 보고서를 집어 들더니 휙휙 넘겨보고 나서 다시 고개를 들었다. "앰버, 무척 놀랍군요. 이렇게 진취적인 사람인 줄 몰랐어요. 정말 대단한데요?"

앰버는 환하게 웃었다. 배틀리였다면 페이스북을 어떻게 이용하는지도 몰랐을 것이다.

앰버는 자리에서 일어났다. "시키실 일 더 없으면 이만 가서 일정을 조정할게요."

"고마워요." 잭슨은 다시 보고서를 살피며 중얼거렸다.

앰버는 잭슨과의 관계가 조금 발전한 것 같았다. 짧은 치마를 입고 하이힐을 신은 그녀의 다리가 얼마나 늘씬한지 잭슨이 알아차리지 못한 것 같아 실망스럽기는 했지만. 그는 희귀종이었다. 그의 눈은 아내만을 위해 존재하는 것 같았다. 하지만 대프니는 그의 열렬한 사랑을 당연하게 받아들이는 등 다소 무심한 것 같았다. 앰버는 이 점이 짜증 났다. 그녀가 보기에 대프니는 잭슨만큼 상대를 사랑하지 않는 것이 분명했고 그런 대프니는 잭슨의 아내 자격이 없었다.

앰버는 컴퓨터에서 잭슨의 일정표를 열어 오후 약속을 다시 잡으려고 전화를 걸기 시작했다. 두 번째 전화를 걸려는 찰나 잭슨이 나타났다.

"앰버, 수석비서를 채용할 때까지 배틀리 부인 사무실을 쓰는 게 어때요? 당신이 내 사무실에서 가까이 있는 게 편할 것 같은데. 총무팀에 전화하면 집기를 옮겨줄 거예요."

"네, 그럴게요. 고맙습니다."

그녀는 사무실로 들어가는 잭슨을 보았다. 그가 입은 브리오니 정장은 신이 만든 것 같았다. 앰버는 누군가의 연봉보다 비싼 옷을 입으면 기분이 어떨지 궁금했다.

그녀는 휴대전화로 대프니에게 문자메시지를 보냈다.

내일 시간 있어요? 같이 술 한잔하고 싶어요.

문자메시지 알람이 울렸다.

좋아요. 타미에게 데리러 가라고 할 테니 같이 스파르타스에 가요. 일곱 시 삼십 분 괜찮아요?

좋아요! 내일 봐요.

타미에게 운전을 시키는 것으로 보아 대프니는 술을 마시고 싶은 것 같았다. 완벽했다. 앰버는 대프니가 속을 털어놓게 할 준비가 되었다. 마티니 한 잔만 마셔도 긴장이 풀리는 대프니에게 몇 잔 더 마시게 하기는 쉬웠다.

21

패리시 가족의 리무진이 시간 맞춰 앰버의 아파트 앞에서 기다리고 있었다. 대프니에게 인사하려는 찰나 뒷좌석이 비었다는 것을 알았다.

"패리시 부인은요?" 앰버는 문을 열어주는 타미에게 물었다.

"패리시 씨께서 갑자기 집에 오셨어요. 앰버 양을 먼저 스파르타스에 모셔다드리고 부인을 태우러 오라고 하셨어요."

앰버는 짜증이 나서 좋은 기분이 망가져버렸다. 왜 대프니는 전화를 걸어 약속 시간을 미루자고 하지 않았을까? 앰버는 약속을 조정하고 싶었다. 그리고 잭슨이 집에 온 게 무슨 큰일이라고? 왜 대프니는 선약이 있다고 하지 않았을까? 줏대가 없는 것일까?

술집에 도착한 앰버는 한쪽 구석의 아늑한 자리에 앉아 2007년

산 사시카이아 와인을 주문했다. 210달러였지만 대프니가 계산할 테니까. 앰버를 기다리게 했으니 당연히 그래야 했다. 앰버는 기쁨을 주는 붉은 액체를 한 모금 마시고 풍부한 맛을 음미했다. 정말 맛있었다.

라운지에 사람이 들어차기 시작하자 그녀는 주위를 둘러보며 이른바 대프니의 친구들이라는 사람들이 오지 않는지 궁금해했다. 앰버는 그들이 오지 않기를 바랐다. 대프니를 독차지하고 싶었다.

마침내 대프니가 왔다. 그녀는 어쩔 줄 모르는 표정이었고 외모가 조금 헝클어져 보였다. 머리가 약간 부스스했고 화장도 떠 있었다.

"앰버, 미안해요. 집에서 나가려는데 잭슨이 와서……" 대프니는 두 손을 들었다. "굳이 이야기할 가치도 없어요. 술 마셔야겠어요." 그녀는 와인 병을 보더니 약간 인상을 찡그렸다.

"병으로 주문했는데 기분 나쁘지 않았으면 해요. 안경을 놓고 오는 바람에 눈이 잘 안 보여서 웨이터에게 추천해달라고 했거든요."

대프니는 뭐라고 말할 듯하더니 하지 않기로 한 것 같았다. "괜찮아요."

와인 잔이 오자 대프니는 와인을 양껏 따랐다. "음, 맛있네요." 그녀는 숨을 깊이 들이마셨다. "패리시 인터내셔널에서 일하는 건 어때요? 잭슨이 그러는데 정말 잘하고 있다면서요?"

앰버는 대프니의 표정에서 의심이나 질투의 흔적을 찾아보았지만 보이지 않았다. 그녀는 진심으로 기뻐했다. 하지만 그녀 얼굴에는 근심 어린 기색이 있었다.

"다들 잘 대해줘요? 문제없는 거죠?"

앰버는 이 질문에 놀랐다. "그럼요. 문제없어요. 일도 마음에 들고요. 추천해줘서 정말 고마워요. 롤린스와는 많이 다르더라고요. 다들 정말 친절하고요. 그런데 무슨 일 있었어요?"

"네?"

"잭슨이 집에 갔다면서요. 무슨 일이 있었길래 약속에 늦기까지 한 거예요?"

"별일 없었어요. 그이가 나와 잠시 시간을 좀 보내고 싶어 했던 것뿐이에요. 내가 외출하기 전에 말이에요."

앰버는 눈썹을 추켜올렸다. "잠시 뭐라고요?"

대프니의 얼굴이 빨개졌다.

"아, 그렇단 말이지요. 잭슨은 당신에게 계속 푹 빠져 있는 모양이군요. 정말 대단해요. 결혼한 지 구 년 됐나요?"

"십이 년이요."

앰버는 자신 때문에 대프니가 불편해지고 있다는 것을 알아채고 작전을 바꾸었다. 앰버는 몸을 숙이고 목소리를 낮췄다. "당신은 정말 운이 좋아요. 내가 고향을 떠난 이유 중 하나가 남자친구 마르코 때문이었거든요."

"무슨 말이에요?"

"그 사람을 정말 좋아했어요. 우린 고등학교 때부터 사귀었어요. 처음이자 마지막으로 사귄 남자친구라서 몰랐던 거죠."

대프니도 몸을 가까이 숙였다. "뭘 몰랐는데요?" 그녀는 쑥스러운 듯 몸을 꼼지락거렸다. "그게 일반적이지 않다는 걸요. 왜 있잖아요. 남자들은…… 스스로 준비가 되잖아요. 하지만 마르코와 사랑을 나누려면 준비를 도와야 했어요. 내가 예쁘지 않아서 도와주지 않으면 흥분이 안 된다고 했죠." 과장이 심했지만 대프니는 그 말을 믿는 것 같았다.

"결정적인 건 마르코가 내게 다른 남자를 침대로 데려오라고 한 일이었어요."

"뭐라고요?" 대프니는 놀라서 입을 벌렸다.

"네, 마르코는 동성애자였어요. 그걸 인정하고 싶어 하진 않았지만요. 작은 시골 동네가 어떤지 알잖아요."

"그럼 그와 헤어진 뒤로는 데이트하지 않았어요?"

"몇 사람 만나긴 했지만 진지한 관계로 발전한 사람은 없었어요. 사실 다시 남자와 잔다고 생각하면 좀 긴장돼요. 혹시라도 내가 정말 문제였다는 게 확실해지면 어떡해요?"

대프니는 고개를 저었다. "앰버, 그건 말도 안 돼요. 그 사람의 성적 지향은 당신과 아무런 상관이 없어요. 게다가 당신은 예쁜걸요. 맞는 짝을 만나면 알게 될 거예요."

"잭슨을 만났을 때 그런 기분이었나요?"

대프니는 잠시 망설이더니 와인을 한 모금 마셨다. "음…… 잭슨은 날 정신없이 빠져들게 했어요. 우리가 데이트를 시작한 지 얼마 지나지 않아 아버지가 편찮으셔서 그이에게 많이 의지했어요. 그 뒤 모든 게 정말 빨리 진행됐어요. 생각할 겨를도 없이 결혼했죠. 정말이지 전혀 예상하지 못했어요. 잭슨은 세련되고 성공한 여자들을 만나왔으니까요. 그가 내 어떤 점에 끌렸는지 모르겠어요."

"대프니, 이러지 말아요. 당신이 얼마나 매력적인데요."

"그렇게 말해줘서 고마워요. 하지만 잭슨이 전에 만났던 여자들은 모두 매력적이었어요. 부유한 데다 세상 경험이 많았죠. 난 작은 마을 출신의 평범한 여자였어요. 잭슨이 사는 세계는 전혀 몰랐고요."

"그럼 잭슨이 당신의 어떤 점을 특별하게 생각한 것 같아요?"

대프니는 와인 잔을 채우더니 한참 마셨다. "잭슨은 빈 캔버스를 원했던 것 같아요. 난 고작 스물여섯으로 어렸고 그이는 나보다 열 살이나 많았죠. 게다가 난 줄리스 스마일을 만드는 데 너무 몰입한 나머지 잭슨에게 그다지 관심을 보이지 않았어요. 나중에 그이에게 들으니 예전에 데이트했던 여자들은 그를 원하는지 그가 가진 돈을 원하는지 알 수 없었다고 하더군요."

앰버는 그 말을 믿을 수 없었다. 잭슨은 완전히 파산한다 해도 여전히 매력적이고 눈부실 테니까. "당신이 돈에 신경 쓰지 않는다는 걸 잭슨은 어떻게 알았을까요?"

"사실 난 잭슨을 만나지 않으려고 했어요. 함께 있어도 그리 특별한 기분이 들지 않았거든요. 하지만 얼마 뒤에 보니 그이가 우리 가족에게 정말 잘했어요. 그래서 가족들이 모두 잭슨을 놓치지 말라고 했죠."

"봐요, 당신은 운이 좋다니까요. 결국 이렇게 잘 풀렸잖아요. 이렇게 잘 살고 있으니 말이에요."

대프니는 미소 지었다. "앰버, 그 누구의 삶도 완벽하진 않아요."

"하지만 그래 보이는걸요. 가장 완벽에 가까워 보여요."

"운이 좋은 건 맞아요. 건강한 아이들이 둘이나 있으니까요. 그건 한 번도 당연하게 생각해본 적 없어요."

앰버는 결혼 이야기를 계속하고 싶었다. "그럼요. 어쨌든 당신의 결혼생활은 밖에서 보면 동화 같아요. 잭슨은 당신을 숭배하듯 바라보고요."

"잭슨은 정말이지 빈틈없는 사람이에요. 내게도 숨 쉴 공간이 필요한데 말이죠. 최고경영자의 아내라는 틀에 맞추는 일이 답답하기도 해요. 그이는 기대치가 높아요. 가끔은 나도 자선행사나 업무상 모임에 가는 대신 집에 앉아서 〈하우스 오브 카드〉나 보고 싶어요."

저런. 디자이너가 만든 고급 드레스를 입고 값비싼 와인을 마시며 캐비어를 씹는 일이 그리 힘들었을까? 앰버는 최대한 안됐다는 표정을 지었다. "알 것 같아요. 나라면 그런 일을 할 때 소외감을 느꼈을 거예요. 하지만 당신은 정말 편안해 보이던걸요. 적응하는 데 오래 걸렸나요?"

"처음 이삼 년은 몹시 힘들었어요. 하지만 메러디스가 날 구해줬죠. 그녀는 배신이 난무하는 이곳 비숍 하버 사교계에서 내가 방향을 잘 찾도록 도와줬어요." 대프니는 웃음을 터뜨렸다. "메러디스만 내 편으로 만들면 모든 사람이 내 편이 된다니까요. 그녀는 우리 재단의 가장 충실한 지지자예요. 당신이 나타나기 전까지는 그랬죠."

"메러디스를 만나서 운이 정말 좋다고 생각했겠군요. 내가 당신을 만나고 나서 느낀 것처럼요."

"맞아요."

와인 병이 비자 앰버는 한 병 더 주문하자고 말하려 했다. 그때 대프니의 휴대전화에 문자메시지가 도착해 불이 번쩍거렸다.

그녀는 메시지를 확인하고는 미안한 얼굴로 앰버를 보았다.

"벨라예요. 악몽을 꿨대요. 집에 가야겠어요."

짜증 나는 녀석. 벨라는 자리에 없는데도 앰버의 계획을 망치고 있었다.

"저런, 가여워라. 벨라가 악몽을 자주 꾸나요?"

대프니는 고개를 저었다. "그렇지는 않아요. 같이 오래 못 있어서 미안해요. 괜찮다면 타미에게 나를 데려다준 뒤에 당신을 데려다달라고 할게요."

"괜찮고말고요. 앰버 이모가 안부 전하더라고 이야기해줘요." 앰버는 이모라는 말을 불쑥 내뱉었다. 이제 자기 위치를 좀 올려도 괜찮을 것 같았다.

기다리고 있던 차로 가는 동안 대프니는 앰버의 손을 꼭 잡았다.

"이모라니 좋은데요? 꼭 전할게요."

앰버는 천상의 와인을 더 마시지 못해서 아쉬웠지만 원하는 것을 조금은 얻었다. 이제 잭슨의 완벽한 아내에 대한 프로필을 작성하기 시작할 수 있었다. 그녀는 정보를 조각조각 모아 프로필을 만든 다음 잭슨이 거부할 수 없을 정도로 유혹을 느끼도록 똑같이 따라 할 생각이었다.

대프니보다 새롭고 어린 모습으로.

22

앰버는 사람을 취하게 하는 바다 냄새를 들이마셨다. 완벽하게 아름다운 일요일 아침이었고 그녀와 대프니는 이미 한 시간 전에 물에 나왔다. 잭슨이 브뤼셀로 출장을 가자 대프니는 주말을 함께 보내자며 앰버를 초대했다. 대프니가 카약을 타러 가자고 했을 때 앰버는 애매한 태도를 취했다. 카약을 타본 적이 없었고 한 번도 들어가본 적 없는 롱아일랜드 해협의 깊은 물에 들어가고 싶은지 확신할 수도 없었기 때문이다. 하지만 괜한 걱정이었다. 그들이 나갔을 때 바다는 유리가 아닌가 싶을 정도로 잔잔했다. 삼십 분쯤 지나자 앰버는 안정감 있게 움직일 수 있었고 자신감이 생겼다. 처음에는 해안 가까이에 머물렀다. 앰버는 이른 아침의 고요함이 주는 평화로움에 매료되었다. 들리는 소리라고는 새 소리와 노에 물이 부딪치는 소리뿐이었다. 모든 것이 고요했고 일상생활의 소란스러움은 전혀 없었다. 그들은 나란히 노를 저었다. 둘 다 아무 말도 하지 않았고 만족스러웠다.

"좀 멀리 나가볼까요?" 대프니가 침묵을 깼다.

"그래요. 안전하겠죠?"

"그럼요."

앰버는 힘차게 노 젓는 대프니를 따라가려고 열심히 움직였다. 힘껏 노를 젓자니 숨이 찼다. 그녀는 대프니의 체력에 놀랐다. 해안에서 멀리 나가자 바다 분위기가 완전히 달라졌다. 처음 배가 지나갈 때 앰버는 배가 일으킨 물결에 뒤집히는 줄 알았다. 하지만 두 번째로 배가 지나갔을 때에는 작은 너울을 타며 아드레날린이 솟구치는 것을 느꼈다.

"대프니, 정말 재미있어요. 함께하자고 해줘서 고마워요."

"좋아할 줄 알았어요. 재미있다니 나도 좋군요. 이제 내게도 카약 친구가 생겼으니까요. 잭슨은 카약을 별로 안 좋아해요. 차라리 배를 타는 게 낫다고 하더라고요."

앰버는 배도 좋겠다고 생각했다. 잭슨의 해터러스 요트에는 아직 타보지 못했다. 하지만 머지않아 초대받으리라고 믿었다.

"배는 별로 안 좋아하나봐요?" 앰버가 물었다.

"아니에요, 좋아해요. 하지만 카약과는 완전히 다른 경험이에요. 바다에 나가려면 더 힘드니까요. 6월 말쯤이 좋은데 그때 다 같이 타요. 그럼 당신도 어느 쪽이 더 좋은지 알게 되겠죠."

"요트 이름이 뭐예요?"

"벨라타다에요." 대프니는 이렇게 말하며 웃었다. 당황한 기색이었다.

앰버는 잠시 생각에 잠겼다. "아, 알겠어요. 가족들 이름 앞머리를 딴 거군요. 잭슨의 세 여자 이름 말이에요."

"좀 유치하죠."

"전혀요. 정말 다정한데요." 앰버는 이 말이 목에 걸려 겨우 내뱉었다.

"이제 돌아갈까요? 열 시가 다 돼가요." 대프니는 손목시계를 보고는 모자 차양을 조정했다.

그들은 그리 오래지 않아 집 앞 해변에 도착해 카약을 제자리에 갖다놓았다. 집으로 이어진 길을 걸어가자 웃음소리와 여자아이들 특유의 고음이 들렸다. 벨라와 탈룰라가 아버지와 함께 수영장에서 노는 소리였다.

앰버는 대프니를 보았다. "잭슨은 오늘 안 오는 줄 알았는데요."

"나도 그런 줄 알았어요." 대프니는 이렇게 말하며 걸음을 재촉했다.

잭슨은 그들을 보고 젖은 머리를 쓸어 올렸다. "나 왔어요. 카약하고 왔나봐요?"

"네, 언제 왔어요? 집 비워서 미안해요. 오늘 안 오는 줄 알았어요." 대프니가 긴장된 목소리로 말했다.

"어젯밤에 일이 끝나서 아침 비행기로 왔어요." 벨라는 잭슨의 등에 매달려 물장구를 치고 있었다. 그가 돌아서서 벨라를 잡고 물속으로 던지자 벨라는 신나서 괴성을 질렀다. 그러더니 물을 헤치고 다시 헤엄쳐 왔다. "아빠, 또 해줘요."

하지만 잭슨은 물이 얕은 쪽으로 가더니 얼굴의 물기를 털어냈다. "그만하자꾸나. 이제 쉬어야지."

이번만큼은 벨라가 기분 나빠하며 투덜대지 않았다. 이런 적은 처음이었다.

잭슨은 아이들에게 수건을 건네고 자기 몸을 닦기 시작했다. 그가 다가와 대프니에게 입 맞추자 앰버는 아직 물기가 남아 반짝거리는 그의 몸을 보지 않을 수 없었다. "집에 오니 좋군요."

대프니가 앰버에게 더 있으라고 했지만 잭슨이 돌아왔기 때문에 앰버는 어쩔 수 없이 방해하고 싶지 않다는 식으로 말해야 했다. "카약 즐거웠어요. 정말 고마워요. 이제 가족끼리 시간 보내요."

"무슨 말이에요? 아직 가면 안 돼요."

"가야겠어요. 잭슨은 가족들과 시간을 보내고 싶어 할 거예요."

"말도 안 돼요. 그이가 당신을 어떻게 생각하는지 알잖아요. 당신은 가족과 마찬가지예요. 자, 가요. 같이 즐겁게 시간 보내자고요."

"물론이에요." 잭슨이 말했다. "당신이라면 언제든 환영이죠."

"정말요?"

"그럼요." 대프니가 말했다. "들어가서 점심 준비해야겠어요. 마르가리타가 오늘 휴가라서 직접 요리해야 해요."

그들은 주방에서 함께 점심을 준비했다. 다시 구워낸 콩, 채소, 치즈를 토르티야로 말았지만 부리토는 마르가리타가 만든 것처럼 깔끔하고 예쁘지 않았다.

"처참한데요." 대프니가 웃으며 말했다.

"완전 망쳤어요. 그래도 맛은 있을 거예요." 앰버는 손을 씻고 종이타월을 뜯었다. 그사이 대프니는 그릇장으로 가서 쟁반을 두 개 꺼냈다. "자, 갈까요? 다 준비된 것 같아요. 나가서 수영장 옆에서 먹자고요."

"와, 맛있겠다." 그들이 음식을 가지고 나가자 벨라가 외쳤다.

그들 다섯은 큰 차양 아래에 앉았다. 수영장의 터키색 물에 햇빛이 내리쬐어 반짝이는 다이아몬드 모양과 삼각형이 생겼다. 따뜻한 공기를 뚫고 산들바람이 불어왔다. 완벽한 늦봄 날씨였다. 앰버는 잠시 눈을 감고 이 모두가 자기 것이라면 어떨지 상상했다. 어쨌든 지난 몇 주 동안 대프니가 그녀를 가장 가까우며 비밀도 털어놓을 수 있는 친구로 여긴다는 것을 알게 되었다. 지난밤 아이들이 자러 간 뒤에 앰버와 대프니는 주방 식탁에 앉아 밤늦게까지 이야기를 나눴다. 대프니는 언제든 예고 없이 병이 덮칠 수 있는 상황에서도 평범하게 살아갈 수 있도록 부모님이 얼마나 많이 노력했는지를 비롯해 어린 시절의 이런저런 일들을 이야기했다.

"엄마와 아빠는 건강한 아이들이 하는 모든 일을 줄리에게 해보라고 하셨어요. 줄리가 원하는 대로 살도록 하셨죠. 하고 싶은 걸 전부 해보도록이요." 대프니가 말했다.

기침하며 가래를 뱉어내고 설사와 소화불량에 시달리는 줄리의 병 때문에 병원에서 보낸 나날들을 대프니가 처음 이야기했을 때 앰버는 연민을 느꼈다. 하지만 대프니와 줄리의 어린 시절을 자신의 어린 시절과 비교하자 분노가 되살아났다. 적어도 줄리는 자기를 걱정하는 돈 많은 부모와 함께 좋은 집에서 살았다. 물론 병을 앓다가 죽기는 했다. 그래서 어쩌라고? 많은 사람이 병에 걸려 죽는다. 그런 이유로 성자 취급을 받아야 할까? 앰버는? 그리고 그녀가 겪어낸 일들은? 그녀 역시 조금은 동정을 받아도 되지 않을까?

앰버는 둘러앉은 사람들을 바라보았다. 벨라는 의자에 기대앉아 다리를 앞뒤로 흔들며 근심걱정이라고는 없는 듯 산만하게 부리토를 먹고 있었다. 응석받이에 제멋대로 구는 전형적인 돈 많은 집 아이였다. 탈룰라는 똑바로 앉아서 점심을 먹는 데 집중했다. 아름다운 대프니는 햇살을 받으며 편안한 모습으로 아이들에게 음식을 덜어주고 냅킨을 건네며 필요한 게 없는지 살폈다. 이 모든 것의 주인인 잭슨은 자신의 넓은 영지와 흠잡을 데 없는 가족들을 바라보는 기사처럼 앉아 있었다. 문득 앰버는 극심한 공허함이 몸을 갉아먹는 것 같았다. 누군가가 생명을 쥐어짜기라도 하는 듯. 이렇게 나약해질 시간이 없었다. 그녀는 이 게임에서 이길 것이었다.

23

앰버는 일이 너무 바빠서 카약을 하고 온 뒤로 이 주 동안이나 대프니를 만나지 못했다. 하지만 잭슨이 또 출장을 가자 앰버는 대프니에게 영화를 보러 가자고 했고 대프니는 영화관에 가는 대신 앰버를 집으로 초대했다.

앰버는 그 집이 자기 것이 되는 날을 머릿속으로 그리기 시작했다. 집안 곳곳에 자기 흔적을 남기고 싶었다. 한번은 대프니가 앰버를 혼자 집에 두고 아이들을 데리러 갔을 때 대프니의 속옷을 모두 입어보기도 했다. 때로 위층에 올라가 대프니의 욕실을 쓸 때면 대프니의 빗으로 머리를 빗었고 그녀의 립스틱을 발랐다. 앰버는 거울에 비친 자기 모습을 보며 대프니와 별로 달라 보이지 않는다고 생각했다.

앰버는 일곱 시 정각에 도착했다. 벨라가 문을 빼꼼 열고 내다보았다.

"왜 왔어요?"

"안녕. 엄마에게 초대받았어."

벨라는 눈동자를 굴렸다. "우린 오늘 저녁에 〈오즈의 마법사〉 보기로 했어요. 재미없는 어른 영화로 바꿀 생각 말아요." 벨라는 문을 활짝 열더니 돌아서서 갔다.

이제 앰버가 눈을 굴릴 차례였다. 〈오즈의 마법사〉라고? 집이 최고라는 도로시의 말을 새겨들었다면 앰버는 자살했을지도 모른다.

"왔군요. 벨라가 알려줬어요. 주방으로 갈까요?" 대프니가 나타나서 말했다. 그녀는 〈보그〉 최신호에서 본 스텔라 매카트니 롬퍼와 똑같아 보이는 옷을 입었다. 완벽한 모습이었다.

앰버는 큰 대리석 아일랜드 식탁 앞에 앉았다.

"뭐 좀 마실래요?"

"아무거나요."

대프니는 열려 있던 병에서 샤도네 와인을 따랐다.

"건배." 대프니는 자기 잔을 들어 올렸다.

앰버는 와인을 조금 마셨다. "오늘 저녁에 〈오즈의 마법사〉를 본다면서요?"

대프니는 미안한 표정이었다. "맞아요, 미안해요. 아이들과 약속한 걸 깜빡했어요." 그녀는 벨라가 듣지 못하게 소리를 낮췄다. "일단 같이 보기 시작한 다음에 몰래 다른 방으로 빠져나가서 이야기나 해요. 애들은 눈치채지 못할 거예요."

앰버는 아무래도 상관없다고 생각했다.

초인종이 울렸다. “또 누가 오나요?” 앰버가 물었다.

대프니는 고개를 저었다. “올 사람이 없는데. 잠깐 다녀올게요.”

잠시 뒤 목소리가 들리더니 대프니를 따라 메러디스가 주방에 들어왔다. 메러디스는 단호한 표정이었다.

“안녕하세요, 메러디스.” 앰버는 불편했지만 인사를 건넸다.

대프니는 걱정스러운 표정으로 앰버의 팔에 손을 올렸다. “메러디스가 우리에게 따로 할 말이 있다고 하네요.”

앰버의 머릿속이 빠르게 돌아갔다. 메러디스가 진실을 알게 되었을까? 어쩌면 모금행사에서 찍힌 사진이 실마리가 되었는지도 몰랐다. 앰버는 두근대는 가슴을 진정시키려고 숨을 깊이 들이마셨다. 메러디스가 무슨 말을 하는지 듣기 전까지는 동요할 필요 없었다. 앰버는 자리에서 일어났다.

“마르가리타, 지금 애들 저녁 좀 챙겨줄래요? 우린 이따 올게요.” 대프니는 이렇게 말하고 앰버와 메러디스를 보았다. “서재로 가요.”

그들을 따라 복도를 걸어 나무가 깔린 서재로 가는 동안 앰버의 심장은 계속 요동쳤다. 그녀는 책이 꽂힌 벽을 똑바로 바라보며 마음을 가라앉히려고 애썼다.

“자, 다들 앉아요.” 대프니는 서재 한쪽에 놓인 마호가니 카드게임 탁자 옆 의자에 앉았다. 앰버와 메러디스도 따라 앉았다.

메러디스는 앰버를 보며 말했다. “우리 위원회 회원의 신원을 모두 조회해봤어요.”

“몇 달 전에 했다고 하지 않았어요?” 대프니가 끼어들었다.

메러디스는 손을 들어 올렸다. “네, 그런 줄 알았죠. 하지만 대행사에서 앰버를 빠뜨렸더라고요. 그래서 지난주에 추가로 조회하고 오늘 전화를 받았어요."

"그런데요?" 대프니가 재촉했다.

"소셜미디어를 조사해봤는데 앰버 패터슨이 사 년 전에 실종되었다고 나왔대요." 메러디스는 실종자를 찾는 전단 사본을 내밀었다. 사진 속의 머리가 까맣고 얼굴이 둥근 젊은 여자는 앰버와 전혀 닮지 않았다.

"뭐라고요? 뭔가 착오가 있었겠죠." 대프니가 말했다.

앰버는 아무 말도 하지 않았다. 심장박동이 서서히 느려졌다. 고작 이거였구나. 이 정도는 해결할 수 있었다.

메러디스는 등을 꼿꼿하게 세웠다. "실수 아니에요. 네브래스카 유스티스 경찰서의 담당팀에 전화를 걸어봤어요. 사회보장번호가 동일했다고요." 메러디스는 〈클리퍼헤럴드〉에 실린 기사 사본을 꺼내 대프니에게 건넸다. '여전히 실종상태인 앰버 패터슨'이라는 제목의 기사였다. "앰버, 우리에게 할 말 없어요? 앰버가 진짜 이름인지는 모르겠지만."

앰버는 손으로 얼굴을 가리고 정말 당황한 듯 눈물을 흘렸다. "생각하시는 그런 게 아니에요." 그녀는 흐느끼며 목멘 소리로 말했다.

"그럼 뭔데요?" 메러디스의 목소리는 차가웠다.

앰버는 훌쩍이며 코를 문질렀다. "설명할게요. 하지만 당신에게 하고 싶지는 않아요." 그녀는 마지막 말을 겨우 내뱉었다.

"그만 포기해요." 메러디스의 언성이 높아졌다. "당신 도대체 누구죠? 원하는 게 뭐예요?"

"메러디스, 이러지 마요. 그런 태도는 도움이 안 돼요." 대프니가 말했다. "앰버, 진정해요. 그럴 만한 이유가 있었을 거라고 믿어요.

어찌된 일인지 내게 말해봐요."

앰버는 괴로워하는 듯 보이기를 바라며 의자에 털썩 주저앉았다. "나쁜 짓을 한 것처럼 보일 수 있다는 것 알아요. 이 이야기는 아무한테도 하고 싶지 않았어요. 난 도망칠 수밖에 없었다고요."

"무엇으로부터 도망쳤단 말이죠?" 메러디스가 다그치자 앰버는 더욱 위축되었다.

"메러디스, 내가 물어보게 해줘요." 대프니가 이렇게 말하며 앰버의 무릎에 다정하게 손을 올렸다. "앰버, 무엇 때문에 도망치려고 했어요?"

앰버는 눈을 감고 한숨을 쉬었다. "아버지요."

대프니는 충격받은 표정이었다. "아버지요? 아버지가 때렸나요?"

앰버는 고개를 푹 숙이며 말했다. "이런 말 하기 정말 수치스럽지만…… 아버지에게…… 성폭행을 당했어요."

대프니는 경악했다.

"아무한테도 하지 않은 이야기예요."

"오, 세상에. 정말 안됐어요." 대프니가 말했다.

"열 살 때부터 몇 년 동안이나 계속되었어요. 내가 옆에 있으면서 아무에게도 말하지 않는 조건으로 샤를린을 건드리지 않았어요. 그래서 집에 있어야 했어요. 샤를린마저 다치게 할 순 없었으니까요."

"정말 끔찍하군요…… 어머니에게 말할 순 없었나요?"

앰버는 훌쩍거렸다. "말해봤어요. 하지만 어머니는 내 말을 믿지 않았어요. 내가 관심을 끌려고 한다면서 그렇게 못된 거짓말을 다른 사람에게 했다가는 엉덩이를 때려줄 거라고 했어요." 재빨리 살펴보니 대프니는 이 말을 믿는 것 같았다. 하지만 메러디스는 납득

할 수 없다는 표정이었다.

“그래서 정확히 무슨 일이 일어났다는 거예요?” 메러디스는 비웃듯 말했다. 대프니는 메러디스에게 경고하는 눈빛을 보냈다.

“샤를린이 죽을 때까지 집에 있었어요. 아버지는 내가 떠나면 나를 찾아내서 죽이겠다고 했죠. 그래서 이름을 바꿔야 했어요. 네브래스카에서 히치하이킹을 했고 술집에서 어떤 남자를 만났어요. 그 사람이 룸메이트를 구해줬어요. 웨이트리스로 일하면서 이곳에서 새로 시작할 수 있을 때까지 돈을 모았어요. 기록실에서 일했던 그 남자는 내게 앰버 패터슨이라는 사람이 실종신고 되었다는 소식을 알려줬어요. 앰버라는 이름으로 신분증을 만들어줄 사람을 소개해주기도 했고요.”

앰버는 두 사람의 반응을 잠시 기다렸다.

다행히 대프니는 일어나 그녀를 안았다. “정말 안쓰러워요.”

하지만 메러디스는 호락호락하지 않았다. “뭐라고요? 대프니, 설마 저 말을 그대로 믿고 수사하지 않겠다는 뜻인가요? 말도 안 돼요.”

대프니의 눈빛이 차가워졌다. “메러디스, 이만 가줘요. 나중에 전화할게요.”

“앰버 일이라면 항상 제대로 보지 못하는군요. 대프니, 내 말 새겨들어요. 이 일은 끝이 안 좋을 테니까.” 메러디스는 씩씩대며 문으로 가더니 돌아서서 이렇게 쏘아붙이고 나갔다.

대프니는 앰버의 손을 잡았다. “걱정하지 말아요. 이제 그 누구도 당신에게 상처 주지 못할 거예요.”

“메러디스는 어쩌고요? 다른 사람에게 말하면 어쩌죠?”

“내가 알아서 할게요. 한마디도 못 하게 할 테니 걱정 말아요.”

"대프니, 제발 아무한테도 말하지 말아줘요. 난 앰버 행세를 하며 살 수밖에 없었어요. 어디에 있든 아버지가 날 찾아낼 거예요."

대프니는 고개를 끄덕였다. "아무에게도 말하지 않을 게요. 잭슨에게도요."

앰버는 아버지를 이렇게 나쁜 사람으로 만들었다는 데 약간 죄책감을 느꼈다. 아버지는 어머니와 딸 넷을 부양하려고 세탁소에서 쉬지 않고 일했을 뿐 딸들에게는 절대 손대지 않았다. 물론 그 망할 세탁소에서 공짜로 부려먹기는 했지만. 앰버는 아이들을 강제노동에 동원한 것은 아동학대에 가깝다고 생각했다. 그러니 아버지가 그녀를 건드리지는 않았어도 이용한 것은 사실이었다.

이렇게 생각하자 앰버는 더 이상 죄책감이 느껴지지 않았다. 대프니의 어깨에 묻고 있던 고개를 들고 그녀의 눈을 바라보았다. "내가 어떤 좋은 일을 해서 당신 같은 친구를 사귀게 되었는지 모르겠어요. 항상 내 편이 되어줘서 고마워요."

대프니는 미소 지으며 앰버의 머리를 쓰다듬었다. "앰버도 내게 그런 친구인걸요."

앰버는 쓸쓸한 듯 미소 지으며 고개를 끄덕였다.

대프니는 방 안을 서성이더니 뒤를 돌아보았다. "벨라에게 〈오즈의 마법사〉는 나중에 보자고 해야겠어요. 오늘 저녁은 당신을 위해 써야 마땅해요."

앰버는 진심 어린 미소를 지었다. 꼬마 공주의 실망스러운 얼굴을 보고 싶어서 견딜 수 없었다. "그러면 마음을 가라앉히는 데 정말 도움이 될 것 같아요."

24

어린 시절부터 앰버는 7월 4일(미국 독립기념일)이 싫었다. 그날의 좋은 점이라고는 아버지가 세탁소 문을 닫는다는 것뿐이었다. 앰버와 세 자매는 퍼레이드를 구경했다. 고등학교 악단은 언제나 음정이 맞지 않아 삑 소리를 냈고 지휘봉을 떨어뜨리는 악대장도 여럿 있었다. 볼이 통통한 시골 소녀는 건초가 가득한 마차에서 신이 나서 손을 흔들었다. 하나같이 우스꽝스럽고 당혹스러웠다. 앰버는 매번 얼굴이 화끈거렸다.

하지만 올해는 달랐다. 매우 달랐다. 앰버는 롱아일랜드 해협을 가로지르는 패리시 가족의 20미터짜리 해터러스 요트 뒤쪽 갑판에 대프니와 함께 앉아 있었다. 그들은 주말 내내 요트에 있었고 앰버는 하늘을 나는 기분이었다. 그녀는 대프니와 쇼핑하러 가서 예산보다 돈을 많이 썼지만 잭슨과 일주일 내내 가까이 있게 되어서 매 순간 가장 좋은 모습만 보이고 싶었다. 흰색 비키니와 가슴팍이 브이 자로 깊이 파이고 양 옆에 구멍이 뚫린 검은색 원피스 수영복도 한 벌 샀다. 원피스 수영복은 앰버가 본 수영복 중에 가장 섹시했고 탈의실에서 입고 나왔을 때 대프니 역시 동의한다는 듯 고개를 끄덕였다. 수영복이 얇아서 몸이 훤히 드러났다. 해안으로 갈 때면 앰버는 엉덩이만 겨우 가리는 흰색 반바지에 약간 달라붙는 탱크톱을 입었다. 저녁에 입을 딱 달라붙는 흰색 바지와 티셔츠 몇 벌, 어깨에 걸칠 편안한 남색 스웨터도 가져왔다. 심지어 스프레이로 태닝 효과까지 주었다. 이제 그녀가 돋보일 차례였다.

잭슨은 서서 요트를 운전했다. 흰 골프 셔츠에 카키색 반바지를 입었고 근육질 다리는 보기 좋은 구릿빛이었다. 그는 자신만만하고 능숙하게 운전했다. 대프니와 앰버가 앉아 있는 쪽을 돌아보더니 소음 사이로 크게 외쳤다. "여보, 맥주 좀 갖다줄래요?"

대프니는 냉장고에서 골든 에일을 한 캔 꺼냈다. 캔에서 차가운 물이 뚝뚝 떨어졌다. 대프니가 입은 검은 비키니 수영복은 그녀의 완벽한 몸을 가장 잘 드러냈다. 앰버도 인정할 수밖에 없었다. 그녀는 대프니가 아줌마 같은 옷을 입기를 바랐지만 그런 행운은 없었다. 대프니는 앰버에게 맥주를 건넸다. "잭슨에게 갖다줄래요? 요트 운전하는 법도 좀 배우고 말이에요."

앰버는 대프니에게서 캔을 받아 들고 벌떡 일어났다. "그러죠…… 저……" 앰버는 잭슨의 어깨를 두드렸다. "맥주 여기 있어요."

"고마워요." 잭슨은 캔을 따서 한 모금 마셨다. 앰버는 그의 긴 손가락과 고운 손을 보며 그 손이 자기 몸을 어루만지는 모습을 상상했다.

“대프니가 그러는데 요트 운전하는 법을 가르쳐준다면서요?” 앰버가 수줍어하며 말했다.

“요트 운전이라, 대프니가 그렇게 말하던가요?” 잭슨이 웃음을 터뜨렸다.

“음, 아닐 수도 있어요. 기억이 안 나네요.”

“자.” 잭슨은 약간 오른쪽으로 움직였다. “핸들 잡아봐요.”

“네? 안 돼요. 어딘가에 부딪치면 어떡해요?”

“귀여운 구석이 있군요. 여기 부딪칠 게 뭐가 있겠어요? 많이 움직일 필요도 없어요. 가고 싶은 방향으로 뱃머리가 향하도록 움직이기만 하면 돼요. 갑자기 홱 틀지는 말고요.”

앰버는 핸들을 잡고 바다에 집중했다. 감을 잡자 긴장이 약간 누그러졌다.

“잘하는데요? 안정감 있어요.” 그가 말했다.

“재미있어요.” 앰버는 고개를 젖히며 소리 내어 웃었다. “종일도 할 수 있을 것 같아요.”

잭슨은 그녀의 등을 두드렸다. “잘됐군요. 요트를 몰 수 있는 사람이 또 있으면 좋죠. 대프니는 배를 별로 좋아하지 않아요. 카약을 더 좋아하죠.”

앰버는 눈을 크게 떴다. “정말요? 말도 안 돼요. 이게 카약보다 훨씬 재미있는데요.”

“당신이 아내를 설득하면 되겠군요.” 잭슨은 맥주를 한 모금 더 마시고는 조용히 앉아서 《여인의 초상》을 읽고 있는 대프니를 바라보았다.

앰버는 그의 시선을 따라갔고 안심하라는 듯 그의 팔에 손을 댔다. “분명 생각하는 것보다 대프니가 배를 더 좋아하게 될 거예요. 나만 믿어요.”

앰버는 한 시간이나 핸들을 잡으며 잭슨에게 질문하고 그의 깊이 있는 항해 지식에 감탄했다. 잭슨은 나중에 해도(海圖)를 보면서 코네티컷 인근 바다를 살펴볼 수 있게 해주겠다고 약속했다. 때로 그녀는 잭슨과 몸이 스칠 정도로 가까이 갔다. 너무 노골적일지도 모르겠다는 생각이 들자 앰버는 잭슨에게 핸들을 넘긴 다음 대프니가 있는 곳으로 갔다. 그들은 미스틱으로 가고 있었다. 해가 기울기 시작했다.

대프니가 책에서 고개를 들었다. “재미있어하는 것 같네요. 많이 배웠어요?”

앰버는 대프니가 언짢아하지는 않는지 표정을 살폈지만 앰버가 즐거운 시간을 보내서 진심으로 기뻐하는 것 같았다. “재미있었어요. 잭슨은 정말 아는 게 많아요.”

“잭슨은 이 배를 좋아해요. 말리지 않으면 주말마다 몰 거예요.”

“당신은 배를 별로 안 좋아하죠?”

“나도 좋아해요. 배에 시간을 쏟아붓는 게 싫을 뿐이에요. 아름다운 집이 있고 해변과 수영장도 있는걸요. 난 그런 데 있는 게 더 좋아요. 배에 있으면 끝없이 펼쳐진 바다만 보이고 어딜 가려면 시간이 오래 걸리잖아요. 그럼 지루해지고 애들도 안달하죠. 공간이 좁아서 물건을 정리하기도 힘들고요.”

앰버는 대프니에게 정리 강박증이 있는 것이 아닌지 다시 한 번 생각했다. 그녀는 한 번이라도 마음의 짐을 덜고 느긋하게 있어본 적이 있을까?

"솔직히 정말 재미있었어요. 바람에 머리카락을 흩날리며 물살을 가르니 아주 신나더라고요." 앰버가 말했다.

"난 속도 내는 걸 그다지 좋아하지 않아요. 사실 돛단배가 더 좋아요. 조용하기도 하고 자연과 유대관계를 더 강하게 느낄 수 있으니까요."

"잭슨도 좋아하나요?"

"그다지요. 오해하지는 말아요. 그이는 돛단배도 잘 몰아요. 능수능란하죠. 하지만 이 배를 타고 빠른 속도로 날다시피 달리는 걸 더 좋아해요. 낚시도 좋아하고요." 대프니는 흘러내린 머리를 넘겼다. "대학 때 만났던 남자친구가 어릴 때부터 돛단배를 좋아했어요. 같이 그의 가족 소유 배에 자주 탔죠. 그때 돛단배의 매력을 알게 됐어요."

"왜 돛단배를 더 좋아하는지 이해할 수 있을 것 같아요." 앰버가 말했다.

"정말 괜찮아요. 난 읽을 책을 가져오고 아이들은 게임을 가져오면 되거든요. 물론 당신 같은 친구와 배를 타는 건 언제나 즐겁고요."

"대프니, 이렇게 초대해줘서 고마워요. 나에겐 정말 특별한 선물이에요."

"천만에요." 대프니는 이렇게 말하고는 하품하며 의자에서 일어났다. "내려가서 애들이 잘 있나 보고 올게요. 혹시 저녁 먹기 전에 잠깐 누워 있어도 될까요?"

"그럼요. 가서 쉬어요." 앰버는 대프니가 계단을 내려가는 것을 보고 재빨리 잭슨 옆으로 갔다. "대프니는 낮잠 자러 갔어요. 지루

한 모양이에요."

그녀는 잭슨의 표정을 살폈다. 짜증이 났는지 아닌지 모르겠지만 얼굴에 드러나지는 않았다.

"날 위해서 같이 와준 거예요."

"그런 것 같아요. 대학 시절에 남자친구와 함께 돛단배를 탔을 때 정말 재미있었다고 이야기하던걸요." 앰버는 잭슨의 뺨이 약간 실룩거리는 것을 보았다. "이해가 안 돼요. 돛단배는 요트에 비하면 너무 얌전한 것 같은데 말이죠."

"다시 핸들 잡을래요? 난 술을 좀 가져올게요."

앰버는 핸들을 잡으며 마침내 조금씩 키를 쥐게 될지도 모른다고 생각했다.

그날 밤 그들은 미스틱에서 느긋하게 저녁을 먹은 뒤에 정박지로 돌아갔다. 날씨가 훈훈했고 하늘에는 별이 촘촘히 박혀 있었다.

"아빠." 천천히 걷는 동안 탈룰라가 말했다. "여기에서 하루 자고 내일 밤에 불꽃놀이 구경하는 거죠?"

"그렇고말고. 늘 그렇게 하잖니."

"와, 신난다." 벨라가 말했다. "나 혼자서 요트 제일 높은 데 앉아서 보고 싶어요. 이제 컸으니까 그 정도는 할 수 있어요."

"아직은 안 돼." 잭슨이 벨라의 한 손을 잡았고 대프니가 다른 손을 잡았다. 그들은 벨라를 그네 태웠다. "아직 혼자서는 안 돼."

"전 앞쪽 갑판에 누워서 볼래요. 작년처럼요." 탈룰라가 말했다.

"벨라, 아빠가 널 데리고 배에서 제일 높은 데로 갈 거야. 엄마는 탈룰라와 있을 거고." 대프니는 이렇게 말하고 앰버를 보았다. "앰버는 잭슨과 벨라와 같이 올라가요. 처음이잖아요. 거기에서 보면 정말 멋있거든요."

앰버는 잘됐다고 생각했다.

그들은 열 시가 조금 지나 요트로 돌아왔다. 대프니가 아이들을 데리고 잘 준비를 하러 내려가자 앰버는 또다시 잭슨과 단둘이 남았다. 그는 주방에서 와인을 가지고 왔다. 한 손에는 와인 잔 세 개를, 다른 한 손에는 뮈스카 와인 병을 들고 있었다.

"아직 자기에는 너무 이르네요. 들어가기 전에 한잔할까요?"

"좋아요." 앰버가 말했다.

두 사람은 훈훈한 밤공기 속에서 와인을 홀짝이며 패리시 인터내셔널이 최근 구입한 부동산과 회사의 재정에 대해 이야기했다. 대프니가 오자 잭슨은 와인을 따라서 건넸다. "여보, 이거 마셔요."

"난 안 마실래요. 졸려요. 저녁을 너무 많이 먹었나봐요. 이만 자야겠어요."

대프니는 정말 피곤해 보였다. 하지만 저녁을 너무 많이 먹었다고? 그녀는 음식에 거의 손도 대지 않았다.

"잘 자요, 두 사람 모두." 그녀는 잭슨에게 미소 지었다. "수면등 켜놓을게요."

"나도 곧 갈게요. 쉬고 있어요."

대프니가 들어가자 앰버는 와인을 한 잔 더 따랐다. "우리 엄마도 늘 피곤해했어요. 늦게까지 깨어 있는 법이 없었죠. 아빠는 뜨겁던 연애시절과 정말 많이 달라졌다고 농담처럼 말했어요."

잭슨은 잔을 빙글빙글 돌리며 흔들리는 와인을 보았다. "부모님이 살아 계신가요?"

"네, 네브래스카에 계세요. 대프니를 보면 엄마가 자주 떠올라요."

잭슨의 얼굴에 놀란 기색이 희미하게 스치더니 이내 평소의 알 수 없는 표정으로 돌아왔다. 앰버는 그가 생각과 감정을 숨기는 데 능하다는 것을 알아챘다.

"부모님은 어떤 분들이에요?"

"두 분 모두 집에 있는 걸 좋아하세요. 어머니는 우리와 감상적인 영화를 보는 걸 가장 좋아하셨죠. 당신이 없을 때 대프니가 탈룰라와 벨라와 같이 영화를 보자고 날 초대한 적이 많았어요. 그때마다 난 그녀가 자선행사나 전시회 개막식 같은 데 지친 게 아닐까 생각했죠. 대프니가 그렇게 말하기도 했고요."

"그래요? 또요?" 잭슨이 물었다.

"어머니는 조용한 걸 좋아하세요. 대프니처럼요. 이 배가 매우 빨리 달릴 수 있고 그때마다 얼굴에 바람이 부딪친다는 걸 알면 어머니는 싫어하실 거예요. 우리 집에 요트가 있었던 건 아니지만 아버지가 오토바이를 타셨거든요. 어머니는 오토바이 소리와 속도를 끔찍하게 싫어하셨어요. 느리고 조용한 자전거를 좋아하셨죠." 허튼 소리였지만 앰버가 전하고 싶은 뜻이 담겨 있었다.

잭슨은 말이 없었다.

"요트를 운전하며 물살을 가르니 정말 짜릿하던데요. 하지만 내일은 속도를 줄이는 게 좋을 것 같아요. 대프니도 즐길 수 있도록 말이에요."

"그래요, 좋은 생각이군요." 잭슨은 느릿느릿 말하더니 잔에 남은 와인을 다 마셨다.

이제야 일이 제대로 돌아가기 시작했다. 앰버는 내일 밤 하늘의 불꽃놀이 말고 또 다른 불꽃놀이가 있기를 바랐다.

25

7월 4일 직후 앰버는 마침내 그토록 탐내던 잭슨의 수석비서가 되었다. 접수되는 이력서 수는 점점 줄었고 너무 훌륭해 보이는 이력서는 앰버가 빼버렸다. 그녀는 배틀리 부인이 그만둔 뒤로 잭슨에게 대체 불가한 존재가 되었고 잭슨이 그녀를 수석비서로 공식 채용하리라고 확신했다. 앰버는 수첩과 펜을 들고 잭슨의 책상 맞은편 가죽 안락의자에 앉아 검은 스타킹을 신은 다리가 돋보이도록 신경 써서 다리를 꼬았다. 그녀는 미용실에서 시술받은 풍성한 속눈썹 사이로 잭슨을 보며 반짝이는 입술을 살짝 벌렸다. 최근 치과에서 미백시술을 받은 치아가 입술과 완벽하게 조화를 이룬다는 것을 잘 알았다.

잭슨은 잠시 그녀를 보더니 말을 시작했다. "지난 몇 달간 당신이 내게 정말 큰 도움이 되었다는 걸 스스로도 잘 알 거예요. 그래서 새로운 수석비서 채용을 중단하고 그 자리를 당신에게 제안하기로 했어요. 물론 당신이 관심 있다면요."

앰버는 펄쩍펄쩍 뛰면서 소리라도 지르고 싶었지만 한없이 기쁜 마음을 있는 그대로 드러내지는 않았다. "기뻐서 어쩔 줄 모르겠어요. 관심 있고말고요. 고마워요."

"잘됐군요. 인사팀에 이야기해놓을게요." 잭슨은 이만 나가보라는 의미로 고개를 숙이고 앞에 놓인 서류를 보았다. 앰버는 자리에서 일어났다. "참." 그의 말에 앰버는 멈춰 서서 뒤돌아보았다. "물론 급여도 상당히 오를 거예요."

잭슨과 가까워지기 위해서라면 공짜로도 일할 수 있었지만 사실 앰버는 여섯 자리 숫자의 급여를 받아도 될 만큼 열심히 일했다. 잭슨이 새로운 자리에 앉은 그녀에게 무엇을 기대하는지 알아차리는 데는 그리 오래 걸리지 않았다. 그리고 아주 짧은 시간 뒤에 그들은 고급 스위스 시계처럼 정확하게 맞춰가며 일하게 되었다. 앰버는 일할 때면 자기가 중요하게 느껴지고 잭슨과 가까이에 있어서 좋았다. 직원들은 그녀를 질투 어린 시선으로 보았고 임원들은 그녀를 존중했다. 그 누구도 잭슨 패리시의 눈에 든 사람과 적이 되고 싶어 하지 않았다. 정말 짜릿한 경험이었다. 앰버는 그 망할 놈의 록우드가 고향에서 자신을 어떻게 대했는지 떠올렸다. 그는 앰버를 버려야 할 쓰레기처럼 취급했다.

금요일 늦은 오후에 호출 신호가 울리자 앰버는 깜짝 놀라 잭슨 사무실로 갔다. 그의 책상 가까이 가자 청구서와 큰 수표책 같은 것들이 보였다. "이런 부담을 줘서 미안하지만 배틀리가 하던 일이라

부탁할게요. 게다가 난 이걸 전부 검토할 시간도 없고요."

"그런 말씀 마세요. 이제는 어떤 일을 시켜도 부담이 아니라는 걸 아실 텐데요."

잭슨은 미소 지었다. "내가 졌어요. 당신은 무슨 일이든 기쁜 마음으로 하는 사람이지. 당신 명함에 쓰인 이름 뒤에 PA라고 써야겠군요. 완벽한 비서(Perfect Assistant)라는 뜻으로 말이에요."

"완벽한 상사 덕분이죠. 우린 하늘이 내린 팀 같아요."

"자, 어디 한번 시험해보죠." 잭슨은 이렇게 말하며 야릇하게 웃었다.

"그게 뭔데요?"

"청구서예요. 모두 자동으로 결제되는데 영수증과 맞춰보고 액수가 맞는지 확인해줘요. 그리고 수표로 결제해야 할 청구서도 있어요. 그게 뭔지는 알려줄 테니 매달 나 대신 수표를 써서 지불해주면 돼요. 사빈과 서리의 급여나 학비 같은 거요."

"네, 문제없어요." 앰버는 청구서 뭉치와 수표책을 집어 들고 사무실에서 나가기 전에 머뭇거렸다. "그거 아세요? 전 지금 텔레마코스(오디세우스와 페넬로페의 아들)가 된 기분이에요."

잭슨은 놀라서 눈썹을 추켜올렸다. "뭐라고요?"

"《오디세이아》에 등장하는 인물 말이에요."

"텔레마코스가 누군지는 알아요. 그런데 그 책을 읽었단 말이에요?"

앰버는 고개를 끄덕였다. "몇 번이나 읽은걸요. 정말 좋아하는 작품이에요. 텔레마코스가 차츰 책임을 많이 짊어지게 되는 게 마음에 들어요. 그러니까…… 제게 일을 너무 많이 시킨다고 생각하지 마세요."

잭슨의 눈빛에 앰버는 평가받는 듯한 느낌이 들었다. 그리고 단연코 점수를 많이 딴 것 같았다. 앰버는 다정하게 미소 짓고는 계속 자신을 바라보는 잭슨을 뒤로한 채 사무실을 나왔다.

앰버는 잭슨에게 받은 것을 책상 위에 모두 내려놓고 서류철을 살펴보기 시작했다. 일은 정말 흥미로웠다. 그녀는 대프니가 매달 쓰는 엄청난 금액에 놀랐다. 유명 디자이너 부티크와 보석 상점은 물론이고 바니스, 버그도프 굿먼, 니먼 마커스, 헨리 벤델 같은 고급 상점과 개인 부티크에서 보낸 청구서가 있었다. 대프니는 한 달 동안 20만 달러가 넘는 물건들을 사들였다. 다음으로 보모와 가정부와 운전기사 급여가 있었다. 대프니의 체육관 회비, 요가와 필라테스 개인 강습비도 있었다. 아이들의 승마와 테니스 강습비, 컨트리클럽과 요트클럽 비용, 쇼 관람과 저녁식사 비용, 여행경비 등이 빌어먹을 동화처럼 끝없이 이어졌다.

대프니가 쓰는 돈에 비하면 앰버의 인상된 급여는 쥐꼬리만 했다. 앰버의 눈길이 어느 청구서에 머물렀다. 빨간색 악어가죽으로 만든 에르메스 버킨백 대금 청구서였다. 6만 9,000달러라는 가격에 앰버는 청구서를 다시 보았다. 가방 하나에 이 가격이라니! 앰버 연봉의 절반이 넘는 액수였다. 대프니는 그 가방을 몇 번 든 뒤에 옷장에 처박아놓을 것이다. 앰버는 너무 화가 나서 숨이 막힐 것 같았다. 정말 터무니없었다. 대프니가 낭포성 섬유증 환자를 돌보는 가족들을 진정으로 돕고 싶어 한다면 이미 가지고 있는 수많은 고급 가방에 만족하고 돈을 더 많이 기부해야 했다. 위선자 같은 행동이었다. 적어도 앰버는 목적을 솔직하게 인정했다. 만일 그녀가 잭슨과 결혼했다면 자선사업에 관심 있는 척하며 시간을 낭비하지는 않았을 것이다.

대프니는 집에서 손 하나 까딱하지 않으면서 원하는 것을 모두 살 수 있고 자신을 사랑하는 남편이 있으며 자기가 구입한 물건값조차 직접 치르지 않는다. 어떻게 이보다 더 응석받이일 수 있을까? 앰버였다면 다른 사람이 자기 생활의 시시콜콜한 속사정을 알지 못하도록 경계를 게을리하지 않았을 것이다. 이제 제멋대로인 대프니의 삶을 더 깊이 들여다보고 나니 잭슨의 부가 얼마나 막대한지 깨달았고 계획을 실행하기 위해 마음을 더 굳게 먹을 수 있었다.

청구서와 영수증을 모두 맞춰보는 데는 한 시간 삼십 분쯤 걸렸고 검토가 끝났을 때 앰버는 매우 화가 나 있었다. 그녀는 책상에서 일어나 복도 끝에 있는 휴게실에 커피를 가지러 갔다. 돌아오는 길에는 화장실에 들러 거울에 비친 자기 모습을 보았다. 지금도 괜찮았지만 수준을 올릴 때가 왔다. 앰버는 조금 더 섹시해지기로 했다. 뭐가 달라졌는지 잭슨이 모를 정도로 미묘하게. 자리로 돌아가자 잭슨은 이미 퇴근하고 없었다. 그녀는 청구서와 수표책을 책상 서랍에 넣고 잠근 뒤에 커피를 마셨다. 퇴근해서 건물 밖으로 나가자 머릿속에 계획이 떠올랐다. 그녀는 주말 안에 계획을 완성하기로 했다.

26

토요일에 앰버는 반스앤드노블에서 대프니를 만나 길 건너 작은 카페로 점심을 먹으러 갔다. 그들은 레스토랑 뒤쪽 칸막이가 쳐진 좁은 자리에 앉았다. 앰버는 치킨 샐러드를 주문했다. 그녀는 대프니가 치즈버거와 감자튀김을 주문해서 놀랐지만 아무 말도 하지 않았다.

“잭슨이 그러는데 당신이 일을 정말 잘한다더군요. 일이 마음에 들어요?”

“네, 일이 많기는 하지만 정말 좋아요. 날 추천해줘서 얼마나 고마운지 몰라요.”

“너무 기뻐요. 잘할 줄 알았다니까요.”

앰버는 대프니 옆에 놓인 꾸러미를 보았다. 대프니가 오전 내내 들고 다니던 것이었다. "저 쇼핑백은 뭐예요?"

"아, 저거요? 환불할 향수예요. 잭슨을 처음 만났을 때부터 쓰던 향수인데 그이가 정말 좋아했죠. 오랫동안 안 쓰다가 다시 써보려고 샀는데 그새 알레르기가 생겼나봐요. 피부에 뭐가 심하게 나더라고요."

"안됐군요. 향수 이름이 뭔데요?"

"인컴퍼러블('비길 데 없는'이라는 뜻)이요, 하하. 이 향수를 뿌리면 정말 그런 기분이 들었어요."

음식이 나오자 대프니는 며칠 굶은 사람처럼 치즈버거를 먹었다. "음, 맛있네요." 그녀가 말했다.

"어땠어요? 그러니까 잭슨과 연애할 때 말이에요." 앰버가 물었다.

"그때는 너무 어리고 경험이 없었어요. 말도 안 되게 들리겠지만 잭슨은 내 그런 면에 끌렸던 것 같아요. 그이는 모든 면에 밝고 화려한 여자들을 많이 만났어요. 처음 가보는 곳에 데려가고 처음 보는 것을 보여줄 수 있어서 좋았나봐요." 대프니는 말을 멈추더니 눈빛이 아련해졌다. "그이의 말 한마디 한마디에 매달렸던 것 같아요." 그녀는 다시 앰버를 보았다. "알다시피 잭슨은 누가 대단하다고 치켜세워주는 걸 좋아하잖아요." 대프니는 웃음을 터뜨렸다. "그렇게 하기 정말 쉽기도 하고요. 잭슨은 참 특별한 사람이니까요."

"그렇죠." 앰버가 맞장구쳤다.

"어쨌든 변하지 않는 건 없어요. 물론 지금은 상황이 달라졌죠."

"무슨 뜻이에요?"

"다들 그렇잖아요. 아이들이 있으니까요. 모든 게 판에 박혀버리죠. 사랑을 나누는 일도 전만큼 열정적이지 않고요. 어떤 때는 너무 피곤하고 또 어떤 때는 내키지 않고."

"아이가 갓 태어났을 때에는 특히 더 힘들었겠죠. 정말 기진맥진했을 것 같아요. 아기를 낳은 지 얼마 안 된 엄마들이 산후우울증에 시달린다는 이야기를 종종 들었어요."

대프니는 잠시 말없이 아래를 내려다보았다. 그녀는 계속 바닥을 보며 말했다. "그렇죠. 정말 끔찍한 일이죠."

잠시 어색한 시간이 흐른 뒤에 앰버가 다시 말을 꺼냈다. "어쨌든 당신의 경우에는 아기가 생겼다고 해서 부부 사이가 소홀해진 것 같지는 않던걸요. 함께 있을 때마다 느끼지만 잭슨은 여전히 당신에게 푹 빠져 있는 것 같아요."

대프니는 미소 지었다. "우리는 여러 일을 함께 헤쳐왔으니까요."

"나도 언젠가는 그렇게 훌륭한 결혼생활을 하고 싶어요. 당신과 잭슨처럼요. 완벽한 부부예요."

대프니는 커피를 한 모금 마신 뒤에 한동안 앰버를 바라보았다. "결혼은 힘든 거예요. 누군가를 사랑하게 된다면 그 무엇도 결혼을 깨지 못하도록 해야 해요."

앰버는 점점 재미있어진다고 생각했다. "예를 들면요?"

"우리도 어려움이 있었어요. 벨라가 태어난 직후였죠." 대프니는 잠시 말을 멈추고 고개를 기울였다. "잭슨이 경홀한 행동을 했어요."

"그가 외도했나요?"

대프니는 고개를 끄덕였다. "딱 한 번이었어요. 난 너무 지쳐 있었고 아기를 돌보느라 바빴죠. 우린 몇 달이나 사랑을 나누지 못했어요." 그녀는 어깨를 으쓱했다. "남자들에겐 욕구가 있잖아요. 게다가 내 몸매가 원래대로 돌아가는 데 시간이 제법 오래 걸렸어요."

대프니는 잭슨이 한 짓을 정당화하는 것일까? 그녀는 앰버가 생각한 것보다 잘 속는 사람이었다.

"잭슨이 한 짓이 정당했다는 말은 아니에요. 하지만 그 일 이후 잭슨은 사과했고 다시는 그러지 않겠다고 맹세했어요." 대프니는 억지스러워 보이는 미소를 지었다. "그리고 정말 그런 일은 다시 일어나지 않았고요."

"저런, 정말 힘들었겠어요. 하지만 전화위복이 되었군요. 두 사람 정말 행복해 보이거든요." 앰버는 이렇게 말하고 손목시계를 보았다. "음, 이제 가야 할 것 같아요. 미용실을 예약해두었거든요."

점심식사를 마친 뒤 앰버는 집으로 가서 온라인으로 인컴퍼러블을 주문했다. 그녀는 컴퓨터 화면에서 고개를 들고 새로운 정보에 기분이 좋아 미소 지었다. 잭슨이 외도한 적이 있다니! 한 번 그랬다면 분명 다시 할 수 있었다.

월요일에는 비가 퍼붓고 찬바람이 불었다. 앰버는 기차를 기다리다가 비에 흠뻑 젖었다. 이 일이 싫은 단 한 가지 이유는 시내까지 장시간 통근해야 한다는 것이었다. 미술관을 둘러보며 느긋하게 보내는 날은 괜찮았지만 혼잡한 출퇴근 시간에 움직이는 것은 정말 고문이었다. 앰버는 시가 냄새가 나는 덩치 큰 남자와 더러운 배낭을 멘 소년 사이에 끼어 앉아서 맞은편 창의 광고를 읽었다. 밖에는 여전히 비바람이 몰아쳤다. 이제 그녀는 광고를 외울 지경이었다. 기차 벽면이나 버스 외벽에 붙은 자기 사진을 보면 기분이 어떨지 궁금했다. 모델은 그런 데서 쾌감을 느낄까? 그녀는 수많은 남자가 선망하는 대상이 되는 일을 상상해보았다. 몸매는 이만하면 괜찮았고 머리를 제대로 다듬고 화장을 잘하면 저 거만한 모델들 정도는 될 것 같았다. 물론 키는 170센티미터로 대프니보다 좀 작았지만. 아마 저 모델들은 마른 몸매를 유지하려고 목구멍 깊이 손가락을 집어넣으며 스스로 특별하다고 생각할 것이다. 앰버는 그런 짓을 해본 적은 없었다. 그녀는 날씬한 체질이라서 다행이라고 생각했다.

57번가에 도착할 무렵 바짓단은 다 말라 있었다. 비는 그쳤지만 바람이 계속 매섭게 불었다. 앰버는 입구 경비원에게 목례한 뒤에 안내데스크의 경비원에게 인사를 건넸다.

"안녕하세요, 패터슨 양. 날씨가 너무 심술궂군요. 그런데도 여전히 멋진데요. 머리 모양이 바뀌었네요?"

앰버는 모든 회사 사람이 자신을 안다는 사실이 좋았다. "네, 고마워요." 그녀는 출입증을 댄 다음 엘리베이터로 갔다. 사무실이 있는 층에 도착한 다음에는 곧장 화장실로 갔다. 그녀는 무선 고데를 꺼내 밝은 샴페인색 금발로 바꾼 어깨 길이의 머리를 매만졌다. 그리고 손목에 인컴퍼러블을 한 방울 떨어뜨려 문지른 다음 테니스화를 벗고 연한 살구색 루부탱을 신었다. 그녀는 검은 터틀넥 스웨터 원피스 안에 풍만함이 아름답게 돋보이도록 검은 레이스 푸시업 브라를 입고 있었다. 손목에는 폭이 넓은 은색 커프 팔찌를 했다. 팔찌 이외에 착용한 보석은 귀걸이뿐이었다. 은박 귀걸이는 심플하면서도 세련됐다. 그녀는 거울을 보며 미소 지었다. 랄프 로렌 광고 모델 같은 모습에 자신감이 생겼다.

사무실로 들어가면서 확인해보니 잭슨의 사무실은 문이 닫힌 채 불이 꺼져 있었다. 앰버는 언제나 잭슨보다 일찍 도착해야 한다고 생각했지만 잭슨이 늘 그녀를 이겼다. 오늘 같은 경우는 드물었다. 이메일에 회신하고 시계를 보니 여덟 시 삼십 분이었다. 잭슨은 열 시가 넘어서야 느긋하게 나타났다.

"오셨군요. 무슨 일 있으신가요?"

"안녕, 별일 없어요. 벨라 학교에서 학부모 회의가 있었어요." 그는 사무실 문을 열더니 잠시 멈추었다. "그건 그렇고 오늘 저녁에 연극을 보러 가야 해요. 가브리엘스에 저녁식사 좀 예약해줄래요? 여섯 시, 두 명으로요."

"네, 그럴게요."

잭슨은 안으로 들어가려다가 다시 멈췄다. "오늘 예쁜데요?"

앰버는 목부터 뜨거워지는 느낌이 들었다. "고맙습니다. 과찬이세요."

"과찬이라니요. 사실을 말했을 뿐인데." 그는 사무실로 들어간 뒤에 문을 닫았다.

대프니와 잭슨이 낭만적인 저녁식사를 하고 브로드웨이의 극장에 나란히 앉아 있을 것이라 생각하자 앰버는 화가 났다. 극장의 가장 좋은 자리에서 잭슨 옆에 앉는 사람이 되고 싶었다. 모든 사람이 질투 어린 시선으로 바라보는 사람이 되고 싶었다. 하지만 침착해야 했다. 냉정을 잃고 멍청한 짓을 해서는 안 됐다.

그날 오후 늦게 앰버와 잭슨은 다음 주로 예정된 중국 출장 일정을 살펴보고 있었고 그때 대프니가 잭슨의 휴대전화로 전화를 걸었다. 앰버에게는 잭슨의 말밖에 들리지 않았지만 그가 기분이 좋지 않은 것만은 분명했다. 그는 전화를 끊더니 휴대전화를 책상에 던졌다. "젠장, 오늘 저녁 계획이 엉망이 됐군."

"대프니에게 무슨 일이 있나요?"

잭슨은 눈을 감고 콧날을 만졌다. "대프니에게는 별일 없어요, 정확히 말하자면. 벨라가 아프다는군요. 그래서 연극을 보러 나올 수 없대요."

"저런, 예약을 취소할까요?"

잭슨은 잠시 생각하더니 앰버를 유심히 뜯어보았다. "혹시 저녁 식사나 연극에 관심 있어요?"

앰버는 가슴이 철렁했다. 하늘에서 내린 선물처럼 기회가 이렇게 쉽게 그녀 무릎에 떨어지다니.

"그럼요, 브로드웨이 연극은 본 적이 없는걸요." 그녀는 잭슨이 순진무구하고 뭐든 처음 해보는 사람을 좋아한다는 사실을 잊지 않았다.

"잘됐군. 〈햄릿〉 입장권은 구하기도 힘들고 공연 기간도 짧아서 꼭 보고 싶었는데 말이에요. 다섯 시 삼십 분까지 일을 끝낸 다음 택시를 타고 레스토랑에 갑시다. 여섯 시로 예약했죠?"

"네."

"좋아요. 일단 다시 일합시다."

앰버는 자리로 돌아와 대프니에게 전화했다. 그녀는 신호가 한 번 울리고 전화를 받았다.

"대프니, 앰버예요. 잭슨에게 들었는데 벨라가 아프다면서요. 심각하지 않았으면 좋겠어요."

"심하진 않은 것 같아요. 코를 좀 훌쩍이고 미열이 있어요. 계속 엄마만 찾기도 하고 떼어놓고 나가고 싶지도 않고요."

"그럼요. 이해해요." 앰버는 잠시 머뭇거렸다. "잭슨이 저녁에 당신 대신 같이 가자고 하더라고요. 이야기해야 할 것 같아서요. 그래도 괜찮은 거죠?"

"당연히 괜찮죠. 좋은 생각인 것 같은데요? 즐거운 시간 보내요."

"알겠어요. 고마워요, 대프니. 벨라가 어서 낫기를 바랄게요."

앰버는 그 성가신 꼬맹이가 처음으로 고마웠다.

그들은 다섯 시 삼십 분 정각에 사무실에서 나왔다. 택시에서 잭슨 옆자리에 앉은 앰버는 극도로 흥분했다. 지금껏 경험했던 그 어떤 희열보다 강렬했다. 레스토랑에 들어선 그들을 주변 사람들이 감탄 어린 시선으로 바라보자 기뻤다. 앰버는 자신이 예쁘다는 사실을 알았고 자기 등에 손을 대고 있는 이 남자는 레스토랑에서 가장 부유한 사람이었다. 그들은 우아한 레스토랑의 조용한 자리에 앉았다. 촛불 빛이 그들을 감쌌다.

"와, 이런 레스토랑은 처음이에요."

"대프니와 사귀기 시작했을 때 처음 데려온 곳이에요."

앰버는 대프니 이야기는 정말 하고 싶지 않았지만 잭슨이 계속 이야기를 꺼내면 자기에게 유리한 쪽으로 끌어가는 수밖에 없었다. "대프니가 연애시절 이야기를 자주 했어요. 그때는 모든 것이 달랐다면서요."

잭슨은 기대앉아 미소 지었다. "달랐다고요? 맞아요. 그때는 달랐죠. 사랑에 빠질 때의 기쁨과 견줄 수 있는 건 없어요. 게다가 난 단단히 빠졌죠. 그건 확실해요. 대프니 같은 여자는 처음이었어요." 잭슨은 와인을 한 모금 마시고 또 한 모금 마셨다. 앰버는 그의 고운 손을 보며 감탄했다.

"둘은 정말 천생연분 같아요." 앰버는 정말이지 간신히 이 말을 뱉어냈다.

잭슨은 잔을 내려놓더니 고개를 끄덕였다. "대프니는 지난 세월 동안 멋진 여성으로 성장했어요. 난 아내가 이룬 것을 모두 지켜보았죠. 정말 자랑스러워요. 완벽한 아내예요."

앰버는 샐러드가 목에 걸릴 뻔했다. 그녀는 잭슨이 세련되고 매력적으로 변신한 자신의 모습을 알아차렸을지 궁금했지만 그는 소중한 아내 이야기만 했다.

그 뒤에는 주로 일 이야기를 했다. 잭슨은 저녁식사를 함께하는 여느 동료와 다름없이 앰버를 대했다. 극장에 가서 칸막이 좌석에 앉자 앰버는 그와 결혼하면 어떨지 또다시 상상했다. 잭슨이 비서로서가 아니라 여자로서 앰버에게 관심이 있었다면 이 밤이 정말 완벽했을 텐데.

열한 시에 막이 내렸지만 앰버는 밤을 끝낼 준비가 되지 않았다. 거리는 아직도 사람으로 붐볐고 레스토랑과 카페는 손님으로 가득한 것 같았다.

타임스퀘어 쪽으로 걸어가던 중 잭슨이 손목시계를 보았다. "늦었네요. 내일 일찍 출근해야 하는데. 윗컴 부동산과 만나기로 되어 있잖아요."

"저는 말짱한데요. 전혀 피곤하지 않아요." 앰버가 말했다.

"내일 자명종이 울리면 생각이 달라질……" 잭슨은 말을 하다가 말았다. "아침이면 무척 피곤할 거예요. 난 대프니에게 와달라고 해서 아파트로 가야겠어요. 못 온다고 하면 혼자라도 가려고요. 당신도 아파트로 가서 손님방에서 자요. 이 늦은 시간에 기차를 타고 집으로 돌아간다는 건 말도 안 돼요. 게다가 우리 가족들과 뉴욕에 머물렀던 적도 있잖아요. 유일한 문제는 옷이군요."

"옷을 좀 빌려 입어도 대프니가 신경 쓰지 않을 것 같아요. 지난번 모금행사 때 드레스를 빌려주기도 했으니까요. 대프니보다 제가 한 사이즈 작아서 별로 차이도 안 나요." 앰버는 마지막에 비교한 내용을 잭슨이 알아차렸기를 바랐다.

"그럼, 좋아요." 잭슨은 택시를 잡았고 앰버는 사건이 전환되어 기뻐하며 택시에 탔다.

택시는 그들을 부촌의 어느 건물 앞에 내려주었다. 그들은 입구까지 이어진 덮개 지붕 아래를 걸었다. "어서 오세요, 패리시 씨." 경비원은 앰버에게 별다른 반응을 보이지 않았다. 앰버는 그가 조심스러워서 그랬는지 관심이 없어서 그랬는지 알 수 없었다.

전용 엘리베이터 문이 열리자 곧바로 널찍한 로비가 나타났다. 이 아파트는 잭슨과 대프니의 집과 달랐다. 더 현대적이고 간소했으며 흰색과 회색이 주를 이루었다. 덕분에 벽에 걸린 그림이 두드러졌다. 다양한 색이 한데 어울려 폭발하는 추상화들이었다. 앰버는 그림을 유심히 바라보며 거기에 매료되었다.

"난 자기 전에 한 잔 더 마셔야겠어요. 손님방은 오른쪽 세 번째 문이에요. 수건, 칫솔 등 필요한 건 다 있을 거예요. 그보다 먼저 대프니의 옷장을 열어보고 내일 아침에 입을 옷을 고르는 게 좋지 않겠어요?" 그는 병과 디캔터가 놓여 있는 유리 왜건으로 가서 위스키를 한 잔 따랐다.

"네, 오래 걸리지는 않을 거예요." 앰버는 널찍한 침실로 들어갔다. 지금 가장 간절한 일은 잭슨과 함께 킹사이즈 침대에 뛰어드는 것이었다. 그녀는 대프니의 속옷을 살펴보았다. 그러면서 이렇게 강박적으로 서랍을 정리하는 대프니가 우습다고 다시 한 번 생각했다. 검은 레이스 팬티를 꺼낸 앰버는 고개를 끄덕였다. 쓸 만했다. 그리고 옷장으로 갔다. 집과 마찬가지로 옷은 같은 간격으로 정리되어 있었다. 그녀는 예쁜 빨간색 아르마니 정장과 흰 캐미솔을 꺼냈다. 완벽했다. 이제 스타킹을 선택할 차례였다. 서랍을 몇 개 열자 스타킹이 보였고 그 가운데서 허벅지까지 오는 얇은 베이지색 실크 스타킹을 골랐다. 내일은 수백만 달러를 두른 멋쟁이처럼 보이겠지.

앰버는 고른 물건을 집어 들고 아쉽지만 방에서 나갔다.

술을 마시던 잭슨이 쳐다보았다. "다 골랐어요?"

"네, 고마워요. 정말 멋진 저녁이었어요."

"좋았다니 다행이에요. 잘 자요." 그는 이렇게 말하며 고개를 가볍게 끄덕인 뒤에 자기 침실로 갔다.

잭슨 말대로 손님방에는 필요한 물건이 모두 갖추어져 있었다. 앰버는 그날 입은 옷을 벗고 샤워하고 이를 닦은 다음 침대에 누웠다. 포근하게 안아주는 듯한 부드러운 깃털 매트리스 위에 긴장을 풀고 누워 거위털 이불을 턱까지 끌어당겼다. 구름 위에 누워 있는 것 같았지만 쉽게 잠들 수 없었다. 방 몇 개를 사이에 두고 잭슨이 침대에 누워 있기 때문이었다. 앰버는 이토록 잭슨을 원하는 마음을 그가 알아주기를 바랐다. 그리고 이곳으로 찾아와 완벽한 아내 따위는 모두 잊기를 바랐다. 영원처럼 느껴진 시간이 흐른 뒤에 앰버는 그런 일은 일어나지 않으리라는 것을 깨닫고 잠깐 잠들었다.

다음 날 아침 그녀는 샤워하고 옷을 입은 뒤 아파트에서 잤다는 사실을 알리려고 대프니에게 전화했다. 대프니에게 의심을 살 만한 행동을 하고 싶지는 않았다. 어쨌든 대프니와 관련된 일은 모두 숨김없이 공개하고 싶었다. 대프니는 평소와 다름없이 정말 괜찮다고 다정하게 말했다.

27

앰버는 대프니의 재정 기반을 잘 알게 되자 그녀가 왜 항상 멋진 모습인지 이해하게 되었다. 그 정도로 돈을 많이 들이면 그렇지 않을 사람이 누가 있을까? 게다가 머리끝부터 매끈한 발끝까지 매일 그녀를 시중드는 사람들도 있었다. 앰버는 대프니의 집에서 소규모로 열린 디너파티에 초대받았을 때 그 기분을 잠시 맛보았다. 그 자리에서 앰버는 자신의 보잘것없는 지갑 사정을 완벽하게 해결해줄 남자 그레그를 만났다.

열네 명이 참석한 디너파티에서 두 사람은 옆자리에 앉았다. 그레그는 젊고 잘생겼다. 하지만 앰버는 그의 나약해 보이는 턱 선과 붉은 기가 도는 머리카락은 자기 취향이 아니라고 생각했다. 하지만 지켜볼수록 다른 여자들이 그를 매력적으로 느낀다는 것을 알 수 있었다. 잭슨에게는 한참 못 미치지만 그다음으로 매력적이었다.

따로따로 대화를 주고받는 자리에서 앰버는 그레그를 저녁 내내 쉽게 독점할 수 있었다. 대화는 지극히 평범했고 그레그는 믿기지 않을 정도로 지루했다. 그는 가족이 경영하는 잘나가는 대형 회계 사무소에서 하는 일 이야기만 계속했다.

"숫자를 계산하고 마지막에 모두 완벽하게 맞아떨어질 때는 정말 황홀하죠." 그가 손익계산서 이야기를 하는 동안 앰버는 바보 같은 숫자 이야기를 듣느니 차라리 치과 치료를 받는 쪽이 낫겠다고 생각했다.

"정말 그렇겠네요. 그런데 쉴 때는 뭘 해요? 취미 같은 거 말이에요." 앰버는 그가 알아듣기를 바라며 이렇게 물었다.

"아, 취미요. 음, 글쎄요. 물론 골프는 쳐요. 그리고 맥주를 만들죠. 브리지(카드게임의 일종)도 하고요. 브리지 게임 정말 좋아해요."

진담일까? 앰버는 그가 장난치고 있나 하고 표정을 살폈지만 아니었다. 그는 진심이었다.

"당신은요?" 그레그가 물었다.

"전 미술을 좋아해요. 그래서 시간만 나면 미술관에 가죠. 수영도 좋아하고 최근에는 카약을 즐기게 됐어요. 책도 많이 읽고요."

"전 책은 별로 안 읽어요. 읽고는 싶지만 다른 사람의 삶을 책으로 읽느니 밖에 나가서 직접 경험하는 게 낫다고 생각하거든요."

앰버는 너무 놀라서 씹던 음식을 뱉을 뻔했지만 가까스로 참고 고개를 끄덕였다. "책을 바라보는 흥미로운 관점이군요. 그런 이야기는 처음 들어봤어요."

그레그는 앰버에게 최고의 찬사라도 들은 듯이 씩 웃었다.

앰버는 견디기 힘들지만 그가 쓸모 있을 것이라고 생각했다. 얼마 동안은 도움이 될 것 같았다. 당분간 그레그는 저녁식사, 연극, 화려한 상류층 행사의 입장권이 되어줄 것이었다. 그녀가 파악한 바에 따르면 그에게서 비싼 선물도 쉽게 받아낼 수 있을 것 같았다. 그녀는 그레그를 곁에 두고 잭슨이 그를 경쟁자로 봐주기를 바랐다. 오늘 저녁식사 때만 해도 잭슨이 두 사람을 유심히 바라보는 모습을 보았다. 그리고 앰버가 그레그와 계속 이야기하는 것을 보고 대프니가 기뻐하는 얼굴도 보았다. 하지만 앰버는 부자 아버지를 둔 사람에게는 관심이 없었다. 그녀가 관심 있는 대상은 부자 아버지였다.

그사이 앰버는 그레그를 속여 그녀를 근사한 레스토랑에 데려가고 그녀에게 선물을 보내도록 했다. 디너파티 이후 그레그는 앰버의 사무실로 꽃을 두 번이나 보냈다. 잭슨은 꽃과 함께 온 카드를 읽고는 달갑지 않은 표정이었고 그를 본 앰버는 기뻤다. 나름대로 멋있고 잘생겼지만 그레그는 너무 얼간이 같았다. 낡은 신발처럼 지루하기도 했다. 하지만 겉은 멀쩡하니 앰버가 계획 실행에 속도를 낼 때 대프니의 의심이나 갑작스런 질투를 피할 수 있는 중요한 역할을 할 것이었다.

대프니의 디너파티에서 그레그를 만난 지 한 달이 지났다. 두 사람은 컨트리클럽에서 저녁식사를 하기로 했다. 앰버는 전날 일부러 대프니에게 전화했다.

"넷이 저녁 먹으면 정말 좋을 것 같아요. 하지만 잭슨이 어울리려고 할지 모르겠어요. 난 직원이니까요." 앰버가 말했다.

대프니는 곧바로 대답하지 않았다. "무슨 뜻이에요?" 잠시 뒤 그녀가 물었다.

"음, 우리는 서로 가까운 사이잖아요. 가장 친한 친구니까요. 그래서 그레그와 당신을 함께 만나고 싶어요. 그에게 우리가 친자매처럼 지낸다는 이야기를 자주 했거든요. 그레그는 잭슨도 같이 보면 좋겠다고 하더라고요. 하지만 잭슨은 언제나 핑계를 댔고요. 혹시 잭슨과 나와줄 수 있어요?"

대프니는 당연히 그럴 수 있었다. 앰버가 원하는 일이라면 대부분 들어줄 테니까. 앰버가 여동생이라는 카드를 내밀면 대프니는 자신이 쥔 카드를 엎으며 승부를 포기했다.

앰버는 혹시 잭슨이 뼛속까지 속물이라서 그녀와 어울릴 가치가 없다고 생각하는 건 아닌지 의심스러웠다. 그렇다고 해서 잭슨을 나쁘게 생각하지는 않았다. 그 정도 위치에 있다면 앰버 역시 마찬가지였을 것이다. 하지만 앰버는 서류를 검토할 때면 잭슨의 몸이 전보다 더 가까이 다가오고 그의 시선이 필요 이상으로 자신에게 오래 머문다고 느꼈다. 잭슨이 자신과 그레그가 함께 있는 모습을 보고 마음에 질투의 씨앗이 뿌리 내려 유혹을 서두를 수 있기를 바랐다.

앰버는 공들여 옷을 입고 대프니에게 알레르기 반응을 일으킨다는 향수를 뿌렸다. 앰버는 이 향수 때문에 대프니가 눈물을 흘릴 수도 있겠다는 못된 생각을 했다. 원피스는 가슴골이 드러날 정도로 목 부분이 깊게 파였지만 단정하지 않게 보일 정도는 아니었다. 대프니보다 키가 커 보이고 싶어서 10센티미터가 넘는 하이힐을 신었다. 대프니는 테니스를 치다가 발목을 삐어서 다 나을 때까지 굽 낮은 신발을 신을 것이었다.

그레그는 시간 맞춰 그녀를 데리러 왔다. 앰버는 계단을 내려가 기다리고 있던 벤츠 컨버터블로 향했다. 그녀는 비싼 차를 타고 가는 동안 사람들이 쳐다보는 시선이 좋았다. 가끔 자신이 운전할 때면 고급 차가 전하는 느낌이 마음에 들었다. 그레그는 앰버를 애지중지했고 그녀는 이를 최대한 이용해 이익을 얻었다.

앰버는 차에 올라타 가죽 시트에 감탄하며 몸을 숙여 그레그에게 키스했다. 그는 그나마 키스는 잘했다. 앰버는 눈을 감고 입안에서 느껴지는 혀가 잭슨의 것이라고 상상했다.

"음, 좋아요." 그녀가 몸을 바로 세우며 말했다. "하지만 이제 그만 출발해야겠어요. 대프니와 잭슨을 기다리게 할 순 없잖아요."

그레그는 숨을 깊이 들이마시더니 고개를 끄덕였다. "난 그냥 이렇게 당신과 키스하고 싶은걸요."

따분하고 뻔한 말이었지만 앰버는 자기도 그러고 싶은 척했다. "나도요. 하지만 우리 천천히 하기로 약속했잖아요. 전에 만났던 사람 때문에 내가 얼마나 상처받았는지 말했죠? 난 아직 준비가 안 됐어요." 앰버는 살짝 토라진 척했다.

차가 출발했고 그들은 가는 동안 소소한 이야기를 나누었다. 컨트리클럽 문에 들어서자 바로 앞에 잭슨의 포르쉐 스파이더가 보였다.

"저 차 옆에 주차해요. 같이 이야기하면서 들어가려고요."

앰버는 잭슨에게 대프니와 나란히 걷는 자기 모습을 보여주고 싶었다.

대프니와 앰버는 동시에 차에서 내렸다. 앰버는 대프니에게 다가가서 뺨에 입을 맞추었고 그녀가 새로 산 에르메스 가방을 든 것을 보았다.

"어쩜 딱 만났네요!" 대프니가 미소 지으며 팔짱을 꼭 꼈다.

"가방 예쁜데요." 앰버는 진심 어리게 들리길 바라며 말했다.

"아, 고마워요." 대프니는 어깨를 으쓱했다. "잭슨에게 선물 받았어요." 그녀는 잭슨을 바라보며 미소 지었다. "그이는 내게 정말 잘해줘요."

"대프니는 정말 운이 좋다니까요." 앰버는 이렇게 말하며 침이라도 뱉고 싶었다.

네 사람은 함께 걸어갔고 앰버는 잭슨과 그레그를 보지 않으려고 애썼다.

모두 자리에 앉고 나서 음료가 나오자 그레그가 잔을 들어 올렸다. "우리 건배할까요? 마침내 이렇게 넷이 모이게 되어 정말 기쁘군요." 그는 앰버의 어깨를 감쌌다. "이런 보석을 소개해줘서 얼마나 고마운지 몰라요."

앰버는 그레그에게 몸을 기울여 입 맞췄다. 다시 똑바로 앉아 잭슨의 반응을 살폈지만 그의 표정에는 변화가 없었다.

"두 사람이 잘돼서 우리도 기뻐요. 서로 잘 맞을 것 같았어요." 대프니가 대답했다.

앰버는 몰래 잭슨을 보았다. 그는 인상을 쓰고 있었다. 좋았어. 그녀는 입술을 축이며 와인 잔을 들어 천천히 마신 다음 그레그를 보았다.

"당신이 옳았어요. 카베르네 하우스와인보다 이게 낫군요. 나도 당신처럼 와인에 대해 잘 알고 싶어요."

"내가 가르쳐줄게요." 그가 웃으며 대답했다.

"사실 1987년산이 더 좋아." 잭슨이 말했다. 그는 그레그를 향해 미안하다는 눈빛을 보냈다. "소믈리에처럼 말해서 미안하군. 내가 한 병 주문할 테니 마셔보고 차이를 느껴보라고."

"괜찮아요. 제가 태어난 해이니 마셔보나마나 분명 좋을 거예요." 그레그는 진지하게 대답했다.

앰버는 웃음을 참느라 애썼다. 그레그가 잭슨에게 한 방 먹였기 때문이다. 비록 본인은 너무 둔해서 깨닫지 못하고 있지만. 하지만 잭슨은 곧바로 알아차렸다. 잭슨이 아무리 돈 많고 똑똑해도 십오 년이나 젊은 세월을 메울 수는 없었다.

"와인을 가치 있게 만들어주는 건 나이인 모양이군요. 오래될수록 맛이 좋아지니까요." 앰버가 말했다. 그녀는 천천히 입술을 핥으며 잭슨을 보았다.

28

앰버는 곧 패리시 가족의 삶에서 새로운 면을 엿볼 예정이었다. 그녀는 영수증을 정리하면서 그들이 메모리얼 데이(5월 마지막 월요일)부터 노동절(9월 첫 번째 월요일)까지 위니피사우키 호수의 집을 빌렸다는 사실을 알게 되었다. 하지만 그 집에 머문 기간을 다 합해도 사 주가 되지 않을 것 같았다. 도대체 어떤 곳이기에 임대료가 그렇게 터무니없이 비싼지 궁금했는데 오늘 그곳에 가게 되었다. 그녀는 뉴햄프셔의 호숫가 집에서 주말을 함께 보내기 위해 자신을 데리러 오기로 한 대프니를 기다렸다. 잭슨은 해외출장이 잦았는데 이번에도 일 때문에 집에 없었다.

여덟 시 삼십 분 정각에 흰색 레인지로버가 나타났다. 대프니는 차에서 내려 앰버의 짐을 실으려고 트렁크를 열었다.

“좋은 아침이에요.” 대프니는 앰버와 포옹한 뒤에 가방을 받아 들었다. “같이 갈 수 있어서 정말 좋아요.”

“나도 그래요.”

울프보로까지는 차로 네 시간 삼십 분이 걸렸지만 짧게 느껴졌다. 뒷좌석에 탄 아이들이 졸려서 조용하게 군 덕분에 앰버와 대프니가 이야기를 나누며 갈 수 있었기 때문이다.

“회사 일은 어때요? 전보다 책임이 더 무거워졌는데 괜찮아요?”

“그럼요, 정말 좋아요. 잭슨은 훌륭한 상사에요.” 앰버는 대프니를 보았다. “잘 알겠지만요.”

“다행이군요. 그나저나 지난번에 나 대신 그이와 〈햄릿〉을 보러 가줘서 얼마나 고마웠는지 몰라요. 재미있었어요?”

“네, 무대에서 공연하는 걸 직접 보니 느낌이 달랐어요. 그 공연을 못 봤다니 아쉬워요.”

“난 셰익스피어는 별로 좋아하지 않아요.” 대프니가 빙긋이 웃으며 말했다. “이렇게 말하기 좀 그렇지만 난 브로드웨이 뮤지컬이 더 좋아요. 하지만 잭슨은 셰익스피어를 숭배하죠.” 그녀는 길에서 시선을 떼고 앰버를 흘끗 보았다. “〈템페스트〉 공연 표도 샀더라고요. 이 주 뒤인 것 같던데. 〈햄릿〉이 좋았다니 하는 말인데 괜찮으면 잭슨에게 나 말고 앰버와 같이 보러 가라고 할게요.”

“잭슨은 당신과 함께 가고 싶어 할 텐데요.” 앰버는 초조함을 내비치고 싶지 않았다.

“아마 그이는 앰버에게 셰익스피어에 대해 더 많이 알려주고 싶어 할 거예요. 게다가 날 위해서도 그쪽이 좋아요. 절반도 이해하지 못하는 대사를 들으며 앉아 있느니 애들이랑 집에 있는 게 훨씬 낫거든요."

이 유혹은 너무 달콤했다. 대프니는 그야말로 잭슨을 은쟁반에 담아서 갖다주고 있었다. "음, 그렇게 말하니 괜찮을 것도 같군요."

"좋아요. 그럼 약속한 거예요."

"어머니는 가끔 집에 안 오세요? 그리 멀리 사시는 것 같지 않던데요."

앰버는 대프니가 핸들을 꽉 잡는 것을 보았다. "뉴햄프셔는 생각보다 넓어요. 엄마가 오시려면 두어 시간쯤 걸리죠."

앰버는 대프니가 계속 말하기를 기다렸다. 하지만 어색한 침묵이 흘렀다. 앰버는 그녀에게 부담을 주지 않기로 했다. 잠시 뒤 대프니는 룸미러로 아이들을 보며 말했다.

"아직 한 시간 더 가야 하는데 다들 괜찮니? 화장실 가고 싶은 사람?"

아이들은 괜찮다고 했고 앰버와 대프니는 목적지에 도착하고 나서 무엇을 할지 이야기했다.

그들은 점심시간 무렵 울프보로의 아담하고 매력적인 마을에 다다랐고 파릇파릇한 산허리의 반짝이는 호숫가를 달려 집에 도착했다. 호수 둑에 자리한 집들은 낡은 것과 새것이 보기 좋게 조화를 이루었다. 다양한 형태의 작은 집들 사이로 눈길을 끄는 큰 집들도 몇 있었다. 앰버는 사방에 가득한 여름 정취에 매료되었다. 대프니는 진입로에 접어들었다. 문을 열자마자 인동덩굴과 소나무 향이 차 안에 가득 찼다. 앰버는 소나무 잎이 뒤덮인 자갈길에 내려 맑은 공기를 들이마셨다. 이곳은 천국이었다.

"다 같이 짐을 들면 한 번에 옮길 수 있을 것 같은데." 대프니가 차 뒤에서 말했다.

벨라까지 가방을 들고 흙길을 걸어 집으로 향했다. 앰버는 걸음을 멈추고 입을 벌린 채 눈앞에 펼쳐진 광경을 멍하니 바라보았다. 삼나무로 지은 거대한 3층 집에는 현관과 발코니가 많았고 난간은 모두 흰색이었다. 집 너머에는 맑은 호수가 내려다보이는 커다란 팔각정과 작은 보트 창고가 있었다.

집 안 분위기는 오래된 소나무 마루와 휴식을 부르는 쿠션이 놓인 가구 덕분에 가정적이고 편안했다. 집 앞쪽을 차지한 현관에서는 호수가 보였다.

"엄마, 엄마, 엄마." 벨라는 이미 위층에서 수영복으로 갈아입었다. "지금 수영하러 가면 안 돼요?"

"조금만 기다리렴, 다들 수영복을 갈아입을 때까지."

벨라는 소파에 뛰어들어 기다렸다.

호수 물은 차고 맑았다. 다들 물에 익숙해지기까지 시간이 좀 걸렸지만 곧 신나서 웃으며 물놀이를 했다. 앰버와 대프니는 수영하는 아이들을 지켜보며 잔교에 걸터앉아 물 위로 다리를 흔들며 쉬었다. 머리카락에서 차가운 호수 물이 뚝뚝 떨어졌지만 오후 햇살에 어깨가 따뜻해졌다.

대프니는 물장구를 치며 앰버를 보았다. "그거 알아요? 난 지금까지 당신만큼 가깝게 느낀 사람이 없어요. 내 동생이 돌아온 것만 같아요." 그녀는 호수를 바라보았다. "줄리가 살아 있었다면 꼭 이랬을 거예요. 이렇게 앉아서 아이들을 보며 함께 있다는 것 자체에 즐거워했겠죠."

앰버는 위로할 말을 생각해내려 애썼다. "정말 슬프군요. 그 마음 알아요."

"당신은 이해할 줄 알았어요. 줄리와 함께 즐겨 했던 일들을 떠올리면 언제나 마음이 아파요. 하지만 이제 당신과 함께 있으니 이렇게 할 수 있잖아요. 물론 똑같지는 않지만요. 내 말 이해할 거예요. 우리가 함께 있어서 마음이 덜 아프다는 게 난 참 좋아요."

"생각해봐요. 벨라와 탈룰라가 어른이 되면 둘이 이렇게 앉아 있겠죠. 자매가 있어서 다행이에요."

"맞아요. 하지만 난 언제나 아이가 둘뿐이라 아쉬운걸요."

"잭슨이 둘만 낳기를 원했나요?"

대프니는 고개를 젖혀 하늘을 보았다. "반대예요. 그이는 아들을 간절히 원했죠." 그녀는 눈을 찡그리더니 손을 들어 햇빛을 가렸다. 그리고 앰버를 보며 말했다. "하지만 뜻대로 되지 않았어요. 정말 노력했는데 벨라를 낳은 이후로 아이가 생기지 않았죠."

"안타깝군요. 난임시술은 생각해본 적 없어요?"

대프니는 고개를 저었다. "그렇게까지 욕심내고 싶진 않았어요. 건강한 아이 둘만으로도 이미 축복받은 기분이었죠. 감사할 일이에요. 아이를 더 낳으려고 했던 건 잭슨이 아들을 원했기 때문이었어요." 그녀는 어깨를 으쓱했다. "그이는 잭슨 주니어가 있으면 좋겠다고 했죠."

"아직 가능하잖아요?"

"뭐든 가능하긴 하죠. 하지만 난 아이를 가질 수 있다는 희망을 버렸어요."

앰버는 고개를 무겁게 끄덕였지만 속으로는 춤을 추었다. 잭슨은 아들을 원했고 대프니는 임신할 수 없었다. 지금껏 들은 소식 중 가장 좋았다.

둘 다 말이 없자 대프니가 다시 입을 열었다. "그동안 생각해봤는데요, 가까운 데 아파트를 비워두고 매일 멀리에서 출퇴근할 필요 없는 것 같아요. 잭슨이 쓰지 않을 때에는 당신이 뉴욕의 아파트에 머물면 좋겠어요."

앰버는 정말 어안이 벙벙해졌다. "뭐라고 말해야 할지 모르겠어요."

대프니는 앰버의 손을 잡았다. "아무 말도 하지 말아요. 친구란 그런 거잖아요."

29

앰버는 대프니의 침대에서 자게 될 오늘 밤을 학수고대했다. 대프니의 제안을 받아들여 주말 동안에는 아파트에서 지내기로 했다. 8월 마지막 주라서 잭슨은 호숫가 집에서 출퇴근했고 아파트는 비어 있었다. 앰버는 주말에 별다른 일이 없어 맨해튼을 쏘다니며 토요일을 보내기로 했다. 그녀는 대프니에게 고맙다고 문자메시지를 보냈다.

오랜만에 가서인지 앰버는 아파트의 우아함과 호화로움에 다시 한 번 놀랐다. 고향에 있는 개자식과 그의 오만한 어머니가 떠올랐다. 이 대궐 같은 아파트에 있는 그녀의 모습을 그 두 사람이 볼 수 있다면! 앰버는 하이힐을 벗고 맨발로 폭신폭신한 카펫을 밟았다. 그런 다음 반달 모양의 하얀 소파에 몸을 묻고 기쁨에 젖어 주변을 둘러보았다. 마치 이 아파트가 그녀의 것 같았다. 앰버는 머리를 기대고 눈을 감은 채 이 상황을 마음껏 즐겼다. 그리고 잠시 뒤 안방으로 가서 가운을 찾았다.

그녀는 실크와 레이스로 만든 고혹적인 플뢰르 가운을 골랐다. 가운을 입으니 포근하고 관능적인 산들바람이 살결을 미끄러지듯 스치는 기분이었다. 그리고 대프니의 서랍을 열고 폭스 앤드 로즈 레이스 팬티를 꺼내 입었다. 그러자 요부가 된 것 같았다. 유혹할 사람은 없었지만 기분은 확실히 좋았다. 그녀는 욕실로 가서 긴 머리를 빗었다. 미용실에 자주 간 덕분에 금발에 더욱 가까워졌다. 어깨 길이의 머리는 숱이 많고 윤기가 흘렀다. 대프니만큼 아름답지 않을지는 몰라도 그녀보다 어리다는 점만은 분명했다.

앰버는 푹신해 보이는 연초록색 이불이 깔린 침대를 보았다. 오늘 밤 저 침대에서 자면서 이 모든 것이 자기 것이라고 상상하고 대프니가 되는 기분이 어떤지 느껴볼 생각이었다. 그녀는 침대에 앉아 몸을 아래위로 몇 번 흔들어보고는 대자로 누웠다. 수많은 구름이 포근히 감싸주는 느낌이었다. 이 꿈결 같은 방에서 언제가 됐든 일어나고 싶을 때 일어나서 도시를 돌아다니면 기분이 얼마나 좋을까? 이보다 더 완벽한 주말이 있을까?

앰버는 그렇게 조금 오래 누워 있었다. 뱃속이 요동치자 아침식사 이후로 아무것도 먹지 않았다는 사실이 떠올랐다. 그녀는 마지못해 일어나 주방으로 갔다. 슈퍼마켓에서 사온 샐러드를 용기에서 꺼내 대프니의 도자기 접시에 덜었다. 그리고 미리 따두었던 말벡 와인을 한 잔 따랐다. 저녁을 먹은 뒤에는 재즈 음반을 틀고 와인을 한 잔 더 들고 앉아서 다음 날 무엇을 할지 생각했다. 구겐하임이

나 휘트니 미술관에 가는 것이 좋을 듯했다. 세 번째 음반을 틀었을 때 아파트 밖에서 무슨 소리가 들렸다. 앰버는 놀라서 벌떡 일어나 귀를 기울였다. 그랬다. 틀림없었다. 엘리베이터 소리였다. 잠시 뒤 문이 열리더니 잭슨이 들어왔다.

그는 놀란 표정이었다. "앰버, 여기에서 뭐 하는 거예요?"

앰버는 가운을 단단히 여몄다. "아, 저, 그러니까…… 대프니가 퇴근해서 기차를 타기 피곤하면 여기에 있으라고 열쇠를 줬어요. 대프니가 당신에게 이야기하겠다고 했는데요. 가족 모두 호숫가 집에 가서 아파트가 비어 있을 줄 알았어요. 미안해요. 이렇게 올지 몰랐어요." 그녀는 얼굴을 붉혔다.

잭슨은 서류가방을 내려놓으며 고개를 저었다. "괜찮아요. 미리 연락하지 않은 내 잘못이에요."

"일요일 밤까지 호숫가 집에 있는 줄 알았는데요."

"사연이 길어요. 그냥 일이 좀 있었다고 해두죠."

"음, 전 이만 짐을 챙겨서 가야겠어요." 앰버는 나가기 정말 싫었지만 잭슨이 그냥 있으라고 말하기를 기대하며 이렇게 말했다.

잭슨은 고개를 저으며 그녀를 지나쳐 침실로 갔다. "늦었는데 내일 아침까지 편하게 있다 가요. 난 옷을 갈아입어야겠어요."

앰버는 그가 통화하는 소리를 들었지만 뭐라고 말하는지는 들리지 않았다. 그는 거의 한 시간 동안 침실에 있었고 앰버는 그가 밖으로 나오기나 할지 궁금했다. 그녀는 가운을 다른 옷으로 갈아입을지 고민했지만 그냥 있기로 했다. 오늘 밤은 느낌이 좋았다. 와인잔과 잡지를 들고 앉아서 잭슨이 나오기를 기다렸다.

마침내 방에서 나온 그는 술을 한 잔 가져와 소파 끝에 앉았다. 앰버가 무엇을 입었는지 처음으로 의식한 것 같았다. "그 가운 잘 어울리는데요. 요새 대프니에게는 좀 끼는 것 같았는데."

"대프니가 살이 좀 찐 것 같더라고요. 흔히 있는 일이죠." 앰버는 단어를 신중하게 골라 말했다.

"요즘 대프니가 좀 달라졌어요."

"저도 그렇게 생각했어요. 같이 있을 때마다 딴생각하는 것처럼 멍해 보이더라고요."

"혹시 당신에게 뭐라고 하던가요? 행복하지 않다든지요."

"잭슨, 대프니 이야기를 옮기고 싶지는 않아요."

잭슨이 허리를 꼿꼿하게 폈다. "그러니까 뭔가 이야기를 하긴 한 모양이군요."

"부탁이에요. 대프니가 행복하지 않다고 해도 그건 두 사람이 의논할 일이에요."

"행복하지 않다고 하던가요?"

"음, 별말 안 했어요. 전 몰라요. 신뢰를 저버리고 싶지 않아요."

잭슨은 술을 천천히 마셨다. "앰버, 내가 알아야 할 게 있다면, 도울 수 있는 일이 있다면 말해줘요. 부탁이에요."

"별로 듣고 싶지 않은 이야기일 거예요."

"그래도 말해봐요."

앰버는 한숨을 쉬었고 가운을 느슨하게 해 가슴골이 슬쩍 보이도록 했다. "대프니 말이 부부관계가 지루하고 너무 뻔하대요. 그리고 매달 생리가 시작돼 임신하지 않았다는 걸 알 때면 너무 기쁘대요." 앰버는 초조한 척했다. "제가 이렇게 이야기했다고 대프니에게 말하지 말아요. 대프니가 그러는데 당신은 아들을 간절히 원한다면서요? 그녀는 생각이 다르다는 걸 알리고 싶지 않을 거예요."

잭슨은 말이 없었다.

"미안해요. 이야기하고 싶지 않았지만 당신 말이 옳아요. 당신에게는 대프니의 감정을 알 권리가 있어요. 부탁이니…… 대프니에게 아무 말도 하지 말아줘요."

그는 계속 말이 없었다. 얼굴이 시뻘겠고 앰버가 그동안 보지 못한 암울한 표정이었다. 그는 몹시 화가 나 있었다.

앰버는 소파에서 일어나 그에게 다가갔다. 걸어가는 동안 다리를 움직이며 가운 앞자락이 약간 더 열리게 했다. 그녀는 잭슨 앞에 서서 그의 뺨에 손을 갖다 댔다. "무슨 일이든 다 지나갈 거라고 믿어요. 잭슨, 당신과 함께 있는데 어떻게 행복하지 않을 수 있겠어요?"

그는 뺨에 닿은 앰버의 손을 잡고 그대로 있었다. 앰버가 다른 한 손으로 머리를 쓰다듬자 그는 신음했다. 하지만 잠시 뒤 천천히 그녀를 밀어냈다. "앰버, 용서해줘요. 내가 제정신이 아니었어요."

앰버는 그의 옆에 앉았다. "이해해요. 사랑하는 이가 나와 같은 것을 원하지 않는다는 사실을 알게 되면 누구나 힘든 법이죠."

잭슨은 그녀를 가만히 바라보았다. "대프니가 정말 그렇게 말했어요? 임신하지 않았다는 사실을 알게 될 때마다 기뻤다고?"

"네, 그랬어요. 정말 유감이에요."

"믿을 수가 없어요. 아이가 또 생기면 얼마나 좋을지 이야기했는데." 잭슨은 허벅지에 팔꿈치를 대고 손으로 얼굴을 감쌌다.

앰버는 그의 등을 쓸어내렸다. "제가 이렇게 이야기했다는 걸 대프니에게 말하지 말아줘요. 비밀 지키겠다고 약속했단 말이에요." 그녀는 잠시 생각하고는 끝까지 가보기로 마음먹었다. "그거 알아요?" 그녀가 슬픈 목소리로 말했다. "대프니는 이 이야기를 할 때 비웃으며 즐거워했어요. 당신을 속이는 일과 당신이 그걸 깨닫지 못한다는 게 즐겁다는 듯이요." 앰버는 눈앞에서 거짓말이 들통나지 않기를 기도했다. 어쨌든 이 게임을 진전시켜야 했다.

그녀를 올려다보는 잭슨의 눈동자에는 혼란과 고통이 가득했다. "비웃었다고요? 어떻게 그럴 수 있죠?"

앰버는 그의 목에 팔을 두르고 가까이 끌어당겼다. "저도 이해가 안 돼요. 제가 당신을 도와줄게요." 그녀는 이렇게 말하며 잭슨의 뺨에 입 맞췄다.

잭슨은 이번에도 그녀를 밀어냈다. "앰버, 이러지 말아요. 이건 잘못된 행동이에요."

"잘못됐다고요? 그럼 대프니가 한 행동은 옳은가요? 당신을 배신했는데요? 비웃었는데요?" 앰버는 일어나서 다시 한 번 그의 앞에 섰다. "제가 기분 좋게 해줄게요. 그래도 달라질 건 없어요."

잭슨은 고개를 저었다. "지금은 아무것도 생각할 수 없어요."

"제가 있잖아요. 그것만 생각해요." 그녀는 가운 끈을 천천히 풀어 가운이 어깨에서 떨어지도록 내버려두었다. 그녀는 레이스 팬티만 입고 잭슨 앞에 서 있었다. 그는 앰버를 보았다. 앰버가 끌어당기자 잭슨의 머리는 그녀의 배에 묻혔다. 그녀는 그를 뒤로 밀어 그의 무릎에 앉은 다음 정말 간절히 원해왔다고 속삭이며 엉덩이를 움직여 문질러댔다.

앰버는 그의 입술을 찾아 입안 깊숙이 혀를 밀어 넣었다. 잭슨의 저항이 잦아들었다. 그는 어느새 앰버를 끌어안고 키스하고 있었다.

두 사람의 정사는 격렬했다. 한밤중에 침실로 자리를 옮긴 뒤에도 서로를 놓지 않았다. 둘은 새벽이 되어서야 단잠에 빠졌다.

앰버는 먼저 잠에서 깼다. 그녀는 돌아누워 옆에서 잠든 잭슨을 보았다. 그는 노련한 상대였다. 기대하지 않았는데 보너스를 탄 기분이었다. 그녀는 언제나 철저한 계산에 따라 움직였기에 이렇게 우연히 단둘이 아파트에 있게 되었다는 사실이 믿기지 않았다. 그녀는 다시 베개를 베고 누워 눈을 감았다. 잭슨이 옆에서 뒤척였고 곧 그녀의 허벅지를 만지는 손길이 느껴졌다.

두 사람은 자다 깨다 하며 열두 시가 넘도록 침대에 있었다. 잭슨이 일어나서 샤워하고 옷을 입었을 때에도 앰버는 반쯤 잠든 상태였다. 그녀가 대프니의 긴 흰색 셔츠를 입고 방을 나왔을 때 잭슨은 주방에서 커피를 내리고 있었다.

"좋은 아침이에요, 슈퍼맨." 그녀는 잭슨에게 다가갔다. 하지만 그는 물러섰다.

"앰버, 잘 들어요. 다시는 이런 일 없을 거예요. 미안해요. 난 대프니를 사랑해요. 대프니에게 절대 상처 주고 싶지 않아요. 무슨 뜻인지 알죠?"

앰버는 한 대 얻어맞은 기분이었다. 잠시 상황을 정리하고 게임 계획을 변경할 시간이 필요했다. 그녀는 충격받은 척했다. 잭슨이 그녀를 버리도록 그냥 놔두지 않을 생각이었다. "잭슨, 당연히 이해해요. 대프니는 내 절친한 친구예요. 그녀가 상처받는 건 나도 싫어요. 하지만 너무 자책하진 말아요. 당신은 욕구가 있는 남자잖아요. 그걸 부끄러워할 이유는 없어요. 당신이 원할 때 내가 있다는 것만 알아줘요. 이건 우리 둘만의 일이에요. 대프니가 알 필요 없죠."

잭슨은 그녀를 보았다. "그건 당신에게 너무 불공평하잖아요."

"난 당신을 위해서라면 뭐든 할 수 있어요. 그러니까 내 말 잘 들어요. 당신이 원할 때면 언제나 내가 있어요. 아무것도 묻지 않고 어떤 조건도 내세우지 않아요. 비밀도 지킬 거예요." 앰버는 잭슨의 목을 끌어안았다.

"도저히 거부할 수 없게 만드는군요." 그는 앰버의 귀에 입술을 갖다 대고 속삭였다.

앰버는 몸을 약간 떼고 그의 눈을 보며 허리 아래로 손을 내려 그를 애무했다.

"아……!" 잭슨은 쾌감에 고개를 젖히고 눈을 감았다.

"왜 거부하려고 해요?" 앰버의 목소리는 비단결 같았다. "말했잖아요. 당신에겐 내가 있다고. 뭘 원하든지 내게 와요. 이건 우리만의 작은 비밀이에요."

30

앰버는 실크 베개를 끌어안고 눈을 감은 채 몇 분이라도 더 자려고 했다. 그녀와 잭슨이 잠자리한 지 두 달이 넘었고 둘은 밤새도록 사랑을 나누었다. 앰버가 다시 잠들려는 찰나 잭슨이 그녀의 팔을 흔들어 깨웠다.

"어서 일어나. 내가 깜빡했어! 마틸다가 청소하러 오기로 했는데."

앰버는 눈을 번쩍 떴다. "어떡하죠?"

"빨리 옷 입어! 손님방으로 가서 어제 그 방에서 잔 것처럼 보이도록 해야 해. 어떻게든 대프니에게 들키면 안 된다고."

앰버는 짜증을 내며 침대 끝에 벗어 던져둔 가운을 입고 복도를 달려 손님방으로 갔다. 대프니가 알게 되는 건 심한가? 그래, 아직은 일렀다. 앰버는 자기 입지가 위태로워질 만한 일이 벌어지기 전에 잭슨을 확실히 손아귀에 넣어야 했다. 회사에서는 완벽하고 전문적인 비서였지만 집에 들어와 문이 닫히고 나면 갖은 기교를 마음껏 발휘해 잭슨이 그녀를 아무리 가져도 부족하다고 생각하도록 만들었다. 그가 구강성교를 좋아하는 탓에 약간 성가시기는 했지만 손가락에 반지를 낀 다음에는 그만둘 수 있는 일이었다. 이런 일이 있은 뒤에도 앰버는 그에게 아무것도 요구하지 않았고 둘 사이가 상사와 부하직원에 불과하다는 듯 하루를 보냈다. 그들은 대개 평일 중 며칠 밤을 아파트에서 함께 보냈다. 앰버는 그 점이 가장 좋았다. 멋진 아파트에서 자고 일어나면 옆에 잭슨이 있었다. 모두 그녀의 것 같았다. 이제 그녀는 잭슨이 아파트에서 자고 싶도록 그의 약속과 저녁식사 일정을 늦은 시간에 잡았고 항상 외박할 준비를 하고 다녔다.

앰버는 대프니의 가장 친한 친구 노릇을 하기가 점점 힘들어졌다. 잭슨의 비서일 뿐인 척하는 것도, 그의 몸 구석구석을 아내보다 더 잘 알면서도 모르는 척하기도 싫었다. 그래도 당분간은 냉정하게 행동해야 했다. 하지만 어느 날 대프니가 전화로 잔심부름을 시키자 몹시 화가 났다.

"앰버, 중요한 부탁이 있는데 들어줄 수 있어요?"

"뭔데요?"

"벨라가 파티에 가야 하는데 아메리칸 걸 인형의 액세서리가 필요해요. 난 제시간에 시내에 못 나갈 것 같아요. 나 대신 찾아서 집으로 갖다줄 수 있어요?"

앰버는 정말 그러고 싶지 않았다. 그녀는 대프니의 하녀가 아니었다. 아파트에서 밤을 보낼 생각이었던 그녀는 계획을 바꾸어야 했다.

"그럼요, 대프니. 어떤 건데요?" 앰버는 건성으로 말했다.

"벨라가 원하는 건 프리티 시티 마차예요. 친구들이랑 센트럴 파크에 가는 인형놀이를 할 거래요. 전화로 예약해두었으니 앰버 이름을 말하면 줄 거예요."

앰버는 여섯 시가 되기 직전 비숍 하버로 가는 기차에 탔고 계속 화나 있었다. 그녀는 택시를 타고 대프니의 집으로 가서 잭슨이 아직 출장에서 돌아오지 않았는지 궁금해했다.

그녀가 도착하자 대프니는 아이들과 주방에 있었고 잭슨은 보이지 않았다.

"오, 앰버, 당신은 정말 다정한 사람이에요. 고마워요!" 대프니가 말했다. 그녀는 벨라를 향해 고개를 기울인 채 말을 이었다. "당신이 도와주지 않았더라면 손이 모자라서 어쩔 줄 몰랐을 거예요."

앰버는 억지로 미소 지었다. "그럼 안 되죠."

"마실래요?" 대프니는 반쯤 빈 레드 와인 병을 들어 보였다. 앰버는 대프니가 꽤 이른 시각부터 술을 마셨다고 생각했다.

"한 잔만요. 오늘 밤에 그레그와 데이트하기로 해서요." 앰버는 거짓말했다. 저녁 내내 이곳에 있기는 싫었기 때문이다. "먼저 시작했군요."

대프니는 어깨를 으쓱하며 와인을 한 잔 따라 앰버에게 건넸다. "즐거운 금요일을 위해."

앰버는 잔을 받아 한 모금 마셨다. "고마워요. 잭슨은 어디에 있어요?"

대프니는 눈동자를 굴렸다. "사무실에 있지 않을까요?" 그녀는 아이들이 듣지 못하게 목소리를 낮추고 앰버에게 가까이 갔다. "솔직히 말하면 잭슨은 일주일 내내 집에 없었어요. 그리고 집에 와서 맨 먼저 한 말이 벨라가 복도에 신발을 벗어놨다고 불평하는 거였죠." 대프니는 고개를 가로저었다. "가끔은 그이가 출장 갔을 때가 편해요."

'걱정 말아요. 그런 일을 오래 견디지 않아도 될 테니.' 앰버는 대프니에게 이렇게 말하고 싶었다. 하지만 대신 걱정스러운 표정을 지었다. "결혼에 대한 내 환상을 깨지 말아줘요." 그리고 웃었다.

"괜찮아요. 잭슨이 진정하고 나서는 오후에 잠깐 좋은 시간을 보냈으니까요. 오랜만이었죠." 대프니는 이렇게 말하고는 손으로 입을 막았다. "내가 별소리를 다 하네요! 이제 내 이야기는 그만하고 그레그랑 어떻게 되어가고 있는지 말해봐요." 대프니는 앰버의 팔짱을 꼈다. 함께 일광욕실로 향하며 대프니는 어깨 너머로 외쳤다. "사빈, 애들 저녁 다 먹으면 목욕 좀 시켜줘요."

"화장실 좀 다녀올게요." 앰버는 황급히 대프니를 지나쳐 욕실로 간 다음 문을 쾅 닫고 거기에 기댔다. 잭슨은 벌써 그녀에게 싫증 난 걸까? 대프니의 의기양양한 표정에 화가 치밀었다. 분노 때문에 처음에는 손가락 끝이 얼얼했다. 잠시 뒤 앰버는 소리를 지르지 않으려고 손톱으로 손을 꽉 눌렀다. 그녀는 폭발 직전의 용광로 같았다. 아드레날린이 너무 빨리 솟구쳐 숨 쉬기도 힘들었다. 뭔가를 때려 부수고 싶었다. 그녀의 시선이 앞쪽 선반에 놓인 섬세한 초록색 유리 거북에 머물렀다. 그녀는 거북을 집어 들어 바닥에 내던지고 카펫 위에서 두 발로 짓이겼다. 그리고 욕실을 나와 일광욕실로 돌아갔다. 이제 잭슨이 앰버의 눈에서 너무 오래 멀어져 있을 때 무슨 일이 일어나는지 알았다. 어서 조치를 취해야 했다.

앰버가 들어서자 대프니는 옆자리에 앉으라고 손짓했다. "자, 이야기해봐요. 그레그와는 어때요?" 앰버는 대프니의 의심을 피할 수 있을 정도로만 그레그를 만났다. 주로 금요일이나 토요일에 저녁을 먹거나 이따금 클럽에서 테니스를 쳤다. 그레그는 폭력적이었던 전 남자친구와의 일을 극복하는 데 시간이 더 필요하다는 앰버의 거짓말을 믿었다. 다른 사람은 아무도 모르고 그레그만 아는 전 남자친구였다.

"그레그는 정말 다정하고 배려심이 깊어요. 일 때문에 자주 만나지는 못해요." 앰버는 이렇게 말하고는 손을 들어올렸다. "불평하는 건 아니에요. 난 정말 일이 좋으니까요. 정말이에요."

대프니는 미소 지었다. "알아요. 걱정하지 말아요. 상사의 아내는 아무 말도 하지 않을 테니."

앰버는 속이 부글부글 끓었다. "당신을 상사의 아내라고 생각해본 적 없는걸요."

대프니는 눈썹을 추켜올렸다.

앰버는 그녀의 손을 꼭 잡았다. "내 말은 당신을 언제나 내 가장 좋은 친구로 생각한다는 뜻이었어요. 내가 결혼하게 된다면 당신이 대표로 들러리가 되어주면 좋겠어요."

"오, 앰버. 당신은 정말 다정해요. 그런데 들러리를 하기엔 내 나이가 많지 않을까요?"

앰버는 고개를 저었다. "그럴 리가요. 마흔이 뭐 그리 많은 나이라고요."

"뭐라고요? 난 서른여덟 살이라고요. 아직 날 마흔 살 취급하면 안 돼요."

앰버는 대프니의 나이를 정확히 알고 있었다. 하지만 서른여덟이든 마흔이든 그게 뭐 그리 중요할까? 앰버는 스물여섯 살인데. 적수가 되지 않았다. "미안해요. 나이 개념이 없어서요. 어쨌든 당신은 젊어 보이니까요."

"참, 잊어버리기 전에 할 말이 있어요. 옷을 좀 처분할까 하는데 그 전에 당신이 갖고 싶은 게 있는지 살펴보면 어때요?"

앰버는 그녀가 버린 물건은 필요 없었다. 잭슨 덕분에 앰버의 옷장에는 새 옷이 가득 찼다. 하지만 패를 보여줄 수는 없었다. 아직은.

"좋아요. 살펴보고 싶어요. 그런데 왜 처분하려고요? 안 맞아서요?" 앰버는 참지 못하고 한마디 했다.

대프니의 얼굴이 빨개졌다. "뭐라고요?"

앰버는 바닥을 보았다. 이 상황을 어떻게 모면하지? 하지만 그녀가 뭐라고 말하기도 전에 대프니가 다시 말했다.

"맞아요. 요새 살이 좀 쪘어요. 간식을 계속 먹었거든요. 먹는 걸로 스트레스를 푸는데, 잭슨 때문에 걱정돼서 그래요. 요새 그이 행동이 이상한데 왜 그러는지 모르겠어요." 대프니는 크게 한숨을 쉬었다.

"오, 대프니. 이런 말을 해야 할지 모르겠지만 요즘 잭슨은 부사장단 중 한 사람과 부쩍 시간을 많이 보내요. 얼마 전에 새로 채용한 여자 부사장이고 이름은 브리예요. 무슨 일이 있는지는 모르겠지만 두 사람이 점심을 아주 오랫동안 먹고……." 브리는 몇 주 전에 입사한 미인이었다. 앰버는 그녀를 경계했고 방해할 준비까지 했다.

브리가 동성애자라는 사실을 알기 전까지는. 하지만 대프니는 이런 사실을 몰랐다. 브리와 잭슨이 함께 일하는 시간이 긴 것은 사실이지만 둘은 결백한 관계였다. 이제 대프니는 잭슨에게 브리와 관련해 잔소리를 할 테고 그러면 잭슨은 앰버의 품으로 곧장 돌아올 것이었다.

대프니는 손으로 입을 막았다. "누구인지 알아요. 정말 매력적인 여자죠."

앰버는 입술을 깨물었다. "맞아요. 정말 뱀 같은 여자죠. 브리가 잭슨을 어떻게 쳐다보는지 본 적이 있어요. 잭슨의 팔을 잡거나 짧은 치마를 입고 다리를 꼬고요. 내게도 무례하게 굴었어요. 특별 출입증이라도 있는 사람처럼 날 통하지 않고 거침없이 잭슨에게 가더군요."

"내가 뭘 어떻게 해야 하죠?"

앰버는 눈썹을 추켜올렸다. "나라면 이렇게 할 것 같아요."

"어떻게요?"

"잭슨에게 그녀를 해고하라고 말할 거예요."

대프니는 고개를 저었다. "그럴 수는 없어요. 회사와 관련된 일이잖아요. 잭슨이 날 미쳤다고 생각할 거예요."

앰버는 생각하는 척했다. "그럼 그 여자와 직접 이야기해보는 건 어때요?"

"그것도 할 수 없어요!"

"할 수 있어요. 회사에 온 다음 조용히 브리를 찾아가서 죄를 알고 있다고, 일자리가 소중하면 잭슨에게 신경 끄라고 해요."

"정말 그러는 게 좋을까요?"

"잭슨을 잃고 싶어요?"

"당연히 그건 아니죠."

"그럼 해봐요. 누가 진짜 상사인지 보여주라고요. 그동안 내가 잭슨과 함께 있을게요. 잭슨이 알지 못하도록 말이에요."

대프니는 숨을 깊이 들이마셨다. "그 말이 옳을지도 모르겠군요."

앰버는 미소 지었다. 완벽했다. 대프니가 회사로 찾아와 잭슨을 당혹스럽게 하면 그는 엄청나게 화낼 것이다. "내가 계속 힘이 되어 줄게요."

31

그레그를 침대 밖에 묶어두기가 점점 어려워졌다. 앰버는 그와 잠자리에 들기가 싫지는 않았다. 그레그는 키스를 잘했고 그녀를 기쁘게 해주려고 기꺼이 노력할 것이었다. 하지만 앰버는 그런 위험을 무릅쓰고 싶지 않았다. 임신하게 된다면 그레그가 아니라 잭슨의 아이여야 했다. 그녀는 잭슨 옆자리가 확실해지면 곧바로 그레그를 차버릴 생각이었다. 그때까지 해야 할 일은 고등학교 때 잘 익혀둔 기술뿐이었다. 앰버는 무릎을 굽히고 앉아 있다가 일어나서 그의 배에 입 맞춘 뒤 욕실로 가서 입을 헹궜다. 그레그는 아직도 넋이 나간 얼굴로 서 있었다. 바지를 내린 채.

그는 멋쩍은 표정으로 바지를 올렸다. "미안해요. 정말이지 너무 좋았어요." 그는 앰버를 끌어안았고 앰버는 그의 품에서 꿈틀대며 벗어나고 싶은 충동을 참아야 했다. “사랑을 나눌 준비는 언제 되는 거예요? 얼마나 더 참을 수 있을지 모르겠어요.”

“나도 알아요. 나 역시 그렇고요. 의사 말이 앞으로 육 주 정도 더 기다려야 한대요. 그럼 모든 게 나아질 거라고요. 나도 너무 괴로워요.” 그레그는 점점 조급해하니 새로운 핑곗거리를 만들어야 했다. 앰버는 낭종을 제거해서 관계를 미룰 수밖에 없다는 변변찮은 이야기를 했다. 그녀가 자세히 설명하려 하자 그레그는 손을 들며 그만하라고, 자세한 내용까지는 알고 싶지 않다고 말했다.

“어서 옷 입어요. 얼른 저녁 먹지 않으면 공연에 늦겠어요.” 그녀가 다정하게 말했다. 사실 그에게 꿈 깨라고 말하고 싶었다. 그들은 뉴욕에 가서 〈지붕 위의 바이올린〉을 보고 센트럴 파크 맞은편에 있는 그레그 부모님의 아파트에서 밤을 보낼 예정이었다. 앰버는 〈모르몬의 책〉을 보고 싶었지만 그레그는 종교 뮤지컬에는 관심이 없다고 말했다.

그녀는 바보처럼 공연을 보러 가기 전에 저녁을 직접 준비하겠다고 했다. 그래서 밥과 샐러드를 곁들인 닭구이를 포장해왔다. 찬장을 뒤지며 냄비와 그릇, 조리도구를 찾고 있을 때 뒤로 다가온 그레그와 부딪쳤다. 그녀는 돌아서서 그를 보았다.

“오, 미안해요. 찾는 걸 도와주려고 했어요.”

“필요한 건 다 찾았어요.” 앰버는 퉁명스럽게 대답했다.

수도꼭지를 틀고 냄비에 물을 받자 그레그가 앞쪽으로 손을 뻗었다.

“뭐하는 거예요?” 그녀가 물었다.

“도와주려고요. 냄비를 받아서 스토브에 올려야죠.”

"내가 할 수 있어요." 그녀는 이렇게 말하고 스토브로 향했다. 하지만 앞서가서 불을 켜려고 한 그레그와 부딪쳤다. 앰버는 냄비를 놓쳤고 사방이 물바다가 되었다. 앰버의 원피스 앞쪽도 흠뻑 젖었다.

"오, 이럴 수가. 괜찮아요?" 그레그가 행주를 가져와 앰버의 원피스를 닦았다.

'이 바보 같은 자식아!' 앰버는 이렇게 소리 지를 뻔했다. 하지만 꾹 참고 희미하게 미소 지으며 말했다. "괜찮아요. 내가 준비를 끝내는 동안 당신은 앉아 있는 게 어때요?"

그들은 브로드웨이 극장에 여유 있게 도착했다. 그래서 그레그는 술을 사러 술집에 갔다. 앰버는 기다리는 동안 웅장한 극장을 둘러보며 빨간색과 금색으로 장식된 호화로운 로비에 매달린 화려한 샹들리에를 보며 감탄했다. 그레그는 화이트 와인 두 잔을 들고 왔다. 앰버가 레드 와인을 더 좋아한다고 귀에 못이 박히게 말했는데도. 이 얼간이는 그걸 듣기나 했을까?

"자리가 마음에 들 거예요. 오케스트라와 가까운 앞줄이에요." 그는 공연 표를 과장되게 흔들어 보였다.

"잘됐네요. 그 많은 노래를 앞줄에서 들을 수 있겠어요." 앰버는 〈지붕 위의 바이올린〉을 영화로 보았는데 이 작품을 두고 왜 그렇게 난리인지 알 수 없었다. 그녀가 보기에 〈지붕 위의 바이올린〉은 고루했다. 그레그가 부모님을 위해서 표를 샀는데 부모님이 관심 없어 한 게 틀림없었다.

"이 공연 본 적 있어요?" 그녀가 물었다.

그레그는 고개를 끄덕였다. "일곱 번이요. 정말 좋아하는 뮤지컬이에요. 음악이 참 좋아요."

"와, 일곱 번이나요. 기록이네요." 앰버는 산만하게 로비를 살펴보며 말했다.

그레그는 자세를 바로 하고 뿌듯한 표정으로 말했다. "가족 모두 뮤지컬 마니아예요. 아버지는 유명한 공연 표를 모두 구매하셨죠."

"정말 좋았겠군요."

"맞아요. 아버지는 훌륭한 분이에요."

"그럼 당신은요?" 앰버가 심드렁하게 물었다.

"무슨 말이에요?"

"당신은 훌륭한 사람이에요?" 그녀가 놀리듯 물었다.

그레그는 빙긋이 웃었다. "언젠가는 그렇게 되겠죠. 지금은 훌륭한 사람이 되려고 다듬는 중이고요." 그는 뜨거운 눈빛으로 앰버를 보며 말했다. "내가 완성되었을 때 당신이 곁에 있으면 좋겠어요."

앰버는 면전에서 비웃고 싶은 마음을 가까스로 참았다. "두고 보면 알겠죠, 그레그. 알게 될 거예요. 이제 들어가서 앉을까요?"

앰버는 좋지 않은 선입견이 있었는데도 공연을 재미있게 보았다. 오늘 저녁이 시간 낭비만은 아니라는 생각이 들 무렵 그레그가 발로 바닥을 가볍게 두드리며 음악에 박자를 맞추었다. 곧이어 그는 노래를 흥얼거렸고 주변 사람들이 그를 쳐다보기 시작했다.

"그레그!" 앰버가 숨죽여 외쳤다.

"왜요?"

"콧노래요."

"미안해요! 노래가 따라 부르기 쉬워서 그만."

그는 콧노래를 멈췄다. 하지만 잠시 뒤 음악에 맞춰 고개를 까딱거리기 시작했다. 앰버는 그를 한 대 때리고 싶었다.

세 시간 뒤 그들은 극장에서 나왔다. 앰버는 머리가 지끈거렸다.

"한잔할래요?" 그레그가 물었다.

"그러죠." 이대로 그의 부모님 아파트로 가서 몸을 더듬는 손길을 감당하는 일만 아니라면 무엇이든 좋았다.

"치프리아니 어때요?"

"좋은데요. 그런데 택시 타고 갈까요? 비가 와서 걷기 싫어요."

"당연히 그래야죠."

"어린 딸이 러시아인과 결혼한 게 뭐 그리 큰일인지 아직도 모르겠어요." 택시에 타고 나서 그레그가 말했다. "그러니까 내 말은 유대인들은 사람들이 종교 때문에 자신들을 곱지 않게 본다고 불평하잖아요. 그런데 테비에(〈지붕 위의 바이올린〉에 등장하는 아버지의 이름)도 똑같은걸요."

앰버는 놀라서 그를 보았다. "정말 그들이 러시아인들 때문에 떠났다고 생각해요? 게다가 테비에 딸은 유대교가 아닌 사람과 결혼했잖아요." 이 뮤지컬을 일곱 번이나 봤는데도 헷갈린다는 말인가?

"나도 알아요. 그냥 이야기하는 거예요. 편견이 섞여 있기도 하고요. 어쨌든 음악은 정말 좋아요."

"술 안 마시면 안 될까요? 머리가 깨질 것 같아요. 가서 자야겠어요." 오늘 밤 그레그와 더 이야기를 나누었다가는 그의 목을 졸라버릴 것 같았다.

"그럼 어서 가요." 그레그는 그녀를 걱정스럽게 쳐다보았다. "몸이 안 좋다니 유감이군요."

앰버는 굳은 얼굴로 미소 지었다. "고마워요."

아파트에 도착하자마자 앰버는 침대로 들어가 몸을 말고 누웠다.

그레그가 옆에 누워 몸을 밀착해오자 매트리스가 움직였다.

"관자놀이라도 마사지해줄까요?" 그가 속삭였다.

앰버는 그가 가버렸으면 좋겠다고 생각했다. "아뇨, 내가 할게요. 그냥 자고 싶어요."

그레그는 그녀의 허리를 끌어안았다. "혹시 생각이 바뀌면 말해요. 내가 여기 있으니."

앰버는 그가 그 자리에 오래 있지는 못할 것이라고 생각했다.

32

앰버는 도체스터 호텔 침실의 묵직한 커튼 사이로 새어든 밝은 빛에 잠에서 깼다. 그녀는 침대에서 나와 초록색 커튼을 젖히고 온몸으로 따뜻한 햇살을 가득 받았다. 이른 시간이었지만 하이드 파크에서는 다양한 활동이 벌어지고 있었다. 공원에는 조깅하는 사람과 개를 산책시키는 사람, 출근하는 사람들이 있었다. 패리시 가족과 앰버는 런던에서 사흘째 멋진 나날을 보내고 있었고 앰버는 매 순간을 만끽했다. 그녀는 잭슨의 비서 자격으로 이곳에 왔다. 잭슨은 가족을 모두 데리고 왔고 앰버는 가족들이 쓰는 스위트룸에서 조금 떨어진 객실을 혼자 썼다. 낮 동안 잭슨과 앰버는 일했고 대프니는 아이들을 데리고 관광했다.

둘째 날 밤에는 다 같이 세인트 마틴 극장에 가서 〈쥐덫〉을 보았다. 지난밤에는 대프니가 탈룰라와 벨라를 데리고 로열 발레단의 〈잠자는 숲속의 미녀〉를 보러 갔다. 그동안 잭슨과 앰버는 업무상 저녁식사를 하러 갔다. 사실 업무상 접대 같은 건 없었다. 앰버와 잭슨은 네 시간 동안 그녀의 방에 있었다. 지난 사흘 동안 그녀와 단둘이 있지 못했던 잭슨은 몹시 흥분했다. 그는 이렇게 오랫동안 앰버와 함께하지 못하는 데 익숙지 않았다. 앰버는 이를 확신했다. 생리 기간에는 다른 방식으로 그에게 쾌감을 선사했다. 잭슨은 일주일에 적어도 사흘을 뉴욕 아파트에서 보내게 되었고 그때마다 앰버와 있었다. 대프니는 그들 각자의 휴대전화로 연락했기 때문에 둘이 함께 있다는 것을 알아낼 방법이 없었다. 주말이 되면 대개 앰버는 패리시 가족의 집으로 가서 절친한 친구 대프니와 어울렸고 적어도 두 번 정도는 대프니가 아이들을 재우는 동안 아래층 화장실에서 잭슨과 관계를 가졌다. 아슬아슬한 상황 때문에 정말 짜릿했다. 대프니가 소파에서 잠든 어느 날 밤에는 느지막이 빠져나와 따뜻한 수영장에서 알몸으로 수영하고 정자에서 사랑을 나눴다. 잭슨은 앰버를 끝없이 원했다. 앰버는 임신하면 그에게 씌운 올가미를 곧바로 조일 생각이었다.

그녀는 잭슨의 몸에 다리를 걸치고 어깨에 기댔다. "영원히 이렇게 있고 싶어요." 그녀가 나른하게 속삭였다.

잭슨은 그녀를 끌어안고 허벅지를 쓰다듬었다. "그들이 곧 돌아올 거야. 저녁식사용 옷을 입고 기다려야 해." 그는 앰버의 위로 올라갔다. "하지만 그 전에 먼저……."

앰버는 호텔에서 아침식사를 할 때 대프니와 아이들을 만났다. 레스토랑에 들어서자 구리, 대리석, 스카치캔디색 가죽이 앰버의 감각을 또다시 채웠다. 대프니와 아이들은 레스토랑 가운데에 놓인 원탁에 사빈과 함께 앉아 있었다.

"좋은 아침이에요." 앰버가 자리에 앉으며 말했다. "어제 발레는 어땠어요?"

대프니가 말하기도 전에 벨라가 끼어들었다. "앰버 이모도 정말 좋아했을 거예요. 잠자는 숲속의 미녀가 정말 예뻤어요."

"그래서 '잠자는 숲속의 미녀'라고 부르나 봐." 앰버가 말했다.

"아니에요. 공주가 잠들었는데 왕자가 뽀뽀하기 전까지 아무도 못 깨워서 그렇게 부르는 거예요." 벨라는 신이 나서 얼굴이 달아올랐다.

"이모가 장난친 거야. 농담이었다고, 바보야." 탈룰라가 말했다.

벨라는 숟가락으로 시리얼 그릇을 두드렸다. "엄마!"

"탈룰라, 당장 동생에게 사과하렴." 대프니가 말했다.

탈룰라는 엄마를 쳐다보고는 벨라를 향해 중얼거렸다. "미안해."

"그래, 그래야지." 대프니가 말했다. "사빈, 탈룰라와 벨라를 데리고 공원에 가서 산책 좀 하겠어요? 그리니치로 가는 템스강 유람선은 열한 시에 출발해요."

"네." 사빈은 자리에서 일어나 벨라와 탈룰라를 보며 프랑스어로 말했다. "얘들아, 가자."

앰버가 영국식 아침식사를 맛있게 먹고 있을 때 대프니는 커피를 두 잔째 마셨다.

"오늘 아침은 입맛이 좋은가봐요." 대프니가 말했다.

앰버는 그녀를 보았다. 문득 어제 저녁을 먹지 않았다는 생각이 들었다. 어젯밤 두 사람에게 식사 같은 것은 떠오르지 않았다.

"너무 배고팠어요. 업무상 식사하는 자리는 정말 싫어요. 이야기 하느라 음식이 다 식어서 식욕이 싹 달아나거든요."

"일 때문에 발레를 같이 못 봐서 아쉬워요. 정말 대단했는데."

"저도 아쉬워요. 발레를 보는 게 훨씬 좋았을 텐데요."

대프니는 잠시 멍한 얼굴로 커피를 저은 다음 말을 꺼냈다.

"앰버." 그녀의 목소리는 낮고 진지했다. "요새 힘든 일이 있어서 이야기 좀 하고 싶어요."

앰버는 나이프와 포크를 내려놓았다. "무슨 일이에요?"

"잭슨 일이에요."

앰버는 당황하여 어쩔 줄 모르는 마음을 진정시켰다. "잭슨이 왜요?" 그녀는 가면을 쓴 채 물었다.

"잭슨이 다른 사람을 만나는 것 같아요."

"브리와 이야기해봤어요?"

"브리와는 상관없어요. 그 사람은 동성애자예요. 최근에 참석한 파티에서 브리의 여자친구를 만났거든요. 회사에 찾아가 험한 소리를 안 해서 다행이지 뭐예요. 하지만 요즘 잭슨이 너무 멀게 느껴져요. 주중에는 대부분 뉴욕 아파트에서 머물고요. 그런 적 없었는데. 가끔 예외적으로 하루 이틀쯤 자고 오는 경우는 있었어요. 하지만 요즘은 규칙적으로 뉴욕에 머물러요. 집에 오더라도 집에 온 게 아니에요. 언제나 다른 데 정신이 팔려 있어요." 그녀는 앰버의 팔을 잡았다. "게다가 몇 주씩이나 관계가 없었어요."

앰버에게는 이보다 기쁜 소식이 없었다. 잭슨이 더 이상 대프니와 잠자리하지 않는다니. 사실 그리 놀랍지는 않았다. 자기가 모든 면에서 그를 최대한 만족시키고 있다고 확신했으니까.

"잘못 알고 있는 걸 거예요." 앰버는 대프니의 손을 잡으며 말했다. "홍콩에서 진행 중인 대형 프로젝트 때문에 너무 바빠서 그럴 거예요. 잔인할 정도로 일이 많거든요. 게다가 홍콩과의 시차 때문에 밤에도 전화를 받아야 해서 완전히 진이 빠졌을 거예요. 걱정할 필요 없어요. 이 일이 끝나면 원래대로 돌아갈 거예요. 내 말 믿어요."

"정말 그럴까요?"

"그럼요." 앰버는 미소 지었다. "하지만 원한다면 제가 잘 지켜보다가 의심스러운 일이 생기면 알려줄게요."

"그럼 고맙겠어요. 당신이라면 믿을 수 있으니까요."

앰버는 템스강에서 배를 타고 그리니치까지 가는 데 합류했다. 그들은 배에서 내려 언덕을 올라 그리니치 천문대로 향했다. 그런 다음 시내에서 점심을 먹고 오후 내내 돌아다녔다. 국립 해양 박물관에도 갔다. 호텔로 돌아왔을 때 벨라와 탈룰라는 지쳐서 낮잠을 자야 했다. 앰버도 잠깐 자고 싶어서 방으로 갔다. 금세 잠든 뒤 눈을 뜨니 여섯 시였다. 그녀는 스위트룸에 전화를 걸어 저녁식사 일정을 물어보았다.

"좀 쉬었어요?" 전화를 받은 대프니가 물었다.

"네, 대프니는요?"

"잘 쉬었어요. 다 같이 낮잠을 잤어요. 난 아까 일어났는데 탈룰라와 벨라가 방금 깼어요. 오늘은 방에서 애들 저녁을 먹여야 할 것 같아요." 대프니의 목소리가 조금 나긋해졌다. "당신 말이 맞았어요. 잭슨이 단둘이 저녁 먹자고 하더라고요. 그동안 집에도 잘 못 오고 일에만 매달려서 미안하다면서요. 진작 당신 말을 믿을 걸 그랬나봐요. 내 오해를 풀어줘서 고마워요."

"천만에요." 이렇게 말하는 앰버는 목이 메었다. 도대체 잭슨은 뭐 하는 짓이지? 대프니와 단둘이 저녁을 먹는다고? 아침에 자기와 사랑을 나누었으면서?

대프니의 목소리에 앰버는 화들짝 정신이 들었다. "다시 한 번 고마워요. 우린 내일 봐요."

앰버는 전화기를 내려놓고 침대에 앉아 생각에 잠겼다. 너무 화가 났다. 잭슨은 그녀를 이용하다가 대프니에게 돌아가려는 것일까? 앰버는 어머니에게 들은 말이 떠올랐다. 어찌나 자주 들었는지 그 말을 하는 어머니 입에 걸레를 쑤셔 넣고 싶은 심정이었다. '누군가의 쓰레기통이 되면 안 돼.' 앰버는 그 말을 들을 때마다 정말이지 불쾌한 경고라고 생각했다. 하지만 지금 꼭 그런 기분이었다.

앰버가 화장을 다 고쳤을 때 노크하는 소리가 들렸다.

문을 열자 잭슨이 재빨리 들어왔다. 그는 앰버를 보고 어리둥절한 표정이었다.

"외출하려고?"

앰버는 미소 띤 얼굴로 한쪽 다리를 침대에 올리고 얇은 스타킹을 올려 가터에 끼웠다.

"대프니에게 들었는데 일정이 있다면서요. 그래서 친구를 불렀어요. 만나서 술이나 한잔하려고."

"어떤 친구?"

앰버는 어깨를 으쓱했다. "예전에 만났던 남자요. 아까 엄마에게 전화했는데 그 사람이 몇 년 전에 아내와 함께 런던으로 이사했다고 하더군요." 그녀는 거짓말했다.

잭슨은 침대에 앉아 그녀를 계속 쳐다보았다.

"얼마 전 이혼했다는데 너무 안됐어요. 응원이 필요할 거예요."

"만나지 않았으면 하는데."

"왜 이래요? 옛일인데."

잭슨은 앰버의 두 손을 잡고 벽에 밀어붙였다. 그리고 굶주린 듯 키스하며 몸을 밀착하고 치마를 허벅지까지 걷어올렸다. 그들은 그렇게 서서 옷을 반쯤 벗은 채 다급하게 사랑을 나누었고 일이 끝나자 잭슨은 그녀를 침대로 데려가 옆에 앉혔다.

"약속 취소해."

"당신이 대프니와 저녁 먹는 동안 나 혼자 방에 있으라고요? 그리고 날 못 믿어요?"

잭슨은 일어나서 시뻘게진 얼굴로 주먹을 꽉 쥐고 앰버를 노려보았다. "당신이 다른 남자를 만나는 건 싫어." 그는 주머니에서 작은 상자를 꺼냈다. "선물이야."

앰버는 상자를 건네받았다. 열어보니 그 안에는 화려한 다이아몬드 팔찌가 있었다.

"와." 그녀는 탄성을 내뱉었다. "이렇게 예쁜 건 처음 봤어요. 고마워요! 채워줄래요?" 그녀는 잭슨에게 길게 키스했다. "그 정도로 신경 쓰이면 취소할게요. 저녁 먹는 데 얼마나 걸릴 것 같아요?"

"빨리 먹고 두 시간 뒤에 여기로 올게."

팔찌는 앰버가 지금까지 본 장신구 중 가장 놀라웠다. 이 팔찌가 그녀 것이라니. 모두 그녀의 것이었다. 앰버는 잭슨에게서 시선을 떼지 않은 채 천천히 돌아서서 옷을 벗기 시작했다. 마지막으로 몸에 팔찌만 남자 그녀는 잭슨에게 다가가 부드럽게 속삭였다. "얼른 와요. 당신 여자가 얼마나 고마워하는지 보여줄 테니."

그가 간 뒤에 앰버는 휴대전화로 자신을 찍었다. 정말 관능적인 사진이었다. 그녀는 한 시간을 기다린 뒤에 한창 저녁식사를 하고 있을 잭슨에게 사진을 보냈다. 사진을 보면 잭슨은 얼른 계산서를 달라고 하겠지.

33

앰버는 대프니의 욕조에 몸을 담그는 것이 좋았다. 대부분 잭슨과 함께였다. 그녀는 실크처럼 부드러운 이불 감촉을 즐기며 대프니의 남편 옆에 누워 그를 욕정에 미치게 만들었다. 수건을 아무리 많이 써도, 이불을 아무리 헝클어놓아도, 와인이나 음식을 아무리 많이 먹어도 아침에 몸만 빠져나가 저녁에 잭슨과 함께 돌아오면 가사도우미가 모든 것을 말끔하게 정리해놓으니 얼마나 자유로운지! 그녀가 오갈 때마다 예의 바르게 목례하는 경비원은 새로 고용한 가사도우미처럼 매우 분별 있는 사람이었다. 예전 가사도우미 마틸다는 해고되었다. 대프니의 보석을 훔쳤기 때문이다. 앰버가 현금이 좀 필요해서 전당포에 맡긴 바로 그 보석이었다.

지난밤 앰버와 잭슨은 25번가의 작은 미술관에서 열린 전시회 개막 행사에 다녀왔다. 에릭 퓨어리는 잭슨이 몇 년 전에 발굴한 화가였다. 잭슨은 미술품을 수집하는 친구들에게 화가를 소개했다. 그와 함께 미술관에 들어서자마자 둘은 사람들에게 둘러싸였다. 잭슨이 유명해서이기도 했지만 사람들은 그의 권력과 매력이 미치는 범위 안에 있고 싶어 하는 것이 틀림없어 보였다. 앰버는 그와 팔짱을 끼거나 너무 친밀해 보이지 않으려고 조심했다.

에릭 퓨어리는 잭슨을 보자마자 달려와 악수했다.

"잭슨, 이렇게 만나서 반가워요." 그는 붐비는 미술관을 가리켰다. "멋지지 않아요?"

"에릭, 정말 멋지군요. 당신은 이렇게 멋진 걸 누릴 자격이 있어요." 잭슨이 말했다.

"모두 덕분이에요. 얼마나 고마운지 몰라요."

"그런 말 하지 말아요. 난 소개했을 뿐인걸요. 당신 작품 덕분이죠. 당신에게 재능이 없었다면 이 자리에 서지 못했을 거예요."

퓨어리는 앰버를 보았다. "부인 되시는 대프니 씨 맞죠?"

"이쪽은 내 비서 앰버 패터슨이에요. 아쉽게도 아내는 같이 못 왔어요. 하지만 나만큼이나 당신 작품을 좋아하죠."

앰버가 손을 내밀었다. "만나서 반갑습니다, 퓨어리 씨. 캔버스가 아니라 오래된 건물에서 수집한 목재에 그림을 그리신다는 이야기를 최근에 읽었어요."

잭슨은 놀란 얼굴로 그녀를 보았다. 그러자 퓨어리가 대답했다. "맞습니다, 패터슨 양. 역사적인 건물을 부술 때 우리가 잃어버리는 것들을 보여주고 싶었어요."

갑자기 카메라를 든 남자가 나타났다. "퓨어리 씨, 내일 신문에

실을 사진을 한 장 찍을까요?"

에릭은 잭슨과 나란히 서서 미소 지었고 앰버는 재빨리 자리를 피했다. 또다시 신문에 얼굴이 실리는 일만은 피하고 싶었다.

"그래, 이제 추종자들에게 가서 작품 좀 팔아봐요." 사진을 찍은 다음 잭슨이 말했다. 에릭이 가자 잭슨은 작품을 보며 감탄하는 앰버에게로 왔다.

"에릭 퓨어리에 대해 아는지 몰랐어." 그가 말했다.

"잘은 몰라요. 하지만 당신이 전시회에 같이 가자고 해서 조사해봤어요. 뭔가를 미리 알아보는 걸 좋아하거든요. 그러면 경험이 더 가치 있어지죠."

잭슨은 동의한다는 뜻으로 고개를 끄덕였다. "대단하군."

앰버는 미소 지었다.

"그리고 정말 조심하던데? 사진에 안 찍히려고 비킨 거 말이야. 그런 일 때문에 불편하지 않았으면 하는데." 그가 말했다.

우스웠다. 잭슨은 앰버가 그를 위해서 그런다고 생각했다. "전혀요. 알잖아요. 내가 항상 당신 뒤에서 지키고 있다는 거." 그녀는 미소 지으며 잭슨에게 조금 더 다가갔다. "그리고 앞에서도요." 그녀가 속삭였다.

"이제 그만 가야겠어." 그가 말했다.

"좋을 대로요."

그들은 전시회장을 돌며 모든 사람에게 인사했다. 앰버는 잭슨의 아내가 되어 그와 함께 우주의 중심에 있으면 기분이 어떨지 체험했다. 정말 최고였다. 그녀는 자신의 때가 오기를 기다려야 했다.

두 사람은 택시를 타고 아파트로 갔고 집으로 올라가는 전용 엘리베이터에서 그야말로 서로의 옷을 찢어버렸다. 그리고 침실까지 가지도 못한 채 거실에서 격렬하게 사랑을 나누었다. 앰버는 이 점이 특히 좋았다. 그녀는 집 안의 모든 공간에서 사랑을 나누고 싶었다. 심지어 아이들 방에서도. 아이들 방은 좀 힘들겠지만 야생고양이처럼 사방에 자기 냄새를 남기고 싶었다.

앰버는 샤워하는 소리에 천천히 눈을 뜨고 침대 옆 탁자에 놓인 시계를 보았다. 일곱 시 삼십 분이었다! 잭슨이 허리에 수건을 두르고 욕실에서 나왔다. 물기가 남아 있는 가슴팍이 반짝거렸다. 그는 침대 끝에 걸터앉아 앰버의 머리를 헝클었다. "잘 잤어, 잠꾸러기?"

"자명종 소리도 못 들었어요. 이제 일어날래요."

"어젯밤에 정말 대단한 쇼를 펼쳤잖아. 이렇게 진이 빠지는 것도 당연해." 그는 허리를 숙여 길고 관능적으로 키스했다.

"아, 침대로 다시 와요." 그녀가 달콤하게 속삭였다.

잭슨은 그녀의 몸을 어루만졌다. "정말 그러고 싶지만 잊었어? 열 시에 하딩 앤드 하딩과 만나기로 했잖아."

"아, 맞다. 그랬죠. 이렇게 붙잡고 있어서 미안해요."

"그런 사과는 안 해도 돼." 잭슨은 일어나서 수건을 풀고 옷을 입기 시작했다. 앰버는 베개에 파고들며 이제는 친숙해진 근육질의 구릿빛 몸을 감상했다. 그가 옷을 다 입자 앰버는 천천히 침대에서 나갔다. "난 먼저 갈게." 그는 알몸으로 다가온 앰버를 끌어안으며 말했다. "키스해줘. 그리고 서둘러야 해. 회의 준비해야 하니까."

앰버는 황급히 주스를 한 잔 마시고 샤워했다. 지난주에 잭슨이 사준 빨간색 오스카 드 라 렌타 정장을 입고 여덟 시가 다 되어서야 아파트를 나섰다. 여덟 시 사십오 분에 회사에 도착한 그녀는 잭슨 사무실로 갔다. 몸에 꼭 맞는 재킷과 엉덩이를 겨우 감싼 짧은 치마를 입고 자태를 뽐내며 걷는 모습을 잭슨이 보고 있다는 것을 알았다.

열두 시가 되었는데도 잭슨 사무실에서 열린 회의는 끝나지 않았다. 그때 앰버는 자기 책상으로 다가오는 대프니를 보았다. 그녀는 살이 더 찐 것 같았고 흠잡을 데 없던 평소와 달랐다. 립스틱이 뭉개져 있었고 블라우스는 너무 꼭 조여 단추가 떨어져나갈 것 같았다. 반지 외에 다른 장신구는 하지도 않았다.

앰버는 책상에서 일어났다. "대프니, 어쩐 일이에요. 무슨 일 있어요?" 그녀는 여기에 왜 왔을까?

"별일 없어요. 시내에 나왔다가 그이랑 점심이나 먹을까 하고요."

"약속했어요?"

"음, 아니요. 어쩌다보니 나오게 됐어요. 일정을 확인하려고 당신 자리로 전화했는데 출근 전이라고 하더군요. 잭슨 있어요?"

앰버는 자세를 똑바로 하고 섰다. "투자자들과 회의 중이에요. 언제 끝날지 모르겠어요."

대프니는 실망한 표정이었다. "시작한 지 얼마 안 됐나봐요?"

앰버는 책상 위의 서류를 괜히 뒤적였다. "모르겠어요. 아침에 차가 고장 나서 기차를 놓쳤거든요. 그래서 늦었어요." 그녀는 이렇게 말하고는 대프니를 쳐다보았다.

"음, 좀 기다리죠 뭐. 여기에서 기다려도 될까요? 일 방해하지 않을게요."

"그럼요. 여기 앉아요."

"그나저나 옷 정말 예쁘네요."

"고마워요. 뉴욕 중고상점에서 샀어요. 저렴한 가격으로 살 만한

괜찮은 것들이 많아요." 앰버는 한마디 덧붙이고 싶었다. '내가 누구의 브라와 팬티를 입고 있을까?'

대프니는 자리에 앉았고 앰버는 책상에 앉아 일하며 전화를 받았다.

"앰버, 당신은 정말 일을 좋아하나봐요. 잭슨이 그러는데 당신이 없으면 뭘 해야 할지도 모를 거라더군요. 정말 완벽한 비서예요."

앰버는 짜증이 났다. 대프니가 자기를 아랫사람처럼 대하는 데 신물이 났다. 자기 남편의 욕구조차 채워주지 못하는 그녀야말로 바보 같았다.

바로 그때 잭슨의 사무실 문이 열리더니 잭슨과 하딩 앤드 하딩 직원 네 명이 악수하고 작별인사를 나눴다. 앰버는 잭슨의 표정으로 회의 결과가 좋다는 것을 알았다. 그녀는 기뻤다. 이번 만남이 성공하면 회사의 재정상태가 완전히 새로운 국면으로 도약하기 때문이었다. 혼자 남은 잭슨은 대프니를 보자 놀랐다.

"여보, 나 왔어요." 대프니는 의자에서 일어나 그를 껴안았다.

"대프니, 이렇게 반가울 데가. 뉴욕에는 어쩐 일이에요?"

"사무실로 들어갈까요?" 그녀가 다정하게 말했다.

잭슨은 그녀와 함께 사무실로 들어간 뒤에 문을 닫았다. 이십 분쯤 지나자 앰버는 화가 났다. 저 안에서 무슨 일이 벌어지고 있는 걸까? 그때 갑자기 잭슨이 문을 열고 말했다. "앰버, 내 일정표 좀 갖다줄래요? 좀 지워진 부분이 있는 것 같아서요."

대프니는 사무실로 들어오는 앰버를 쳐다보았다. "앰버, 봤죠? 당신이 없으면 아무것도 못 한다니까요. 방금 전에도 당신이 얼마나 일을 잘하는지 이야기하더라고요."

"앰버, 오후 일정은 어떻게 되나요? 아내와 함께 점심을 먹고 싶은데."

앰버는 아이폰 일정표를 보았다. "열두 시 사십오 분에 액킨스 보험의 마고 새뮤얼슨과 점심 약속이 있는데요." 사실 약속 같은 건 없었다. 하지만 앰버는 잭슨이 대프니와 점심식사를 하도록 놔두고 싶지 않았다. 그녀는 대프니를 보며 말했다. "괜히 헛걸음하게 해서 미안해요."

대프니는 자리에서 일어났다. "걱정 말아요. 오전에 재단 회의가 있어서 나온 거니까. 문제 될 거 전혀 없어요." 대프니는 책상으로 다가가 잭슨에게 입 맞췄다. "오늘 저녁에 볼까요?"

"좋지, 집에서 저녁 먹을게요."

"잘됐군요. 다들 당신을 보고 싶어 해요."

앰버는 대프니를 배웅했고 대프니는 그녀를 끌어안았다. "그이가 오늘 저녁에 집에 온다니 기뻐요. 애들이 보고 싶어 하거든요. 알고 있는지 모르겠지만 요새 잭슨은 주로 아파트에 있어요. 혹시 의심스러운 건 없었어요? 누가 사무실로 전화한다든지요."

"대프니, 날 믿어요. 전화하거나 찾아오는 사람은 없어요. 당신과 잭슨이 호숫가 집에 머물 때 내가 아파트에 머물잖아요. 그런데 잭슨 말고 다른 사람이 있었던 흔적은 없었어요. 그냥 일이 너무 바쁜 시기라서 그럴 거예요. 전에도 이런 적이 있었을 텐데요."

"그래요, 당신 말이 맞아요. 그런 적이 있었어요. 이번에는 느낌이 좀 다르지만."

"괜한 상상을 하는 것 같아요."

"중심 잡게 해줘서 고마워요."

"이런 일이라면 언제든지요."

대프니가 떠나자 앰버는 곧장 잭슨의 사무실로 갔다. "왜 왔대요?"

"말 그대로 점심을 먹으러 왔어."

"둘이 꽤 오래 있던데요. 무슨 이야기 했어요?"

"이런, 대프니는 내 아내야. 잊었어?"

앰버는 침착해지려고 최선을 다했다. "알아요. 미안해요. 난 그냥……" 그녀는 가짜로 눈물을 흘리며 울먹거렸다. "당신을 너무 좋아하나봐요. 당신이 다른 사람과 함께 있다고 생각하면 견딜 수 없어요."

잭슨은 책상 의자에서 일어나 팔을 벌렸다. "이리 와. 그렇게 걱정이 많아서 어쩌려고." 그가 끌어안자 앰버도 그를 꼭 끌어안았다. "조바심 내지 마. 다 잘될 테니까. 약속할게."

앰버는 그에게 언제 어떻게 모든 게 잘되느냐고 물으며 따질 정도로 어리석지 않았다. "오늘 밤 코네티컷에 간다고요?"

잭슨은 몸을 떼고 그녀의 어깨에 손을 올린 채 눈을 바라보았다. "가야 해. 집에 무슨 일이 있는지 확인하고 싶기도 하고. 대프니에게 문제가 있는 것 같아."

"나도 그렇게 생각했어요. 살이 더 찐 것 같더라고요."

"나사가 빠진 것 같고 평소와 달랐어. 애들도 만나고 별일 없는지 확인해야겠어."

앰버는 그의 품으로 파고들었다. "많이 보고 싶을 거예요."

잭슨은 팔을 내리고 사무실 문으로 갔다. 문 잠그는 소리가 들릴 때 앰버는 이미 치마를 벗고 있었다.

34

잭슨은 앰버에게 깜짝 선물이 있다고 했다. 운전기사는 아파트에서 그들을 태워 테터보로 공항으로 갔다. 그곳에는 개인 전용기가 기다리고 있었다. 비행장을 본 앰버는 잭슨을 보며 물었다. “이게 무슨 일이에요?”

잭슨은 그녀를 가까이 끌어당겼다. “잠시 여행을 가려고.”

“여행이요? 어디로요? 옷도 안 가져왔는데.”

“옷은 가져올 필요 없잖아. 어차피 오래 입고 있지도 않을 텐데.” 그가 웃으며 말했다.

“잭슨!” 앰버는 짜증이 나서 인상을 썼다. “농담하지 말고요. 나 정말 아무것도 안 가져왔단 말이에요.”

“걱정 마. 파리에도 상점은 있으니까.”

"파리라고요?" 그녀가 외쳤다. "오, 잭슨. 우리 파리에 가는 거예요?"

"세계에서 가장 낭만적인 도시지."

앰버는 안전띠를 풀고 잭슨의 무릎 위에 앉아 키스했다. 차 안에서 옷을 벗을 뻔했지만 비행기 탑승 계단이 가까워져서 멈췄다. 잭슨이 먼저 몸을 뗐다. "다 왔어." 그는 이렇게 말하며 자동차 문을 열었다.

두 사람은 비행기에 탔다. 잭슨이 조종사와 이야기하는 동안 앰버는 내부를 둘러보았다. 그녀가 타본 비행기라고는 좌석이 빽빽하게 들어찬 항공사의 비행기뿐이었다. 게다가 당연히 이코노미석에만 앉아보았다. 잭슨과 그의 가족을 런던에서 만났을 때도 항공사의 비행기를 타고 갔다. 전용기가 있다는 것은 알았지만 이 정도일 줄은 몰랐다. 예쁜 상아색의 부드러운 가죽 소파가 양쪽에 서로 마주보게 놓여 있었다. 화면이 큰 텔레비전도 있고 네 사람이 앉을 만한 식탁에는 생화가 꽂힌 둥근 크리스털 꽃병이 놓여 있었다. 침실 문을 열자 킹사이즈 침대가 있었고 욕실은 뉴욕 아파트만큼 호화로웠다. 앰버는 크기만 작았지 호화로운 집과 다를 바 없다고 생각했다.

잭슨이 다가와 뒤에서 허리를 안았다. "마음에 들어?"

"마음에 안 들 게 뭐가 있겠어요?"

"따라와."

그는 앰버를 침실로 데려가 옷장을 열었다. 그리고 안에 걸린 수많은 옷을 가리키며 말했다. "살펴보고 갖고 싶은 거 골라. 원한다면 다 가져도 좋아."

"언제 이런 걸 준비할 시간이 있었어요?"

"지난주에."

앰버는 옷장으로 가서 원피스, 상의, 바지, 재킷, 스웨터를 하나하나 살펴보았다. 모두 아직 상표도 떼지 않은 새것이었다. 잭슨이 그녀를 위해 산 것이 틀림없었다. 앰버는 옷을 입어보려고 옷걸이에서 옷을 신나게 빼낸 다음 신발을 벗고 입고 있던 원피스도 벗었다. 잭슨은 침대에 앉아 있었다. "내가 이 쇼를 지켜봐도 괜찮겠지?"

"당연하죠."

그녀는 옷을 전부 입어보며 그때마다 잭슨에게 보여주었다. 잭슨은 모두 마음에 들어 했다. 그가 직접 골랐으니 당연히 마음에 들 것이었다.

"신발도 있어. 저기 선반 위에." 그가 말했다.

"이런 것까지 다 생각해뒀군요."

"그럼."

앰버가 올려다보니 구두 상자 열다섯 개가 있었다. 상자에는 모두 그녀가 꿈만 꾸던 이름이 적혀 있었다. 신발 한 켤레 값이 보통 그녀의 월급과 비슷했고 그보다 비싼 것도 있었다. 그녀는 흰색 스웨이드에 크리스털과 타조 깃털이 장식된 지미 추 구두를 신은 뒤 옷을 다 벗고 잭슨이 사준 매혹적인 빨간색과 검은색 레이스 코르셋을 입었다. 전용기에 타서 엄청나게 비싼 옷을 입고 사랑을 나누고 싶어서 안달 난 매력적인 남자가 곁에 있으니 영화배우가 된 기분이었다. 그녀는 침대에 앉아 있는 잭슨에게 다가가 머리를 쓰다듬고 그의 얼굴이 가슴이 묻히도록 끌어안았다. 그리고 그를 밀어 눕힌 다음 마술을 부리기 시작했다. 잠시 뒤 그녀는 잭슨을 다른 세상에 데려다주려고 최선을 다했다.

두 사람은 촛불이 켜진 식탁에서 저녁을 먹었다. 앰버는 알몸에 실크 가운만 입고 있었지만 하이힐은 계속 신고 있었다.

"너무 배고파요." 필레 미뇽 스테이크를 자르며 그녀가 말했다.

"당연하지. 5,000칼로리는 썼을걸?"

"공기나 음식이 없어도 당신과 계속 침대에 있을 수 있다면 세상에서 가장 행복한 사람일 거예요." 앰버는 틈날 때마다 잭슨을 우쭐하게 하려고 했다.

잭슨은 와인 잔을 들어올렸다. "완벽한 세상이겠군. 나의 배고프고 예쁜 섹스 중독자."

파리 르부르제 공항에 도착한 그들은 기사가 운전하는 차를 타고 호텔 플라자 아테네로 갔다. 앰버는 보이는 곳마다 붉은 차양과 진홍색 꽃다발로 장식된 호텔이 마음에 들었다. 그녀는 3만 5,000병이 소장된 호텔의 와인 창고를 둘러본 다음 디올 인스티튜트 스파에서 마사지를 받았다. 그리고 샹젤리제를 거닐다가 조명이 은은하고 맛있는 음식이 나오는 작은 카페에서 식사했다. 인생에서 가장 눈부신 나날이었다. 에펠탑을 본 그녀는 몹시 흥분했다. 루브르 박물관에서는 광대한 규모와 걸작에 압도되었고 노트르담에서는 그 웅장함에 감동했으며 황혼 녘이 되어 조명이 반짝이자 호박색으로 물든 도시 전경에 매료되었다. 이렇게 눈이 휘둥그레지는 여행을 하는 틈틈이 그녀는 잭슨에게 그가 얼마나 남성미 넘치는지, 그를 보면 얼마나 흥분되는지 일깨워주었다.

앰버는 돌아가려고 전용기에 오르며 여행하는 동안 시간이 정말 빨리 지났다고 생각했다. 그녀는 한 시간 동안 말없이 앉아 있었고 잭슨은 가방에서 꺼낸 서류를 보며 메모하기 시작했다. 그가 일을 마치자 앰버는 다가가서 옆자리에 앉았다.

"내 평생 가장 멋진 일주일이었어요. 당신 덕분에 내 세상이 정말 활짝 열렸어요."

잭슨은 미소 지을 뿐 아무 말도 하지 않았다.

"나 혼자서 줄곧 당신을 독차지하니 천국 같았어요. 이제 당신을 대프니와 공유해야 한다고 생각하니 정말 싫어요."

잭슨은 인상을 찌푸렸다. 앰버는 자기가 실수했다는 것을 이내 알아차렸다. 대프니 이야기를 꺼내는 게 아니었는데. 이제 잭슨은 대프니와 딸들을 생각하겠지. 젠장. 앰버는 원래 이런 말실수를 하지 않았다. 만회해야 했다.

"생각해봤는데," 마침내 잭슨이 말을 꺼냈다. "뉴욕에 당신이 지낼 아파트를 구하는 게 어떨까?"

앰버는 놀라서 어쩔 줄 몰랐다. "내가 왜 그러고 싶겠어요? 난 코네티컷에 사는 게 좋아요. 게다가 당신과 뉴욕에 있고 싶을 땐 당신 아파트가 있잖아요."

"하지만 상황이 복잡해졌잖아. 당신 아파트가 있으면 물건을 모두 그곳에 둘 수 있고 대프니가 올까봐 내 아파트에서 옷을 숨기거나 물건을 치우지 않아도 되고."

앰버는 자기 집은 원치 않았다. 대프니의 집을 원했다.

그녀가 대답하지 않자 잭슨이 말을 이었다. "물론 아파트는 내가 사줄 거야. 같이 집을 꾸미고 당신이 좋아하는 그림과 책도 사고. 도피처로 삼는 거지, 우리 둘만의."

도피처라니. 앰버는 도피하고 싶지 않았다. 그녀는 공공연하게 잭슨 패리시의 부인이 되고 싶었다.

"잭슨, 모르겠어요. 그러기에는 너무 이른 것도 같고요. 게다가 뉴욕에 아파트를 구할 돈을 내가 어떻게 마련했는지 대프니가 궁금해하지 않을까요? 그레그는 어떻고요? 그동안 계속 그 사람을 뿌리치고 있었는데 그에게 내가 세련된 뉴욕 사람이 되었다는 인상을 주면 어떡해요? 순진한 아가씨 노릇을 할 수 없게 되겠죠. 대프니 때문에라도 그를 계속 만나며 위장해야 해요. 그의 손길을 떨쳐버리기가 점점 힘들어지고 있지만요. 그가 청혼할 것 같아서 말이 나오기 전에 끊어버린 적도 몇 번 있다고요."

앰버의 바람대로 잭슨의 얼굴이 시뻘게졌다. "그놈과 잤어?"

"진심으로 묻는 거예요?" 앰버는 무릎에 깔았던 냅킨을 식탁 위에 던졌다. "그만 먹을래요." 그녀는 일어나서 침실로 갔다. 다시는 버림받고 싶지 않았다. 그녀의 계획이 모두 엉망이 된 것 같았다. 잭슨은 지금 그녀에게 푹 빠져서 비싼 물건을 사주고 황홀한 여행에 데려왔지만 그녀는 더 많은 것을 원했다. 훨씬 더 많은 것을. 지금 그녀를 방해하는 것을 그대로 놔두면 모든 것이 끝이었다. 생리를 두 번이나 건너뛴 지금은 더욱.

35

오늘 밤이 그날이었다. 이제 임신 십 주에 접어든 앰버는 임신 사실을 더 이상 감출 수 없었다. 잭슨은 그녀가 피임약을 복용하는 줄 알았고 앰버는 그가 의심하지 않도록 처방전을 받아 약을 구입한 다음 매일 한 알씩 꺼내기까지 했다. 꺼낸 약은 변기에 버린 뒤 물을 내렸다. 그녀가 복용한 약은 임신을 도와주는 클로미드뿐이었다. 이 약도 필요 없었을지 모르지만 운에만 맡기고 싶지는 않았다. 잭슨이 그녀에게 싫증 내기 전에 임신해야 했으니까. 쌍둥이일까봐 조금 걱정스러웠지만 하나라도 좋고 둘이면 더 좋다는 결론에 이르렀다.

지난 산부인과 검진 때 성별을 알고 싶었지만 아직 너무 일렀다. 앰버는 몇 달 동안 야간수업을 들으며 배운 컴퓨터 기술로 조작한 초음파 사진을 보여주며 잭슨에게 아들이라고 말할 생각이었다. 그들이 결혼할 때쯤 혹시 딸을 낳게 되더라도 잭슨이 손쓰기에는 너무 늦겠지.

앰버는 아까 베이브스타에 가서 '아빠의 귀여운 아들'라고 쓰인 턱받이를 샀다. 오늘 밤 사랑을 나눈 뒤 잭슨에게 줄 계획이었다. 그러면 그는 결국 대프니를 떠날 테고 앰버는 그만 가면을 벗고 대프니의 절친한 친구 행세를 하지 않아도 되겠지. 앰버는 자신이 임신했다는 걸 알게 된 대프니의 표정을 빨리 보고 싶어서 기다릴 수 없었다. 벨라에게 더 이상 막내가 아니라고 말하는 건 또 얼마나 기분 좋을까. '아가야, 자리 좀 비키렴. 넌 이제 구닥다리야.'

패리시 부인이 되면 두 녀석은 죽은 것이나 다름없을 것이다. 최대한 멀리 떨어진 전문대학으로 보내버려야지. 하지만 그보다 먼저 할 일이 있었다. 잭슨이 가족들을 떠나도록 설득해야 했다.

잭슨이 아파트에 도착했을 때 앰버는 검은 가죽 코르셋을 입고 목걸이를 하고 있었다. 얼마 전 저녁에 대프니를 만났을 때 그녀는 잭슨의 취향이 점점 특이해진다고 불평했다. 자세히 캐묻자 내숭덩어리 대프니는 얼굴이 빨개지면서 결박에 관해 이야기했다. 앰버는 잭슨이 침대에서 더 모험적인 것을 원한다는 사실을 알게 되었다. 그녀는 잭슨이 원하는 것을 기꺼이 선사했다. 두 사람은 온라인 상점을 찾아내 흥미로워 보이는 섹스 기구를 주문했다. 앰버는 극단까지 가보도록 잭슨을 부추겼고 그 과정에서 대프니와 비교되도록 무엇이든 할 준비가 되어 있었다. 앰버는 손님방 서랍장에 도구를 모두 넣어놓았다. 대프니가 아파트에 왔을 때 발견하기를 바라는 마음도 반쯤 있었다. 그러면 아연실색한 그녀를 마음껏 비웃을 수 있을 텐데. 하지만 대프니는 아무 말도 하지 않았다.

"정말 대단했어요." 앰버는 잭슨에게 바싹 달라붙었다. "내가 대프니라면 당신을 침대에서 못 나가게 했을 거예요." 그녀는 잭슨의 귓불을 살짝 깨물었다.

"대프니 이야기는 하고 싶지 않아." 잭슨이 속삭였다.

앰버는 피식 웃었다. "대프니는 당신 이야기 좋아하던걸요."

잭슨은 인상을 쓰며 일어나 앉았다. "무슨 말이지?"

"아무것도 아니에요. 아내들이 흔히 하는 불평이죠. 별거 아니에요."

"알고 싶어. 대프니가 뭐라고 했지?" 잭슨의 목소리에는 날이 서 있었다.

앰버는 그의 얼굴이 보이도록 몸을 움직인 뒤에 그의 가슴을 어루만지며 말했다. "뭐 그런 거 있잖아요. 이제 좀 조용히 쉬고 싶은데 당신이 자꾸 사교모임에 나가라고 한다든지. 대프니가 말하기를 집에서 〈로 앤드 오더〉나 다시 보는 게 더 좋대요. 그러면서 고개를 젓더니 늦은 시간까지 저녁식사 모임과 파티에 참석하기에는 이제 나이가 들었다고도 했어요." 새빨간 거짓말이었다. 하지만 뭐 어떤가? 잭슨이 사실을 알게 될 리도 없는데.

앰버는 잭슨의 얼굴을 보며 반응을 살폈고 그의 턱이 굳자 기뻤다.

"둘이서 내 이야기를 하는 줄은 몰랐어." 그는 침대에서 나가 실크 가운을 입었다.

앰버는 알몸으로 그에게 다가가 몸을 밀착했다. "그런 거 아니에요. 정말이에요. 대프니가 불평하면 난 당신 입장에서 말해주고 다른 이야기로 넘어가죠. 내가 당신을 얼마나 좋아하는지 알잖아요."

앰버는 잭슨이 이 말을 믿기를 바랐다.

잭슨은 미간을 찡그렸다. 믿지 못하는 것 같았다.

앰버는 접근방식을 바꾸었다. "대프니가 소외감을 느끼는 것 같아요. 당신은 이렇게 멋있고 성공했잖아요. 예술이나 문화에 대해서도 잘 알고요. 그런데 대프니는…… 그냥 평범한 여자인 것 같아요. 가면을 계속 쓰고 있기는 힘들죠."

"그런 것 같군." 그가 말했다.

"침대로 가요. 깜짝 놀라게 해줄게요."

잭슨은 고개를 저었다. "지금은 그럴 기분이 아니야."

"알겠어요, 그럼. 거실로 가요. 선물을 준비했어요." 앰버는 그의 손을 잡았다.

잭슨은 손을 확 뺐다. "나한테 이래라저래라 하지 마. 잔소리하는 마누라처럼 굴지 말라고."

앰버는 화가 나서 눈물이 솟구쳤다. 어떻게 이런 식으로 말할 수 있지? 그녀는 분노를 삼키고 다정한 목소리를 냈다. 화가 났다는 걸 그에게 알려봐야 좋을 것이 없었다. "미안해요. 뭐 좀 마실래요?"

"내가 알아서 마실게."

앰버는 그를 쫓아가지 않았다. 앉아서 읽히지 않는 잡지를 보며 잭슨이 마음을 가라앉힐 시간을 주었다. 한 시간쯤 지난 뒤 그녀는 턱받이가 담긴 작은 금색 쇼핑백을 옷장에서 꺼내 다시 거실로 갔다. 잭슨은 주방 의자에 앉아 계속 생각에 잠겨 있었다.

"자요."

"이게 뭐지?"

"열어봐요."

그는 얇은 종이를 한쪽으로 치우고 턱받이를 꺼냈다. 그리고 어리둥절한 표정으로 앰버를 보았다.

앰버는 그의 손을 잡고 자기 배에 갖다 댔다. "여기 당신 아이가 있어요."

잭슨은 입을 떡 벌렸다. "임신했어? 아들을?"

앰버는 고개를 끄덕였다. "네, 나도 믿기지 않아요. 확실해질 때까지 말하고 싶지 않았어요. 이 안에 뭔가가 있다니."

잭슨은 쇼핑백을 뒤져서 초음파 사진을 찾았다.

"우리 아들이에요." 앰버는 의기양양하게 미소 지었다.

"아들이라고? 확실해?"

"100퍼센트 확실해요."

그는 입이 귀에 걸린 채 벌떡 일어나 앰버를 안았다. "정말 놀라운 소식이야. 아들 갖는 건 포기하고 있었는데. 이제 뉴욕에 와서 살아."

진심일까? "뉴욕으로 오라고요?"

"응, 지금 당신 집에서는 편히 지낼 수 없잖아."

앰버의 귀에서 맥박이 느껴졌다. "그건 그래요. 편히 있을 수가 없어요. 그리고 내 아들이 왜 아빠가 자기를 뒷골목에 숨겨두었는지 궁금해하면서 자라게 하고 싶지는 않아요. 이 아이에게는 가족이 필요해요. 아들이 태어나면 함께 네브래스카로 돌아갈래요."

앰버는 돌아서서 쿵쿵거리며 방으로 갔다.

"앰버, 잠깐만!"

그녀는 청바지와 스웨터를 입고 짐을 꾸리기 시작했다. 그에게 후계자를 안겨준다는데도 자신을 비밀스러운 존재로 남겨두려는 것일까? 자기가 사무실에서 노예처럼 일하는 동안 대프니가 계속해서 패리시 부인으로서 온갖 좋은 것을 누리고 잭슨은 몰래 찾아와 아들을 만나려고? 그렇게 놔둘 것이라고 생각한다면 잭슨은 제정신이 아니었다. 절대 그럴 수는 없었다.

"뭐하는 거야?"

"떠나려고요! 당신이 날 사랑하는 줄 알았어요. 정말 바보였죠. 대프니가 당신에게 아들을 안겨줄지는 모르겠군요. 나보다 더 임신부 같지만 말이에요."

잭슨은 앰버의 손을 잡았다. "그만해. 내 생각이 짧았어. 이야기 좀 해."

"무슨 이야기를 더 해요? 우리가 가족이 될지 말지 이런 것 말고는요."

잭슨은 침대에 앉아 머리를 감싸 쥐었다. "생각할 시간이 필요해. 같이 해결해보자고. 그러니 제발 떠나겠다는 생각은 하지 마."

"잭슨, 대프니는 당신의 가치를 몰라요. 내게 말하기를 당신 손길이 닿을 때마다 움찔한대요. 하지만 난 당신을 정말 사랑해요. 내가 원하는 일이라고는 당신을 챙기고 당신에게 합당한 아내가 되는 것뿐이에요. 항상 당신을 우선순위에 둘게요. 이 아이보다도 더요. 당신은 내 전부예요." 앰버는 무릎을 꿇고 앉았다. 잭슨이 좋아하는 자세였다. 그리고 그녀는 자기가 잭슨을 얼마나 사랑하는지 보여주었다. 일이 다 끝나자 잭슨은 그녀를 끌어안았다.

"아빠, 어땠어요?"

앰버의 장난에 잭슨은 뜻 모를 미소를 짓더니 일어나서 초음파 사진을 가져왔다. 그는 사진을 살며시 쓸어내렸다.

"내 아들." 그는 앰버를 보았다. "또 아는 사람 있어? 당신 어머니나 친구라든지."

앰버는 고개를 저었다. "없어요. 당신에게 가장 먼저 알리고 싶었어요."

"다행이군. 아직 아무에게도 말하지 마. 대프니에게 큰돈을 주지 않고도 이혼할 방법을 찾아야 해. 당신이 임신한 걸 대프니가 알면 엄청난 돈이 들 거야."

앰버는 고개를 끄덕였다. "알겠어요. 아무에게도 말하지 않을게요."

잭슨은 계속 앉아 있었다. 너무 근심에 잠긴 표정이라서 앰버는 그에게 말을 걸기가 두려웠다.

마침내 그는 일어나더니 서성대기 시작했다. "좋아, 이렇게 하지. 일단 이 아파트에서 당신 짐을 전부 빼. 당분간 다른 곳을 빌려서 지내는 게 좋겠어. 대프니가 의심해 이곳에 왔을 때 당신 물건을 발견하는 일은 절대 없어야 해."

"그런데 잭슨," 앰버가 애처롭게 불렀다. "난 형편없는 아파트로 옮기고 싶지 않아요. 내내 혼자 있어야 할 텐데."

잭슨은 걸음을 멈추고 그녀를 바라보았다. "형편없는 아파트라니 무슨 말이야? 내가 구두쇠인 줄 알아? 아파트가 싫으면 플라자 호텔 스위트룸으로 가. 필요한 일은 다른 사람들에게 시키게 해줄게."

"당신은요? 우린 언제 다시 만나요?"

"앰버, 우린 아주 조심해야 해. 난 집에서 시간을 좀 보내야겠어. 의심을 잠재우려고. 당신은 배가 부르기 시작하면 일을 그만둬. 대프니에게 말이 흘러들어가지 않게 눈에 띄지 않는 곳에 있어야 해."

"그럼 난 대프니에게 뭐라고 해요? 내가 같이 어울리지 않으면 대프니가 의심할 거예요."

잭슨은 입술을 깨물더니 잠시 뒤 고개를 끄덕였다. "가족 중에 누가 아프다고 해. 당분간 고향에 가서 보살펴야 한다고."

앰버가 듣기에는 별로 좋지 않은 계획이었다. 그녀는 잭슨이 약속을 지키기만을 믿으며 호텔에 틀어박혀 있어야 했다. 구명조끼도 입지 않고 노도 없는 상태로 잭슨의 기분에 따라 휩쓸려 가는 배에 타는 기분이었다.

"호텔은 너무 인간미가 없어서 싫어요. 집 같은 기분이 들지 않는 낯선 장소에 있으면 좋지 않을 것 같아요. 아기에게도 안 좋고요."

잭슨은 한숨을 쉬었다. "알겠어, 그럼 아파트를 빌리지. 집처럼 느껴지는 근사한 곳으로. 필요한 건 뭐든 사."

앰버는 잠시 생각에 잠겼다. 지금 상황에서는 이 제안이 가장 나을 것 같았다. "얼마나 오래 기다려야 해요?"

"모르겠어. 아마 몇 달 정도? 몇 달 안으로 다 해결해야 해."

이제 앰버는 화가 나고 두려웠다. 그래서 어렵지 않게 눈물을 흘릴 수 있었다. "잭슨, 이런 상황 정말 싫어요. 당신을 너무 사랑하는데 헤어져야 하다니요. 난 우리 집도 아닌 아파트에서 혼자 지내겠죠. 너무 무서워요. 어릴 때 집세 낼 돈이 없어서 이사를 자주 다녔는데 그때 같은 기분이에요." 그녀는 훌쩍거리며 뺨에 흐른 눈물을 닦았다. 방금 말한 슬픈 이야기에 잭슨의 마음이 움직이기를 바라면서.

잭슨은 그녀를 한참 바라보았다. "내가 몽땅 다 잃기를 바라는 거야? 당신은 날 믿기만 하면 돼."

그는 미끼를 물지 않았다. 앰버는 이 계획대로 따르고 그의 말이 진심이기를 바랄 수밖에 없었다. 뭔가 다른 계획이 떠오를 때까지는. 하지만 잭슨이 믿을 수 없는 사람이라고 밝혀지면 어쩌지? 그럼 뭘 해야 하지? 미주리에서 달아날 때처럼 더럽게 운이 없을지도 모른다. 이번만큼은 잭슨이 자신과 뱃속의 아이를 버리도록 놔둘 수 없었다. 극단적으로 행동해야 하더라도. 이제 더 이상 섹스 파트너가 되지 않을 것이다. 그날들은 끝났다.

2부

대프니

36

원래 남편을 두려워하지는 않았다. 그가 다정하거나 다정한 척했던 시절에는 그를 사랑한다고 생각했다. 가까이에서 지켜보며 괴물의 면모를 발견하기 전까지는.

잭슨을 만난 건 스물여섯 살 때였다. 나는 사회복지대학원을 졸업하고 줄리를 추모하기 위한 재단을 세우려고 계획하고 있었다. 세이브더칠드런에서 육 개월 동안 일했다. 그곳은 훌륭한 기관이었고 좋아하는 일을 하면서 언젠가 내 재단을 운영하게 될 때 필요한 것을 모두 배울 수 있었다.

그때 직장동료가 패리시 인터내셔널이라는 곳에 연락해보라고 제안했다. 사회환원에 관심 있기로 이름난 국제 부동산 기업이었다. 잭슨은 자선활동으로 유명했고 동료의 아버지가 그의 사업 파트너라서 연줄이 있었다. 나는 중간 관리자와 면접을 보리라고 예상했지만 잭슨을 직접 만나게 되었다. 그는 신문기사에서 읽었던 회사의 대표들과 전혀 달랐다. 유쾌하고 다정하며 재미있는 사람이었고 처음부터 나를 편하게 해주었다. 재단을 만들 계획과 그 이유를 설명하자 줄리스 스마일에 기금을 지원하고 싶다고 했고 나는 크게 충격받았다. 삼 개월 뒤 나는 직장을 그만두고 내 재단의 이사장이 되었다. 잭슨은 자신을 포함한 이사진을 조직했고 자금을 지원했으며 사무실도 마련해주었다. 우리 둘 사이의 일은 업무적인 것이 전부였다. 나는 재단 지원을 위태롭게 할 만한 일은 하고 싶지 않았고 솔직히 말해 조금 두렵기도 했다. 하지만 시간이 지나자 점심식사가 저녁식사로 바뀌었고 우리의 관계가 사적인 관계로 바뀌는 것은 지극히 자연스러워 보였다. 심지어 불가피한 것 같기도 했다. 그가 재단과 관련된 모든 사안을 전적으로 수용하는 모습에 사실 나는 우쭐해졌다. 그래서 축하 만찬을 위해 그의 집으로 초대받았을 때도 가겠다고 수락했다.

방이 서른 개 쯤 되어 보이는 잭슨의 집을 처음 보았을 때 막대한 부에 깜짝 놀랐다. 그는 3만 명 정도가 사는 롱아일랜드 해협 해안의 그림 같은 마을 비숍 하버에 살았다. 마을의 번화가는 로데오 드라이브에 견줄 만했다. 내게는 너무 비싼 상점이 즐비했고 말끔한 거리에 다니는 국산 자동차는 모두 집안일 돌보는 사람들 소유였다. 해안에 흩어진 집들은 모두 웅장하고 화려했다. 도로에서 멀리 떨어진 곳에 자리한 저택에는 커다란 정문이 있었고 잔디는 어찌나 반짝이고 푸른지 진짜처럼 보이지 않았다. 잭슨의 운전기사가 차를 몰아 긴 진입로에 들어섰고 집이 보이기까지는 잠시 기다려야 했다. 어마어마한 회색빛 저택에 다가가자 숨이 막혔다.

버킹엄궁에 있을 법한 샹들리에가 달린 호화롭고 넓은 현관에 들어서서 나는 그를 향해 긴장된 미소를 지었다. 사람이 정말 이렇게도 살 수 있단 말인가? 모든 것이 넘쳐나는 곳을 보면서 파산만 겨우 면한 채 간신히 살아가는 낭포성 섬유증 환우 가족 여럿에게 의료비를 줄 수 있겠다고 생각했다.

"정말 멋지군요."

"마음에 든다니 기쁘네요." 잭슨은 어쩔 줄 모르는 표정으로 보더니 가정부를 불러 외투를 건네준 다음 나를 데리고 데크로 갔다. 그곳에 놓인 야외 벽난로에서 불길이 타올랐고 우리는 롱아일랜드 해협의 멋진 풍경을 마음껏 감상했다.

나는 그에게 끌렸다. 어떻게 그러지 않을 수 있었을까? 잭슨 패리시는 누가 봐도 잘생겼다. 카리브해보다 푸른 눈동자를 검은 머리카락이 완벽하게 감쌌다. 그는 환상을 품을 만한 남자였다. 서른다섯 나이에 밑바닥부터 시작한 회사의 최고경영자가 되었고 통이 큰 데다 자선사업에도 열심이었다. 지역사회에서 사랑받았고 매력적이었으며 남자답고 훌륭한 외모까지 지녔다. 나 같은 사람과 사귈 만한 부류가 아니었다. 나는 그가 바람둥이로 악명 높다는 사실을 기사로 잘 알고 있었다. 그는 주로 모델이나 사교계 명사들과 데이트했다. 나와는 비교할 수 없을 만큼 세련되고 매력적인 여자들이었다. 그래서 그가 내게 관심을 갖자 놀라웠다.

나는 긴장을 풀고 마음을 달래는 듯한 해협의 풍경과 짭짤한 바닷바람 내음을 즐겼다. 그때 그가 분홍색 액체가 담긴 잔을 건넸다.

"벨리니(발포 와인에 복숭아 퓌레나 꿀을 넣은 칵테일)예요. 마시면 여름 기분이 날 거예요." 입안에서 과일 맛이 폭발했고 새콤달콤함이 섞여 아주 맛있었다.

"맛있네요." 나는 저무는 해를 바라보았다. 하늘이 분홍색과 자주색으로 아름답게 물들었다. "정말 아름다워요. 아무리 봐도 싫증나지 않을 것 같아요."

잭슨은 편히 기대앉았다. 술 때문이 아니라 내게 허벅지를 붙이고 앉은 그 때문에 더 얼떨떨했다.

"맞아요. 난 산이 있는 곳에서 자라서 동부로 이사하기 전에는 바다가 얼마나 매혹적인지 몰랐어요."

"고향이 콜로라도라고 했던가요?"

잭슨은 미소 지었다. "나에 대해 조사 좀 했나본데요?"

나는 술을 한 모금 더 마셨다. 알코올 때문에 대담해졌다. "당신이 비밀스러운 인물은 아니잖아요." 나는 신문을 펼칠 때마다 원더보이 잭슨 패리시 기사만 찾아 읽는 사람처럼 보였다.

"사실 난 무척 비밀스러운 사람이에요. 성공을 거두고 이 정도 위치에 오르면 진짜 친구가 누군지 구분하기 힘든 법이죠. 사람을 곁에 둘 때는 조심해야 해요." 그는 내 잔을 가져가서 다시 채웠다. "이제 내 이야기는 그만하죠. 당신에 대해 알고 싶어요."

"난 그다지 흥미로운 사람이 아니에요, 유감스럽지만요. 그냥 작은 마을에서 자란 여자예요. 특별할 게 없어요."

잭슨이 쓴웃음을 지었다. "열네 살에 쓴 글이 잡지에 실렸는데 특별할 게 없다니요. 당신이 〈이즈〉지에 기고한 글 정말 좋았어요. 여동생의 용감한 싸움에 대한 글이요."

"와, 당신도 조사했군요. 그걸 어떻게 찾았어요?"

그는 내게 윙크했다. "나름대로 방법이 있어요. 글이 정말 감동적이더군요. 당신과 줄리 둘 다 브라운 대학교에 가려고 했다고요?"

"네, 어릴 때부터요. 그 애가 죽고 나자 나라도 꼭 가야 한다는 생각이 들었어요. 우리 둘을 위해서요."

"그건 너무 대략적인 이야기인데요. 줄리를 잃었을 때 몇 살이었어요?"

"열여덟 살이요."

그가 내 손을 잡았다. "분명 줄리가 무척 자랑스러워할 거예요. 당신이 헌신적으로 하고 있는 일은 더욱 그렇고요. 재단을 통해 많은 사람을 도울 수 있을 거예요."

"정말 고마워요. 당신이 도와주지 않았더라면 공간을 마련하고 직원을 채용하는 데 몇 년이 걸렸을지 몰라요."

"하고 싶어서 한 일이에요. 줄리 같은 여동생이 있었다니 당신은 운이 좋았군요. 난 언제나 형제자매와 함께 자라는 게 어떤 건지 궁금했거든요."

"외동이면 외로울 것 같아요."

잭슨은 먼 곳을 바라보았다. "아버지는 항상 일로 바빴죠. 어머니도 자선사업 때문에 일이 많았고요. 난 축구나 농구를 같이 할 형제가 있으면 좋겠다고 늘 생각했어요." 그가 어깨를 으쓱했다. "아, 물론 사이좋지 않은 형제도 많지만요."

"아버지는 무슨 일을 하셨는데요?"

"볼더 보험사 최고경영자셨어요. 꽤 높은 자리였죠. 지금은 은퇴하셨어요. 그때 어머니는 전업주부셨고요."

캐묻고 싶지는 않았지만 잭슨이 이야기하고 싶어 하는 것 같았다. "지금은요?"

그는 벌떡 일어났다. "어머니는 자동차 사고로 돌아가셨어요. 좀 쌀쌀하네요. 안으로 들어갈까요?"

따라 일어나는데 머리가 띵해서 의자를 짚고 균형을 잡았다. 잭슨은 타오르는 눈빛으로 내게 다가와 뺨을 어루만지며 속삭였다. "당신과 함께 있으면 전혀 외롭지 않아요." 그가 나를 안아 집 안으로, 그의 침대로 데리고 가는 동안 나는 아무 말도 하지 않았다.

우리가 함께 보낸 첫날밤의 기억 일부는 아직도 흐릿하다. 그와 잠자리에 들 생각은 없었다. 너무 일렀다. 하지만 정신 차릴 틈도 없이 옷을 벗고 이불 위에서 엉켜 있었다. 그는 내 눈에서 시선을 떼지 않았다. 내 영혼을 꿰뚫어보는 것 같아서 불안했지만 눈을 피하지 않았다. 일을 치르고 난 뒤에도 그는 다정했고 내 품에서 잠들었다. 달빛에 비친 그의 얼굴을 보며 턱 선을 어루만졌다. 그의 슬픈 기억을 모두 지우고 어릴 때 받지 못했던 사랑과 보살핌을 주고 싶었다. 모두 우러러보는 매력적이고 강인하고 성공한 남자가 내게 약한 모습을 보이다니. 그에게는 내가 필요했다. 누군가에게 내가 필요하다는 것보다 더 유혹적인 것은 없었다.

아침이 밝자 머리가 깨질 듯이 아팠다. 그는 나를 가졌다. 그에게 나는 정복이 끝난 또 다른 여자일 뿐일까? 원래 그랬듯이 우리는 업무적인 관계로 돌아갈까? 나는 그의 전 여자친구 명단에 이름을 올리게 될까 아니면 이로써 새로운 관계가 시작될까? 그가 과거에 함께 잤던 매력적인 여자들과 나를 비교하며 내가 그들에게 한참 못 미친다고 생각하지는 않을지 걱정스러웠다. 그는 한쪽 팔꿈치를 세워 머리를 받치고 오른손으로 내 가슴을 어루만졌다.

"당신이 여기에 있어서 좋아요."

나는 무슨 말을 해야 할지 몰라서 웃기만 했다. "다른 여자들에게도 그렇게 말했겠죠."

그는 표정이 어두워지더니 손을 뗐다. "아니, 안 했어요."

"미안해요." 나는 숨을 깊이 들이마셨다. "좀 긴장했나봐요."

그가 내게 키스했다. 그의 혀는 집요했고 자기 입술로 내 입술을 눌렀다. 잠시 뒤 그는 입술을 떼더니 손등으로 내 뺨을 쓰다듬었다. "나와 있을 때는 긴장할 필요 없어요. 내가 잘 보살펴줄게요."

복잡한 감정이 휩쓸고 지나갔다. 나는 그의 품에서 나와 진심 어린 미소를 지었다. "가야겠어요. 늦겠어요."

그는 나를 다시 끌어당겼다. "당신이 이사장이잖아요. 이사회 말고는 다른 사람들 눈치 볼 필요 없어요." 잠시 뒤 그는 내 위로 올라왔고 또다시 최면을 걸듯 내 눈을 바라보았다. "그리고 이사회는 당신이 늦어도 신경 쓰지 않아요. 그러니 제발 가지 말아요. 조금만 더 안고 싶어요."

모든 것은 그런 약속에서 시작되었다. 작은 조약돌 때문에 바람막이에 금이 갔고 그 균열은 깊이 갈라지고 벌어져 메울 수 없는 지경에 이르렀다.

37

사람들의 생각과 달리 데이트는 누군가를 알기 위한 수단이 아닐 수도 있었다. 호르몬이 날뛰고 상대에게 자석처럼 이끌리면 두뇌는 휴가를 떠난다. 잭슨은 내 전부가 되었다. 그를 만나기 전에는 필요한지도 몰랐는데.

나는 마음 편히 있을 수 있는 직장에서도 미소 지으며 함께 보낸 지난밤을 계속 떠올렸다. 몇 시간 뒤 내가 쓰는 작은 사무실 밖에서 소란스러운 소리가 들려서 내다보았다. 빨간 장미가 꽂힌 꽃병이 가득 담긴 손수레를 젊은 남자가 끌고 왔다. 비서 피오나가 그 남자 뒤에서 상기된 얼굴로 손짓했다.

"누가 꽃을 보냈어요. 이렇게나 많이요."

나는 수령 확인 서명을 했다. 세어보니 꽃병은 열두 개였다. 하나를 책상 위에 놓고 사무실을 둘러보며 나머지를 어디에 둘지 생각했다. 우리는 좁은 사무실 바닥에 꽃병을 늘어놓았다. 달리 둘 곳이 없었다.

배달원이 떠나자 피오나는 사무실 문을 닫고 내 앞에 놓인 의자에 앉았다. "자, 말해봐요."

나는 잭슨에 대해 아무에게도 이야기하지 않았다. 우리가 어떤 사이인지 나조차 알 수 없었으므로. 꽃병과 함께 온 카드를 읽었다.

당신 살결은 이 꽃잎보다 부드러워요. 벌써 보고 싶어요.

— J

사방이 장미로 뒤덮였다. 지나쳤다. 역겨울 정도로 진한 장미향에 뒤덮이자 속이 울렁거렸다.

피오나는 궁금해서 못 견디겠다는 표정으로 나를 보고 있었다. "자, 어떻게 된 일이에요?"

"잭슨 패리시가 보냈어요."

"그럴 줄 알았어요!" 그녀는 의기양양한 얼굴로 나를 보았다. "요전 날 그가 사무실에 들렀을 때 당신을 보는 눈빛이 예사롭지 않더라고요. 시간문제일줄 알았어요." 그녀는 몸을 약간 숙이며 턱에 손을 댔다. "진지한 사이예요?"

"모르겠어요." 고개를 저었다. "그 사람을 좋아하지만…… 모르겠어요." 나는 꽃을 가리켰다. "너무 강하게 다가와서요."

"그러네요. 예쁜 장미를 이렇게나 많이 보내는 사람이라니요." 그녀는 일어나서 문을 열었다.

"피오나?"

"네?"

"책상에 두어 개 갖다놔요. 너무 많아서 어떻게 해야 할지 모르겠어요."

피오나는 고개를 저었다. "고맙지만 사양할게요. 분명한 건 그 사람을 떼어내기가 쉽지는 않겠어요."

일해야 했다. 잭슨 일은 나중에 생각하기로 했다. 전화를 걸려는 찰나 피오나가 다시 문을 열었다. 그녀 얼굴이 잿빛이었다.

"어머니가 전화하셨어요."

전화기를 귀에 갖다 댔다. "엄마?"

"대프니, 집에 좀 와야겠다. 아버지가 심장마비로 쓰러졌어."

"상태가 어때요?" 나는 간신히 물었다.

"일단 오렴. 최대한 빨리."

38

다음으로 잭슨에게 전화를 걸었다. 내가 겨우 말하자 그가 곧바로 대답했다.

"대프니, 괜찮을 거예요. 심호흡해요. 그리고 거기 그대로 있어요. 내가 바로 갈게요."

"바로 공항에 가야 해요. 비행기를 타야 해서요. 난……."

"내가 데려다줄게요. 걱정하지 말아요."

그에게 전용기가 있다는 사실을 잊고 있었다. "정말 그래줄 수 있어요?"

"내 말 잘 들어요. 거기 가만히 있어요. 지금 가고 있으니까. 먼저 당신 집에서 옷을 챙겨 한 시간 안으로 비행기에 탈 거예요. 심호흡 잊지 말고요."

나머지는 기억이 흐릿하다. 그가 시키는 대로 가방을 꾸렸고 비행기에 앉을 때까지 그의 지시만 따랐다. 비행기에 타서 그의 손을 꼭 잡은 채 창밖을 보며 기도했다. 아버지는 고작 쉰아홉 살이었다. 그대로 돌아가실 수는 없었다.

뉴햄프셔의 개인 비행기 전용 공항에 착륙하자 비앤비에서 일하는 마빈이 우리를 기다리고 있었다. 내가 잭슨을 소개했는지 잭슨이 직접 자기를 소개했는지는 잘 모르겠다. 기억하는 것이라고는 다시는 아버지와 이야기를 나누지 못할 것 같은 불안감뿐이다.

병원에 도착하자마자 잭슨이 모든 일을 알아서 했다. 그는 아버지의 담당의사가 누구인지 알아냈고 병원시설을 파악한 뒤에 곧장 아버지를 세인트 그레고리 병원으로 옮겼다. 고향 마을에서 한 시간 거리에 있는 대형병원이었다. 마을 종합병원 담당의사가 기술이 부족하고 그곳에 최신 의료장비가 없다는 사실을 잭슨이 확인하지 않았더라면 아버지는 그때 돌아가셨을 것이다. 잭슨은 뉴욕 출신의 정상급 심장전문의를 섭외했고 우리는 병원에서 의사를 만났다. 의사는 우리와 거의 동시에 병원에 도착했고 아버지를 진찰하자마자 심장마비가 아니라 대동맥박리라고 진단했다. 심장 혈관이 파열되어 곧바로 수술하지 않으면 사망할 것이라고 했다. 분명 아버지의 고혈압이 원인이었다. 의사는 진단이 늦어진 바람에 생존율이 절반으로 떨어졌다고 경고했다.

잭슨은 회의를 모두 취소하고 내 곁을 지켰다. 일주일 뒤 나는 그에게 코네티컷으로 돌아가라고 했지만 그의 생각은 달랐다.

"두 분이 먼저 집으로 가세요." 그는 나와 어머니에게 이렇게 말했다. "아버님과는 이미 이야기했어요. 저는 비앤비가 잘 돌아가고 있는지 확인할게요."

"회사는 어쩌고요? 돌아가야 하지 않아요?"

"당분간은 여기에서도 일을 처리할 수 있어요. 일정을 좀 조정했거든요. 몇 주 회사에 안 나간다고 해서 큰일 나지는 않아요."

"정말이에요? 비앤비에는 당분간 일을 봐줄 직원이 있어요."

잭슨은 고개를 저었다. "내 일은 어디에서든 처리할 수 있지만 비앤비는 현장에서 직접 운영해야 하잖아요. 사장이 자리를 비우면 상태가 안 좋아지죠. 아버지가 퇴원하시고 어머니가 이 상황을 감당하실 수 있게 될 때까지 내가 다 알아서 할게요."

어머니는 내게 이 사람을 놓치지 말라고 말하는 듯한 눈빛을 보내며 잭슨의 어깨에 손을 얹었다. "정말 고마워요. 당신이 옆에 있다는 걸 알면 에즈라도 한결 편하게 숨 쉴 거예요."

잭슨은 특유의 유능함으로 모든 일이 순조롭게 이루어지도록 처리했다. 아버지가 책임을 맡고 있을 때보다 더 잘 돌아갔다. 주방에 물건이 들어찼고 직원이 관리됐으며 새 모이통 하나도 비는 법이 없었다. 어느 날 저녁 일손이 부족해서 비앤비에 간 나는 손님들 식사를 시중드는 잭슨을 보았다. 바로 그때 그에게 푹 빠진 것 같다. 덕분에 어머니는 큰 짐을 덜었다. 잭슨이 얼마나 수월하게 일해나가는지를 본 뒤 비앤비 운영을 걱정하지 않고 편하게 병원에 있을 수 있었다.

한 달이 다 되어갈 무렵 어머니 역시 나처럼 잭슨에게 빠졌다.

"얘야, 내가 보기엔 네 짝인 것 같구나." 어느 날 밤 잭슨이 방에서 나가고 난 뒤에 어머니가 내게 속삭였다.

그가 어떻게 그 모든 일을 해낼 수 있었는지 궁금했다. 그는 마치 처음부터 우리와 함께였던 것 같았고 이미 가족인 것 같았다. 이전까지 그에 대해 품었던 의구심은 모두 사라졌다. 잭슨은 제멋대로 구는 바람둥이가 아니었다. 속이 차고 기개가 있는 남자였다. 몇 주라는 짧은 기간 동안 그는 우리 가족 모두에게 없어서는 안 될 존재가 되었다.

39

아버지는 퇴원해서 집으로 갔다. 여전히 몸이 좋지 않았지만 나아지고 있었다. 잭슨과 나는 우리 가족과 크리스마스를 보내려고 뉴햄프셔로 갔다. 사촌 배리와 그의 아내 에린이 딸을 데리고 왔고 우리는 크리스마스를 함께 보내게 되어 들떠 있었다.

크리스마스이브에 도착했다. 눈이 내려 뉴잉글랜드(메인, 뉴햄프셔, 버몬트, 매사추세츠, 로드아일랜드, 코네티컷 여섯 개 주를 포함하는 미국 북동부 지역)의 크리스마스 풍경이 완벽하게 연출되었다. 비앤비는 휴일을 맞아 시끌벅적했다. 어릴 때부터 일요일마다 가던 작은 교회에 가자 마음이 편안하고 충만해졌다. 아버지는 살았고 나는 사랑에 빠졌다. 동화 같았다. 실제로 존재하는지도 몰랐던 왕자를 차지했다. 잭슨은 자신을 바라보는 나를 보며 눈부시게 미소 지었다. 그의 짙은 청록색 눈동자는 애정으로 빛났고 나는 그가 내 사람이라는 사실이 믿기지 않았다.

비앤비로 돌아가자 아버지가 샴페인을 따서 우리에게 따라주었다. 그리고 어머니의 어깨를 감쌌다. "너희 모두와 함께 이 자리에 있는 게 내게는 정말 의미가 크다고 말하고 싶구나. 몇 달 전만 해도 이렇게 살아서 다시 크리스마스를 맞이할 수 있을지 몰랐으니까." 아버지는 뺨에 흐른 눈물을 닦고서 잔을 들어 올렸다. "가족을 위해. 이곳에 모인 우리 모두와 천국에 있을 사랑하는 줄리를 위해. 메리 크리스마스."

나는 샴페인을 한 모금 마시고 눈을 감은 다음 여동생에게 마음속으로 크리스마스 인사를 건넸다. 여전히 줄리가 너무 그리웠다.

우리는 크리스마스트리 옆 소파에 앉아 선물을 교환했다. 어릴 때부터 부모님은 우리에게 세 가지 선물을 주셨다. 동방박사 세 사람이 예수에게 준 선물 세 가지를 상징하는 것이었다. 잭슨도 세 가지 선물을 받았다. 나는 어머니가 그의 선물까지 준비해주어 고마웠다. 선물은 그리 대단하지는 않았지만 특별했다. 어머니가 직접 짠 스웨터, 베토벤 음반, 잭슨의 크리스마스트리에 장식할 직접 칠한 요트 장식품이었다. 잭슨은 두툼한 스웨터를 펼쳐서 가슴팍에 갖다 댔다.

"정말 마음에 들어요. 제게 잘 어울리는 데다 따뜻하겠어요." 그는 일어나서 크리스마스트리로 갔다. "이제 제 차례예요." 그는 가족 모두를 위해 준비한 선물을 매우 기쁘게 나누어주었다. 나는 그가 무슨 선물을 샀는지 몰랐다. 그가 깜짝 선물을 하고 싶어 했기 때문이다. 나는 그에게 평범한 선물이어야 하며 절대 과한 것은 안 된다고 말했다. 그는 당시 여덟 살이었던 어린 조카에게 먼저 선물을 주었다. 디즈니 캐릭터가 달린 예쁜 은팔찌를 받은 조카는 열광했다. 배리와 에린에게는 보스 블루투스 스피커 중 가장 고급품을 선물했다. 나는 사촌 부부가 잭슨에게 준 클래식 자동차에 관한 책이 떠올랐고 그들이 이 선물을 받고 기분이 어떨지 몰라 약간 초조했다. 배리는 기분을 분명히 드러내지는 않았지만 그의 표정으로 보아 불편한 것 같았다.

잭슨은 주머니에서 뭔가를 꺼내 내 앞에 무릎을 꿇더니 포장된 작은 상자를 내밀었다.

내 심장은 요동치기 시작했다. 이게 진짜일까? 포장지를 벗기는 손이 떨렸다. 검은색 벨벳 상자를 개봉하자 뚜껑이 열렸다.

반지였다. 반지를 받기 전까지는 내가 그것을 얼마나 원했는지 깨닫지 못했다. "오, 잭슨. 너무 예뻐요."

"대프니, 당신을 아내로 맞이하는 영광을 내게 주겠어요?"

어머니는 놀라서 숨을 헉 하고 들이쉬며 손뼉을 쳤다.

나는 그를 끌어안았다. "네, 그럼요!"

그는 내게 반지를 끼워주었다.

"잭슨, 정말 예뻐요. 그리고 정말 크군요."

"당신에게는 뭐든 최고가 어울려요. 6캐럿 라운드컷이에요. 당신처럼 흠잡을 데 없죠."

반지는 꼭 맞았다. 나는 손을 내밀어 반지를 이리저리 살펴보았다. 어머니와 에린이 내게 달려와 탄성을 내뱉었다.

아버지는 알 수 없는 표정으로 이상하리만치 조용히 한쪽에 서 있었다. "너무 이른 것 같지 않니?"

방 안이 조용해졌다. 잭슨의 얼굴에 화난 표정이 스쳐 지나갔다. 잠시 후 그는 미소 지으며 아버지에게 다가갔다.

"걱정하시는 마음 이해합니다. 하지만 대프니를 처음 본 순간부터 사랑에 빠졌어요. 여왕처럼 모시겠다고 약속할게요. 그러니 축복해주시면 좋겠어요." 그는 아버지에게 손을 내밀었다.

모두 두 사람을 보고 있었다. 아버지는 손을 내밀어 잭슨의 손을 꼭 잡았다.

"우리 가족이 된 걸 환영하네." 아버지는 이렇게 말하며 미소 지었다. 하지만 아버지의 눈이 웃고 있지 않다는 것은 나만 눈치챘던 것 같다.

잭슨은 맞잡은 손을 흔들며 아버지의 눈을 똑바로 보았다. "고맙습니다." 잠시 뒤 그는 쾌거를 거둔 표정으로 바지 주머니에서 뭔가를 꺼냈다. "마지막 순간을 위해 이걸 아껴두고 싶었어요." 그는 아버지에게 봉투를 건넸다.

아버지는 그것을 열어보고는 입술이 일그러졌다. 그리고 혼란스러운 눈빛으로 잭슨에게 봉투를 돌려주며 고개를 저었다. "이건 너무 과하네."

어머니가 다가갔다. "여보, 뭔데 그래요?"

잭슨이 대답했다. "지붕 다시 하시라고요. 지붕이 오래돼서 비가 새잖아요. 봄에 새로 하시면 좋겠어요."

"이렇게 큰 배려를. 하지만 에즈라 말이 옳아, 잭슨. 이건 너무 과해." 어머니가 말했다.

잭슨은 내게 팔을 두르고 부모님을 향해 미소 지었다. "그런 말씀 마세요. 저도 이제 가족이잖아요. 가족이라면 서로 보살펴야죠. 싫다는 대답은 듣고 싶지 않아요."

나는 부모님이 왜 그렇게 고집을 부리는지 알지 못했다. 잭슨이 정말 잘했다고 생각했고 그 정도 돈은 잭슨의 재정상태에 아무런 영향을 미치지 못한다는 걸 알았다.

"엄마, 아빠. 누가 뉴잉글랜드 사람 아니랄까 봐요. 자존심 세우지 마세요." 내가 놀리듯이 말했다. "멋진 선물이잖아요."

아버지는 잭슨을 똑바로 쳐다보았다. "정말 고맙지만 난 이런 식으로 일을 해결하지 않아. 이건 내 일이고 내가 건강해져서 준비가 되면 지붕을 새로 하겠네. 이제 지붕 이야기는 더 듣고 싶지 않군."

잭슨은 이를 악물었고 내 어깨에 두른 손을 내렸다. 내 면전에서 기가 꺾인 그는 봉투를 받아 주머니에 넣으며 입을 열었다. 속삭임에 가까운 소리였다.

"좋은 일을 하고 싶었는데 기분만 상하게 해드렸군요. 용서해주세요." 그는 고개를 숙인 채 어머니를 바라보았다. 문제를 일으키고 나서 벌을 받지 않게 해달라고 하는 어린아이 같았다. "가족의 일원이 되고 싶었을 뿐이에요. 어머니가 돌아가신 뒤로 정말 힘들었거든요."

어머니는 다가와 잭슨을 안았다. "잭슨, 당연히 가족이지." 그녀는 원망하는 눈빛으로 아버지를 보았다. "가족은 서로 돕는 거야. 선물 고맙게 받겠네."

그때 나는 처음으로 보았다. 잭슨의 입술에 번진 희미한 미소와 승리를 말하는 그의 눈빛을.

40

아버지는 수술에서 회복하기는 했지만 건강이 좋지 않았고 얼마나 더 오래 살지 몰랐다. 결혼을 서두른 이유 중에는 입장할 때 아버지와 함께 들어가고 싶은 것도 있었다. 예식은 단출했다. 아버지는 결혼식 비용을 내겠다고 고집했고 잭슨이 간청해도 소용없었다. 잭슨은 비숍 하버에서 성대한 결혼식을 열어 사업과 관계된 사람을 모두 초대하고 싶어 했다. 나는 신혼여행을 다녀와서 축하연을 열겠다고 약속하며 그를 달랬다.

우리는 2월에 가족들이 다니던 장로교회에서 결혼하고 비앤비에서 피로연을 열었다. 잭슨의 아버지가 결혼식에 참석하러 왔고 나는 그를 만나기 전에 신경쇠약에 걸릴 것만 같았다. 잭슨의 아버지는 여자친구와 함께 오기로 했는데 잭슨은 그녀를 마음에 들어 하지 않았다. 잭슨은 그들에게 전용기를 보냈고 공항에 운전기사를 보내 비앤비로 모셔왔다.

"아버지가 그 바보처럼 히죽대는 여자를 데려오다니 믿을 수 없어요. 아직 여자를 만날 때가 아닌데 말이에요."

"잭슨, 그런 말은 너무 가혹하지 않아요?"

"그 여자는 아무것도 아니에요. 그런 여자를 만나는 건 어머니에 대한 모욕이라고요. 심지어 식당 종업원이에요."

나는 비앤비 식당에서 일하는 훌륭한 여성들이 떠올라 그 말을 반박하고 싶었다. "식당 종업원이 어때서요?"

그는 한숨을 쉬었다. "대학생이라면 상관없어요. 하지만 그 여자는 육십 대라고요. 그리고 아버지에게는 돈이 많아요. 그 여자는 돈줄이 필요해서 아버지에게 달라붙어 있는 거예요."

계속 마음이 불편했다. "그분을 얼마나 잘 안다고 그래요?"

잭슨은 어깨를 으쓱했다. "한 번 만났어요. 두 달쯤 전에 시카고로 출장 갔을 때 저녁을 같이 먹었죠. 아주 시끄러웠고 특별나게 똑똑하지도 않았어요. 아버지 말 한마디에 껌벅 죽더군요. 어머니는 자기만의 생각이 있는 분이셨는데."

"아버지가 어머니 아닌 다른 여자와 함께 있는 걸 보기 힘들어서 그렇게 느낀 거 아니에요? 어머니와 아주 가까웠다고 했잖아요. 어머니 자리에 다른 사람이 있는 걸 보는 게 쉽지는 않았을 거예요."

잭슨의 얼굴이 시뻘게졌다. "어머니를 대신할 수 있는 사람은 아무도 없어요. 그 여자는 어머니 발끝도 못 따라가요."

"미안해요. 그런 뜻으로 한 말은 아니었어요." 잭슨은 아버지가 일 중독자라서 어릴 때 자기와 시간을 보내지 않았다는 것 말고는 부모님 이야기를 많이 하지 않았다. 나는 그가 외동아들이라서 어머니와 유난히 가까웠던 것이 아닐까 짐작했다. 일 년 전에 어머니가 사망한 일이 그에게는 큰 충격이었고 내가 보기에는 그 슬픔이 아직 그대로 있었다. 계속해서 그가 속물이라는 석연치 않은 생각이 들었지만 그만두고 싶었다. 잭슨이 그러는 것이 어머니로 인한 불안 때문이라고 여기고 머리 한구석으로 치워버렸다.

직접 만나보니 플로라는 매우 다정한 사람이었고 잭슨의 아버지는 행복해 보였다. 그들은 내 부모님과 화기애애하게 이야기를 나누었고 모두 잘 어울렸다. 다음 날 아버지와 함께 결혼식장에 들어가는 동안 나는 운명적인 사랑을 찾았고 잭슨과 새로운 삶을 시작하게 되어 정말 운이 좋다는 생각뿐이었다. "이제 내게 비밀을 밝힐 때라고 생각하지 않아요?" 신혼여행을 떠나는 비행기에 오르며 내가 물었다. "내가 옷을 제대로 챙겨왔는지조차 모른다고요."

잭슨은 몸을 숙여 내게 키스했다. "바보 같은 아가씨. 내가 당신을 위해 새로 산 옷이 가득 찬 여행가방이 이미 몇 개나 실려 있다고요. 전부 내게 맡겨요."

나를 위해 새 옷을 샀다고? "언제 그럴 시간이 있었어요?"

"그런 건 걱정하지 말아요. 내가 미리 계획하는 데 선수라는 걸 알게 될 테니까."

자리에 앉아 샴페인을 마실 때 나는 다시 한 번 물었다. "그래서 언제 알려줄 건데요?"

잭슨은 내 옆 창문의 가리개를 내렸다. "착륙하면요. 이제 누워서 쉬어요. 좀 자는 게 좋을 거예요. 일어나면 구름 속에서 재미 좀 보자고요." 그는 이렇게 말하며 내 허벅지를 어루만졌다. 그러자 욕망이 뜨거운 액체처럼 몸속으로 번져나갔다.

"지금 당장 그럴 수도 있잖아요?" 나는 그의 귀에 입술을 바싹 붙이고 속삭였다.

잭슨은 미소 지었고 나는 그의 눈에서 내가 느낀 것과 똑같은 욕망을 보았다. 그가 탄탄한 팔로 나를 안아 침대에 내려놓자 서로의 몸이 엉켰다. 그 뒤 우리는 잠들었다. 얼마나 오래 잤는지 모르겠지만 잠에서 깨어 다시 사랑을 나누었다. 기장이 잭슨에게 전화를 걸어 몇 분 뒤에 하강할 것이라고 알렸다. 기장은 목적지를 말하지 않으려고 조심했지만 창밖을 내다보니 아래로 푸른 바다가 끝없이 펼쳐져 있었다. 목적지가 어디든 천국일 것 같았다. 잭슨은 이불을 젖히고 내가 있는 창가로 와서 알몸인 나를 안았다. "봤어요?" 그는 바다 위로 솟아오른 웅장한 돌기둥 같은 산을 가리켰다. "오테마누산이에요. 세상에서 가장 아름다운 풍경이죠. 곧 기막히게 멋진 보라보라섬도 보여줄게요."

폴리네시아였다. 나는 고개를 돌려 그를 보았다. "여기에 와본 적 있어요?"

그는 내 뺨에 입 맞췄다. "네, 하지만 당신과는 처음이죠."

나는 약간 실망했고 그 기분을 어떻게 말로 표현해야 할지 모른 채 서투르게나마 시도해보았다. "난 우리 둘 다 한 번도 안 가본 곳으로 가는 줄 알았어요. 모든 걸 함께 경험할 수 있도록이요. 처음으로."

잭슨은 나를 침대에 앉히더니 머리를 헝클어뜨렸다. "난 여행을 많이 했어요. 가볼 만한 곳은 이미 다 가봤다고요. 아이오와 데번포트로 가는 게 더 좋았겠어요? 거긴 내가 안 가본 곳인데. 우리가 만나기 전의 내 생활이라는 게 있잖아요."

"그건 그렇죠. 난 그저 이번에는 둘 모두에게 새로운 걸, 둘만 나눌 수 있는 뭔가를 하고 싶었어요." 나는 이곳에 혼자 왔었는지 다른 여자와 왔었는지 묻고 싶었지만 분위기를 더 망칠까봐 겁났다. "보라보라섬. 내가 오리라고 생각지도 못했던 곳이에요."

"수상 방갈로를 예약했어요. 마음에 들 거예요." 잭슨은 나를 다시 품에 안았다.

바퀴가 닿는 느낌이 들자 우리는 자리로 돌아갔고 곧 모투 무테라는 작은 섬의 공항에 착륙했다. 문이 열리고 비행기 계단을 내려가자 섬 주민들이 반갑게 인사하며 목에 화환을 걸어주었다.

"당신 화환이 더 마음에 들어요. 난 파란색을 좋아하거든요."

잭슨은 자기 화환을 벗어 내게 걸어주었다. "당신이 하니 더 아름답군요. 보라보라섬에서는 이 화환을 헤이라고 불러요."

나는 따뜻하고 향긋한 공기에 취했다. 이미 이곳이 마음에 들었다. 우리는 배를 타고 방갈로로 갔는데 방갈로라기보다 물 위에 떠 있는 호화저택 같았다. 바닥이 유리로 되어 있어 바다 아래에 사는 생물이 훤히 보였다.

짐이 도착하자 나는 편안한 원피스로 갈아입었다. 잭슨은 남색 바지와 흰색 리넨 셔츠를 입었다. 구릿빛 피부에 흰 셔츠를 입자 더 잘생겨 보였다. 더 잘생긴 것이 가능하다면 말이다. 방갈로 데크에 앉자 아우트리거 카누(양옆에 균형을 잡아주는 장치가 달린 카누)가 다가와 우리에게 샴페인과 캐비어를 건넸다. 나는 놀라서 잭슨을 보았다. "주문한 거예요?"

그는 나를 순진한 시골 아가씨 보듯 바라보았다. "이건 서비스에 포함된 거예요. 우리가 원하는 건 뭐든 갖다줄 거예요. 안에서 저녁을 먹겠다고 하면 안에 차려줄 거고. 점심도 마찬가지고요. 우리가 원하는 대로 뭐든 할 수 있어요." 그는 둥근 크래커에 캐비어를 약간 올려 내 입으로 가져왔다. "내 여자에겐 가장 좋은 것만 줄 거예요. 익숙해져야 해요."

나는 캐비어와 샴페인 둘 다 좋아하지 않았지만 즐기도록 노력해야겠다고 생각했다.

잭슨은 샴페인을 천천히 마셨고 우리는 그렇게 앉아 상쾌한 바람을 맞으며 눈앞에 펼쳐진 터키색 바다에 넋을 빼앗겼다. 나는 뒤로 기대 눈을 감고 기둥에 부딪치는 파도 소리를 들었다.

"여덟 시에 라 빌라 마하나에 저녁식사를 예약해뒀어요." 그가 말했다.

나는 눈을 뜨고 그를 보았다. "그래요?"

"소수 인원만 받는 보석 같은 곳이에요. 당신 마음에 들 거예요."

나는 또다시 실망했다. 그는 이 레스토랑에 가본 적이 있었다. "뭘 주문해야 하고 뭐가 가장 맛있는지 당신이 정확히 알려줄 수 있겠네요." 내가 비꼬는 투로 말했다.

잭슨은 차가운 눈빛으로 나를 보았다. "가고 싶지 않으면 예약 취소할게요. 거기에서 식사하고 싶어서 대기명단에 이름을 올린 사람이 수두룩할 테니까."

나는 은혜도 모르는 바보가 된 기분이었다. "미안해요. 내가 왜 이러는지 모르겠어요. 당연히 가야죠."

잭슨은 나를 위해 산 것들을 이미 모두 풀어 정리해두었다. 옷은 종류와 색깔별로 걸려 있었다. 신발은 막대로 고정된 맨 위 선반에 놓여 있었는데 다양한 색과 모양의 플랫 샌들과 하이힐로 구분되어 있었다. 그는 상체가 꼭 맞고 가는 끈이 달린 긴 흰색 드레스를 꺼냈다. 우리가 머무르는 날수에 비해 옷이 많았다. 이브닝 슈즈, 샌들, 수영복, 웃옷, 보석류, 낮에 편하게 입는 옷, 저녁에 입을 하늘하늘한 슬립 드레스도 있었다. "자, 오늘 밤엔 아름다운 내 여자에게 이 옷이 완벽하겠군."

내 옷을 다른 사람이 골라주다니 기분이 이상했지만 드레스는 아름다웠다. 옷은 아주 잘 맞았고 잭슨이 고른 늘어지는 터키색 귀걸이는 새하얀 드레스 덕분에 더욱 아름답게 빛났다.

둘째 날 저녁에는 숙소에서 저녁을 먹었다. 우리는 데크에 앉아 음식을 먹으며 하늘에 분홍색과 푸른색 리본을 만든 일몰을 음미했다. 마법 같은 시간이었다.

이런 생활이 규칙적으로 반복되었다. 하루 저녁은 방갈로에서 단둘이 보냈고 그다음 날 저녁에는 블러디 메리, 마이 카이, 세인트 제임스 같은 레스토랑에 갔다. 저마다 분위기가 독특하고 좋았는데 그중에서도 바닥에 모래가 깔려 편안한 섬 분위기가 나고 맛있는 럼 케이크를 먹을 수 있는 블러디 메리가 좋았다. 그곳은 화장실 바닥에도 모래가 깔려 있었다. 밖에서 저녁을 먹을 때면 우리는 손을 잡고 해변을 따라 걸었고 집으로 돌아가 사랑을 나누었다. 안에서 저녁을 먹을 때면 더 일찍, 더 오래 사랑을 나누었다. 햇빛을 받으며 물에서 며칠 보내자 내 피부는 옅은 갈색으로 그을었는데 깨끗하고 탄력 있어 보였다. 내 몸이나 몸에 닿는 누군가의 손길을, 그리고 한 몸이 되었을 때 정말 하나라고 느껴지는 전율을 이 정도까지 의식해본 적이 없었다.

수영과 스노클링부터 개인관광과 낭만적인 저녁식사까지 매 순간 모든 것을 잭슨이 계획했다. 우리는 전용해변의 모래사장과 석호에 띄운 배에서 사랑을 나누었다. 우리의 안식처인 방갈로에서는 말할 것도 없었다. 잭슨은 아주 작은 부분까지 모든 것을 생각했다. 무언가가 계속 사소하게 마음에 걸렸지만 그가 원하는 규칙과 통제가 내 삶을 어느 정도까지 짓누를지는 알지 못했다.

41

잭슨이 집에 왔을 때 나는 짐을 다 꾸렸고 준비가 끝나 있었다. 그린브라이어에서 누구의 방해도 받지 않고 남편과 나흘을 보낸다는 생각에 들떠 있었다. 우리가 결혼한 지 삼 개월이 조금 넘은 때였다. 내 여행가방은 침대 위에 있었는데 잭슨은 내게 잘 다녀왔다고 입 맞춘 뒤에 침대로 가서 가방을 열었다.

"뭐하는 거예요? 당신 여행가방은 저기에 있잖아요." 나는 그의 옷장 옆에 놓인 커플 여행가방을 가리켰다.

잭슨은 즐겁다는 듯 미소 지었다. "알아요." 그는 내가 꾸린 짐을 전부 꺼내더니 내 옷을 보며 인상을 찌푸렸다.

그 자리에 서서 내 물건에서 손 떼라고 말하고 싶었지만 말이 나오지 않았다. 그가 내 물건을 샅샅이 뒤지는 모습을 얼어붙은 듯 지켜보기만 했다. 그는 그런 나를 바라보았다.

"우리가 가는 곳이 당신 부모님이 운영하는 촌구석 비앤비가 아니라는 건 알고 있죠?"

나는 한 대 맞은 것처럼 움츠러들었다.

그는 내 표정을 보고 웃음을 터뜨렸다. "이런, 그러지 말아요. 그런 뜻으로 말한 건 아니었어요. 우리가 가는 곳이 그린브라이어라고 말하려던 것뿐이에요. 그곳에는 복장규정이 있거든요. 칵테일 드레스를 몇 벌 챙겨야 해요."

나는 당황하고 화가 나서 얼굴이 뜨거워졌다. "그린브라이어가 어떤 곳인지는 알아요. 가본 적 있거든요." 사실 그저 온라인에서 보았을 뿐이었다.

잭슨은 눈썹을 추켜올리더니 나를 한동안 바라보았다. "정말요? 언제요?"

"그게 중요한 게 아니잖아요. 내가 하려는 말은 당신이 내 물건을 그렇게 뒤지면 안 된다는 거예요. 내가 어린아이도 아니고요. 내가 꾸린 짐은 괜찮아요."

잭슨은 항복한다는 듯이 두 손을 들어올렸다. "알겠어요. 당신 마음대로 해요. 하지만 다른 여자들에 비해 터무니없이 초라하게 입었다는 걸 알고 울면서 내게 오지는 말아요."

그를 지나쳐 여행가방을 닫아 바닥에 집어던졌다. "아래층에서 봐요." 가방을 다시 주우려 하자 그가 말렸다.

"대프니."

나는 돌아보았다. "왜요?"

"그냥 놔둬요. 치울 사람이 있으니까." 그런 다음 그는 고개를 저으며 뭐라고 중얼거렸다.

나는 가방을 집어 들었다. 직접 쉽게 할 수 있는 일을 해주기를 기다리며 사람을 부리는 일이 익숙지 않았다. "내 가방 정도는 얼마든지 직접 옮길 수 있어요." 나는 쿵쿵대며 서재로 가서 위스키를 한 잔 따랐다. 위스키를 단숨에 마신 다음 눈을 감고 심호흡을 했다. 위스키가 내려가자 목이 타는 듯했지만 마음이 가라앉았다. '다들 이렇게 알코올 중독자가 되는구나.' 창가로 다가가 해협 풍경을 바라보자 조금 남아 있던 불편함이 가라앉았다.

감정적인 위협은 육체적인 위협만큼 사람을 불안하게 할 수 있었다. 사소한 것이 잭슨의 신경에 거슬리기 시작하자 그를 기분 좋게 해주려고 아무리 노력해도 모든 것이 만족스럽지 않았다. 나는 와인 잔을 잘못 골랐고 축축한 수건을 나무 탁자 위에 올려 두었다. 헤어드라이어를 깜빡하고 탁자 위에 그냥 두기도 했다. 더욱 견디기 힘든 것은 변덕이었다. 내가 이야기하고 있는 잭슨은 누구일까? 잘 웃고 매력적인 미소를 지으며 모두를 편안하게 해주던 그 사람일까? 아니면 인상을 쓰며 주변을 휙 살펴본 뒤에 나에게 또 실망했다고 비난하는 사람일까? 그는 카멜레온 같았다. 변덕이 심하고 끝없어서 때로는 숨 쉬기도 힘들 지경이었다. 그런데 이제 내가 여행가방을 꾸릴 능력조차 없다고 생각하다니.

나는 어깨에 닿은 손길에 깜짝 놀랐다.

"미안해요."

나는 돌아보지도, 대답하지도 않았다.

그는 내 어깨를 주무르더니 가까이 다가와 목에 입술을 댔다. 그의 입술이 닿자 등줄기를 타고 전율이 일었다. 나는 대답하고 싶지 않았지만 내 몸은 생각이 달랐다.

"나한테 그런 식으로 말하지 말아요. 난 당신 하인이 아니에요." 나는 이렇게 말하며 몸을 뗐다.

"알아요. 당신 말이 옳아요. 미안해요. 이 모든 게 내겐 좀 낯설어서 그래요."

"나도 마찬가지예요. 그래도……." 나는 고개를 저었다.

잭슨은 내 뺨을 어루만졌다. "내가 사랑하는 거 알잖아요. 난 책임자 역할이 익숙한 사람이에요. 내게 적응할 시간을 좀 줘요. 싸움 때문에 여행을 망치지는 말자고요." 그는 내게 다시 입 맞췄고 내 몸이 반응하는 것이 느껴졌다. "사실 난 당신이 주말 동안 옷을 입지 않는 데에 더 관심이 있어요."

나는 이번 일은 이쯤 하기로 하고 잭슨과 함께 나갔다.

여행지에 도착할 때쯤 우리는 둘 다 기분이 좋았다. 진한 빨간색 카펫과 벽, 두툼한 회색 커튼, 화려하게 장식된 거울과 그림이 있는 호화로운 스위트룸에 들어서자 시간을 거스른 듯했다. 스위트룸은 넓고 격조 있었으며 약간 주눅 들게 하기도 했다. 열 사람은 앉을 수 있는 큰 식탁이 있었고 격식을 갖춘 거실과 침실 세 개가 있었다. 문득 나는 옷을 제대로 챙겨온 게 맞는지 의문이 들었다.

"아름다워요. 하지만 이렇게 큰 방이 필요해요? 우리 둘뿐인데."

"당신에게는 가장 좋은 것만 해주고 싶어요. 둘이서 좁은 방에 구겨져 있기는 싫어요. 전에 여기에 왔을 때는 그랬겠죠?"

나는 웹사이트에서 본 방을 떠올리려고 애쓰며 아니라는 듯 손사래를 쳤다. "그냥 일반적인 객실에 있었어요."

"그래요? 그게 언제였는데요?"

잭슨은 재미있다는 표정으로 나를 보았다. 하지만 그의 눈은 화나 있었다.

"그게 왜 그렇게 중요해요?"

"내겐 절친한 친구가 있어요. 우린 어릴 때부터 모든 걸 함께했죠. 대학생이 된 뒤에 나는 그 친구의 가족과 함께 캠핑을 떠나기로 했어요. 그런데 떠나기 전날 밤 친구가 전화를 걸어 여행을 못 가게 되었다고 했죠. 몸이 아프다면서요. 그런데 그 친구가 여자친구와 동네 술집에 있었다는 걸 월요일에 알게 되었어요." 잭슨은 서성거리고 있었다. "그래서 내가 어떻게 했는지 알아요?"

"어떻게 했는데요?"

"그의 여자친구를 유혹해서 그 친구와 헤어지게 만든 다음에 둘 다 버렸어요."

나는 온몸의 피가 싸늘하게 식는 기분이었다. "너무 끔찍해요. 그 불쌍한 여자아이가 당신한테 무슨 잘못을 했다고요?"

잭슨은 미소 지었다. "여자친구 이야기는 농담이에요. 하지만 그 친구와의 우정은 끝냈어요."

나는 어느 말을 믿어야 할지 알 수 없었다. "왜 나한테 그 이야기를 해요?"

"당신이 거짓말하는 것 같아서요. 내가 유일하게 견딜 수 없는 게 거짓말이에요. 날 바보 취급하지 말아요. 당신은 여기에 와본 적 없잖아요. 지금 실토해요, 너무 늦기 전에."

"뭐가 너무 늦는다는 말이에요?" 나는 두려웠지만 일부러 용감하게 말했다.

"너무 늦어버려서 내가 당신을 못 믿게 되기 전에 말이에요."

눈물이 왈칵 났다. 그러자 그는 다가와서 나를 안았다.

"내가 근사한 곳에 한 번도 와보지 못했다거나 당신이 당연하게 여기는 것들을 해본 적 없다는 인상을 주기 싫었어요."

잭슨은 내 턱을 들어 젖은 뺨에 키스했다. "내 사랑, 내 앞에서는 가식적으로 행동할 필요 없어요. 난 당신에게 새로운 걸 보여주는 게 좋아요. 내게 깊은 인상을 남기려고 애쓸 필요 없어요. 난 당신에게 모든 것이 처음이라는 게 좋으니까."

"거짓말해서 미안해요."

"이번이 마지막이라고 약속해요."

"약속할게요."

"그럼 됐어요. 이걸로 된 거예요. 짐을 풉시다. 그러고 나서 구경시켜줄게요."

나는 그의 맞춤정장과 타이 옆에 변변찮은 옷을 걸며 가라앉은 기분으로 그를 돌아보았다. "구경하기 전에 쇼핑 좀 하면 안 될까요?"

"이미 계획해뒀어요." 그가 대답했다.

그다음 이틀은 정말 좋았다. 우리는 말을 탔고 스파에서 시간을 보냈으며 침대에서는 아무리 해도 부족하다는 듯이 서로를 탐했다. 여행 마지막 날 아침식사를 하러 가는 길에 내 휴대전화가 울렸다. 어머니였다.

"엄마?" 어머니 목소리에서 뭔가가 잘못되었다는 것을 알 수 있었다.

"대프니, 나쁜 소식이 있어. 네 아빠가……." 전화기를 타고 흐느낌이 전해졌다.

"엄마! 무슨 일이에요? 무서워요."

"대프니, 그이가 죽었어. 네 아빠 말이다. 죽었어."

나는 울기 시작했다. "안 돼, 안 돼, 그럴 리 없어!"

잭슨이 달려와 전화기를 받아들고 나머지 한 팔로 나를 안았다. 믿을 수 없었다. 어떻게 아버지가 돌아가실 수 있지? 지난주에도 통화했는데. 아버지를 담당한 심장전문의가 완전히 회복하려면 아직 멀었다고 했던 말이 떠올랐다. 잭슨은 흐느끼는 나를 안고 다정하게 소파로 데리고 간 다음 짐을 꾸리기 시작했다.

우리는 곧장 비앤비로 가서 일주일 동안 머물렀다. 아버지가 누운 관이 땅 속에 묻히는 것을 보자 줄리에게 같은 일이 일어났던 날밖에 떠오르지 않았다. 잭슨이 굳센 팔로 나를 안아주었고 어머니가 옆에 있었지만 나는 완전히 혼자라는 생각이 들었다.

42

잭슨은 곧바로 아이를 갖고 싶어 했다. 결혼한 지 육 개월밖에 안 되었는데 그는 내게 페서리(질에 삽입하는 여성용 피임기구)를 쓰지 말자고 말했다. 그는 내가 스물일곱 살이라는 점을 일깨워주며 시간이 좀 걸릴 수 있다고 말했다. 하지만 나는 첫째 달에 임신했다. 잭슨은 기뻐했지만 나는 기뻐하기까지 시간이 좀 걸렸다. 물론 우리는 아이가 낭포성 섬유증 유전자를 물려받지 않도록 확실히 하기 위해 앞서 검사를 받았다.* 내게 열성 유전자가 있기 때문에 잭슨에게도 열성 유전자가 있으면 우리가 낳은 아이는 낭포성 섬유증을

* 낭포성 섬유증은 열성으로 유전되는 질환이며 열성 유전자를 가지고 있다고 해도 100퍼센트 유전되지는 않는다.

앓을 위험이 있었다. 의사가 우리 둘 다 문제없다고 확인해주었는데도 불안감을 지우기 힘들었다. 우리 아이를 기다릴지 모를 수많은 선천적 장애가 있었고 문제가 있다는 것을 알게 되면 최악의 사태가 벌어질 가능성이 많았다. 나는 어느 날 저녁식사를 하며 잭슨에게 이런 걱정을 털어놓았다.

"뭔가 잘못되면 어떡해요?"

"미리 알게 되겠죠. 의사들이 검사할 테니까요. 아이가 건강하지 않으면 중절수술을 받으면 되고요." 그가 너무도 무심하게 말해서 나는 한기를 느꼈다. "별일 아니라는 듯이 말하는군요."

잭슨은 어깨를 으쓱했다. "별일 아니잖아요. 그래서 온갖 검사를 하는 거 아니겠어요? 다 계획이 있으니 걱정할 것 없어요."

나는 논의를 끝내지 않았다. "내가 중절수술을 받고 싶지 않다면요? 아니면 병원에서 아무 문제가 없다고 했는데 문제가 있거나 문제가 있다고 했는데 없으면요?"

"무슨 말을 하는 거예요? 의사들이 잘 알 거라고요." 잭슨은 짜증스러운 목소리로 말했다.

"사촌의 아내 에린이 임신했을 때 병원에서 아이에게 심각한 선천적 장애가 있을 거라고 했지만 에린은 아이를 포기하지 않았어요. 그 아이가 사이먼이에요. 완벽한 아이죠."

몹시 짜증스러운 한숨 소리가 들렸다. "그건 벌써 몇 년 전이잖아요. 지금은 더 정확해요."

"그래도……"

"젠장, 대프니. 내게 무슨 말을 듣고 싶은 거예요? 무슨 말을 해도 터무니없이 대꾸하잖아요. 비참해지기를 바라는 거예요?"

"그건 아니에요."

"그럼 그만해요. 우린 아이를 낳을 거예요. 아이가 태어나기 전에 이렇게 소심하고 걱정하는 태도를 버렸으면 해요. 신경이 과민해서 온갖 사소한 것까지 걱정하는 엄마는 견디기 힘드니까." 그는 헤네시를 벌컥벌컥 마셨다.

"난 중절수술 할 생각 없어요." 내가 불쑥 말했다.

"그럼 아이가 괴롭게 살도록 하겠다는 말이에요? 우리 아이에게 심각한 질병이 있다는 걸 알게 돼도 어쨌든 낳겠다는 말이에요?"

"그렇게 흑백논리로 접근하지 말아요. 태어날 자격이 있고 없고는 우리가 결정할 수 있는 게 아니에요. 난 하나님만이 내릴 수 있는 결정을 하고 싶지 않아요."

잭슨은 눈썹을 추켜올렸다. "하나님? 당신 여동생이 고통스럽게 살다가 어린 나이에 죽게 만든 하나님을 믿는단 말이에요? 이런 일에 하나님이 취한 입장 때문에 어떤 결론에 이르렀는지는 이미 눈으로 확인한 것 같은데요. 난 스스로 선택할 테니 그렇게 알아요."

"잭슨, 이건 전혀 다른 문제예요. 나쁜 일들이 왜 일어나는지는 설명할 수 없어요. 하지만 지금 내 안에는 생명이 자라고 있고 무슨 일이 있다고 해서 이 아이의 생명을 앗아갈 수 있을지는 모르겠다고 말하는 거예요. 난 그렇게 못 할 것 같아요."

잭슨은 입술을 오므린 채 말이 없었다. 그는 한참 생각한 뒤에 입을 열었다. "그럼 내가 도와줄게요. 난 장애가 있는 아이는 키울 수 없어요. 내가 할 수 없는 일이라는 걸 알아요."

"아이는 괜찮을 거예요. 하지만 어떻게 장애나 질병이 있는 아이는 기를 수 없다고 말할 수 있어요? 당신 아이잖아요. 당신이 보기에 완벽하지 않다고 해서 생명을 버릴 수는 없어요. 왜 그걸 몰라요?"

잭슨은 나를 한참 동안 쳐다본 뒤에 대답했다. "하나는 알겠군요. 당신은 정상적으로 자란다는 게 어떤 건지 모른다는 거요. 우린 아직 이런 대화를 나눌 필요조차 없어요. 만약에, 정말 만약에 걱정할 일이 생긴다면 그때 다시 이야기해요."

"하지만……"

잭슨은 손을 들어 내 말을 막았다. "아이는 완벽할 거예요. 대프니, 당신에게 도움이 필요할 것 같아요. 당신은 과거를 놓지 못하는 게 분명해요. 정신과 의사를 만나보는 게 좋겠어요."

"뭐라고요? 농담이죠?"

"그 어느 때보다 진지해요. 온갖 공포증과 피해망상 속에서 우리 아들을 기르게 할 순 없어요."

"지금 무슨 소리를 하는 거예요?"

"당신은 여동생의 병 때문에 매사에 색안경을 끼고 봐요. 여동생의 병과 그 병이 당신 부모님의 삶에 미친 영향에서 벗어나지 못하고 있다고요. 거기에서 빠져나와야 해요. 뭔가 조치를 취해야 한다고요. 의사를 만나면 그 일을 완전히 잊을 수 있을 거예요."

나는 어린 시절을 들춰서 그때를 다시 살고 싶지 않았다. "잭슨, 부탁이에요. 과거는 잊을게요. 우리 행복했잖아요? 난 괜찮을 거예요. 약속해요. 내가 좀 꼬였나봐요. 그뿐이에요. 난 괜찮을 거예요. 정말로요."

잭슨을 눈썹을 추켜올렸다. "당신을 믿고 싶지만 확실히 해둬야 해요."

나는 경직된 표정으로 미소 지었다. "우린 완벽한 아이를 낳을 거고 평생 행복하게 살 거예요."

잭슨의 입꼬리가 올라갔다. "이제야 내 여자답군요."

그때 그가 방금 전 했던 말이 떠올랐다. "그런데 아들이라는 걸 어떻게 알아요?"

"몰라요. 하지만 아들이기를 바라요. 난 언제나 아들을 원했어요. 아버지가 시간이 없어서 나와 하지 못했던 것을 전부 같이할 수 있는 아들이요."

내 안에서 불안한 감정이 소용돌이쳤다. "만약 딸이면요?"

그는 어깨를 으쓱했다. "그럼 또 낳으면 되죠."

43

당연하게도 우리는 딸을 낳았다. 탈룰라는 완벽했다. 아기는 순했고 나는 엄마가 되었다는 사실에 취해 있었다. 집 안이 조용한 밤에 아이를 돌보는 일이 좋았다. 그때마다 아이의 눈을 들여다보며 전에는 겪어보지 못한 유대감을 느꼈다. 어머니 조언에 따라 아이가 잘 때는 무조건 잤지만 그래도 생각보다 힘들었다. 사 개월이 되었는데도 아이는 밤에 통 잠을 자지 않았다. 모유 수유를 하고 있었기 때문에 밤에 아이 봐줄 사람을 고용하자는 잭슨의 제안을 거절했다. 유축해서 젖병으로 먹이는 것도 싫었다. 모든 것을 직접 하고 싶었다. 하지만 그러자니 잭슨과 보내는 시간이 줄어들었다.

상황이 이해되기 시작한 것은 그때부터였다. 잭슨은 내게 본모습을 완전히 드러냈고, 때는 너무 늦었다. 그는 내 약점을 자기에게 유리하게 이용했다. 전쟁을 준비하는 장군 같았다. 그는 친절, 관심, 인정을 무기로 삼았고 승리가 확실해지면 다 쓴 포장지처럼 그것을 버리고 참모습을 드러냈다.

잭슨은 배경 같은 존재가 되었고 내 시간과 에너지는 모두 탈룰라에게 집중되었다. 그날 아침 세면대 아래에서 체중계를 꺼내 가운을 벗고 올라갔다. 63킬로그램이었다. 놀라서 숫자를 멍하니 바라보았다. 그때 문이 열리더니 잭슨이 이상한 표정으로 나를 보며서 있었다. 내가 체중계에서 내려가려 하자 그는 손을 들어 가만히 있으라고 신호한 뒤에 다가와 내 어깨너머로 숫자를 뚫어지게 보았다. 그의 얼굴에 경멸 어린 표정이 스쳤다. 순식간이어서 하마터면 놓칠 뻔했다. 그는 손을 뻗어 내 배를 만지면서 눈썹을 추켜올렸다.

"지금쯤이면 이게 납작해져야 하는 거 아닌가?"

나는 수치스러워서 얼굴이 빨개졌다. 체중계에서 내려와 바닥에 떨어진 가운을 주워 입었다. "직접 임신해서 당신 배가 어떻게 되나 보지 그래요?"

잭슨은 고개를 저었다. "대프니, 사 개월이나 지났어. 이제 그런 변명은 안 통해. 클럽에서 딱 달라붙는 청바지를 입은 당신 친구들 많이 봤어. 그들도 모두 아이를 낳았는걸."

"다들 제왕절개로 아이를 낳고 복부 성형수술을 받았겠죠." 내가 쏘아붙였다.

그는 손으로 내 얼굴을 감쌌다. "그렇게 과민하게 굴지 마. 당신에게 성형수술 같은 건 필요 없어. 절제된 생활이 필요할 뿐이지. 난 55사이즈 여자와 결혼했다고. 내가 사준 비싼 옷들을 다시 입을 수 있으면 좋겠군. 자, 이리 와." 그는 내 손을 잡고 침실 한쪽에 놓인

2인용 안락의자로 갔다. "앉아서 잘 들어."

그는 내 옆자리에 앉아서 어깨를 감쌌다.

"내가 도와줄게. 당신에게는 의무감이 필요해." 그는 수첩 같은 것을 내밀었다.

"이게 뭐예요?"

"몇 주 전에 당신 주려고 샀어." 잭슨은 환하게 웃으며 말을 이었다. "매일 체중을 재서 여기에 기록해. 음식 기록하는 부분에는 매일 뭘 먹었는지 적고." 그는 해당 부분을 가리켰다. "내가 퇴근하고 와서 매일 밤 확인할게."

믿을 수 없었다. 이걸 몇 주나 가지고 있었다고? 어디에 숨어서 죽고 싶었다. 아직 아기를 낳기 전의 몸무게로 돌아가지는 않았지만 그렇다고 뚱뚱하지도 않았다.

그를 보았다. 물어보기 두려웠지만 알아야 했다. "내가 매력이 없다고 생각해요?"

"지금 날 탓하는 건가? 당신 몇 달째 운동도 안 했잖아."

눈물을 꾹 참고 입술을 깨물었다. "잭슨, 피곤해서 그래요. 아이 때문에 한밤중에 깨어 있어서 오전에는 피곤해요."

그는 내 손을 잡았다. "그래서 보모를 고용하자고 계속 말했잖아."

"난 우리 딸과 함께하는 시간이 너무 소중해요. 밤에 낯선 사람이 집에 있는 것도 싫고요."

잭슨은 일어났다. 화난 눈빛이었다. "몇 달 동안 했으면 됐잖아. 그래서 결국 당신이 어떻게 됐는지 좀 보라고. 이 속도라면 나중에는 집채만큼 불어나겠어. 난 아내를 돌려받고 싶어. 오늘 업체에 전화해서 보모를 보내라고 할게. 당신은 밤에 자고 아침을 되찾아. 그렇게 해."

"하지만 모유 수유를 하잖아요."

그는 한숨을 쉬었다. "그렇지. 그건 또 다른 문제야. 정말 구역질나. 당신 가슴은 터질 듯한 풍선 같아. 가슴이 처지는 것도 싫고. 이제 그만해."

나는 떨리는 다리로 서 있었다. 토할 것 같아서 욕실로 달려갔다. 어떻게 이렇게 잔인할 수가. 다시 가운을 벗고 전신거울에 비친 내 모습을 자세히 보았다. 전에는 왜 셀룰라이트를 보지 못했을까? 손을 들어 허벅지 한 곳을 문질렀다. 젤리 같았다. 양손으로 배를 밀자 밀가루 반죽 같은 느낌이 났다. 잭슨 말이 옳았다. 나는 돌아서서 어깨 너머로 뒤를 살폈다. 엉덩이에 움푹 파인 부분에 시선이 갔다. 이 모든 것을 바로잡아야 했다. 체육관에 다시 나가야 했다. 내 시선은 남편이 구역질 난다고 했던 가슴에 머물렀다. 목구멍으로 올라오는 뜨거운 덩어리를 삼키며 옷을 입고 아래층으로 내려갔다. 조리대에 놓인 장 볼 것 목록에 다이어트 보조제를 추가했다.

그날 아침 마르가리타는 리츠 호텔에 버금가는 조식 뷔페를 준비했다. 잭슨은 팬케이크, 베이컨, 딸기, 집에서 구운 머핀을 잔뜩 담았다. 나는 그에게서 받은 일지가 떠올라 얼굴이 화끈거렸다. 그가 시킨 대로 내가 무엇을 먹었는지 기록하리라고 생각한다면 오산이었다. 다음 날부터 내 방식대로 다이어트를 시작할 생각이었다. 내가 접시를 들고 팬케이크를 집으려 하자 잭슨이 헛기침했다. 나는 그를 보았다. 그는 과일 접시 쪽으로 살짝 고갯짓했다. 나는 숨을 깊이 들이마시고 팬케이크를 세 장 집어서 접시에 덜었다. 그를 무시한 채 시럽을 넘치도록 뿌렸다. 포크를 들고 그의 눈을 똑바로 쳐다보며 시럽을 듬뿍 뿌린 폭신한 팬케이크를 입에 넣었다.

44

나는 소심한 반항에 대가를 치렀다. 당장은 아니었다. 그건 잭슨의 방식이 아니었다. 삼 주 뒤 그가 계획을 실행할 무렵 나는 다이어트 일지 사건을 거의 잊고 있었다. 하지만 그는 아니었다. 어머니가 집에 오기로 되어 있었다. 아버지가 떠난 뒤 어머니는 몇 달에 한 번씩 자주 왔다. 내가 오라고 부추기기도 했다. 어머니가 오기 전날 밤 잭슨은 복수를 감행했다. 그는 탈룰라가 잠들 때까지 기다렸다가 주방으로 왔다. 나는 주방에서 마르가리타와 다음 날 저녁식사 메뉴를 의논하고 있었다. 잭슨은 아치 모양 입구에 팔짱을 끼고 문틀에 기대서 있었다. 얼굴이 즐거워 보였다. 마르가리타가 주방에서 나가자 그는 내게 다가와 이마에 흘러내린 머리카락을 뒤로 넘겨주더니 몸을 숙여 귓가에 속삭였다.

"어머니는 안 와."

"뭐라고요?" 배에 힘이 풀렸다.

그는 고개를 끄덕였다. "방금 통화했어. 당신이 아프다고 말씀드렸지."

나는 그를 밀쳤다. "무슨 소리예요? 난 건강한데."

"아니, 곧 아플 거야. 팬케이크를 그렇게 쑤셔 넣었으니 어마어마한 복통에 시달릴 테지."

몇 주일 전 일에 아직도 이를 갈고 있다는 말인가? "지금 농담하는 거죠?" 나는 그렇기를 바라며 물었다.

잭슨의 눈빛은 차가웠다. "난 지금 아주 진지해."

"지금 당장 엄마한테 전화할 거예요." 내가 움직이기 전에 그가 팔을 잡았다.

"그래서 뭐라고 하려고? 남편이 거짓말했다고? 그럼 어머니가 어떻게 생각하겠어? 게다가 당신이 식중독에 걸려서 내게 대신 전화를 부탁했다고 말했는걸. 며칠 지나면 나을 거라고 안심시켜드리기까지 했어." 그는 웃음을 터뜨렸다. "그리고 어머니가 방문할 때면 당신이 스트레스를 받아서 자주 오시는 걸 부담스러워 한다고도 했지. 지금보다 더 드문드문 와야 한다고."

"어떻게 이럴 수 있어요? 엄마가 오는 걸 내가 좋아하지 않는다고 생각하시게 놔둘 순 없어요."

잭슨은 내 팔을 더욱 세게 잡았다. "다 끝난 일이야. 어머니 목소리가 얼마나 슬펐는지 당신이 들었어야 하는데. 바보 같고 가여운 시골 양반." 그는 소리 내어 웃었다.

팔을 비틀어 빼서 그의 뺨을 때렸다. 그는 또다시 웃었다.

"당신 아버지가 죽었을 때 어머니가 같이 안 죽어서 안타깝군. 난 처가가 있는 게 정말 싫은데."

나는 폭발했다. 그의 얼굴을 갈기갈기 찢어놓고 싶어서 손톱으로 긁었다. 손끝에 축축한 느낌이 들어서 보니 피였다. 나는 겁에 질려 뒤로 물러서며 손으로 입을 막았다.

잭슨은 천천히 고개를 저었다. "당신이 무슨 짓을 했는지 봐." 그는 주머니에서 휴대전화를 꺼내 자기 얼굴 앞에 들이밀었다. 나는 잠시 뒤에야 그가 무엇을 하는지 깨달았다. "고마워, 대프니. 이제 당신에게 욱하는 성질이 있다는 증거가 생겼군."

"일부러 날 화나게 한 거예요?"

그는 차갑게 웃었다. "사소한 조언 하나 할까? 난 언제나 당신보다 열 걸음 앞서 있어. 당신에게 뭐가 좋은지 나보다 더 잘 안다는 생각이 들 때마다 이 점 명심해." 그가 내게 다가왔다. 나는 너무 충격을 받아 그 자리에 멈춰 서 있었다. 그는 부드러워진 눈빛으로 내 뺨을 어루만졌다. "난 당신을 사랑해. 왜 그걸 몰라? 당신을 벌주기 싫단 말이야. 하지만 당신이 나쁜 일을 계속하려고 고집하면 내가 어떻게 하겠어?"

잭슨은 미쳤다. 그가 미쳤다는 걸 어떻게 이렇게 오랫동안 몰랐을까? 나는 침을 꿀꺽 삼켰고 그가 내 뺨에 흘러내린 눈물을 닦자 움찔했다. 방에서 뛰어나가 침대에서 물건 몇 가지를 황급히 챙겨 손님방으로 갔다. 그곳에서 거울에 비친 내 모습을 보았다. 유령처럼 창백한 얼굴로 온몸을 떨고 있었다. 손님용 욕실에서 손톱 아래에 배어든 그의 피를 씻어내며 어쩌다 그렇게 자제력을 잃었는지 알아내려 애썼다. 전에는 한 번도 이런 적이 없었다. 어머니가 죽었으면 좋겠다는 그의 무신경한 말을 듣고 나니 이제 돌이킬 수 없다는 생각이 들었다. 떠나야 했다. 다음 날 아이를 데리고 어머니에게 가야겠다고 마음먹었다.

잠시 뒤 탈룰라가 잘 있는지 보러 갔는데 아기 침대 옆에 잭슨이 서 있었다. 나는 문간에서 머뭇거렸다. 둘의 모습이 뭔가 잘못되었다고 느꼈다. 잭슨은 위협적으로 보였다. 어두운 표정은 불길하기까지 했다. 그에게 다가가는 동안 심장박동이 점점 빨라졌다.

그는 돌아보지 않았다. 내가 왔다는 사실을 모르는 것 같았다. 그는 아이가 태어났을 때 선물한 커다란 곰 인형을 들고 있었다.

"뭐 해요?" 내가 속삭였다.

잭슨은 아이에게서 시선을 떼지 않고 말했다. "매년 영아돌연사증후군으로 사망하는 아기가 2,000명이 넘는다는 거 알아?"

대답하려 했지만 말이 나오지 않았다.

"그래서 아기 침대 안에는 아무것도 놔두면 안 되지." 그는 돌아서서 나를 보았다. "아기 침대에 푹신한 인형을 같이 넣지 말라고 그렇게 이야기했는데 또 잊어버렸군."

나는 가까스로 목소리를 냈다. "그러면 안 돼요. 당신 아이잖아요. 어떻게 감히……."

그는 곰 인형을 흔들의자에 갖다놓았다. 그의 얼굴에는 더 이상 감정이 드러나지 않았다. "농담이야. 모든 걸 너무 진지하게 받아들이지 마." 그는 내 두 손을 잡았다. "엄마와 아빠가 돌보는 한 우리 아이에게는 아무 일도 안 생길 거야."

나는 그에게서 몸을 돌려 아기가 숨 쉬는 모습을 보았다. 아기의 연약한 모습을 보자 마음이 찢어질 것 같았다.

"잠깐 여기에 있다가 갈게요." 내가 속삭였다.

"좋은 생각이야. 앉아서 생각 좀 해봐, 난 침대에서 기다리고 있을 테니. 너무 오래 있지는 말고."

나는 그를 노려보았다. "설마 진심이에요? 난 당신 근처에도 안 갈 거예요."

잭슨의 입가에 희미하게 미소가 번졌다. "그 말 다시 생각하는 게 좋을 거야. 날 못 견디게 만들면 잠결에 다시 이곳으로 오게 될지도 모르니까." 그는 내게 손을 내밀었다. "다시 생각해보니 지금 같이 가는 게 좋겠군."

나는 망연자실한 채 말없이 그의 손을 잡았다. 그는 나를 데리고 침실로, 침대로 갔다. "옷 벗어." 그가 명령했다.

나는 침대에 앉아서 바지를 벗기 시작했다.

"아니, 일어나서. 내 앞에서 스트립쇼를 해봐."

"잭슨, 이러지 말아요."

그가 머리채를 잡아당기는 바람에 나는 숨이 멎는 듯했다. 그는 내 가슴을 세게 꼬집었다. "열받게 하지 말고. 어서 해. 지금."

다리에 힘이 풀려서 어떻게 서 있었는지 모르겠다. 마음을 비우려고 애쓰며 눈을 꼭 감고 다른 곳에 있다고 상상했다. 천천히 블라우스 단추를 풀며 눈을 뜨고 내가 제대로 하고 있는지 확인하려고 잭슨을 보았다. 그는 고개를 끄덕였다. 내가 옷을 벗자 그는 자위하기 시작했다. 내 침대에 앉아 있는 내 남편과 똑같이 생긴 그 남자가 누구인지 알 길이 없었다. 그동안 그가 어떻게 이런 모습을 숨길 수 있었는지 궁금하기만 했다. 일 년 넘게 어쩌면 그렇게 감쪽같이 연극할 수 있었을까? 도대체 어떤 사람이기에 그처럼 오랫동안 가식적으로 살 수 있었을까? 그리고 왜 이제 와서 진실을 보여줄까? 내가 아이 때문에 그의 곁에 있다고 생각하는 것일까? 다음 날이면 나는 떠난다. 하지만 그날 밤에는 그가 시키는 대로, 그가 이겼다고 느낄 수 있는 것이라면 무엇이든 해야 했다.

나는 알몸이 될 때까지 계속 옷을 벗었다. 잭슨은 나를 안아 침대에 던졌다. 그리고 내 위로 올라갔다. 그의 손길은 미칠 듯이 다정하고 세심했다. 차라리 거칠게 대했더라면 좋았을 텐데. 나는 딸을 위해서라도 내 몸이 나를 배신하고 적극적으로 반응하도록 억지로 노력해야 했다. 머리를 비우면 그는 아무 의미 없는 대상이었고 내가 움츠러들면 그가 두고 보지 않을 테니까.

45

다음 날 아침 잭슨이 출근한 뒤에 나는 집안을 뛰어다니며 짐을 최대한 많이 꾸리고 차에 아이를 태운 다음 뉴햄프셔로 향하는 먼 길을 떠났다. 진실을 알게 되면 어머니는 충격받겠지만 분명 나를 도와줄 것이었다. 비앤비까지는 다섯 시간 거리였다. 이 상황을 어떻게 해결할지 생각하느라 머릿속이 복잡했다. 당연히 잭슨은 엄청나게 화낼 테지만 우리가 사라졌으니 딱히 할 수 있는 일이 없을 것이다. 그가 아이를 죽이겠다고 협박했다고 경찰에 신고도 할 생각이었다. 그러면 경찰은 우리를 보호해줄 것이었다.

매사추세츠에 도착하자 잭슨에게 전화가 왔다. 음성사서함으로 넘어가게 놔두었다. 그러자 문자메시지 수신음이 계속해서 울렸다. 땡, 땡, 땡. 기관총으로 총을 쏘는 소리 같았다. 주유하러 휴게소에 들렸을 때 문자메시지를 확인했다.

매사추세츠에는 왜 갔어? 대프니, 아이는 어디에 있고?

아이를 해친 건 아니겠지? 전화 좀 받아.

어젯밤엔 당신이 진심이 아니었다고 생각해. 음성사서함은 듣지 말길.

대프니, 대답 좀 해! 걱정돼 죽겠어.

제발 전화 좀 해. 내가 도와줄게. 탈룰라만은 건드리지 말아줘.

도대체 이게 뭐하는 짓이지? 게다가 내가 매사추세츠에 있다는 건 어떻게 알았지? 그에게 떠나겠다는 내색은 전혀 하지 않았는데. 집에서 일하는 사람들도 분명 나를 보지 못했다. 혹시 내 차에 위치추적장치라도 달아놓은 것일까?

나는 휴대전화로 그에게 전화했다. 신호가 가자마자 그가 전화를 받았다.

"이 망할 년아! 도대체 지금 무슨 짓이야?" 전화기 너머로 그의 분노가 느껴졌다.

"엄마 만나러 가요."

"나한테 말도 없이? 당장 차 돌려서 이리로 와. 알았어?"

"안 가면 어쩔 건데요? 나한테 이래라저래라 하지 말아요. 이미 할 만큼 했으니까." 내 목소리는 떨렸다. 나는 탈룰라가 계속 자고 있는지 확인하려고 뒷좌석을 보았다. "당신은 아이를 해치겠다고 협박했어요. 내가 그걸 그냥 두고 볼 줄 알았어요? 다시는 아이 가까이에 오지 못할 줄 알아요."

잭슨은 웃기 시작했다. "당신은 정말 바보야."

"계속 날 모욕해봐요. 신경 안 쓰니까. 엄마에게 전부 다 말할 거예요."

"이번이 돌아올 수 있는 마지막 기회야. 안 그랬다가는 후회하게 될 테고."

"잘 있어요, 잭슨." 나는 종료 버튼을 누르고 차에 시동을 걸었다.

문자메시지 수신음이 다시 울리기 시작했다. 나는 휴대전화를 꺼버렸다.

비앤비에 가까워질수록 내 결심은 확고해졌고 희망이 생겼다. 옳은 일을 하고 있다고 확신했고 잭슨이 아무리 협박해도 흔들리지 않겠다고 다짐했다. 아직 매사추세츠를 벗어나지 않았을 때 룸미러로 번쩍거리는 조명이 보였다. 차를 세웠다. 경찰차가 거리를 좁혀왔고 경찰은 차를 갓길로 빼라고 신호했다. 제한속도를 아주 조금 넘었을 뿐인데. 갓길에 차를 세우자 경찰관이 다가왔다.

"면허증과 차량등록증 보여주십시오."

나는 앞 좌석 사물함에서 그것들을 꺼내 경찰에게 건넸다.

그는 경찰차로 가더니 잠시 뒤에 돌아왔다. "차에서 내리십시오."

"왜요?" 내가 물었다.

"부인, 차에서 내리셔야 합니다."

"제가 무슨 잘못이라도 했나요?"

"긴급체포 명령이 발효 중입니다. 아이에게 위협을 가할 수 있다는 이유로요. 남편분이 도착하실 때까지 아이는 저희가 보호할 겁니다."

"이 아이는 내 딸이에요!" 그 개 같은 자식이 나를 경찰에 신고했다.

"자꾸 이러시면 수갑을 채울 수밖에 없습니다. 저와 함께 가셔야 합니다."

차에서 내리자 경찰이 내 팔을 잡았다.

탈룰라는 잠에서 깨어 울기 시작했다. 아이의 조그마한 얼굴이 새빨개졌고 울음은 비명으로 바뀌었다. "아기가 겁에 질렸어요. 내 아이를 두고 갈 수 없어요!"

"부인, 아이는 저희가 돌볼 겁니다."

나는 팔을 잡은 손을 뿌리치고 차로 가서 아이를 안아 달래려고 했다. "탈룰라!"

"그만하십시오. 물리력을 행사하고 싶지는 않습니다." 경찰은 나를 끌고 가서 기다리고 있던 차에 태웠다. 나는 어쩔 수 없이 아이를 경찰과 함께 남겨두어야 했고 경찰차는 나를 태우고 인근 병원으로 갔다.

잭슨이 이미 몇 주일 전 만일에 사태에 대비해 계획을 세워두었다는 것을 다음 날에야 알게 되었다. 그는 판사에게 내가 우울증을 앓고 있으며 아이를 해치겠다고 협박했다고 증언했다. 의사 두 사람에게서 받은 소견서까지 가지고 있었다. 둘 다 내가 만나본 적 없는 의사였다. 그가 의사를 매수하지 않았을까 짐작할 뿐이었다. 내 주장에는 아무도 귀를 기울이지 않았다. 어떤 이도 제정신이 아닌 사람을 믿지 않았고 나는 미친 사람으로 간주되었다. 병원에 있는 동안 여러 의사에게 검진을 받았고 모두 내게 치료가 필요하다고 했다. 잭슨이 무슨 짓을 했는지, 그가 이 상황을 어떻게 조작했는지 말했지만 누구도 그 말을 믿지 않았다. 그들은 나를 미치광이로 취급했다. 그들을 통해 들은 소식은 잭슨이 곧장 경찰서에 가서 탈룰라를 데리고 집으로 갔다는 것뿐이었다. 나는 메도우 레이크 병원으로 이송된다고 통보받았다. 비숍 하버의 이웃 마을 페어 헤이븐에 있는 병원이었다. 스물일곱 시간 동안 소리 지르고 빌고 울었지만 처음 병원에 왔을 때와 마찬가지로 풀려날 가능성은 없었다. 그제야 이 상황을 누가 해결할 수 있는지 생각해보게 되었다. 유일한 희망은 이곳에서 나가게 해달라고 잭슨을 설득하는 것뿐이었다.

메도우 레이크로 옮긴 지 일주일 뒤 마침내 그가 나를 만나러 왔다. 어머니나 집안일 하는 사람들에게 내가 보이지 않는 이유를 뭐라고 설명했는지 알 길이 없었다. 휴게실에 잭슨이 나타나자 나는 그를 죽이고 싶었다.

"어떻게 나한테 이럴 수 있어요?" 나는 이를 악물고 식식대며 말했다. 구경거리를 만들고 싶지는 않았다.

잭슨은 내 옆에 앉아 손을 잡고 맞은편에 앉은 여자에게 미소 지었다. 그녀는 호기심을 숨기지 않고 우리를 지켜보았다.

"대프니, 난 당신과 우리 아이를 지키려는 거예요." 그는 모든 사람에게 들리도록 큰 소리로 말했다.

"나한테 뭘 원해요?"

그는 내 손을 꼭 잡았다. "집으로 와요. 당신이 있어야 할 곳으로. 하지만 그러려면 준비가 되어야 해요."

나는 소리 지르고 싶은 걸 참느라 혀를 깨물었다. 목소리를 떨지 않고 말하려고 심호흡을 몇 차례 한 다음 말했다. "난 준비됐어요."

"음, 그건 의사가 결정할 문제예요."

나는 벌떡 일어났다. "나가서 좀 걸을까요?"

밖으로 나와 아무도 우리 이야기를 들을 수 없게 되자 나는 분노를 드러냈다. "잭슨, 헛소리 말아요. 내가 여기에 있을 이유가 없다는 걸 알잖아요. 난 아기를 원해요. 다른 사람들에게는 뭐라고 말했어요?"

그는 앞만 보며 걸었다. "당신이 아파서 병원에 입원했고 회복하는 대로 돌아올 거라고 했지."

"엄마한테는요?"

그는 걸음을 멈추고 나를 보았다. "줄리와 아버지 일로 당신 우울증이 심해져서 자살을 시도했다고 했어."

"뭐라고요?" 나는 소리 질렀다.

"좋아질 때까지 필요한 만큼 병원에 있는 게 좋겠다고 하시더군."

"당신 정말 최악이야. 왜 이러는 거예요?"

"왜 이런다고 생각해?"

나는 울기 시작했다. "당신을 사랑했어요. 우리는 정말 행복했잖아요. 무슨 일이 있었는지 난 모르겠어요. 왜 변했어요? 당신이 우리 아이를 위협하고 내게 그렇게 끔찍하게 구는데 어떻게 같이 있으라는 말이에요?"

잭슨은 다시 걷기 시작했다. 그는 놀라우리만치 침착했다. "무슨 말인지 모르겠군. 난 그 누구도 위협하지 않았어. 그리고 당신을 여왕처럼 받들었지. 당신이 만나는 사람 모두 다 부러워했잖아. 가끔 당신에게 질서를 지키도록 한 적은 있지만 결혼생활이 그런 거지. 난 당신 아버지처럼 아내 말에 휘둘리지 않아. 이게 바로 강한 남자가 아내를 다루는 법이지. 익숙해져."

"익숙해지라고요? 학대당하는 데 익숙해지라고요? 절대 그럴 수 없어요." 나는 얼굴이 뜨거워졌다.

"학대라고 했어? 난 당신에게 손댄 적 없는데."

"다른 종류의 학대죠." 내가 말했다. 나는 과거에 믿었던 남자의 흔적을 찾아보려고 그의 얼굴을 유심히 살폈다. 그러고는 다른 작전을 시도하기로 하고 부드러운 목소리로 말했다. "잭슨?"

"응?"

나는 숨을 깊이 들이마셨다. "난 행복하지 않아요. 그리고 당신도 그런 것 같아요."

"당연히 나도 행복하지 않아. 아내가 아무 말 없이 내 아이를 훔쳐가려 했으니까."

"왜 내가 집에 돌아가기를 바라요? 날 사랑하지 않잖아요."

그는 걸음을 멈추고 놀란 표정으로 입을 벌리고 나를 보았다. "뭐라고? 대프니, 진심이야? 지난 이 년 동안 당신을 내가 자랑스러워할 수 있는 아내로 만들려고 가르치고 지시하고 다듬었어. 아름다운 가정을 꾸렸다고. 다들 우리를 우러러보잖아. 그런데 왜 내 가정을 지키려고 싸우느냐고 묻는 거야? 어떻게 그런 질문을 할 수 있지?"

"탈룰라가 태어난 뒤로 당신은 날 학대했어요. 정도가 날로 심해졌고요."

"또다시 날 비난해봐. 그랬다가는 평생 여기에서 지내면서 다시는 탈룰라를 못 볼 테니." 그는 다시 걷기 시작했다. 걸음이 빨라졌다.

나는 그를 따라잡으려 애썼고 구슬리는 목소리는 포기했다. "그럴 순 없어요!"

"날 보면 알잖아. 법은 내 편이야. 참, 이 병원에 새로운 병동을 짓는 데 1,000만 달러를 기부했다고 이야기했던가? 병원에서는 내가 원하는 만큼 기꺼이 당신을 데리고 있을 거야."

"당신은 미쳤어."

그는 돌아서서 나를 잡고 가까이 끌어당겼다. 그리고 입술을 가까이 가져와 내 입술과 몇 센티미터 떨어지지 않은 거리에서 말했다. "이런 대화는 이번이 마지막이야. 당신은 내 거야. 앞으로도 언제까지나. 그러니 지금부터 내가 하는 말 잘 들어. 당신이 내 말에 복종하는 착한 아내가 되면 모든 게 다 괜찮을 테니까." 그는 고개를 숙여 내 입술을 세게 깨물었다. 비명을 지르며 그를 밀어냈지만 그가 내 머리를 손으로 받치고 있어서 몸을 뗄 수 없었다. "내 말에 복종하지 않으면 평생 후회하며 살게 될 거야. 아이에게는 새엄마가 생길 테고. 진심이야."

나는 내가 그의 소유라는 것을 알았다. 그가 미친 사람인지 아닌지는 중요하지 않았다. 그는 돈과 영향력이 있었고 아주 영리하게 손을 썼다.

어떻게 이런 일이 있을 수 있지? 나는 심호흡하며 뭐든 좋으니 빠져나갈 길을 찾는 데 도움이 될 만한 것을 생각해내려 애썼다. 하지만 남편을, 내 미래를 틀어쥐고 있는 이 낯선 남자를 보면서는 아무것도 떠올릴 수 없었다. 나는 절망에 빠져 속삭였다. "당신 말대로 뭐든 할게요. 날 여기에서 꺼내주기만 해요."

그는 미소 지었다. "이제야 내 여자답군. 한 달만 참아. 곧바로 나오는 것도 이상하니까. 당신 담당의와 나는 오래된 사이야. 대학 때부터 친구였지. 몇 년 전에 그에게 사소한 문제가 있었어." 잭슨은 어깨를 으쓱했다. "어쨌든 내가 그를 도와줬어. 내게 신세를 진 거지. 그 친구에게 한 달 뒤에 당신을 내보내라고 이야기해둘게. 호르몬 불균형이나 아무튼 쉽게 치료될 수 있는 병명을 붙여줄 거야."

나는 삼십오 일 뒤에 풀려났다. 가정법원에 가서 내가 엄마 노릇을 하기에 적합하다고 증명해야 했다. 잭슨의 변호사를 만나 그가 시키는 대로 했다. 잭슨의 거짓말에 동참해 아이를 죽이라는 목소리를 들었다고 말했다. 잭슨의 친구 핀 박사도 주기적으로 만나겠다고 했는데 정말 우스꽝스럽기 짝이 없었다. 핀 박사는 언제나 집에 돌아가서 잘 적응하고 있느냐고 조심스럽게 물었다. 상담이 모두 연극이라는 걸 서로 알면서. 잭슨은 내가 다시는 떠나지 못하도록 또 다른 약점을 쥐었다. 핀 박사는 잭슨이 원하는 대로 진료일지를 쓸 것이었다. 마침내 집으로 돌아가게 됐을 때에는 탈룰라에게 간다는 생각뿐이었다. 언젠가는 잭슨에게서 벗어날 길을 찾겠다고 다짐했다. 그동안은 좋은 엄마가 되겠다고도 마음먹었다. 아이를 보호하기 위해 내 행복을 희생하기로 했다.

46

메도우 레이크에 한 달 조금 넘게 있었는데 몇 년은 지난 기분이었다. 잭슨은 직접 나를 데리러 왔고 나는 그의 벤츠 로드스터 조수석에 앉아 창밖을 보며 말실수를 할까봐 두려워하고 있었다. 잭슨은 콧노래를 부르는 것으로 보아 기분이 좋은 것 같았다. 여느 평범한 날에 드라이브라도 나온 것 같았다. 그가 집 앞에 차를 세우자 이상하게도 겉도는 기분이 들었다. 다른 사람의 삶을 엿보는 것만 같았다. 바닷가에 있는 멋진 저택에 살며 원하는 건 뭐든 하는 돈 많은 사람의 삶을. 문득 나는 남편의 감시가 없는 입원실이 그리워졌다.

집에 들어가자마자 탈룰라의 방으로 뛰어 올라갔다. 얼른 아이를 안고 싶어서 방문을 벌컥 열었다. 처음 보는 검은 머리의 젊은 미인이 의자에 앉아 탈룰라를 어르고 있었다.

"누구세요?"

"사빈이에요. 그러는 당신은요?" 그녀는 강한 프랑스 억양으로 말했다.

"난 패리시 부인이에요." 나는 팔을 불쑥 내밀었다. "내 딸을 어서 주세요."

사빈은 일어나서 등을 돌리고 나와 거리를 두었다. "죄송합니다, 부인. 먼저 패리시 씨에게 허락을 구해야 해요."

나는 얼굴이 빨개져서 소리쳤다. "당장 아이 내놔요."

"무슨 일이에요?" 잭슨이 방으로 들어왔다.

"이 여자가 내게 아이를 안 주잖아요!"

잭슨은 한숨을 쉬더니 사빈에게서 아이를 받아 안아 내게 건넸다. "미안해요, 사빈."

사빈은 나를 쳐다보고는 방에서 나갔다.

"샐리는 어디에 있어요? 당신이 저…… 저 사람을 고용했어요? 내게 엄청나게 무례하게 굴었다고요."

"샐리는 그만뒀어. 사빈을 탓하지 마. 당신이 누군지 몰라서 그런 거니까. 사빈이 탈룰라를 돌보고 있어. 아이에게 프랑스어도 가르치게 될 거야. 우리 아이의 행복을 생각해야지. 지금 모든 게 원만하게 돌아가고 있다고. 괜히 여기 와서 모든 걸 망쳐놓지 말았으면 해."

"모든 걸 망친다고요? 탈룰라는 내 아이예요."

잭슨은 침대에 앉았다. "대프니, 당신이 어렵게 자랐다는 건 알아. 하지만 우리 아이에게는 몇 가지 요구되는 자질이 있어."

"내가 어렵게 자랐다니 무슨 말이에요? 난 중산층 출신이라고요.

우리 가족에게 필요한 건 다 있었어요. 가난하지 않았어요."

잭슨은 한숨을 쉬며 손을 내저었다. "미안해. 그래, 가난하지는 않았어. 하지만 부유하지도 않았지."

뱃속이 조여드는 느낌이었다. "부와 가난에 대한 정의가 서로 너무 다르군요."

잭슨이 언성을 높였다. "내가 무슨 말 하려는지 잘 알잖아! 당신은 돈 많은 사람들이 사는 방식에 익숙지 않아. 그건 상관없어. 그러니 그냥 내게 맡겨둬. 특별한 저녁식사를 계획해뒀으니 기분 망치지 말자고."

내가 원하는 것은 아이와 함께 있는 것뿐이었다. 나는 계속 투덜댈 만큼 어리석지 않았다. 다시 메도우 레이크로 돌아갈 위험을 감수할 수는 없었다. 그곳에서 한 달을 더 보냈다가는 정말로 미칠 것 같았다.

저녁을 먹는 동안 잭슨은 유난히 기분이 좋았다. 우리는 와인을 마셨고 그는 마르가리타에게 내가 좋아하는 해산물 요리인 크랩 임페리얼(바닷가재 살을 다양한 양념과 섞은 뒤 소스를 얹어 구워낸 요리)을 준비하도록 했다. 디저트로 체리 주빌리까지 나왔다. 온통 축하 분위기였다. 그의 계략 때문에 내가 집을 비운 것이 아니라 휴가라도 다녀온 것처럼. 저녁 내내 잭슨은 평소답지 않게 쉼 없이 떠들어 댔고 그의 말에 호응하려 애쓰느라 내 머리는 바삐 돌아갔다. 위층 침실로 갈 때쯤 나는 완전히 지쳤다.

"오늘 밤을 위해 특별한 선물을 준비했어." 그는 내게 검은 상자를 건넸다.

두려워하며 상자를 열었다. "이게 뭐예요?" 나는 가죽 소재의 검은색 끈을 꺼내 살펴보았다. 어디에 쓰는 물건인지 알 수 없었다. 금속 링이 붙은 두꺼운 개 목걸이 같은 것도 있었다.

잭슨은 내 뒤로 다가와 엉덩이를 만졌다. "재미있게 역할극을 하는 거야." 그는 내가 들고 있던 목걸이를 가져가 내 목에 채웠다.

그의 손을 뿌리쳤다. "하지 말아요! 난 이런 거 안…… 할 거예요." 나는 목걸이와 끈 달린 코르셋을 침대에 내동댕이쳤다. "너무 힘들어요. 자야겠어요." 나는 그를 세워둔 채 욕실로 가서 이를 닦았다. 침실로 돌아오자 그는 불을 끈 채 침대에 누워 눈을 감고 있었다.

너무 쉽게 끝나서 이상하다고 생각했어야 하는데.

계속 뒤척이다가 잭슨이 코 고는 소리를 듣고서야 긴장을 풀고 잠들었다. 그러다가 몇 시인지 입에 차갑고 단단한 것이 느껴져서 잠에서 깼다. 눈을 번쩍 뜨고 입술에 닿은 것을 손으로 쫓으려 했지만 잭슨이 내 손목을 잡고 있었다.

"입 벌려." 그의 목소리는 낮게 으르렁거렸다.

"지금 뭐하는 거예요? 이거 놔요."

그는 한 손으로 내 손을 단단히 잡은 다음 다른 손으로 내 머리채를 확 잡아당겨 턱이 천장을 향하게 했다. "두 번 부탁하지는 않아."

나는 입을 벌렸고 그가 원통 같은 것을 쑤셔 넣자 긴장했다. 그는 내가 구역질할 때까지 통을 밀어 넣고는 웃음을 터뜨렸다. 잠시 뒤 그는 내 위에 올라 앉아 침대 내 자리 옆 등을 켰다. 그제야 내 입속에 들어온 것이 무엇인지 알았다. 총이었다.

'이 사람이 날 죽이려고 하는구나.' 나는 두려움에 휩싸여 꼼짝도 하지 못하고 누워 있었다. 너무 무서워서 움직일 수 없었다. 그의 검지가 방아쇠를 당기려는 듯 움직이는 것을 공포에 떨며 지켜보았다.

“탈룰라가 자라면 내가 뭐라고 말해야 할까?” 잭슨이 냉소적으로 물었다. “제 엄마가 살아보려고 애쓸 만큼 딸을 사랑하지 않았다는 걸 어떻게 설명해야 할까?”

소리를 지르고 싶었지만 두려워서 아무것도 할 수 없었다. 눈물이 얼굴 옆을 지나 귀까지 흘러내렸다.

“아마 거짓말해야겠지. 당신 집안에 자살 내력이 있다고. 탈룰라는 절대 모를 거야. 언젠가는 그 애에게 줄리 이모도 자살했다고 말해야 할지도 모르겠군.” 그는 웃음을 터뜨렸다. 그러고는 고개를 숙여 내 이마에 입 맞췄다. 그의 눈빛이 차가워졌다. “그게 싫으면 시키는 대로 해야 할 거야.”

그는 내 입에서 총구를 꺼내 목, 가슴, 배를 애무하듯 총으로 훑어 내렸다. 나는 눈을 질끈 감았다. 귓가에서 맥박 뛰는 소리만 들렸다. 내 아이가 자라는 걸 못 본다고 생각하자 몸이 긴장했다.

“눈 떠.”

그는 몸을 뗐지만 총으로 여전히 나를 겨누고 있었다.

나는 숨을 크게 내쉬었다. 안도의 한숨이었다.

“저거 입어.”

“잭슨, 하라는 대로 할 테니 제발 총 좀 치워줘요.” 나는 간신히 속삭였다.

“두 번 말하게 하지 마.”

나는 침대에서 나와 의자 위에 던져두었던 쇼핑백을 가져왔다. 손이 심하게 떨려서 코르셋을 자꾸 떨어뜨렸다. 그러다 마침내 입는 법을 알아냈다.

"목걸이 잊지 말고."

나는 가죽 목걸이를 목에 채웠다.

"더 꽉 조여." 그가 명령했다.

나는 손을 뒤로 해서 목걸이를 한 칸 더 조였다. 가슴이 너무 두근거려서 호흡을 가라앉히려고 애썼다. 그가 시키는 대로만 하면 총을 치워줄지도 몰랐다.

잭슨은 나른하게 웃으며 나에게 다가와서 목걸이에 달린 금속 링을 아래로 세게 잡아당겼다. 내 고개가 앞으로 확 고꾸라졌다. 그는 내가 바닥에 주저앉을 때까지 세게 잡아당겼다.

"무릎 꿇어."

나는 시키는 대로 했다.

"그래야 착한 노예지." 잭슨은 자기 옷장으로 가더니 넥타이를 하나 꺼내왔다. "손 뒤로 해." 그는 넥타이로 내 손을 단단히 묶은 다음 뒤에 서서 사진이라도 찍듯이 손가락으로 프레임을 만들었다. "이게 아닌데." 그는 다시 옷장으로 가서 공을 가져왔다.

"입 크게 벌려." 그는 말랑말랑한 플라스틱 공을 내 입에 물렸다.

"좋아." 그러고는 침대 옆 탁자에 총을 내려놓더니 휴대전화로 사진을 찍기 시작했다. "아주 재미있는 사진집이 되겠어." 그는 옷을 벗고 내게 다가왔다. "공 대신 다른 걸 넣어주지." 그는 자기 몸을 내 입에 집어넣고 사진을 더 찍었다. 그런 다음 몸을 떼고 조롱하는 표정으로 나를 보았다. "당신에게 난 과분해. 내 몸에 입 대는 걸 좋아한 여자가 얼마나 많았는지 알아? 그런데 그걸 하기 싫어해?"

"미안해요."

"그래야지. 그 자세로 좋은 아내가 된다는 게 어떤 건지 생각해봐. 당신이 내게 성적 매력을 느낀다는 걸 어떻게 증명할지도. 아침에 날 기분 좋게 할 기회를 줄 테니." 그는 침대에 누웠다. "내가 허락할 때까지 움직일 생각은 하지도 마. 그랬다가는 정말 총으로 쏴버릴지 모르니까." 그는 자기 베개 아래에 총을 넣었다.

그가 불을 끄자 방 안이 캄캄해졌다. 나는 차라리 그가 내게 방아쇠를 당기기를 바랐다.

47

나는 탈룰라를 잃을지도 모른다는 끝없는 두려움 속에 살았다. 사회복지사, 변호사, 담당 공무원 모두 나를 똑같은 눈으로 바라보았다. 의혹과 혐오가 뒤섞인 시선이었다. 그들은 '어떻게 자기 자식을 해치겠다고 위협할 수 있지?'라고 생각했다. 동네에 나가면 수군대는 소리가 들렸다. 이런 일을 묵묵히 견뎌내기는 정말 힘들었다. 누구에게도 마음을 털어놓지 못했고 메러디스는 물론 친한 친구들에게도 사실을 말할 수 없었다. 나는 잭슨이 덮어씌운 혐오스러운 거짓말 속에 살아야 했고 시간이 지나자 그 거짓말을 사실이라고 믿게 될 뻔하기도 했다.

그때부터 잭슨이 시키는 대로 했다. 그에게 미소 지었고 그의 농담에 웃었으며 대꾸하고 싶을 때면 혀를 깨물었다. 외줄을 타는 것 같았다. 내가 너무 순종적이면 잭슨은 로봇 같다고 비난하며 화냈다. 그는 어느 정도 용기 있는 행동을 요구했는데 그 수준은 알 수 없었다. 나는 언제나 균형이 깨진 상태였다. 깊은 구렁 위에 한쪽 다리를 늘어뜨리고 있는 기분이었다. 그가 탈룰라를 해칠까봐 둘이 함께 있을 때에는 유심히 지켜보았지만 시간이 지나자 그가 내게만 집중하기로 게임의 방향을 바꾸었다는 것을 알게 되었다. 바깥에서 보기에 우리는 완벽한 가족이었다. 잭슨은 가면 벗은 모습을 나 이외에 아무에게도 보이지 않도록 엄청나게 노력했다. 다른 사람과 함께 있을 때면 나는 멋진 남편에게 사랑받는 아내 노릇을 해야 했다.

며칠이 몇 주가 되고 몇 달이 되자 잭슨이 원하는 대로 하려면 정확히 어떻게 해야 하는지 알게 되었다. 끔찍한 일이 일어나지 않은 채 수개월이 흘렀다. 잭슨은 심지어 다정해지기까지 했고 우리는 평범한 부부처럼 행세하며 하루하루를 보냈다. 내가 너무 현실에 안주한 나머지 그가 시킨 사소한 일들을 깜빡하고 완벽하게 해놓지 않았을 때나 캐비어를 잘못 주문할 때를 제외하고는 그랬다. 나는 그의 표정을 읽어내고 목소리의 긴장감을 알아채는 데 선수가 되었다. 혹시 모를 무시와 모욕을 피하려고 할 수 있는 일을 다 했다. 어느 날에는 다시 총이 나타났고 그때마다 그날 밤 잭슨이 나를 죽일지도 모른다고 생각했다. 그런 일이 있고 난 다음 날에는 선물이 도착했다. 보석, 비싼 가방, 향수 같은 것들이었다. 선물 받은 것을 걸칠 때마다 그것을 받으려고 견뎌냈던 일들이 떠올랐다.

탈룰라가 두 살이 되자 잭슨은 아기를 하나 더 낳기로 했다. 어느 날 밤 나는 욕실 서랍에서 페서리를 찾고 있었다. 잭슨이 언제 관계를 원할지 몰라서 매일 밤 착용했다. 피임약을 복용하고 싶었지만 부작용이 생겨서 다른 피임법을 써야 한다는 의사 말에 따랐다. 잭슨이 들어오자 나는 그를 보았다.

"내 페서리 못 봤어요?"

"버렸어."

"왜요?"

그는 다가와서 내게 몸을 밀착했다. "아이를 더 낳아야지, 이번에는 아들로."

속이 뒤집히는 것 같아서 침을 삼키려고 애썼다. "이렇게 빨리요? 탈룰라는 겨우 두 살인걸요."

잭슨은 나를 침대로 데려가 내 가운을 여미고 있던 허리끈을 풀었다. "딱 좋을 때지."

나는 꿈쩍도 하지 않았다. "다음에도 딸이면요?"

그는 인상을 썼다. "그럼 당신이 내게 원하는 걸 줄 때까지 계속하면 되지. 그게 뭐 대수라고."

그의 관자놀이 혈관이 두드러지게 팔딱거리기 시작했다. 나는 그가 이성을 잃기 전에 서둘러 상황을 무마해야 했다. "여보, 당신 말이 옳아요. 난 그냥 당신에게 집중할 수 있는 지금이 좋아서 그래요. 아이를 하나 더 낳을 생각은 못 했어요. 하지만 당신이 좋으면 나도 좋아요."

잭슨은 고개를 기울이고 나를 한참 바라보았다. "날 달래려고 이러는 거야?"

나는 숨을 들이마셨다. "아니에요, 그럴 리가요."

그는 말없이 내 가운을 벗기고 위로 올라왔다. 일을 끝내자 베개 두 개를 내 엉덩이 아래에 집어넣었다.

"삼십 분 동안 이러고 있어. 그동안 기록해온 당신 생리주기에 따르면 지금 배란기니까."

나는 뭐라고 하려다가 참았다. 좌절과 분노가 솟아올라 완력으로 분출하고 싶었지만 심호흡하며 그에게 미소 지었다. "성공하면 좋겠군요."

이번에는 임신하기까지 몇 달이 걸렸다. 마침내 아이가 들어서자 잭슨은 너무 기쁜 나머지 잔인해지는 법을 잊었다. 시간이 지나 우리는 이십삼 주차 검진에 동행했다. 아기의 성별을 알 수 있는 시기였다. 잭슨은 그날 나와 함께 병원에 가려고 일정을 비웠다. 나는 결과가 그의 뜻대로 나오지 않을까봐 오전 내내 살얼음판 위를 걷는 것 같았다. 하지만 그는 병원에 가는 차 안에서조차 자신만만했다.

"이번에는 예감이 좋아, 대프니. 분명 잭슨 주니어야. 아기 이름을 그렇게 지을 거야."

나는 눈꼬리로 그를 흘끔 보았다. "잭슨, 만약에……"

그는 내 말을 잘랐다. "부정적인 생각은 하지 마. 왜 그렇게 항상 우울하게만 생각해?"

초음파 검사기가 배 위에서 움직이자 뛰는 심장과 몸통이 보였다. 주먹을 어찌나 꽉 쥐었는지 손톱이 손바닥을 파고드는 것 같았다.

"자, 들을 준비 되셨나요?" 의사가 쾌활하지만 단조로운 목소리로 물었다.

나는 잭슨의 얼굴을 보았다.

"딸이에요." 의사가 말했다.

잭슨의 눈빛이 차가워졌다. 그는 말없이 돌아서서 나갔다. 의사가 놀란 표정으로 나를 보았기 때문에 적당히 변명해야 했다.

"그이 어머니가 돌아가신 지 얼마 안 돼서요. 어머니가 손녀를 보고 싶다고 하셨거든요. 우는 모습을 보이고 싶지 않아서 그래요."

의사는 경직된 미소를 지으며 딱딱하게 말했다. "자, 배를 닦고 가시면 됩니다."

집으로 가는 내내 잭슨은 말이 없었다. 분위기를 띄우려고 어떤 말을 해봐도 소용없다는 것을 알았다. 나는 당혹스러웠고 내 잘못이 아니라는 걸 알면서도 자신에게 화가 났다. 왜 그에게 아들을 안겨주지 못할까?

잭슨은 그다음 날부터 사흘 동안 뉴욕 아파트에 머물렀고 나는 잠시나마 그에게서 벗어날 수 있어서 안도했다. 사흘 뒤 집으로 돌아온 그는 거의 정상으로 돌아간 것 같았다. 그의 어떤 모습이 정상인지는 모르겠지만. 그는 일곱 시에 집에 도착한다고 문자메시지를 보냈고 나는 그가 좋아하는 속을 채운 꿩고기 요리를 저녁식사로 준비했다. 식탁에 앉자 그는 와인을 한 잔 따라 마시고 목소리를 가다듬었다.

"내가 해결책을 찾았어."

"무슨 해결책이요?"

잭슨은 큰 소리로 한숨을 쉬었다. "당신이 아들을 만들지 못하는 데 대한 해결책. 이번에는 뭔가를 하기에는 너무 늦었지만." 그는 내 배를 가리켰다. "당신이 임신한 걸 이미 다들 알잖아. 하지만 다음번에는 검사를 일찍 받아야겠어. 알아보니 융모막 검사라는 게 있더군. 그 검사를 하면 삼 개월이 되기 전에 성별을 알 수 있대."

"그래서 뭘 어떻게 하려고요?" 나는 그가 어떻게 대답할지 알면서도 물었다.

잭슨은 눈썹을 추켜올렸다. “다음에도 딸이면 중절수술을 하는 거야. 아들이 생길 때까지 계속.”

그는 포크를 들고 음식을 한 입 먹었다. “그나저나 세인트 패트릭 유치원에 탈룰라 입학원서 보내는 거 잊지 않았지? 내년에 3세반에 꼭 들어갔으면 하는데.”

나는 입에 넣은 아스파라거스를 곤죽이 되도록 씹으며 말없이 고개를 끄덕였다. 그러다가 냅킨에 씹던 음식물을 조심스레 뱉은 뒤에 앞에 놓인 물을 마셨다. 중절수술이라고? 뭔가 조치를 취해야 했다. 잭슨 모르게 난관수술을 할 수는 없을까? 이 아이가 태어난 뒤에 알아봐야지. 다시는 임신하지 않을 방법을 찾아야 했다.

48

아이들 덕분에 제정신을 유지할 수 있었다. 흔히들 하는 말처럼 하루는 길었지만 일 년은 짧았다. 잭슨의 요구와 변덕을 견디는 법을 배웠고 문제가 생기거나 그에게 거절하며 말대꾸하는 일은 가끔씩만 있었다. 그럴 때마다 잭슨은 내가 정신을 차리지 않으면 어떤 일이 닥칠지 떠올리게 했다. 그는 내 정신상태를 입증하는 최근 날짜의 의사 소견서 두 통을 보여주었다. 안전금고에 보관해둔 문서였다. 나는 그가 의사들에게 무슨 짓을 했기에 그들이 거짓말에 동조하는지 굳이 묻지 않았다. 잭슨은 내가 다시 집을 나가면 이번에는 정신병원에 영원히 가둘 것이라고 했다. 나는 그를 시험할 생각이 없었다.

잭슨은 나를 괴롭히는 일을 즐겼다. 벨라가 1학년이 되어 두 딸 모두 종일 학교에 있게 되자 그는 나도 공부를 계속해야 한다고 말했다. 석사학위로는 부족하다고. 어느 날 밤 집에 온 그가 안내책자를 건넸다.

"프랑스어 수업을 등록했어요. 수업은 일주일에 세 번이고, 두 시 사십오 분에 시작해요. 이틀은 재단 일을 하고 오전에는 운동하도록 해요."

아이들은 주방 아일랜드 식탁에서 숙제를 하고 있었는데 탈룰라가 연필을 들고 멍하니 나를 쳐다보며 대답을 기다렸다.

"여보, 무슨 말이에요?"

잭슨은 탈룰라를 보았다. "엄마도 학교에 갈 거야. 멋있지 않니?"

벨라는 박수를 쳤다. "야호! 우리 학교로 올 거예요?"

"그건 아니란다. 엄마는 가까운 대학교로 갈 거야." 잭슨이 대답했다.

탈룰라는 입술을 오므렸다. "엄마는 이미 대학교에 다니지 않았어요?"

잭슨은 탈룰라에게 다가갔다. "그래, 우리 딸. 하지만 너희 둘처럼 프랑스어를 할 줄 모르잖니. 바보 같은 엄마는 싫지 않아?"

탈룰라는 인상을 썼다. "엄마는 바보가 아니에요."

잭슨은 웃음을 터뜨렸다. "그래, 네 말이 맞아. 엄마는 바보가 아니지. 하지만 세련되지도 않았어. 엄마는 가난한 집에서 태어나서 고상한 사교계에서 어떻게 행동해야 하는지 잘 몰라. 엄마가 배울 수 있게 우리가 도와주자. 엄마, 알겠지요?"

"알겠어요." 나는 이를 악물고 대답했다.

한낮에 수업을 듣는 게 싫었다. 강사는 거들먹거리는 프랑스 여자였는데 속눈썹을 붙이고 빨간 립스틱을 과하게 바르고서 미국인들이 얼마나 제멋대로인지 이야기했다. 그녀는 내 억양을 지적할 때 특히 기뻐했다. 수업을 딱 한 번 들었는데도 질려버렸다.

그래도 그다음 주 수업에 나가려고 준비했다. 그때 재단에서 일하는 피오나에게서 급히 전화가 걸려왔다. 우리 회원 중 한 사람이 아들을 병원에 데려가야 하는데 차가 움직이지 않는다고 했다. 나는 그 환자를 직접 데려가겠다고 했다. 그러려면 수업에 빠져야 했지만 잭슨에게는 아무 말도 하지 않았다.

그다음 월요일에는 장시간 얼굴과 전신 마사지를 받았는데 집에 돌아가자마자 아이들 학교에서 다급히 전화가 왔다.

"패리시 부인?"

"네, 그런데요."

"세 시간 전부터 연락했어요."

"무슨 일 있나요? 아이들은 괜찮은 거죠?"

"네, 하지만 아이들 기분이 안 좋아요. 부인께서 열두 시에 데리러 오기로 했는데 안 오셔서요."

열두 시라고? 이게 무슨 소리지? "아이들은 세 시에 끝나잖아요."

전화기 맞은편에서 짜증스러운 한숨 소리가 들렸다. "오늘은 오후에 수업 계획을 세우는 날이에요. 한 달 전부터 일정표에 표시해 놓았는데요. 집으로 안내문도 보냈고요. 이메일과 문자메시지도 받으셨을 거예요."

"아, 정말 죄송합니다. 곧바로 갈게요. 휴대전화로 아무 연락도 받지 못했어요." 나는 변명하듯 말했다.

"저희가 몇 시간 동안 계속 연락드렸어요. 남편분도 연락이 안 되었고요. 그분은 멀리 계시는 것 같더군요."

잭슨은 출장 간다는 말을 하지 않았고 잭슨의 비서가 내게 왜 연락하지 않았는지도 알 수 없었다.

전화를 끊고 차로 달려갔다. 어떻게 이런 일이. 나는 휴대전화를 꺼내 살펴보았다. 부재 중 전화는 한 통도 없었다. 문자메시지도 없었다.

빨간불에 멈춰 서서 이메일도 확인했지만 학교에서 온 것은 없었다. 배에서 가슴으로 욕지기가 치밀었다. 분명 잭슨 짓이었다. 하지만 어떻게 내 휴대전화에서 이메일과 문자를 지웠을까? 학교 전화번호는 어떻게 차단했지? 무엇보다 왜 아이들에게 이런 짓을 했을까?

죽고 싶을 만큼 난처한 기분으로 교무실로 헐레벌떡 뛰어들어가서 못마땅한 표정의 교장 선생님과 함께 있던 아이들을 안았다.

"패리시 부인, 이번이 처음이 아니잖아요. 이런 행동이 계속되어서는 안 됩니다. 아이들에게 좋지 않아요. 솔직히 저희에게도 안 좋고요."

얼굴이 뜨거워졌다. 그 자리에서 바닥이 솟아올라 나를 삼켰으면 좋겠다고 생각했다. 이 주 전에는 아이들을 데리러 가야 할 때에 한 시간이나 늦었다. 결국 잭슨이 아이들을 데려왔다. 그날 잭슨은 집에 와서 점심을 먹었는데 그가 나가고 나서 너무 지쳐 잠이 들었다. 네 시에 세 사람이 집에 와서 문을 두드리기 전까지 휴대전화 알람도 듣지 못한 채 자고 있었다.

"죄송합니다, 싱클레어 선생님. 어찌 된 일인지 저도 모르겠어요. 이메일이나 문자메시지도 못 받았고 이유는 알 수 없지만 전화도 오지 않았어요."

내 말을 한마디도 못 믿겠다는 기색이 그의 얼굴에 노골적으로 드러났다. "어쨌든 이런 일이 다시는 일어나지 않게 해주세요."

나는 아이들 손을 잡았다. 하지만 벨라는 내 손을 뿌리치고 발을 구르며 앞장서서 차로 갔다. 집에 가는 내내 말도 하지 않았다. 집에 도착하자 사빈이 간식을 준비하고 기다렸다.

"사빈, 오늘 오후에 집에 있었어요? 학교에서 나한테 연락하려고 했다던데."

"아니요, 부인. 저는 식료품 가게에 다녀왔어요."

집 전화기로 내 휴대전화에 전화를 걸어보았다. 발신음이 들렸지만 손에 들고 있던 휴대전화는 울리지 않았다. 어떻게 된 일일까? 우울한 기분으로 휴대전화 잠금을 해제하고 설정으로 들어가 휴대전화 정보를 누른 다음 내 전화번호를 확인했다. 내가 모르는 번호였다. 입이 떡 벌어졌다. 전화기를 자세히 살펴보니 새것이었다. 내가 쓰던 휴대전화는 홈 버튼 옆에 살짝 금이 가 있었다. 잭슨이 바꾼 것이 틀림없었다. 그러자 지난번에 아이들을 데리러 가는 데 늦었을 때에는 무슨 일이 있었는지 궁금해졌다. 잭슨이 내게 약을 먹인 것일까?

"아빠다!" 벨라가 환성을 질렀다.

벨라는 잭슨에게 안겼고 잭슨은 아이의 어깨 너머로 나를 쳐다보았다. "우리 딸 오늘 어땠어?"

벨라는 입술을 삐죽 내밀었다. "엄마가 우리 데리러 오는 걸 또 잊어버렸어요. 종일 교무실에 앉아 있었다고요. 너무 싫었어요."

잭슨과 사빈이 시선을 주고받았다.

그는 벨라를 꼭 끌어안고 머리에 입 맞췄다. "가여운 우리 딸. 요새 엄마가 뭘 잘 잊어버리네. 프랑스어 수업도 잊어버리고."

탈룰라가 나를 보았다. "엄마, 무슨 일이에요?"

잭슨이 나 대신 대답했다. "엄마가 술 때문에 문제가 좀 있단다. 가끔 술을 너무 많이 마셔서 할 일을 못하기도 해. 하지만 우리가 도와주자. 그럴 거지?"

"여보! 그건 아니잖……"

나는 사빈이 놀라서 헉 하는 소리를 들었다.

"대프니, 거짓말은 그만해요. 지난주에 프랑스어 수업 빼먹은 거 알아요." 잭슨이 내 말을 끊었다. 그는 내 손을 잡고 힘을 주었다. "문제가 있다고 인정하면 내가 도와줄게요. 그러지 않았다가는 다시 병원으로 가야 할지도 몰라요."

탈룰라가 벌떡 일어났다. 눈에 눈물이 그렁그렁했다. "안 돼요, 엄마! 가지 말아요." 아이는 내 허리를 안았다.

나는 목소리를 제대로 내려고 애썼다. "그럴 일은 없을 거야. 엄마는 아무 데도 안 가."

"이제부터는 사빈이 너희들을 태워줄 거야. 그래야 엄마가 또 잊어버리더라도 학교에서 오해하지 않을 테니까. 알겠죠, 엄마?" 잭슨이 말했다.

나는 숨을 깊이 들이마시며 두근대는 가슴을 진정시키려 했다. "알겠어요."

잭슨은 손을 뻗어 내 셔츠 소맷자락을 만졌다. "그건 그렇고 이 옷은 정말 형편없군요. 가서 갈아입는 게 어때요? 벨라, 가서 엄마가 저녁 먹을 때 입을 근사한 드레스를 같이 골라주자."

"엄마, 어서 가요. 엄마가 뭘 입으면 예쁜지 내가 알아요."

49

어느 날 갑자기 눈에 띄는 모든 곳에 거북이 놓여 있었다. 거북은 사진 뒤에 숨어 있기도 했고 책장에서 내다보기도 했으며 옷장 위에서 무섭게 노려보기도 했다.

결혼 초기에, 그러니까 내가 마음 닫는 법을 깨우치기 전에 잭슨에게 왜 거북을 싫어하는지 말한 적이 있다. 줄리와 내가 어렸을 때 아버지는 우리에게 거북이를 사주었다. 우리는 언제나 개나 고양이를 원했지만 줄리는 낭포성 섬유증과 무관하게 둘 다에 알레르기 반응을 보였다. 어머니는 아버지에게 상자거북을 데려오라고 했지만 아버지는 늑대거북을 데려왔다. 전에 기르던 주인이 더 이상 돌볼 수 없어서 상점에 되돌려준 거북이었다. 거북이 집에 온 첫날 나는 거북에게 당근을 먹이다가 손가락을 물렸다. 턱 힘이 어찌나 센지 손가락을 뺄 수 없었고 내가 비명을 지르는 동안 줄리는 어머니를 부르러 뛰어갔다. 그때의 통증과 손가락이 잘릴지도 모른다는 공포는 아직도 생생하다. 어머니가 달려와 재빨리 다른 당근을 내밀자 거북은 입을 열었다. 나는 피가 나는 손가락을 빼내고 어머니와 응급실에 갔다. 당연히 거북은 돌려주었고 그 뒤로 나는 딱딱한 껍데기가 있는 모든 것을 무서워하게 되었다.

잭슨은 이 이야기를 듣고 나를 위로했다. 어린 시절의 트라우마를 또 하나 덜어내게 되어 기분이 좋았다. 벨라가 아기였던 어느 날 낮잠을 재우고 아이 방에서 나오려던 찰나 선반 위에 놓인 무언가가 눈길을 끌었다. 그것은 벨라의 인형 틈에 있었다. 나는 회사에 있는 잭슨에게 전화를 걸었다.

"벨라 방에 있는 거북 어디에서 났어요?"

"뭐라고요?"

"거북 말이에요. 벨라 인형 사이에 있던데요."

"지금 장난해요? 살인적인 일정으로 한창 일하고 있는데 인형 이야기나 물어보고. 몰라요. 또 할 말 있어요?"

문득 스스로 바보처럼 느껴졌다. "없어요. 방해해서 미안해요."

나는 그 빌어먹을 물건을 쓰레기통에 던져버렸다.

다음 날 메러디스가 잠시 집에 들렀고 우리는 온실에서 커피를 마셨다. 그녀는 바닥부터 천장까지 꽉 짜인 책장으로 다가가 뭔가를 집어 들었다.

"대프니, 이거 예쁘네요. 이런 게 있는지 몰랐어요." 그녀는 흰색과 금색이 섞인 도자기 거북을 들고 있었다.

나는 잔을 떨어뜨려 뜨거운 커피를 쏟았다.

"아, 이런. 바보처럼." 중얼거리며 마르가리타에게 와서 자리를 치워달라고 했다. "잭슨이 갖다놨을 거예요. 나도 못 봤어요." 나는 손이 떨리는 것을 막으려고 두 손을 꽉 맞잡았다.

"음, 정말 예뻐요. 리모주 도자기(프랑스 리모주에서 생산되는 명품 도자기)군요."

"가져요."

메러디스는 고개를 저었다. "그러지 말아요. 그냥 예뻐서 이야기한 거예요." 그녀는 나를 이상한 눈초리로 보았다. "이제 가야겠어요. 클럽에서 랜돌프를 만나서 점심 먹기로 했거든요." 잠시 뒤 그녀는 내 팔을 잡았다. "괜찮아요?"

"네, 그냥 좀 피곤해서요. 아직도 아기 일정에 적응이 안 되었나봐요."

메러디스는 미소 지었다. "그렇겠죠. 좀 쉬어요. 나중에 전화할게요."

그녀가 가고 나서 온라인으로 그 거북을 찾아보았다. 900달러가 넘었다!

그날 저녁 그 거북을 잭슨의 접시 맞은편에 놓았다. 저녁을 먹으려고 자리에 앉은 그는 거북을 보더니 나를 보았다.

"이게 왜 여기 있지?"

"내가 궁금한 게 바로 그거예요."

잭슨은 어깨를 으쓱했다. "온실에 있어야 하는데."

"잭슨, 왜 이러는 거예요? 내가 거북 무서워하는 거 알잖아요."

"그 말이 얼마나 이상하게 들리는지 알아? 그냥 작은 동물일 뿐이잖아. 해치지 않는다고." 그는 의기양양한 표정으로 나를 보며 눈빛으로 자극했다.

"난 거북이 싫어요. 제발 그만해요."

"뭘 그만하란 말이지? 피해망상이 심하군. 산후우울증이 도졌는지도 몰라. 의사를 만나보겠어?"

나는 접시에 냅킨을 던지고 벌떡 일어났다. "난 미치지 않았어요. 처음에는 인형을 갖다놓더니 이젠 도자기 장식이라니요."

잭슨은 고개를 젓더니 손가락을 귀 옆에 대고 빙빙 돌렸다. 학교에서 아이들이 누군가에게 미쳤다고 하듯.

나는 계단을 뛰어올라가 침실 문을 쾅 닫았다. 그러고는 침대에 몸을 던져 베개에 얼굴을 묻고 소리 질렀다. 고개를 들자 침대 옆 탁자에서 대리석으로 된 눈 두 개가 나를 보고 있었다. 나는 유리 거북을 침실 벽에 있는 힘껏 집어던졌다. 거북은 깨지지 않고 약하게 쿵 소리를 내며 바닥에 떨어졌다. 그리고 그곳에서 파충류의 눈으로 나를 살펴보았다. 곧 내게 기어와 내가 한 짓을 벌하겠다는 듯.

50

배우자가 소시오패스라는 사실을 알았을 때는 임기응변에 능해져야 한다. 상대를 바꾸려고 애써봐야 소용없다. 일단 냄비가 가마에 걸리고 나면 너무 늦다. 내가 할 수 있는 최선은 그를 관찰하는 일이었다. 인간적이고 정상적인 모습으로 잘 갈고닦은 허울 속 진짜 모습을. 진실을 알고 나니 알아차리기 쉬웠다. 그는 슬픈 척할 때 희미하게 미소 지었다. 다른 사람에게 환심을 사서 애정을 구해야 할 때 필요한 말과 행동을 매우 훌륭하게 흉내 냈다. 이제 그가 내 앞에서 가면을 벗었으니 나는 그가 만든 게임에서 이길 방법을 찾아야 했다.

그의 제안을 받아들여 대학에서 강의를 더 들었다. 하지만 예술은 공부하지 않았다. 미술 수업에서 쓰는 교과서를 사서 혼자 읽었다. 잭슨이 뭔가 물을 때에 대비해서였다. 대신 심리학 수업을 들었다. 돈을 쥐여주고 다른 이름으로 등록한 뒤에 사서함을 개설했다. 교정은 무척 넓어서 내가 다른 사람인 척하는 동안 프랑스어 교수와 마주칠 가능성은 적었다. 하지만 심리학 수업을 들을 때면 만일에 대비해 야구모자를 쓰고 헐렁한 티셔츠를 입었다. 눈여겨볼 만한 사실은 결혼생활을 이쯤 하자 이 정도 눈속임은 그리 심하게 여겨지지 않는다는 점이었다. 속임수와 사기가 숨 쉬는 것만큼 자연스러운 삶에 익숙해졌다. 이상심리학 수업시간에 조각이 맞춰지기 시작했다. 교수는 개인 상담소를 운영하는 매력적인 여자였다. 그녀가 하는 환자 이야기를 들을 때면 꼭 잭슨에 관해 듣는 것 같았다. 그녀가 가르치는 이상심리학 수업을 하나 더 수강했고 성격에 관한 수업도 들었다. 그런 다음 대학교 도서관에서 반사회적 성격을 바로잡을 수 있는 모든 자료를 읽었다.

여러 소시오패스와의 면담으로 그들이 걸음걸이만으로도 잠재적 희생자를 가려낼 수 있다는 사실이 밝혀졌다고 한다. 우리 몸은 자신의 나약함과 예민함을 뚜렷하게 드러낸다. 소시오패스의 배우자는 공감 능력이 지나치다는 내용도 있었다. 이해하기 어려웠다. 공감 능력에도 지나침이 있다는 말인가? 이 말에는 어느 정도 모순이 있었다. 공감 능력이 부족한 소시오패스와 공감 능력이 지나친 희생자는 완벽한 짝일 테니까. 물론 공감 능력을 나눠 가질 수는 없다. 자, 내 공감 능력을 좀 받아요. 내게는 너무 많으니까. 어쨌든 소시오패스는 공감 능력을 습득할 수 없다. 공감 능력 부족은 소시오패스를 규정하는 첫 번째 요인이다. 하지만 나는 이들이 틀렸다고 생각했다. 희생자에게는 공감 능력이 지나치게 많은 것이 아니다.

그들은 공감 능력을 잘못된 대상에게 사용한다. 그래서 구원할 수 없는 누군가를 구하려고 그릇된 시도를 하는 것이다. 그제서야 잭슨이 내 어떤 면을 좋아했는지 알았다. 하지만 내가 그의 어떤 면을 좋아했는지는 여전히 풀리지 않는 의문이다.

벨라가 두 살이 되자 잭슨은 다시 아이를 갖자고 요구했다. 그는 아들을 간절히 바랐다. 나로서는 그의 세상에 또 다른 아이를 도저히 내놓을 수 없었다. 나는 잭슨 모르게 다른 동네의 무료 진료소에 가서 가명으로 자궁 내 피임기구를 삽입했다. 잭슨은 매달 내 생리주기를 점검해서 배란기를 정확히 알았고 그 기간에는 관계를 더 많이 가졌다. 내가 생리를 시작한 어느 날 우리는 크게 다퉜다.

"도대체 당신에게 무슨 문제가 있는 거지? 삼 년이나 되었는데."

"난임전문의에게 가봐야겠어요. 당신 정자 수가 부족한 건지도 몰라요."

잭슨은 나를 노려보았다. "내겐 아무 문제가 없어. 당신이 늙어서 말라비틀어진 자두가 된 탓이지."

하지만 그에게 의심의 씨앗을 뿌리는 데는 성공했다. 그의 눈빛으로 알 수 있었다. 나는 그가 정력이 좋지 않을지도 모른다는 위협을 자존심 때문에 받아들이지 못하리라는 데 기대를 걸었다.

"미안해요, 잭슨. 나도 당신만큼이나 아이를 원해요."

"당신은 더 이상 젊은 나이가 아니야. 조만간 임신하지 않으면 영영 못 하게 된다고. 임신에 도움이 되는 약이라도 먹어."

나는 고개를 저었다. "의사가 절대 그러지 말라고 했어요. 우리 둘 다 정밀검진을 받아보는 게 좋다고 했고요. 월요일에 전화해서 예약할게요."

잭슨의 얼굴에 망설이는 표정이 스쳤다. "이번 주는 곤란해. 시간 날 때 알려줄게."

그 뒤로 잭슨은 다시는 임신에 관해 말을 꺼내지 않았다.

51

잭슨을 기분 좋게 만들어야 했다. 탈룰라의 생일 파티에 어머니가 오기로 해서 기대하고 있었기에 한 달 전부터 잭슨의 기분을 맞추려고 더 열심히 노력했다. 그가 막판에 어머니의 방문을 취소하지 않도록. 이 말은 곧 일주일에 적어도 세 번은 그가 말을 꺼내기 전에 내가 먼저 관계를 갖자고 말해야 한다는 뜻이었다. 그리고 그가 좋아하는 옷을 입고 그가 보는 앞에서 친구들에게 그를 칭찬해야 했다. 뿐만 아니라 그가 매주 온라인으로 주문해서 내 침대 옆 탁자에 갖다놓는 책을 부지런히 읽어야 했다. 내가 읽던 스티븐 킹, 로저먼드 럽튼, 바바라 킹솔버 같은 현대작가들 책은 스타인벡, 프루스트, 나보코프, 멜빌 같은 작가들 것으로 바뀌었다. 모두 잭슨이 저녁식사 자리에서 함께 이야기하기에 더 흥미롭다고 생각하는 책들이었다. 이 책들 외에 우리가 함께 읽는 고전도 있었다.

어머니가 다녀간 지 육 개월이나 지난 탓에 어머니가 몹시 보고 싶었다. 지난 몇 년 동안 어머니는 우리가 더 이상 가깝지 않다는 사실을 받아들이게 되었다. 그리고 내가 변했다고, 돈에 취해 자만한다고, 어머니를 위해 내어줄 시간이 없다고 믿게 되었다. 모두 잭슨이 그렇게 만들었다.

어머니에게 사실대로 말하지 않아서 엄청난 대가를 치렀지만 사실대로 말했다가는 잭슨이 나와 딸들, 심지어 어머니에게 무슨 짓을 할지 몰랐다. 그래서 그대로 지내며 어머니를 일 년에 두 번, 아이들 생일 때에만 초대했다. 명절에는 어머니가 비앤비 일로 바빠서 오지 말라고 말할 필요가 없었다. 잭슨은 우리가 어머니를 보러 가지도 못하게 했다. 아이들이 자기 집에서 명절을 보내는 게 중요하다는 이유였다.

탈룰라는 열한 살이 되었다. 우리는 성대한 파티를 열 계획이었다. 탈룰라의 학교 친구들을 모두 초대했다. 나는 어릿광대를 불렀고 안에서 뛸 수 있는 거대한 장난감 풍선 집과 조랑말 등 아이들이 좋아할 만한 것은 전부 준비했다. 성인인 친구는 아무도 초대하지 않았다. 앰버만 빼고. 친구가 된 지 몇 달 안 되었지만 나는 그녀를 가족처럼 느꼈다. 초대받은 여러 아이를 돌볼 사람들도 불렀다. 우리 집 보모 둘도 참석하기로 했다. 사빈은 평일에만 일했기 때문에 잭슨은 대학생인 서리를 주말 동안 고용해 무엇이든 필요한 일을 돕도록 했다. 하지만 사빈은 파티에 참석하고 싶어 했다. 나는 앰버에게 계획을 말했고 그녀는 빌려간 영화를 갖다주러 잠시 들르겠다고 했다.

"대프니, 당신 어머니를 꼭 뵙고 싶어요." 앰버가 말했다.

"뵙게 될 거예요. 당신이 왔을 때 계실 테니까. 하지만 정말 파티에 오고 싶어요? 아이들 스무 명이 소리를 질러댈 텐데요. 나조차도 별로 내키지 않는걸요." 당연히 농담이었다.

"도와주고 싶어요. 물론 도와줄 사람들을 고용하겠지만 친구가 같이 있으면 좋잖아요."

앰버가 온다고 이야기했을 때 잭슨은 달가워하지 않았다.

"대프니, 왜 그래? 이건 가족행사야. 앰버는 당신 여동생이 아니라고. 그런데도 항상 주변을 맴돌더군."

"앰버는 여기에 아는 사람이 없어요. 게다가 나와 가장 친한 친구라고요." 나는 이 말을 하자마자 실수했다는 것을 깨달았다. 정말 앰버가 가장 친한 친구일까? 내게는 몇 년 동안 친구가 없었다. 거짓된 삶을 살면서 누군가와 가까워지기란 불가능했다. 딸들을 제외한 모든 사람과는 필요에 따라 피상적인 관계를 맺었다. 하지만 앰버와는 누구도 이해할 수 없는 유대감을 느꼈다. 메러디스를 좋아하기는 하지만 그녀는 내가 줄리를 잃고 느끼는 기분을 이해하지 못했다.

"가장 친한 친구? 차라리 마르가리타가 가장 친한 친구라고 하는 게 낫겠군. 앰버는 아무것도 아니야."

나는 조금 전에 한 말을 정정했다. "당신 말이 맞아요. 그런 뜻으로 한 말이 아니었어요. 앰버는 내가 겪은 일을 유일하게 이해하는 사람이에요. 그녀에게 뭔가를 빚진 기분이에요. 게다가 앰버는 당신이 따뜻하게 맞아준다고, 당신을 정말 존경한다고 늘 말하는걸요."

잭슨은 이 말에 마음이 누그러졌다. 그는 똑똑하니 내가 한 말의

저의를 꿰뚫어보았다고 생각할지도 모르겠다. 하지만 그렇지 않았다. 그는 모든 사람이 자기를 좋아한다고 믿고 싶어 했으므로.

앰버는 파티에 오게 되었고 나는 친구가 와서 기뻤다. 잭슨이 앰버를 대하는 모습을 보면 그가 속으로 무슨 생각을 하는지 절대 알 수 없었다. 그녀가 도착하자 잭슨은 활짝 웃으며 포옹했다.

"어서 와요. 와줘서 기뻐요."

앰버는 수줍게 미소 지으며 고맙다고 중얼거렸다.

"술 한잔 줄게요. 뭐 마실래요?"

"아, 전 괜찮아요."

"앰버, 그러지 말고 한잔해요. 오늘 하루를 견디려면 마셔두는 게 좋을 거예요." 잭슨은 눈부시게 미소 지었다. "카베르네 와인을 좋아하는 것 같던데, 맞죠?"

앰버는 고개를 끄덕였다.

"금방 올게요."

"선물은 어디에 두면 돼요?" 앰버가 내게 물었다.

"선물 준비하지 않아도 괜찮은데요."

"그냥 탈룰라가 좋아할 만한 작은 선물이에요."

탈룰라가 선물을 열어볼 때 앰버의 선물을 뜯을 차례가 되자 나는 유심히 지켜보았다. 에드거 앨런 포의 생애에 관한 책이었다. 탈룰라는 앰버를 보며 조용히 고맙다고 인사했다.

"그날 뉴욕에 갔을 때 네가 이 작가 책을 읽었던 게 기억나서." 앰버가 탈룰라에게 말했다.

"포를 읽기에 탈룰라는 좀 어리지 않니?" 어머니가 앰버에게 들릴 정도로 큰 소리로 물어서 앰버가 듣지 못하게 막을 수 없었다.

"탈룰라는 또래보다 빨라요. 8학년 수준의 책을 읽는걸요." 내가 대답했다.

"지적인 발달과 정서적인 발달은 다를 수 있어." 어머니가 짚어냈다.

앰버는 말없이 바닥만 쳐다보았고 나는 앰버를 감싸야 할지 어머니의 염려를 인정해야 할지 갈등했다.

"제가 먼저 책을 살펴볼게요. 그리고 엄마 말씀이 옳으면 탈룰라가 더 클 때까지 치워둘게요." 나는 어머니에게 미소 지었다.

그때 서리가 달려와 바닥에 흩어진 선물을 챙겼다.

"세상에, 무슨 일이에요?" 어머니가 물었다.

"벨라가 쌓여 있던 선물을 던졌어요." 앰버가 말했다.

"뭐라고?" 나는 무슨 일이 있는지 보려고 뛰어갔다.

벨라는 탁자 앞에 서서 허리에 손을 대고 아랫입술을 비쭉 내밀고 있었다.

"벨라, 왜 그러니?"

"이건 불공평해요. 언니는 선물을 저렇게 많이 받는데 내 건 하나도 없잖아요."

"오늘은 네 생일이 아니잖니. 육 개월 전에 너도 생일 파티 했잖아."

벨라는 발을 굴렀다. "그게 무슨 상관이에요? 난 선물을 이렇게 많이 받지 못했다고요. 조랑말도 없었고요." 벨라는 작은 주먹으로 케이크 한쪽을 쳤다.

그날은 그런 일을 감당하고 싶지 않았다. "서리, 벨라가 진정할 때까지 방에 데리고 있을래요?" 나는 케이크를 가리켰다. "저걸 정리할 수 있는지도 봐주고요."

서리가 벨라를 데려가려 했지만 벨라는 거부하며 다른 방향으로 뛰었다. 다른 아이 어머니들이 그 모습을 보지 않아서 다행이었다. 내게는 벨라를 쫓아갈 기운이 없었다. 적어도 벨라가 누구를 괴롭히는 상황은 아니기도 했고.

앰버와 어머니가 있는 곳으로 돌아가자 어머니가 나를 못마땅하게 바라보았다.

"아이가 아주 버르장머리가 없구나."

귀에서 맥박이 요동쳤다. "엄마, 그냥 감정이 잘 조절되지 않아서 그런 거예요."

"벨라는 너무 응석받이야. 보모에게만 훈육을 맡겨두지 않으면 더 나아질 수도 있을 텐데."

앰버는 나를 안타까워하는 눈길로 바라보았다. 나는 후회할 말을 할까봐 숨을 깊이 들이마셨다.

"엄마 양육법은 엄마 혼자만 간직하시면 고맙겠어요. 벨라는 엄마 딸이 아니라 제 딸이니까요."

"그렇고말고. 내 딸이었으면 저렇게 행동하지는 않았을 테니까."

나는 일어나서 집 안으로 들어갔다. 나를 판단하는 저 사람은 누구일까? 어머니는 내 삶이 어땠는지 모른다. '그게 누구 잘못일까?' 내 안의 작은 목소리가 속삭였다. 나는 어머니가 의지할 수 있는 사람이기를 바랐고 내가 왜 이렇게 훈육하는지 이해해주기를 바랐다. 하지만 어머니의 못마땅해하는 말과 비난은 내가 매일 견디는 끝없는 비난에 목소리를 보탤 뿐이었다.

가방에서 발륨(신경안정제)을 꺼내 물도 없이 삼켰다. 앰버가 주방으로 들어와 다가오더니 내 어깨에 손을 올렸다.

"엄마들은 다 그렇죠." 그녀가 말했다.

나는 눈물을 삼키느라 아무 말도 하지 못했다.

"어머니 때문에 너무 괴로워하지 말아요. 좋은 뜻으로 하신 말씀일 거예요. 당신은 정말 훌륭한 엄마인걸요."

"그러려고 노력해요. 벨라가 제멋대로라는 건 나도 알아요. 하지만 마음만은 착해요. 내가 너무 너그럽게만 대하는 것 같아요?"

앰버는 고개를 저었다. "그렇지 않아요. 벨라는 사랑스러운걸요. 좀 충동적인 면이 있지만 크면 괜찮아질 거예요. 벨라에게 필요한 건 이해와 보살핌이에요."

"모르겠어요."

어머니를 탓할 수는 없었다. 벨라의 잘못된 행동을 내가 정말 못 보고 있는 것도 같았다. 어머니는 벨라가 울다가 잠드는 밤이 많다는 것을 몰랐다. 잭슨은 겉보기에는 딸을 애지중지하는 아버지였지만 집에서는 옳은 말만 해서 아이들을 서로 경쟁시켰고 벨라가 언니에게 열등감을 느끼게 했다. 벨라는 글을 읽는 데 어려움이 있었고 학교 친구들보다 뒤처졌다. 1학년이 거의 끝나가는데 글을 제대로 읽지도 못했다. 반면 탈룰라는 1학년이 끝날 무렵 5학년 수준의 책을 읽었다. 잭슨은 재빨리 벨라에게 이 점을 일깨워주었다. 가여운 벨라는 초급 읽기라도 떼면 다행이었다. 선생님이 검사를 받아보라고 강력하게 권했지만 잭슨은 거부했다. 우리는 학부모 면담에 참석했다가 집으로 가는 차 안에서 이 문제 때문에 싸웠다.

"학습장애가 있는지도 몰라요. 아주 드물지는 않대요."

잭슨은 정면만 바라보며 이를 악물고 대답했다. "게을러서 그런 거야. 그 애는 자기가 내킬 때 하고 싶은 것만 하잖아."

나는 불만스러웠다. "그렇지 않아요. 벨라도 열심히 한다고요. 책 한두 쪽이라도 읽어보려고 애쓰다가 매일 밤 울면서 잠들어요. 난 벨라에게 정말 도움이 필요하다고 생각해요."

잭슨은 핸들을 내리쳤다. "젠장, 아이에게 난독증 같은 꼬리표를 달아줄 수는 없어. 그게 평생 따라다닐 테고 그것 때문에 차터하우스에 들어가지도 못할 거야. 가정교사를 고용해야겠어. 글 읽는 법만 배운다면 하루에 다섯 시간씩 공부해야 한대도 상관없어."

체념하고 눈을 감았다. 잭슨과 말씨름해봐야 소용없었다. 잭슨은 아이들이 고등학교에 입학할 나이가 되면 영국에 있는 명문 기숙학교인 차터하우스로 보낼 계획이었다. 하지만 나는 그날이 오기 전에 아이들을 데리고 탈출할 방법을 찾아야 한다고 마음 깊이 새기고 있었다. 그동안에는 그의 뜻에 따르는 척해야 했다.

나는 특수교육 전문 가정교사를 채용했다. 그녀는 잭슨과 벨라가 알지 못하게 벨라를 검사했고 난독증이 의심된다고 했다. 이를 돕지 않고서, 벨라에게 글을 어떻게 배우는지 알려주지 않고서 어떻게 아이가 학교생활을 견디게 할까? 벨라는 자신에게 맞지 않는 장소에 있었다. 세인트 루크 학교에서는 벨라에게 필요한 학습을 제공할 수 없었다. 하지만 잭슨은 아이를 다른 학교로 옮기는 이야기는 꺼내지도 못하게 했다.

이 가여운 아이는 종일 학교에 있다가 집에 와서 학교 수업 내용을 따라가려고 가정교사와 계속해서 공부해야 했다. 몇 시간이나 공부했지만 벨라의 진척은 매우 더뎠고 아이가 책상에 더 이상 앉아 있기 싫어했기 때문에 더욱 느렸다. 벨라는 놀고 싶어 했고 그럴 수 있어야 했다. 하지만 매일 저녁식사 시간에 잭슨은 벨라에게 책을 읽어보라고 시켰다. 벨라가 단어를 더듬거리거나 읽는 데 시간이 오래 걸리면 잭슨은 손가락으로 식탁을 두드렸고 그 때문에 벨라는 더욱 심하게 더듬었다. 모순되게도 잭슨은 자신의 조급함이 의도와 달리 정반대 효과를 낳는다는 사실을 몰랐다. 실제로 그는 자기가 옳은 일을 하고 있다고, 아이 교육에 관해서 가장 잘 알고 있다고 여겼다. 적어도 그의 주장에 따르면 그랬다. 우리는 온 가족이 함께하는 저녁식사를 두려워하기 시작했다. 그리고 가여운 벨라는 잔뜩 긴장한 데다 자기회의감에 괴로워한 나머지 언제나 풀이 죽어 있었다.

머릿속에서 잊히지 않는 저녁이 있다. 그날 벨라는 학교에서 힘든 시간을 보내고 개인교습까지 받느라 녹초가 되어 있었다. 저녁식사 시간에 식탁에 앉은 아이는 폭발 직전의 화산 같았다. 식사를 마치고 마르가리타가 디저트를 내왔다.

"벨라에게는 책을 읽을 때까지 디저트 주지 마세요." 잭슨이 말했다.

"책 읽고 싶지 않아요. 너무 피곤해요." 벨라는 이렇게 말하며 브라우니가 담긴 접시로 손을 뻗었다.

"마르가리타." 잭슨의 목소리가 너무 날카로워서 우리는 모두 그를 보았다. "주지 말라고 했어요."

"저, 그럼 다른 분들도 이따가 드시도록 할까요?"

"아뇨. 탈룰라는 디저트를 먹을 수 있어요. 똑똑한 아이니까."

"아빠, 난 괜찮아요. 기다릴 수 있어요." 탈룰라가 자기 접시를 보며 말했다.

마르가리타는 마지못해 접시를 식탁에 내려놓고 급히 나갔다.

잭슨은 자리에서 일어나 가져온 책을 건넸다. 벨라가 책을 집어 던지자 잭슨의 얼굴이 시뻘게졌다.

"육 개월이나 도움을 받았잖니. 넌 1학년이야. 이건 쉽게 읽어야 한다고. 첫 장을 읽어봐." 잭슨은 바닥에 나뒹구는 책을 주웠다.

책은 《샬롯의 거미줄》이었다. 벨라가 읽어낼 리 없었다.

"여보, 이런다고 나아지지 않아요."

그는 내 말을 무시한 채 책을 식탁 위에 탁 하고 내려놓았다. 벨라는 깜짝 놀랐다.

나는 그의 관자놀이에 불거진 핏줄을 보았다. "이 빌어먹을 책을 못 읽으면 쓸모없는 가정교사를 잘라버릴 거야. 자, 뭘 배웠는지 보여줘. 지금!"

벨라는 떨리는 손으로 책을 집어 들어 펼친 뒤 떨리는 목소리로 읽기 시작했다. "아…… 파…… 끼…… 어데……?" (원문은 "아빠는 도끼를 들고 어디 가시는 거예요?"이다.)

"더 크게! 얼간이처럼 읽지 말고! 시원하게 소리 내!"

"잭슨!"

그는 험악한 표정으로 나를 보더니 다시 벨라를 보았다. "그렇게 읽으면 얼마나 못생겨 보이는지 알아?"

벨라는 울음을 터뜨리며 식탁에서 뛰쳐나갔다. 나는 잠시 머뭇거리다가 아이를 쫓아 뛰어갔다.

내가 달래서 눕히자 벨라는 그 크고 푸른 눈으로 나를 보며 물었다. "엄마, 나는 바보예요?"

심장이 찔리는 것 같았다.

"절대 아니란다. 넌 똑똑한 아이야. 책 읽는 걸 힘들어하는 사람은 많아."

"언니는 안 그렇잖아요. 태어날 때부터 책을 읽은 것 같잖아요. 난 벽돌처럼 멍청해요."

"그런 말은 누구한테 들었어?"

"아빠요."

잭슨을 죽이고 싶었다. "엄마 말 잘 들어봐. 아인슈타인이 누군지 알지?"

벨라는 천장을 보았다. "폭탄 머리에 웃기게 생긴 사람이요?"

일부러 소리 내어 웃었다. "그래, 그 사람은 세상에서 제일 똑똑한데 아홉 살까지 책을 못 읽었대. 그러니까 넌 정말 똑똑한 거야."

"아빠는 그렇게 생각하지 않아요."

순간 어떻게 설명할지 고민되었다. "아빠가 그런 뜻으로 한 말은 아니야. 아빠는 두뇌가 다른 방식으로 움직일 수 있다는 걸 몰라서 그래. 그렇게 말하면 네가 더 열심히 할 거라고 생각한 거지." 내가 듣기에도 변변찮은 변명이었지만 해줄 수 있는 말은 그 정도뿐이었다.

벨라는 하품하더니 눈을 감았다. "엄마, 피곤해요."

나는 아이 이마에 입 맞췄다. "잘 자렴, 내 천사."

그래서 벨라는 이따금 버릇없이 굴게 되었다. 그렇게 스트레스가 심한데 어느 누가 그러지 않을 수 있을까? 하지만 제멋대로 구는 아이를 제지하지 않는 이유가 평소 아버지에게 가루가 되도록 혼나기 때문이라고 주변 사람들에게 이야기할 수는 없었다.

52

잭슨은 지루해지면 내 물건을 숨겼다. 내가 절대 찾을 수 없을 만한 곳에. 손님용 욕실에서 빗이 나오기도 했고 주방에서 콘택트렌즈 용액이 나오기도 했다. 하루는 줄리스 스마일에 기부할지도 모르는 사람을 만나는 중요한 약속에 늦었다. 그런데 아무리 찾아도 자동차 열쇠가 없었다. 운전기사 타미는 집에 급한 일이 생겨서 없었고 사빈은 수업 계획을 세우는 날이라 학교가 문을 열지 않아서 아이들을 데리고 브롱크스 동물원에 갔다.

잭슨은 내가 일주일 내내 그 만남을 준비했다는 사실을 알았다. 그리고 나는 차 열쇠가 사라진 것이 우연이 아니라는 것을 알았다. 십오 분 안에 약속 장소에 도착해야 했다. 택시를 불러서 약속 시간 일 분 전에 겨우 도착했다. 기진맥진해서 컨디션이 좋지 않았다. 일을 마치고 전화기를 꺼내 잭슨에게 전화를 걸었다.

"재단에 엄청난 액수의 손해를 끼칠 뻔했어요." 나는 단도직입적으로 말했다.

"무슨 말이에요?"

"내 자동차 열쇠가 사라졌어요."

"무슨 말인지 모르겠군요. 당신이 정리를 제대로 못 해놓고 날 탓하지 말아요." 그는 엄청나게 잘난 체하며 말했다.

"항상 현관 탁자 서랍에 둔단 말이에요. 두 개 모두 사라졌어요. 마침 타미도 쉬는 날이라 택시를 불러야 했다고요."

"누군가가 당신의 평범한 하루를 재미있게 해주고 싶었나본데 나랑은 상관없어요." 그는 전화를 끊었다.

나는 쾅 소리가 나게 전화기를 내려놓았다.

잭슨은 야근했고 아홉 시가 되도록 집에 오지 않았다. 그가 왔을 때 나는 주방에서 아이싱 컵케이크를 만들고 있었다. 벨라가 학교에서 빵을 판매하는 데 가져갈 케이크였다. 잭슨은 냉장고를 열더니 욕하기 시작했다.

"왜 그래요?"

"이리 와봐."

나는 그의 장황한 잔소리에 대비해 마음을 다잡고 그의 뒤로 갔다. 그는 어딘가를 가리켰다.

"왜 이런지 설명 좀 해주겠어?"

나는 그가 가리키는 곳을 보았다. "뭐가 어떤데요?" 모든 것이 완벽해야 했다. 잭슨은 줄자를 가져와 유리잔이 정확히 20센티미터 간격으로 떨어져 있는지 확인하는 사람이었다. 서랍장과 보관함을 불시에 검사해 모든 것이 제자리에 있는지 확인하기도 했다.

그는 고개를 저으며 혐오스럽다는 듯 나를 보았다. "안 보여? 네이키드 주스 병이 알파벳 순으로 정리되어 있지 않잖아. 크랜베리를 스트로베리 뒤에 놓다니."

삶의 부조리에 한 대 얻어맞은 나는 제어하기 힘들 정도로 낄낄대기 시작했다. 잭슨은 점점 적대감을 드러내며 나를 보았고 나는 그저 웃을 뿐이었다. 그러다가 몸속 깊은 곳에서 두려움이 치솟아 웃음을 멈추려고 했다. '그만 웃어!' 뭐가 잘못됐는지 모르겠지만 그의 눈에 분노가 드리운 것을 보고서도 멈출 수 없었다. 사실 그 눈빛 때문에 웃음이 더 심해졌다. 발작에 가까웠다.

잭슨은 주스 병을 집어 들고 뚜껑을 열더니 내 머리 위에 부었다.

"지금 뭐하는 거예요?" 나는 놀라서 물러섰다.

"아직도 재미있어? 멍청한 년!" 잔뜩 화가 난 그는 냉장고 안에 있는 것을 모조리 꺼내 바닥에 집어던졌다. 나는 얼어붙은 채 그 모습을 지켜보았다. 그는 달걀을 집어 들어 내게 던지기 시작했다. 얼굴을 가렸지만 그가 있는 힘껏 던진 달걀에 맞는 바람에 뺨이 얼얼했다. 몇 분 만에 나는 끈적거리는 액체와 음식을 뒤집어썼다. 잭슨은 냉장고 문을 쾅 닫고 나를 가만히 쳐다보았다.

"왜 지금은 안 웃어, 이 게으름뱅이야?"

나는 그 자리에 못 박힌 듯 서 있었다. 너무 무서워서 말이 나오지 않았다. 사과의 말을 웅얼거리는 내 입술은 심하게 떨렸다.

잭슨은 고개를 끄덕였다. "당연히 미안해야지. 이거 다 치워. 일하는 사람들에게 도와달라고 할 생각 하지 말고. 당신이 엉망으로 만들었으니까." 그는 내가 프로스팅을 올리고 있던 컵케이크 접시로 가더니 케이크를 바닥에 내던졌다. 그리고 바지를 내리고 그 위에 오줌을 누었다. 나는 어렵게 울음을 참았다.

"벨라에게 게을러 빠져서 컵케이크를 못 만들었다고 말하게 생겼군." 그는 내게 손가락질했다. "나쁜 엄마야."

잠시 뒤 그는 내가 자동차 열쇠를 넣어두는 서랍을 열더니 짤랑거리며 열쇠를 꺼내 내게 던졌다. "열쇠는 항상 여기에 있었어. 바보 같으니라고. 다음번에는 더 열심히 찾아봐. 이렇게 게으르고 멍청한 마누라는 지긋지긋하니까." 그가 주방에서 나간 뒤 나는 홀로 남아 한쪽 구석에서 떨었다.

주방을 다 치우는 데 한 시간이 넘게 걸렸다. 망연자실하고 흐리멍덩한 상태로 못 먹게 된 음식을 버리고 더러워진 곳을 걸레로 문질러 닦고 모든 물건의 표면이 빛날 때까지 청소했다. 다음 날 아침 일찍 일하는 사람들이 왔을 때 엉망진창이 된 모습을 보여주고 싶지 않았다. 잭슨이 컵케이크를 망쳐버렸으니 다음 날 아침 빵집에 들러서 살 생각이었다. 위층에 올라가기가 두려웠다. 내가 씻고 침대에 들어갈 때 잭슨이 자고 있기를 바랐다. 하지만 나를 모욕하면 그가 흥분한다는 사실을 잘 알았다. 나는 머리를 말린 뒤에 불을 끄고 침대로 갔다. 잭슨은 규칙적으로 숨을 쉬고 있었다. 나는 그가 잠들었다는 데 안도하고 한숨을 내쉬었다. 이불을 턱까지 끌어 올리고 잠들려는 찰나 허벅지에 그의 손길이 느껴졌다. 나는 그대로 얼어붙었다. '오늘 밤에는 절대 안 돼.'

"말해." 그가 명령했다.

"잭슨……."

그는 허벅지를 세게 움켜쥐었다. "말하라니까."

나는 눈을 꼭 감고 마지못해 말을 내뱉었다. "당신을 원해요. 나를 가져요."

"애원해."

"지금 당장 당신을 원해요, 제발." 그가 그 이상으로 말하기를 원한다는 것을 알았지만 그것이 최선이었다.

"별로 애원하는 것 같지 않은데. 어디 한번 보여줘봐."

나는 이불을 젖히고 가운을 벗었다. 그가 좋아하는 자세로 앉아서 그가 얼굴을 내 가슴에 묻을 수 있도록 했다.

"이런 창녀 같은." 그는 내 준비 상태와 상관없이 몸속으로 밀고 들어왔다. 나는 이불을 움켜쥐고 그가 일을 마칠 때까지 머릿속을 비웠다.

53

다음 날에는 늘 그렇듯 선물이 도착했다. 이번에는 손목시계였다. 5만 달러가 넘는 바쉐론 콘스탄틴이었다. 내게는 손목시계가 필요하지 않았지만 당연히 착용해야 했다. 특히 잭슨과 함께 사업 관계자들을 만날 때나 클럽에 갈 때처럼 남편이 얼마나 후한지를 모든 사람에게 보여줘야 할 때에는 더욱 그랬다. 나는 상황이 어떤 식으로 돌아갈지 잘 알았다. 앞으로 몇 주 동안 잭슨은 내게 잘해줄 것이다. 날 칭찬하고 저녁에 외식 자리를 마련하고 세심하게 배려하겠지. 조롱당할 때보다 그런 시기를 견디기가 더 힘들었다. 그가 나를 깔아뭉갤 때는 그를 미워하는 것이 정당하다고 생각했다. 하지만 그가 며칠씩 가면을 쓰고 내가 사랑에 빠졌던 인정 많은 남자 행세를 할 때면 모두 연기라는 사실을 알면서도 혼란스러웠다.

그는 매일 아침 내 일정을 확인했다. 그날 아침 나는 필라테스 수업을 건너뛰고 얼굴과 전신 마사지를 받기로 했다. 그는 여느 날처럼 열 시에 내게 전화했다.

"대프니, 구겐하임 미술관에서 새로 시작하는 전시에 관한 기사를 이메일로 보냈어요. 꼭 확인해봐요. 오늘 밤에 이야기하고 싶으니까."

"알겠어요."

"운동하러 가는 길이에요?"

"네, 저녁에 만나요." 나는 거짓말했다. 운동의 중요성에 관해 훈계를 들을 기분이 아니었다.

그날 저녁 아이들이 목욕하는 동안 일광욕실에서 와인을 마시며 망할 구겐하임 기사를 읽고 있었다. 잭슨의 얼굴이 보이자마자 뭔가 잘못됐다는 것을 알았다.

"어서 와요." 나는 일부러 밝은 목소리를 냈다.

그는 술을 한 잔 들고 있었다. "뭐 해?"

나는 아이패드를 들어 올렸다. "당신이 보내준 기사를 읽고 있었어요."

"필라테스는 어땠어?"

"좋았어요. 오늘 하루 잘 보냈어요?"

그는 내 맞은편 소파에 앉아서 고개를 저었다. "별로였어. 관리자 한 사람이 거짓말했거든."

나는 화면에서 눈을 떼고 그를 보았다. "그래요?"

"응, 정말 멍청한 거짓말이었지. 그에게 전화했느냐고 물었더니 했다고 하더라고." 그는 들고 있던 버번위스키를 천천히 한 모금 마셨다. "사실은 전화하지 않았는데 말이야. 그냥 나중에 전화할 거라고 이야기했으면 괜찮았을 텐데." 그는 어깨를 으쓱했다. "그럼 별일 아니었을 텐데. 하지만 그 직원은 거짓말했지."

가슴이 두근거려서 와인 잔을 들어 한 모금 마셨다. "당신이 화낼까봐 무서웠나보죠."

"음, 그게 문제야. 난 지금 화났거든. 사실 몹시 화났어. 모욕당한 기분도 들고. 그 직원은 날 바보라고 생각한 게 틀림없어. 난 거짓말이라면 끔찍하게 싫어. 많은 일을 참고 견딜 수 있지만 거짓말은 못 견디겠어."

물론 자기가 거짓말할 때는 예외겠지. 나는 무표정하게 그를 보았다. "이해해요. 당신은 거짓말쟁이를 싫어하잖아요." 이제 누가 누구를 바보처럼 협박하는지 알 수 없었다. 관리자 따위는 없으며 그가 나를 수동적이고 공격적으로 위협한다는 것을 알았다. 하지만 그에게 만족감을 줄 생각은 없었다. 내가 수업에 빠진 일을 그가 어떻게 아는지 정말 궁금했다. "그래서 어떻게 했어요?"

그는 내 옆에 앉더니 무릎에 손을 얹었다. "내가 어떻게 해야 한다고 생각해?"

나는 그에게서 몸을 뺐다. 그러자 그가 다가왔다.

"모르겠어요. 당신이 옳다고 생각하는 대로 해요."

그는 입술을 오므리고 뭐라고 중얼거리더니 소파에서 벌떡 일어났다.

"이런 허튼소리는 이제 그만해야겠군. 오늘 내게 왜 거짓말했어?"

"무슨 거짓말이요?"

"운동하러 가는 거 말이야. 열한 시부터 두 시까지 스파에 있었잖아."

나는 인상을 찡그렸다. "그걸 어떻게 알아요? 미행이라도 하는 거예요?"

"아니."

"그럼 어떻게요?"

그는 악랄하게 미소 지었다. "사람들이 당신을 쫓아다니는지도 모르지. 카메라가 지켜보는지도 모르고. 그건 아무도 몰라."

나는 목구멍이 막히는 것 같았다. 숨을 쉴 수 없었고 방이 빙빙 도는 것 같아서 소파 옆을 잡았다. 잭슨은 말없이 재미있다는 표정으로 나를 지켜보았다. 마침내 목소리를 낼 수 있게 된 나는 겨우 한마디 내뱉었다. "왜 그래요?"

"모르겠어?"

내 대답이 없자 그가 계속 말했다.

"당신을 못 믿기 때문이지. 그리고 내가 옳았어. 당신이 거짓말했으니까. 날 속일 생각은 하지 마."

"말했어야 하는데 오늘은 너무 피곤했어요. 미안해요. 믿어줘요."

"당신이 믿을 만하게 행동하면 믿겠지. 거짓말하지 않으면."

"과거에 누군가가 당신을 바보로 만들고 당신에게 큰 상처를 준 게 틀림없군요." 나는 딱하다는 말투로 말했다. 잭슨을 괴롭히는 말이라는 것을 알면서도.

그의 눈빛에 분노가 스쳤다. "나를 바보로 만들 수 있는 사람은 없어. 앞으로도 없을 거고." 그는 내 와인 잔을 들고 홈바로 가더니 남은 와인을 싱크대에 부었다. "이미 칼로리는 충분히 섭취한 것 같군. 오늘 게으름 피우느라 운동 안 한 걸 감안하면 더 그렇고. 가서 옷 갈아입고 저녁 먹는 게 어때? 그때 봅시다."

그가 나가고 나서 나는 와인을 한 잔 더 따르고 방금 알게 된 사실을 곱씹었다. 잭슨이 여러 방법으로 나를 감시한다고 확신했다. 절대 경계를 늦출 수 없었다. 어쩌면 휴대전화를 도청하거나 집에 카메라를 설치했는지도 몰랐다. 이제 행동해야 할 때였고 내게도 계획이 필요했다. 돈은 모두 잭슨이 틀어쥐고 있었다. 부수적인 일에 쓸 돈을 현금으로 받았지만 돈을 쓸 때마다 그에게 영수증을 줘야 했다. 그는 영수증을 모두 사무실로 가져갔고 내가 돈을 자유롭게 쓰지 못하게 했다. 나를 손아귀에 두기 위한 또 하나의 방법이었다. 그는 내가 몰래 돈을 모으고 있다는 사실을 몰랐다.

사무실 노트북 한 대를 이용해 가명으로 이메일 계정을 새로 만들고 클라우드 인증을 받은 다음 안내책자와 전단지 아래에 놓인 벽장에 노트북을 숨겼다. 잭슨이 절대 찾아보지 않을 만한 곳이었다. 명품 가방과 옷 일부를 이베이에 올려서 팔고 잭슨이 모르는 계좌로 돈을 받았다. 그리고 집에서 차로 삼십 분 거리에 있는 뉴욕 밀튼의 우체국에서 모든 물건을 상자에 포장해서 보냈다. 지난 오 년 동안 돈은 더디게 모였지만 비상금으로는 충분했다. 3만 달러 가까이 모았으니까. 선불 휴대전화기도 여러 대 구입해서 사무실에 숨겨두었다. 언젠가는 그 전화기가 필요할 것 같았다. 잭슨은 모든 것을 파악하고 있다고 믿었지만 나는 그처럼 과대망상에 빠져 우쭐하지 않았다. 과대망상이 어떻게든 그의 실패 원인이 될 거라고 믿어야 했다.

54

크리스마스는 내가 좋아하는 명절이었다. 매년 크리스마스이브면 교회 성가대에서 노래했고 줄리는 언제나 가운데 앞자리에서 나를 응원했다. 그런 다음 우리는 비앤비로 가서 함께 저녁을 먹고 행복한 기분으로 선물을 교환하는 시간을 기다렸다. 크리스마스이브에 선물 하나를 미리 교환하고 나머지는 크리스마스를 위해 남겨두었다. 줄리와 함께 보낸 마지막 크리스마스에 그 애는 비밀을 말하고 싶어서 못 견디겠다는 듯 저녁식사 내내 안절부절못했다. 나는 줄리에게 준비한 선물을 주었다. 비앤비에서 일할 때 받은 팁을 아껴서 산 골드볼 귀걸이였다. 줄리 차례가 되자 그 애는 들떠서 눈을 빛내며 내게 작은 상자를 내밀었다.

포장지를 벗기고 뚜껑을 열자 놀라서 숨이 멎는 줄 알았다. "안 돼, 줄리. 이건 네가 아끼는 거잖아."

줄리는 미소 지으며 상자에서 하트 펜던트를 꺼내 걸어보라며 내게 건넸다. "언니가 가졌으면 좋겠어."

그 시기 줄리는 부쩍 몸이 약해졌다. 그 애는 시간이 얼마 없다는 것을 알았거나 적어도 우리보다 먼저 받아들였던 것 같다.

눈물을 참고 가는 목걸이 줄을 잡았다. "절대 안 풀게." 나는 정말 그것을 풀지 않았다. 잭슨과 결혼한 뒤에 목걸이를 숨기지 않으면 그가 그것마저 빼앗아버리리라는 사실을 알기 전까지는. 목걸이는 잭슨에게 받은 선물이 담긴 수많은 벨벳 보석상자 가운데 한 받침 아래에 안전하게 숨겨두었다.

지난 십 년 동안 크리스마스는 터무니없는 소비의 향연에 불과했다. 우리는 교회에 가지 않았다. 잭슨은 무신론자였고 우리 아이들이 그가 '동화'라고 부르는 것에 노출되지 않도록 했다. 하지만 산타에 관한 미신만은 문제없이 계속 이어갔다. 나는 그에게 논리적으로 따지려는 노력을 포기했다.

아이들이 즐거워하자 나도 기뻤다. 아이들은 크리스마스 장식, 베이킹, 그맘때의 광경과 소리를 무척 좋아했다. 그해는 내가 들뜰 만한 이유가 하나 더 있었다. 내게는 앰버가 있었다. 나는 그녀에게 선물 세례를 퍼붓고 싶은 걸 간신히 참았다. 앰버를 당황스럽게 만들고 싶지는 않았다. 그녀를 보면 어쩐지 보살피고 싶었고 지금껏 그녀가 갖지 못했던 것을 전부 주고 싶었다. 줄리가 살아 누리지 못한 것을 모두 주고 싶은 마음과 비슷했다.

잭슨과 나는 아이들이 깨기 전에 아래층으로 내려가 커피를 마셨다. 곧 아이들이 내려왔다. 그 작은 회오리바람은 신이 나서 산처럼 쌓인 선물에 덤벼들었다. 하지만 그때도 나는 아이들이 크리스마스를 어떻게 받아들일지 걱정스러웠다.

"엄마, 엄마는 선물 안 뜯어보세요?" 탈룰라가 물었다.

"그래요, 엄마. 선물 뜯어봐요." 벨라가 맞장구쳤다. 나를 위한 선물은 높이 쌓여 있었다. 모두 금박 포장지와 정교한 빨간색 벨벳 리본으로 예쁘게 포장되어 있었다. 나는 상자 안에 무엇이 있는지 알았다. 잭슨이 고른 고급 옷, 그가 내게 얼마나 다정한지 과시하기 위한 보석, 그가 좋아하는 값비싼 향수일 것이었다. 모두 내가 절대 사지 않을 만한 것들이었다. 나는 그런 것을 전혀 원하지 않았다.

하지만 잭슨과 내가 받기로 한, 아이들이 직접 만든 선물은 무엇일지 기대되었다.

"엄마, 내 선물 먼저 열어봐요." 벨라가 말했다. 아이는 포장을 벗기다 만 상자를 내려놓고 내게 달려왔다.

"어떤 게 네 선물이지?" 내가 물었다.

벨라는 유일하게 산타가 그려진 포장지로 싸인 상자를 가리켰다. "찾기 쉽도록 특별하게 포장했어요." 벨라가 뿌듯하게 말했다.

나는 선물을 건네는 아이의 곱슬머리를 쓰다듬고는 까치발을 한 채 눈을 동그랗게 뜨고 나를 보는 아이에게 미소 지었다. "내가 대신 뜯어도 돼요?"

나는 웃음을 터뜨렸다. "그럼, 되고말고."

벨라는 포장지를 찢어 바닥에 내팽개친 뒤에 상자 뚜껑을 열어 내게 내밀었다.

가족의 모습을 그린 그림이었다. 제법 잘 그렸다. 벨라의 시선이 예리하다는 것을 그 전에는 미처 몰랐다.

"벨라! 정말 잘 그렸구나. 이걸 언제 그렸어?"

"학교에서요. 선생님이 소질 있다고 말했어요. 내가 제일 잘 그렸댔어요. 다른 애들은 뭘 그렸는지 알아볼 수도 없었거든요. 선생님이 나 미술 배우라고 엄마한테 말한대요."

그림은 가로와 세로가 30센티미터 정도인 수채화였다. 그림에서 우리는 모두 해변에 서 있었다. 뒤로는 바다가 보이고 가운데에 잭슨이, 양옆에는 나와 탈룰라가 있었다. 벨라는 우리 셋 맞은편에 서 있었는데 크기가 확연히 컸다. 잭슨과 탈룰라, 나는 회색과 흰색의 칙칙한 옷을 입었고 벨라는 주황색, 분홍색, 빨간색으로 된 밝은 옷을 입었다. 잭슨과 탈룰라는 고개를 돌려 나를 보고 있었는데 탈룰라의 표정은 침울했고 잭슨은 의기양양했다. 그리고 나는 벨라를 보며 활짝 웃고 있었다. 가족 내 역학관계가 좋지 않다는 것은 심리학자가 아니더라도 알 수 있었다. 나는 심란한 생각을 떨쳐버리고 벨라를 끌어안았다.

"너무 예뻐. 엄마 마음에 꼭 드는구나. 종일 볼 수 있게 사무실에 걸어놓아야겠어."

탈룰라가 그림을 보았다. "왜 넌 다른 사람들보다 커?"

벨라는 언니를 향해 혀를 내밀더니 더듬더듬 말했다. "완근법이라는 거야."

잭슨은 웃음을 터뜨렸다. "원근법이라고 말하고 싶었던 것 같구나."

탈룰라는 눈동자를 굴리더니 내게 선물을 가져왔다. "제 선물도 열어보세요."

점토로 만든 조각품이었다. 탈룰라는 하트 두 개를 리본으로 묶은 작품 위에 'love'라고 써놓았다.

"엄마와 줄리 이모예요." 아이가 말했다.

내 눈에는 눈물이 가득 찼다. "이것도 정말 마음에 드는구나. 완벽한 선물이야."

탈룰라는 미소 지으며 나를 안았다. "엄마가 가끔 슬퍼하신다는 거 알아요. 하지만 엄마와 이모의 마음은 영원히 함께일 거예요."

이렇게 사려 깊은 아이가 내 딸이라니 정말 감사했다.

"내 선물도 열어봐요." 잭슨이 빨간 포장지로 싼 작은 상자를 내밀었다.

"고마워요." 상자를 받아서 포장지를 뜯자 무늬 없는 하얀색 상자가 나왔다. 뚜껑을 여니 둥근 모양의 금장식이 달린 금 목걸이가 있었다. 상자에서 목걸이를 꺼낸 나는 숨이 턱 막혔다.

탈룰라가 내 손에서 목걸이를 가져가 살펴보더니 나를 보았다. "엄마, 'YMB'가 누구예요?"

내가 목소리를 되찾기 전에 잭슨이 말했다. 그의 입에서 거짓말이 술술 나왔다. "엄마 할머니의 머리글자야. 엄마를 정말 예뻐하셨거든. 내가 해줄게요." 잭슨은 내 목에 목걸이를 채웠다. "이걸 항상 하고 다니면 좋겠어요."

나는 그를 보며 활짝 웃었지만 가짜 미소라는 것을 그도 알았다. "당신이 내게 느끼는 감정을 일깨워주는 또 하나의 선물이에요."

잭슨은 내 입술에 키스했다.

"어휴!" 탈룰라는 이렇게 말하고는 벨라와 깔깔대며 웃었다.

벨라는 자기 선물이 쌓인 곳으로 가서 잭슨이 준비한 나머지 선물의 포장지를 벗겼다. 그때 초인종이 울렸다.

잭슨은 크리스마스에 혼자 있을 앰버가 집으로 와서 저녁식사를 함께해도 좋다고 했다. 쉽지 않았지만 다른 친구들 앞에서 이야기 했기 때문에 잭슨은 앰버를 초대해 착한 사마리아인처럼 보이고 싶어 했다.

그는 앰버를 가족처럼 맞이했고 그녀에게 술을 갖다주었다. 그 뒤 몇 시간 동안 기분 좋게 둘러앉아 있었다. 아이들이 선물을 열어 가지고 노는 동안 우리는 일상적인 이야기를 나누었다.

앰버는 우리 모두에게 사랑스러운 선물을 주었다. 잭슨에게는 책을 주었는데 그가 정말 고마워하는 것 같았다. 아이들에게도 책을 선물했고 벨라에게는 반짝이는 보석도 주었다. 벨라는 그 선물을 마음에 들어 했다. 앰버가 내게 선물을 건넸을 때 나는 약간 불안했다. 그녀가 돈을 너무 많이 쓰지 않았기를 바라서였다. 줄리와 샤를린 이름을 새긴 장식 두 개가 달린 가는 은팔찌는 전혀 예상치 못한 선물이었다.

"앰버, 너무 사려 깊고 아름다운 선물이에요."

그녀가 팔을 들자 똑같은 팔찌를 하고 있는 게 보였다. "나도 있어요. 이제 우리 동생들은 언제나 우리와 함께일 거예요."

잭슨은 이 모습을 지켜보고 있었다. 나는 분노에 찬 그의 눈빛을 보았다. 그는 내가 줄리 생각을 너무 많이 한다고 늘 말했다. 하지만 아무리 잭슨이라도 내 기쁨을 앗아가지는 못했다. 줄리와 그녀에 대한 내 사랑을 기리는 선물을 두 개나 받았다. 오랜만에 누군가가 내 말에 귀 기울이고 나를 이해해주는 느낌이 들었다.

"아, 하나 더 있어요." 앰버는 작은 쇼핑백을 건넸다.

"선물이 또 있어요? 팔찌로도 충분한데."

속 포장지를 밀어내자 단단한 것이 느껴졌다. 그것을 들어 올리자 숨이 막혔다. 유리 거북이었다.

"거북을 그렇게 좋아하는지 몰랐어요." 앰버가 말했다.

잭슨은 미소 지었고 눈동자가 기쁨으로 빛났다.

누군가가 내 마음을 알아주고 이해해주었다는 기분은 바로 그렇게 사라지고 말았다.

55

메러디스가 남편의 쉰 살 생일을 맞아 벤저민 스테이크하우스에서 깜짝 파티를 열기로 되어 있었다. 나는 파티에 참석할 기분이 아니었다. 크리스마스를 준비한 뒤로 여전히 피곤했고 이틀 뒤에는 생 바르텔레미로 떠나야 했다. 하지만 메러디스를 실망시키고 싶지 않았다. 그녀는 랜돌프의 생일인 27일에 파티를 열겠다고 고집했다. 그동안에는 생일이 크리스마스와 가까워서 소홀하게 지나갔기 때문이었다.

뉴욕에 도착하자마자 잭슨이 만나자고 한 그랜드 센트럴의 오이스터 바로 가야 했다. 그곳에서 파티 장소까지는 길 하나만 건너면 되었고 걸어서 몇 분밖에 걸리지 않았다.

나는 디올 드레스를 입기는 했지만 한 가지 실수를 했다. 그 드레스는 내가 좋아하는 것이었지만 잭슨이 싫어하는 색이었다. 샴페인과 같은 연한 금색이었는데 잭슨은 그 옷을 입으면 내 피부가 누래 보인다고 했다. 하지만 내 친구가 여는 파티에 참석하는 것이니 여느 때와 달리 내가 결정하고 싶었다. 잭슨은 나를 보자 이마를 알아보기 힘들 정도로 찡그렸고 눈 사이에도 근심 어린 주름을 약간 만들었다. 나는 그가 화났다는 것을 알았다. 잭슨은 일어나서 내게 입맞췄고 나는 그의 옆자리에 앉았다. 그는 크리스털 잔을 들더니 손목을 한 번 꺾어 남아 있던 호박색 액체를 다 마시고 손을 들어 바텐더를 불렀다.

"보모어 한 잔 더 주세요. 그리고 아내에게는 캄파리와 탄산수 부탁해요."

나는 캄파리는 마셔본 적이 없어서 뭐라고 말하려다가 말이 입 밖으로 나가기 전에 꿀꺽 삼켰다. 잭슨이 무슨 계획을 세웠든 그대로 흘러가게 놔두는 게 상책이었다.

"메러디스가 랜돌프와 마주치지 않게 일곱 시까지 레스토랑으로 와달라고 했어요. 깜짝 파티를 열고 싶은 모양이에요."

잭슨은 눈썹을 추켜올렸다. "계산서를 보면 더 깜짝 놀랄 텐데."

나는 의무적으로 웃고는 손목시계를 보았다. "삼십 분 뒤에 나가는 게 좋겠어요."

바텐더가 술을 가져왔다.

잭슨은 잔을 들었다. "여보, 건배합시다." 그가 너무 힘주어 잔을 부딪치는 바람에 내 술이 샴페인색 드레스 앞쪽 여러 군데에 튀어 붉은 얼룩이 생겼다.

"오, 이런. 조심하지 그랬어요." 그는 능글맞은 웃음을 숨기려는 노력조차 하지 않았다.

얼굴이 뜨거워졌다. 울지 않으려고 애쓰며 심호흡했다. 메러디스가 얼마나 실망할까? 나는 표정 하나 바꾸지 않고 그를 보았다. "이제 어쩌죠?"

잭슨은 두 손을 들었다. "음, 이 상태로 레스토랑에 갈 수 없는 건 분명해요." 그는 고개를 저었다. "드레스가 어두운 색이었거나 당신이 이렇게 칠칠맞지 못한 사람이 아니었다면 좋았을 텐데요."

'당신이 죽어버리면 좋을 텐데.' 나는 이렇게 대답하고 싶었다.

잭슨은 계산서를 달라고 했다. "아파트로 가서 옷 갈아입읍시다. 물론 그러려면 깜짝 놀라게 해주는 시간에는 늦을 테지만."

마음을 비우려고 애쓰며 멍하게 그를 따라 술집을 나섰다. 차에 오르자 잭슨은 나를 본체만체하고 휴대전화로 이메일을 확인했다. 나는 휴대전화를 꺼내 메러디스에게 미안하다고 문자메시지를 보냈다.

도로가 밀려 아파트에 도착하기까지 사십오 분이 걸렸다. 나는 경비원에게 미소 지었고 우리는 말없이 엘리베이터에 탔다. 침실로 가서 바닥에 드레스를 벗어 던지고는 옷장을 쳐다보았다. 소리가 들리기도 전에 잭슨이 왔다는 것이 느껴졌다. 목덜미에서 그의 숨결이, 등에서 그의 입술이 느껴졌다.

비명을 지르고 싶은 충동을 억눌렀다. "여보, 시간이 없잖아요."

잭슨의 입술은 내 등을 타고 내려가 팬티 위에 머물렀다. 그는 팬티를 벗기더니 두 손으로 엉덩이를 감쌌다. 그리고 더 가까이 다가왔다. 나는 그가 바지를 벗는다는 것을 알았다. 내 몸에 닿은 그는 흥분해 있었다.

"이럴 시간은 언제든지 있잖아."

그는 내 가슴을 감싸더니 잠시 뒤 내 양손을 벽에 바싹 붙이고는 자기 손으로 눌렀다. 그가 격하고 거칠게 나를 가지며 광기 어린 절정으로 치닫는 동안 나는 마음을 다잡았다. 일은 몇 분 뒤에 끝났다.

욕실로 가서 씻고 나오니 침실 문에 검은색 베르사체 드레스가 걸려 있었다. 나는 그 옷을 집어서 침대 위에 놓았다.

"잠깐." 잭슨이 다가오며 말했다. "안에는 이걸 입어." 장유가 디자인한 검은색 끈 팬티와 끈 없는 브래지어 한 쌍이었다. 나를 위해 특별히 주문한 것 같았고 실크를 어루만지는 듯한 감촉이 정말 좋았다. 하지만 그것을 보자 그 전에 잭슨이 한 짓만 떠올랐다. 그래도 속옷을 받아 들고 최선을 다해 미소를 흉내 냈다.

"고마워요."

잭슨은 옷을 입혀주겠다고 고집부렸다. 그는 스타킹을 신겨주며 자주 손을 멈추고 내 살갗에 입 맞췄다.

"그냥 집에 있으면서 내가 선사하는 황홀함을 또 맛보는 게 낫지 않겠어?" 그는 난봉꾼처럼 웃었다.

그는 정말 내가 욕구를 느끼리라고 생각할까? 나는 입술을 축였다. "유혹적인 말이지만 약속이 있잖아요. 랜돌프는 오랜 친구이기도 하고요."

잭슨은 한숨을 쉬었다. "그래, 당신 말이 옳아." 그는 드레스 지퍼를 올리고 뒤에서 나를 가볍게 쳤다. "그럼 가자고."

돌아서자 그는 나를 아래위로 훑어보았다. "술을 쏟아서 다행이야, 이 옷이 훨씬 잘 어울리니까."

우리는 파티가 시작된 지 한 시간 삼십 분이 지난 뒤에 도착했고 다들 애피타이저를 먹고 있었다. 서둘러 메러디스에게 인사하러 가서 미안한 눈빛으로 그녀를 보았다.

"늦어서 미안해요. 우리가……"

"맞아요." 잭슨이 내 말을 잘랐다. "대프니에게 늦었다고 했는데도 마사지를 받겠다고 고집을 부리잖아요. 그래서 한 시간이나 넘게 늦었네요." 그는 어깨를 으쓱했다.

메러디스는 몹시 놀란 표정이었다. 나를 보는 그녀의 눈동자에는 상처가 가득했다. "그러면서 왜 문자로는 드레스에 뭘 쏟아서 집에 가서 옷을 갈아입어야 한다고 했죠?"

나는 어떻게 해야 할지 몰라서 꼼짝도 못 하고 그 자리에 서 있었다. 메러디스에게 사실을 말하면 잭슨의 말이 거짓이 된다. 많은 사람 앞에서 망신을 주면 혹독한 대가가 따르겠지. 하지만 친한 친구가 내 말이 거짓말이라고 믿기 전에 어떻게든 그녀를 달래야 했다.

"미안해요. 둘 다 사실이에요. 근육을 풀다가 그만…… 쏟아서……." 나는 말을 더듬었다. 잭슨은 재미있다는 얼굴로 미소 지으며 나를 보았다. "그러니까 내 말은, 맞아요, 마사지를 받았어요. 등이 너무 아팠거든요. 하지만 바보처럼 술을 쏟지만 않았어도 제시간에 올 수 있었을 거예요. 정말 미안해요."

잭슨은 고개를 저으며 메러디스를 향해 미소 지었다. "우리 대프니가 얼마나 어리숙한지 알잖아요. 제가 조심하라고 항상 말하는데도 말이죠."

56

앰버를 처음 만났을 때만 해도 그녀에게 의지하리라고는 상상도 못 했다. 솔직히 그녀의 첫인상은 세련되지 않았고 온순하고 어린 여자 같은 느낌이었다. 나와 비슷하게 가슴 아픈 경험을 했다는 사실을 빼면 관심을 끌 만한 점이 별로 없었다. 하지만 앰버의 슬픔이 너무 고스란히 남아 있어서 그녀를 돕기 위해 내 고통은 뒤로 미뤄두게 되었다. 그녀가 괴롭지 않게 해주고 싶었고 아침에 눈 뜰 이유를 주고 싶었다.

이제 와서 돌이켜보면 조짐을 눈치챘어야 했다. 하지만 나는 친구가, 진실한 친구가 절실했다. 아니 이 말은 옳지 않다. 나는 여동생이 간절했다. 내 여동생이. 물론 불가능했지만. 차선책은 나처럼 여동생을 잃고 힘들어하는 친구였다. 자매를 떠나보내는 것도 힘들었지만 하루하루 조금씩 죽어가는 모습을 지켜보는 것도 정말 힘들었다. 경험해보지 않은 사람에게는 설명할 수 없었다. 그래서 내 삶에 느닷없이 나타난 앰버가 선물 같았다. 내게는 믿을 수 있는 사람이 아무도 없었다. 잭슨은 뜻하던 대로 나를 과거의 모든 사람과 차단했고 내 삶에 뚫을 수 없는 벽을 세우는 데 성공했다. 내 친구들 중 누구도 내 결혼이나 생활의 실체를 알지 못했다. 하지만 앰버와는 진솔한 감정을 나눌 수 있었다. 잭슨마저 우리 관계에 아무 짓도 하지 않았다.

하지만 우리의 우정이 무르익자 그는 초조해했다. 그는 내가 몇 주에 한 번 친구들을 만나는 것도 싫어했고 그 이상 만날 경우 그와 함께 가야 했다. 그에게 회사에 앰버 일자리를 알아봐달라고 하자 처음에 그는 화를 냈다.

"대프니, 이러지 마. 이제 그런 얄팍한 동정심은 버릴 때도 되지 않았어? 그 촌스러운 생쥐 같은 여자와 당신 사이에 어떤 공통점이 있다고 그래?"

"우리 공통점이 뭔지는 당신도 알잖아요."

잭슨은 눈을 굴렸다. "이제 좀 놔줄 수 없어? 이십 년이 지났잖아. 그 정도면 충분히 애도했다고 생각하지 않아? 그래, 그 여자 여동생도 죽었다고 했지? 그런 이유 때문에 내가 그 여자를 회사에 채용해야 하는 건 아니잖아. 그 여자는 지금도 우리 가족과 충분히 많이 붙어 있어."

"잭슨, 부탁이에요. 난 앰버에게 마음이 쓰여요. 난 당신이 원하는 건 전부 다 했잖아요." 나는 마지못해 그에게 다가가 목을 끌어안았다. "앰버가 당신에게 폐를 끼치진 않을 거예요. 그녀에게는 일

자리가 꼭 필요해요. 고향 가족들을 부양해야 하거든요. 당신이 앰버를 구해줬다고 사람들에게 자랑하고 다닐게요." 나는 잭슨이 영웅 놀이를 좋아한다는 것을 알았다.

"힐다에게 비서가 필요하기는 하지. 그럼 기회를 한번 줘보겠어. 인사팀에 전화해서 면접 일정 잡으라고 할게."

나는 확실히 해두고 싶었다. "내 말 믿고 면접 없이 채용하면 안 돼요? 앰버는 정말 똑똑해요. 우리 재단 공동의장 역할도 어떤 전임자보다 잘해냈다고요. 게다가 롤린스에서 일해서 부동산 쪽을 잘 알아요. 상업 부동산과 관련된 일을 했다던데요."

"롤린스라니 별로 특별할 건 없겠군. 게다가 앰버가 그렇게 일을 잘했으면 왜 퇴사하게 놔뒀겠어?"

잭슨에게 말하고 싶지는 않았지만 달리 방법이 없었다. "상사에게 성추행을 당했대요."

그는 웃음을 터뜨렸다. "상사가 눈이 멀었나?"

"잭슨! 그런 잔인한 말이 어디 있어요."

"솔직히 구정물 같은 머리색에 못생긴 안경까지 패션 감각이 없다는 건 말할 필요도 없잖아." 잭슨은 고개를 가로저었다.

나는 그가 앰버를 매력적이라고 생각하지 않아서 기뻤다. 잭슨이 옆길로 새는 게 신경 쓰여서라기보다 친구를 잃을 만한 일은 원치 않았기 때문이다. 게다가 힐다 배틀리와 함께 일한다면 남자 동료들의 수상한 행동을 잘 막아줄 것이다. 나는 앰버를 도울 수 있어서, 다시는 누구도 그녀에게 정신적인 충격을 주지 않을 만한 환경을 확인해서 기분이 좋았다.

"잭슨, 제발요. 그럼 난 정말 행복할 거예요. 게다가 당신도 좋은 일을 하는 거잖아요."

"그럼 그렇게 할게. 월요일부터 출근하라고 해. 하지만 당신도 날 위해 뭔가를 해줘야겠어."

"뭔데요?"

"다음 달에 당신 어머니 오기로 한 거 취소해."

나는 마음이 무거워졌다. "엄마가 무척 기대하고 계시는걸요. 〈라이온 킹〉 표도 이미 샀고요. 아이들이 얼마나 기대하고 있는데요."

"당신에게 달렸어. 내가 그 친구를 채용하기를 원하면 내게 평화로움과 고요함을 줘야지. 당신 어머니가 집에 있으면 편히 쉴 수가 없어. 게다가 탈룰라 생일 때도 왔잖아."

"알겠어요. 전화할게요."

잭슨은 싸늘하게 미소 지었다. "아, 그리고 어머니에게는 아이들이 외할머니가 아니라 사빈과 함께 공연을 보고 싶어 한다고 이야기해."

"그렇게 잔인할 필요는 없잖아요."

"알겠어. 그럼 채용은 없던 일로."

나는 전화기를 들고 번호를 눌렀다. 전화를 끊고 어머니의 상처받은 목소리에 가슴 아파하는데 잭슨은 나를 향해 잘했다고 고개를 끄덕였다.

"잘했어. 알겠어? 당신에게 나 말고 다른 사람은 필요 없어. 당신 가족은 나야."

57

다시 절친한 친구가 생겨서 좋았다. 앰버가 나타나기 전까지는 내가 얼마나 외로운지 몰랐다. 그녀의 눈속임이 어찌나 교묘한지 전혀 의심하지 못했다.

오래지 않아 우리는 자주 연락하는 사이가 되었다. 재미있는 일이 생기면 문자메시지를 보내고 통화하고 점심을 함께 먹었다. 앰버가 항상 우리 집에 있기를 바랐다. 그녀를 만나러 나갈 준비를 마쳤을 때 잭슨의 차 소리가 들렸다. 뱃속이 뒤틀려 뒷문으로 몰래 빠져나갈까 생각해보았지만 창밖을 보니 이미 잭슨이 차에서 내려 운전기사 타미와 이야기하고 있었다. 젠장.

그는 현관문을 쾅 닫더니 나를 향해 성큼성큼 걸어왔다. "왜 오늘 밤에 타미가 필요하지? 앰버도 태우러 간다고 하던데. 난잡한 계집들처럼 둘이서 홍청망청 술이라도 마실 생각인가?"

나는 고개를 저었다. "아니에요. 한두 잔 쯤은 마시겠죠. 운전하고 싶지 않아서 그래요. 이번 주에 앰버가 너무 바빠서 저녁에 만나 밀린 이야기를 하려고요. 당신 오늘 저녁에 고객과……"

"저녁 약속은 취소됐어." 그는 나를 한동안 살폈다. "당신도 알다시피 이제 앰버는 직원이야. 그렇게 어울리는 게 좋아 보이지는 않는데. 둘이 같이 있는 걸 누가 보기라도 하면 어쩌려고?"

나는 목부터 얼굴까지 뜨거워졌다. "앰버는 내 여동생이나 마찬가지예요. 앰버와 어울리지 말라는 이야기는 하지 말아줘요."

"위층으로." 잭슨이 명령조로 말했다.

아이들은 목욕하고 있었고 나는 이미 아이들에게 잘 자라고 인사까지 했다. "애들이 들으면 어떡해요. 평소에 하던 일을 전부 반복해야 한단 말이에요."

잭슨은 내 손을 잡고 서재로 끌고 들어간 다음 벽으로 밀치고 문을 잠갔다. 그리고 바지를 벗고 나를 아래로 밀어 무릎을 꿇렸다.

"빨리 할수록 빨리 갈 수 있어."

수치심 때문에 뜨거운 눈물이 흘렀고 화장이 얼룩졌다. 그가 얼마나 역겨운지 말하며 거절하고 싶었지만 너무 무서웠다. 그가 원하는 일에 조금이라도 저항했다가는 다시 총이 나올지도 몰랐다.

"울지 마! 지긋지긋하니까."

"미안해요."

"닥치고 빨리 해."

내가 일을 마치자 그는 다시 바지를 입고 셔츠를 그 안에 집어넣었다.

"당신도 나만큼 좋았으려나?" 그는 소리 내어 웃었다. "그나저나 얼굴이 엉망이군. 화장이 다 번졌어."

그는 문을 열더니 다른 말 없이 나갔다.

나는 비틀거리며 욕실로 가서 눈가를 씻어냈다. 그리고 타미에게 앰버를 데려다준 뒤에 집으로 와달라고 문자메시지를 보냈다. 이 꼴을 누구에게도 보일 수 없었다.

마침내 술집에 도착해 기다리고 있는 앰버를 보자 속마음을 쏟아내고 싶었다. 앰버에게 잭슨의 진짜 모습을 모두 알리고 싶었다. 앰버의 우정 덕분에 안도하게 된 나는 약속에 늦은 이유를 사실대로 말할 뻔했다. 하지만 차마 말이 나오지 않았다. 그런다고 해서 앰버가 뭘 할 수 있을까?

그녀는 반짝이는 눈으로 나를 보며 완벽한 결혼생활에 대해 물었다. 나는 모두 폭로하고 싶었다. 하지만 앰버는 나를 도울 수 없었고 솔직해진다고 해서 내가 얻을 수 있는 것은 아무것도 없었다. 그래서 그럴 때 가장 좋은 방법을 선택했다. 현실은 머리 한구석으로 밀쳐두고 겉으로 보이는 것처럼 내 삶이 매력적인 척하는 것이었다.

58

메러디스가 찾아와 앰버의 이름이 가짜라고 말한 날 저녁, 처음에는 정신 나간 아버지에게 학대당해서 도망칠 수밖에 없었다는 앰버의 변명을 믿었다. 잡혀서 갇혀 사는 삶이 어떤지 알았으므로. 잭슨에게 발견되지 않고 아이들과 함께 살 수 있다면 나 역시 가짜 신분을 기꺼이 이용했을 것이다. 하지만 앰버의 이야기가 어쩐지 귀에 익었다. 그때 그 말이 떠올랐다. '이런 말 하기 정말 수치스럽지만'. 앰버는 전 직장에서 상사에게 성추행당한 일을 이야기할 때도 토씨 하나 틀리지 않고 똑같이 말했다. 생각할수록 그녀의 말이 의심스러웠다. 본능이 시키는 대로 조사해보기로 마음먹고 일단은 앰버 말을 믿는 척했다. 나름대로 이유가 있었지만 메러디스는 내가 제정신이 아니라고 생각했다. 신경전이 벌어진 다음 날 메러디스는 나를 찾아왔다.

"대프니, 난 그 여자가 뭐라고 말하든 신경 안 써요. 그 여자를 믿으면 안 돼요. 사기꾼이에요. 여동생이 있는지조차 의심스러워요."

그건 있을 수 없는 일이었다. 다른 건 전부 거짓말이라고 해도 여동생은 반드시 있어야 했다. 그녀가 이 끔찍한 병을 앓는 여동생 이야기를 지어내서 나와 같은 일을 겪은 척할 정도로 잔인하다고 생각하면 견딜 수 없었다. 만약 그것이 사실이라면 그녀는 괴물이었다. 그리고 나의 가장 친한 친구는 괴물일 리 없었다.

"난 앰버를 믿어요. 모든 사람이 우리 같은 환경에서 살지는 않아요. 때로는 거짓말이 그들의 유일한 선택지일 수도 있고요."

메러디스는 고개를 저었다. "앰버에게는 매우 꺼림칙한 구석이 있어요."

"메러디스, 내가 상처받을까 봐 그러는 거 알아요. 하지만 난 앰버를 알아요. 여동생에 대한 그녀의 슬픔은 진심이에요. 그녀는 힘들게 살았고 난 그걸 이해해요. 부탁이니 내 판단을 믿어줘요."

"실수하는 것 같지만 그건 당신 몫이겠죠. 당신을 위해서라도 앰버 말이 사실이면 좋겠군요."

메러디스가 돌아간 뒤에 나는 침실로 달려가 침대 옆 탁자 서랍에서 앰버가 선물한 유리 거북을 꺼냈다. 거북 끄트머리를 살짝 집어 들어 비닐봉투에 넣었다. 그리고 청바지와 티셔츠로 갈아입은 다음 머리를 하나로 묶고 야구모자를 눌러썼다. 지갑과 몇 달 전에 구입한 선불 휴대전화만 들고 3킬로미터를 걸어 시내로 갔다. 중심가 은행 앞에 내가 부른 택시가 기다리고 있었다. 나는 택시 뒷좌석에 탔다.

"옥스퍼드로 가야 해요. 이 주소로요."

기사에게 종이를 건넨 다음 몸을 바짝 낮추고 아는 사람 눈에 띄지 않았는지 살폈다. 메러디스가 밝혀낸 것이 무엇을 뜻하는지 생각하느라 머릿속이 바빴다. 역겨웠다. 우리 관계가 전부 거짓을 바탕으로 했다는 것이 가능하기나 할까? 돈 때문에 나를 이용했을까? 아니면 남편을 빼앗으려는 것일까? 진정하자. 두고 보면 알게 되겠지.

사십 분 뒤 택시는 벽돌로 된 건물 앞에 섰다.

"곧 올 테니 기다려주실래요?" 나는 기사에게 100달러짜리 지폐를 건넸다.

"네, 알겠습니다."

나는 4층으로 가서 '핸슨 사립탐정 사무소'라고 쓰인 문을 찾았다. 도서관 컴퓨터를 이용해 온라인으로 찾은 흥신소였다. 문을 열고 아무도 없는 좁은 로비로 들어섰다. 안내데스크에는 아무도 없었지만 그 뒤에 있는 문이 열리더니 남자가 나왔다. 그는 생각보다 어린 데다 인상이 말쑥하고 귀여웠다. 그가 미소 지으며 다가와 손을 내밀었다.

"제리 핸슨입니다."

나는 그와 악수했다. "대프니 베닛이에요." 그가 잭슨이나 우리 쪽 사람들을 알 가능성은 낮았지만 나는 결혼 전 성을 쓰며 만전을 기했다.

그를 따라 색이 화사하고 쾌적한 방으로 들어갔다. 핸슨은 책상이 아닌 안락의자에 앉더니 맞은편 의자를 가리키며 앉으라고 했다.

"뭘 도와드릴까요? 전화상으로는 상당히 충격을 받으신 것 같던데요."

"최근에 가까워진 사람이 있는데 그 사람이 정말 본인이 주장하는 사람이 맞는지 알고 싶어요. 그 사람 지문이 있어요." 나는 그에게 비닐봉투를 건넸다. "누구 지문인지 찾을 수 있을까요?"

"노력해보겠습니다. 먼저 범죄 이력부터 조회하겠습니다. 지문이 그곳에 등록되어 있지 않으면 개인정보에 접근할 수 있는 사람이 있는지 찾아봐야겠지요. 취업할 때 제출한 정보라든지요."

나는 그에게 앰버 사진이 실린 신문을 건넸다. "이게 도움이 될지 모르겠군요. 그녀는 네브래스카 출신이라고 하지만 진짜인지 모르겠어요. 뭔가를 알아내려면 시간이 얼마나 걸릴까요?"

핸슨은 어깨를 으쓱했다. "며칠 정도면 될 겁니다. 뭔가를 찾아내면 종합해서 보고서를 작성할 거고요. 여유 있게 다음 주 수요일에 드리겠습니다."

나는 자리에서 일어났다. "정말 감사합니다. 혹시 늦어지면 문자 메시지 보내주세요. 별일 없으면 수요일에 올게요. 열두 시 괜찮을까요?"

그는 고개를 끄덕였다. "네, 좋습니다. 그런데 베닛 부인, 조심하십시오."

"걱정 마세요. 그러고 있으니까."

계속 움직이지 않으면 긴장을 주체할 수 없을 것만 같아서 계단으로 내려갔다. 그러면서 앰버와 나누었던 친밀한 대화를 떠올렸다. 줄리에 대한 이야기를. 나의 사랑하는 줄리. 앰버가 내 여동생과의 추억을 조금이라도 농락했다면 내가 무슨 짓을 할지 몰랐다. 어쩌면 이 모든 일이 오해일지도 모르지만.

택시를 타고 집으로 향했다. 이제 기다리기만 하면 되었다.

59

"베닛 부인, 결과가 좋지 않습니다." 책상 너머로 서류철을 내밀며 제리 핸슨이 말했다. "살펴보려면 시간이 좀 걸릴 테니 그동안 저는 산책하고 커피를 마시고 오겠습니다. 삼십 분 뒤에 돌아와서 전부 논의하기로 하지요."

나는 고개를 끄덕였다. 이미 보고서를 읽기 시작했다. 첫 부분에 앰버 사진이 실린 신문이 있었다. 검은 아이라이너를 진하게 그렸고 머리카락은 표백한 것처럼 밝은 금발이었다. 섹시했지만 경직돼 보였다. 하지만 신문에 실린 그녀의 이름은 앰버가 아니라 라나였다. 라나 크럼프. 나는 기사를 읽은 다음 보고서의 나머지 부분을 다 읽었다. 마지막 장을 넘기는 손이 떨렸다. 배신감 때문에 식은땀이 나고 몸이 후들거렸다. 내가 생각한 것보다 훨씬 악질이었다. 앰버는 모든 것을 지어냈다. 아픈 여동생이나 학대하는 아버지 같은 건 없었다. 이런 사람을 나와 아이들의 삶에 끌어들이고 가까이에 두면서 그 누구와도 나누지 않은 것들을 말했다. 앰버는 나를 가지고 놀았다. 그것도 아주 제대로. 난 정말 바보였다. 줄리를 향한 슬픔에 눈이 멀어 내 손으로 자칼을 불러들인 것과 마찬가지였다.

마음이 너무 아팠다. 앰버는 범죄를 저지르고 도망 다니는 신세였다. 그녀가 한 짓에서 양심이나 자책 같은 것은 찾아볼 수 없었다. 어떻게 그걸 몰랐을까?

보고서에는 앰버가 지금까지 살아온 행적이 모두 담겨 있었다. 머릿속에 새로운 그림이 떠올랐다. 작은 마을 출신의 가난한 소녀가 질투와 결핍에 사로잡혀 탐욕스럽고 남을 이용하는 사람이 되었다. 그녀는 어떤 계획을 세웠는데 그것이 실패하자 복수를 감행했다. 그때도 모든 사람을 속였고 한 가족의 삶을 완전히 뒤엎어 돌이킬 수 없는 피해를 입힌 다음 달아났다. 그 뒤 그녀는 다른 사람으로 살았다. 진짜 앰버 패터슨은 사라졌다는 생각이 들자 한기를 느꼈다. 진짜 앰버가 사라지는 데 라나가 관여했을까? 그녀가 왜 카메라만 보면 숨는지 이제야 이해했다. 사진을 보고 과거의 삶을 아는 누군가가 나타날까봐 두려웠던 것이다.

문이 열리고 탐정이 들어왔다. "어쩌다 부인 같은 분이 이런 사람과 엮이게 됐죠?"

나는 한숨을 내쉬었다. "그건 중요하지 않아요. 보고서에는 앰버에게 개방영장(수색 우선순위가 낮아 경찰이 범인을 적극적으로 찾아 나서지는 않지만 발견되면 즉시 체포되는 영장)이 발부되었다고 나오더군요. 제가 경찰에 신고하면 어떻게 되는 거죠?"

핸슨은 의자에 기대어 두 손을 마주잡았다. “신고받은 경찰서에서 그녀를 체포하고 관할인 미주리 경찰서에 연락하겠죠. 그러면 미주리로 이송되어 재판받게 됩니다.”

“위증이나 배심원 매수는 형량이 어느 정도나 되죠?”

“주마다 다릅니다만 중대범죄라서 대개 일 년 이상의 징역형을 선고받습니다. 보석금을 내고 도주한 전력 때문에 기간이 더 늘어날 테고요.”

“앰버가 피해 입힌 그 가여운 남자 일은요? 그 사건도 감안될까요?”

핸슨은 어깨를 으쓱했다. “형사고발에는 징벌적 손해배상 제도가 적용되지 않으니 법률상으로는 감안되지 않습니다. 하지만 판사가 인정하든 하지 않든 범인의 비열한 의도에 분명 마음이 흔들릴 겁니다.”

“이 내용은 모두 비밀이죠?”

핸슨은 눈썹을 추켜올렸다. “제게 그 여자를 신고할 의무가 있는지 물으시는 겁니까?”

나는 고개를 끄덕였다.

“저는 법원 직원이 아닙니다. 이건 부인이 받은 보고서예요. 이걸 보고 무엇을 원하든 직접 해야 합니다.”

“고맙습니다. 음, 이건 앰버와는 상관없는 일인데요, 한 가지만 더 조사해주세요.” 나는 그에게 필요한 정보와 서류를 주고 떠났다.

택시를 잡아타고 은행으로 갔다. 집에서 30킬로미터쯤 떨어진 곳이었고 잭슨은 내가 이곳에 계좌와 안전금고를 가지고 있는지 몰랐다. 보고서를 금고에 넣기 전에 한 번 더 보았다. 사진 한 장이 눈길을 끌었다. 틀림없이 앰버의 어머니였다. 그때 앰버가 저지른 여러 일이 머릿속을 스쳤고 나는 앰버, 그러니까 라나에게도 잭슨처럼 양심이 전혀 없다고 확신하게 되었다. 해방된 기분이었다. 이는 곧 머릿속에 떠오르기 시작한 계획을 실행에 옮겨도 된다는 뜻이었다.

나는 그녀를 경찰에 신고하지 않기로 했다. 미주리로 돌아가 고작 몇 년 동안 감옥에 있게 할 수는 없었다. 그녀는 바로 이곳 코네티컷에서 종신형을 선고받게 될 것이었다.

60

남을 학대하는 사이코패스와 함께 사는 동안 배운 것이 하나 있다면 나쁜 상황을 최대한 잘 견뎌내는 법이다. 배신감을 극복하고 나자 나는 앰버가 모든 일의 해답이 될 수 있다고 깨달았다. 이제 그녀가 잭슨과 가까워지려고 나를 이용한다는 것이 분명해졌다. 그녀는 매일 잭슨 옆에 있으려고 나를 이용해 일자리까지 얻었다. 하지만 잭슨이 나와 달리 쉽게 속지 않는다는 것이 문제였다. 앰버가 아무리 교활하다고 해도 그림의 절반만 보고 있는 셈이었다. 그녀는 잭슨이 무엇을 좋아하고 무엇에 흥분하는지 몰랐다. 나는 그 부분에 관여하기로 했다. 잭슨의 강박이 내가 아닌 앰버에게 집중되도록 하기 위해 필요한 정보를 제공하기로 했다. 그녀가 내게 그랬듯이 조금씩 그녀를 가지고 놀기로 했다.

잭슨이 나보다 앰버를 더 원하게 만들어야 했다. 그가 가진 돈, 권력, 용의주도한 계획으로 볼 때 내가 빠져나갈 수 있는 유일한 방법은 그가 스스로 놓게 하는 것뿐이었다. 지금까지는 잭슨이 나를 놓을 이유가 없었다. 이제 모든 것이 달라질 것이었다. 나는 잭슨이 한 번 외도한 적이 있다고 거짓말하기로 했다. 앰버가 내 결혼생활에 틈이 있으며 잭슨을 유혹할 수 있다고 믿게 하고 싶었다.

그 주 토요일 우리는 반스앤드노블에서 만났다. 나는 걸어오는 앰버를 알아보지 못할 뻔했다.

"와, 정말 예쁜데요." 그녀의 머리는 더 이상 구정물 색이 아니라 밝고 아름다운 금발이었다. 진하고 섹시한 속눈썹 위의 눈썹 모양과 아이라인도 완벽했다. 굴곡진 광대뼈에는 블러셔를 알맞게 발랐고 반짝이는 입술까지 더해져 한 폭의 그림 같았다. 앰버는 다른 사람 같았다. 외모를 바꾸려고 시간을 허비할 필요가 없었다.

"고마워요. 삭스 백화점 화장품 코너에서 도와줬어요. 시골 쥐 같은 모양새로 뉴욕의 근사한 사무실에서 일할 수는 없잖아요."

앰버는 레드 도어에서 전문 메이크업 서비스를 받은 것 같았다. 그만한 돈이 어디에서 생겼는지 궁금했다. "정말 멋져요."

잠시 책을 살펴보고 우리는 점심을 먹으러 길 건너 카페로 갔다.

"어떻게 지냈어요? 일은 마음에 들어요?" 내가 물었다.

"네, 배우는 게 정말 많아요. 배틀리 자리를 대신할 기회를 줘서 잭슨에게 정말 고맙기도 하고요. 그녀와 오랫동안 일했으니 결정하기가 쉽지 않았을 거예요."

앰버는 내가 준 기회를 놓치지 않았다. 어떻게 그 자리를 꿰찼는지는 알 수 없지만 그녀가 일을 시작한 지 얼마 지나지 않은 어느 날 잭슨이 집에 와서 배틀리가 사직했다고 말했다. 나는 그 일에 앰버가 관여하지 않았는지 의심스러웠다. "배틀리는 정말 소중한 직원이었어요. 무척 성실했죠. 그녀가 왜 그렇게 일찍 퇴직했는지 잭슨이 말 안 하던데 혹시 알아요?"

앰버는 눈썹을 추켜올렸다. "음, 나이가 들어가고 있잖아요. 배틀리는 보기보다 더 피곤해하고 부담을 느꼈던 것 같아요. 그녀 일을 내가 대신 해결한 적도 몇 번 있었고요." 앰버는 음모라도 꾸미듯 내게 몸을 기울이며 속삭였다. "그녀가 잭슨의 일정표에 중요한 회의를 빼먹어서 해고당할 뻔한 걸 살려준 게 몇 번인지 몰라요. 다행히 내가 미리 알아서 바로잡았죠."

"배틀리로서는 다행이었군요."

"그래서 때가 되었다고 생각한 모양이에요. 손주들과 시간을 더 많이 보내고 싶어 하는 것도 같았고요."

"그렇겠죠. 이제 일 이야기는 그만 해요. 요즘 개인적으로는 어때요? 사무실에 귀여운 남자 없어요?"

앰버는 고개를 저었다. "별로요. 남자를 만날 수나 있을지 의문이 들기 시작했어요."

"데이트 서비스 같은 걸 이용해보면 어때요?"

"그건 싫어요. 난 그런 데 어울리지 않아요. 운명을 믿거든요."

'당연히 그럴 테지.' "아, 알겠다. 옛날 식으로 남녀가 만나는 걸 원하는 거죠?"

앰버는 미소 지었다. "네, 당신과 잭슨처럼요. 완벽한 한 쌍이잖아요."

나는 잠시 웃음이 났다. "완벽한 건 없어요."

"두 사람을 보면 결혼생활이 수월해 보여요. 잭슨은 아직도 신혼인 것처럼 당신을 바라보잖아요."

나는 그녀가 천국에도 문제가 있다고 생각할 만한 말을 꺼냈다. "요새는 그렇지 않아요. 이 주 동안 관계도 없었는걸요." 그러고는 시선을 내리깔았다. "미안해요……. 이런 이야기 불편하지 않기를 바라요."

"불편하다니요. 우린 친구잖아요." 앰버는 아이스티에 꽂힌 빨대를 휘휘 저었다. "대프니, 잭슨이 피곤해서 그럴 거예요. 요새 일이 많거든요."

나는 한숨을 쉬었다. "당신에게 할 말이 있는데 다른 사람에게 말하지 않겠다고 약속해줘요."

그녀가 가까이 다가왔다. "당연하죠."

"전에 그이가 바람피운 적이 있어요."

앰버가 얼른 표정을 수습하기 전에 그녀 눈에 기쁜 기색이 스치는 것을 보았다.

"설마요. 언제요?"

"벨라가 태어난 직후에요. 난 그때 살이 덜 빠졌고 항상 피곤했죠. 고객 중에 젊고 예쁜 데다가 잭슨의 말 한마디 한마디에 귀 기울이는 여자가 있었어요. 나도 사교행사에서 만난 적이 있었죠. 그 여자가 잭슨을 바라보는 표정을 보고 말썽을 일으키지 않을까 생각했어요."

앰버는 입술을 축였다. "어떻게 알았어요?"

이제 나는 되는대로 이야기를 꾸며나갔다. "아파트에서 그 여자 팬티를 발견했어요."

"정말이에요? 잭슨이 그 여자를 뉴욕 아파트에 데려갔다고요?"

"네, 일부러 두고 간 것 같았어요. 잭슨에게 따지자 무릎 꿇고 용서를 구하더군요. 내가 아기만 바라봐서 무시당하는 기분이 들었는데 그 여자 때문에 어깨가 으쓱해졌다고 했어요. 그래서 그녀의 애정을 거부하기가 힘들었다고요."

"저런, 정말 힘들었겠군요. 그래도 다시 돌아왔잖아요. 지금 두 사람은 무척 행복해 보여요. 그리고 잭슨이 거짓말하지 않은 건 높이 사야 해요."

앰버의 머리가 돌아가는 게 보였다. "잭슨도 기분이 비참했던 것 같아요. 다시는 그러지 않겠다고 맹세했죠. 그런데 지금 그때와 똑같은 조짐이 보여요. 매일 야근에 관계를 먼저 요구하지도 않고 정신이 딴 데 있는 것 같아요. 누군가가 있는 것 같아요."

"회사에서는 의심할 만한 일이 없었어요."

"평소보다 자주 잭슨 옆에서 얼쩡거리는 사람은 없어요?"

앰버는 고개를 저었다. "생각나는 사람이 없네요. 하지만 유심히 살펴보고 걱정할 만한 일이 있으면 알려줄게요."

나는 앰버가 가뜩이나 잭슨에게 주의를 기울인다는 것을 알았다. 이제 더 심해지겠지. "고마워요, 앰버. 날 위해서 사무실에서 지켜봐준다고 생각하니 기분이 훨씬 나아졌어요."

앰버는 내 손을 잡고 나를 바라보았다. "당신을 위해서라면 뭐든 할 수 있어요. 우린 함께여야 해요. 영혼으로 맺어진 자매라고나 할까요?"

나는 그녀의 손을 꼭 잡고 미소 지었다. "맞아요."

61

계획은 수월하게 진행되었다. 잭슨은 〈햄릿〉을 보러 갈 날을 고대했고 힘들게 구한 나머지 표 한 장을 버리고 싶어 하지 않았다. 사실 벨라는 아프지 않았지만 나는 일부러 연극에서 빠졌다. 그가 앰버에게 같이 가자고 하기를 바라면서. 잭슨은 내가 못 간다고 하자 화냈다. 그날 자정 즈음 내 휴대전화가 울렸다.

"다시는 이러지 마. 내 말 듣고 있어?"

"잭슨, 무슨 일이에요?"

"난 오늘 당신과 연극을 보러 가고 싶었어. 연극이 끝난 뒤에 계획이 있었단 말이야."

"벨라에겐 내가 필요했어요."

"나도 당신이 필요했어. 다음에 또 내 계획을 망쳤다가는 심각한 일이 생길 거야. 알아들어?"

잭슨의 기분이 좋지 않다는 것을 앰버가 알 리 없었다. 다음 날 아침 전화를 걸어온 앰버는 교과서처럼 말했다.

"여보세요?"

"대프니, 나예요."

"연극 어땠어요?"

전화기 반대쪽에서 종이 부스럭대는 소리가 났다. "정말 좋았어요. 브로드웨이 연극은 처음이었는데 보는 내내 감탄했다니까요."

앰버의 지나친 낙천주의자 행세는 이제 고루했다.

"다행이네요. 그런데 무슨 일이에요?"

"아, 그게요, 연극 끝나고 나왔을 때 시간이 너무 늦어서 아파트에서 잤다는 걸 알려주고 싶어서요."

"그랬어요?" 나는 상황에 맞게 경계하는 척하며 말했다.

"아침 일찍 나와야 하는데 그 늦은 시간에 집으로 가는 건 바보 같은 짓이라고 잭슨이 우겨서요. 손님방 침대 이불은 세탁실에 갖다놨어요. 그래야 일하는 사람이 바꿀 수 있을 테니까요."

앰버는 영리했다. 손님방에서 잤다거나 내 남편과 같이 잘 기회가 있었음을 암시하는 말을 굳이 할 필요가 없었을 텐데. 그녀는 그런데도 아무 일 없었다고 내게 알리고 있었다.

"당신은 정말 생각이 깊어요. 고마워요."

"그리고 빨간색 아르마니 정장을 빌려 입었어요. 금색 단추 달린 거요. 불쾌하지 않기를 바라요. 갈아입을 옷이 없어서요."

나는 앰버를 아직도 친구로 생각한다면 기분이 어떨지 떠올리려 애썼다. 정말 친구라면 불쾌할까?

"불쾌할 리가요. 앰버에게 잘 어울리겠어요. 그냥 가져요." 앰버에게 그 정도는 아무것도 아니라고, 잭슨의 아내에게는 그 정도 재력이 있다고, 입지 않는 옷쯤은 장갑 주듯이 줄 수 있다고 알려주고 싶었다. 전화기 너머에서 헉 하고 놀라는 소리가 들렸다.

"그럴 수는 없어요. 2,000달러짜리 옷인걸요."

앰버 목소리에서는 진심으로 거절하는 기색이 전혀 느껴지지 않았다. 나는 억지로 웃었다. "그걸 찾아봤어요?"

한동안 침묵이 흘렀다. "음, 그런 건 아니에요. 대프니, 혹시 화났어요? 나 때문에 화난 것 같아서요. 연극에 가는 게 아니었어요. 난 그저……."

"앰버, 진정해요. 장난이었어요. 당신이 같이 가줘서 다행이에요. 덕분에 곤란한 상황을 면했는걸요. 사실 난 셰익스피어는 지루해요. 잭슨에게는 말하지 말아요." 이 말은 사실이 아니었다. 하지만 앰버는 이 잘못된 정보를 자기에게 유리하게 이용할 것이다. "그리고 옷 이야기는 진심이에요. 당신이 가졌으면 해요. 내겐 다 입지 못할 만큼 옷이 많잖아요. 우린 친구고요."

"그렇게까지 말하니 알겠어요. 아, 이만 가봐야겠어요. 잭슨이 찾을 거예요."

"알겠어요. 한 가지만 더요. 혹시 이번 주 토요일에 시간 있어요? 디너파티에 친구들 몇 명 초대할 건데 당신이 와주면 정말 좋겠어요. 소개해주고 싶은 사람도 있고요."

"누군데요?"

"클럽에서 만난 남자인데 최근 여자친구와 헤어졌다고 해요. 내 생각에는 당신과 잘 어울릴 것 같아요." 나는 부잣집 아들 그레그히긴스를 초대했다. 그는 이십 대 후반의 매우 잘생긴 청년이었다. 머리는 좋지 않았지만 외모는 괜찮아서 그나마 다행이었다. 그레그의 아버지는 아들이 가업을 이어받기를 바라는 마음을 접었고 대신 그에게 큰 사무실과 직함을 주어 오랜 시간 점심을 먹으며 고객들의 기분을 맞춰주는 일을 하도록 했다. 그레그는 앰버에게 놀아날 테고 그녀에게 푹 빠질 것이다. 그리고 나는 잭슨이 그 모습을 보기를 원했다. 그레그는 어느 모로 보나 잭슨보다 수준이 한참 떨어졌기 때문에 앰버가 실제로 그에게 빠질 걱정은 하지 않았다. 하지만 그녀는 당분간 그를 뿌리칠 수 없을 것이었다. 그레그를 통해 클럽과 호화로운 행사에 출입할 수 있을 테고 그는 앰버가 최종목적을 이룰 때까지 그녀를 애지중지해줄 것이기 때문이다. 앰버는 똑똑한 사람이니 어느 정도 경쟁심을 부추겨야 잭슨의 관심을 끄는 데 효과가 있다는 사실을 알 것이었다.

앰버의 목소리가 온화해졌다. "재미있겠어요. 몇 시까지 갈까요?"

"여섯 시에 시작하는데 조금 일찍 와주면 좋겠어요. 정오에 올 수 있어요? 수영장에서 잠깐 시간을 보내고 두 시쯤 준비하면 될 것 같은데. 옷 챙겨와요. 우리 집에서 씻고 옷 갈아입을 수 있게요. 혹시 하룻밤 자고 가는 건 어때요?"

"좋아요, 고마워요."

잭슨에게 비키니 입은 앰버의 모습을 보여주고 싶었다. 요즘 앰버가 잭슨을 유혹하는 일에 열을 올리는 것으로 보아 그녀는 분명 빅토리아 시크릿 책자를 뚫고 나온 것처럼 꾸미고 올 것이다.

전화를 끊고 테니스 라켓을 들고 나갔다. 메러디스를 만나서 복식경기를 하기로 했다. 앰버 일로 그녀와 날을 세운 뒤로 우리 둘 사이는 약간 서먹했다. 아버지의 학대를 피해 도망쳤다는 앰버의 이야기를 믿어주는 바람에 메러디스는 화를 냈지만 내 마음이 움직이지 않는다는 것을 알자 결국은 잊기로 했다. 그녀와의 우정이 내 계획의 희생양이 되는 것이 싫었지만 십 년 만에 처음으로 희미하게 깜빡이는 희망을 느꼈다. 그 무엇도 내 앞길을 방해하지 못하게 할 것이다.

그다음 주 내내 쿠키, 크래커, 감자칩 등 탄수화물을 어마어마하게 먹었다. 잭슨은 출장을 갔기 때문에 집에서 날 막을 수 없었다. 아이들은 집에 정크푸드가 있다는 사실에 열광했다. 평소 잭슨은 매일 냉장고와 찬장을 검사하며 간식거리와 조금이라도 비슷한 것이 있으면 내다 버렸다. 나는 아이들에게 비밀을 지키겠다는 맹세를 받았고 사빈에게도 이를 숨겼다. 그녀는 언젠가 내가 탈룰라와 밤늦게까지 영화를 본 일을 잭슨에게 달려가 이른 적이 있었다. 하지만 전날 사빈에게 며칠 휴가를 다녀오라고 고집했고 그녀는 너무 기쁜 나머지 임무를 잊었다.

토요일까지 살을 좀 찌우고 싶었다. 그래서 수영복을 입은 앰버의 모습이 나보다 훨씬 돋보인다는 것을 잭슨에게 일깨워주고 싶었다. 하루에 1,200칼로리 이하로 먹는 데 익숙해져 있다가 탄수화물을 먹으니 놀라우리만치 빨리 살이 붙었다. 나는 다이어트 일지를 열네 권째 쓰고 있었다. 잭슨은 매일 집에 와서 일지를 검사했고 다 쓴 일지는 모두 자기 벽장에 꽂아놓았다. 그가 나를 통제하고 있다고 증명하는 작은 기념품인 셈이었다. 나는 가끔 먹어도 되는 음식 목록에 없는 것을 적기도 했다. 잭슨은 똑똑해서 내가 음식 목록을 꼬박꼬박 지키지 않으리라는 것을 알았다. 그런 날에는 칼로리를 태우려고 집 운동실에 있는 트레드밀에서 8킬로미터를 달려야 했고 그동안 잭슨은 앉아서 나를 지켜보았다. 이번 주에는 일지에 뭔가를 더 적어야 할지 아니면 갱년기 증후군 때문에 살찐 척할지 결정하지 못했다. 내가 임신할 수 있는 능력이 점점 떨어지고 있다는 것을 알면 상대적으로 앰버에게 더 끌리겠지.

그동안 당이 얼마나 맛있는지 잊고 있었다. 금요일쯤 되자 배가 보기 좋게 조금 나왔고 온몸이 약간 뭉실뭉실해졌다. 나는 음식 포장지와 상자를 모두 쓰레기봉투에 넣어 쓰레기 폐기장에 직접 갖다 버렸다. 금요일 밤 잭슨이 돌아왔을 때 주방은 다시 평소처럼 아주 좋은 상태로 돌아갔다. 아홉 시가 막 지나자 차고에서 그의 차 소리가 들렸다. 나는 리모컨을 집어 들고 텔레비전을 껐다. 그리고 오븐에서 오리구이를 꺼내 그를 위해 아일랜드 식탁에 상을 차렸다.

피노 누아 와인을 따르고 있을 때 잭슨이 주방으로 들어왔다.

"나 왔어, 대프니." 그는 접시를 향해 고갯짓했다. "비행기에서 뭘 좀 먹었으니 저건 치워."

"비행기에서 힘들지 않았어요?"

그는 와인 잔을 집어 들고 한 모금 마셨다. "괜찮았어. 별다른 일도 없었고." 그는 미간을 찡그렸다. "잊어버리기 전에 말하는데 넷플릭스 재생목록을 살펴보니 저급한 드라마를 봤더군. 이 이야기는 지난번에 한 것 같은데."

깜빡하고 재생목록을 지우지 않았다, 젠장. "아이들과 링컨 일대기를 보고 나서 자동으로 재생된 것 같아요. 넷플릭스를 계속 켜뒀나봐요."

그는 나를 뚫어지게 보더니 목소리를 가다듬었다. "다음부터는 조심해. 구독 취소하게 만들지 말고."

"그럴게요."

그는 내 얼굴을 세심히 살피더니 뺨에 손을 대고 눌렀다. "알레르기 반응이 올라오나?"

나는 고개를 저었다. "아닌 것 같은데요. 왜요?"

"부어 보여서. 설마 당을 먹은 건 아니겠지?" 그는 쓰레기를 넣어두는 장을 열어 샅샅이 살폈다.

"아니에요. 그럴 리가요."

"일지 보여줘."

나는 위층으로 올라가서 일지를 가져왔다. 주방으로 돌아가자 잭슨은 찬장을 전부 다 뒤지고 있었다.

"여기요."

그는 일지를 낚아채 자리에 앉더니 손가락으로 하나하나 짚어가며 꼼꼼히 읽었다. "아하! 이건 뭐지?" 그는 전날 일지에 적힌 음식 목록을 가리켰다.

"구운 감자요."

"그건 곧바로 당으로 바뀌지, 알잖아. 돼지처럼 감자 종류를 꼭 먹고 싶다면 반드시 고구마를 먹어야 해. 고구마에는 영양분이라도 있으니까." 그는 나를 아래위로 훑어보았다. "정말 역겹군. 살찐 돼지 같아."

"아빠?"

문간에 탈룰라가 서 있었다. 아이는 걱정스러운 눈빛으로 나를 보았다.

“와서 아빠 안아줘야지. 엄마한테 얼굴에 살 좀 그만 찌웠으면 좋겠다고 이야기하고 있었단다. 너도 뚱뚱한 엄마는 싫지?”

“엄마는 뚱뚱하지 않아요.” 탈룰라가 갈라지는 목소리로 말했다.

잭슨은 나를 노려보았다. “멍청한 암돼지 같으니라고. 딸에게 먹을 것 조심하겠다고 말해요.”

“아빠, 그만요!” 탈룰라는 울고 있었다.

잭슨은 손을 들어올렸다. “두 사람 다 그만! 난 서재로 가겠어요. 울보를 재우고 서재로 와요.” 그러고 나서 그는 몸을 기울여 내 귓가에 속삭였다. “그렇게 항상 배고프다니 내가 빨아먹을 것을 주지.”

62

앰버는 태닝 로션을 손에 짰다. 그녀는 팔과 얼굴에 로션을 바르고 나서 내게 건넸다. "등에 좀 발라줄래요?"

나는 로션을 받아들었다. 손으로 문지르자 코코넛 냄새가 났다.

"수영장 벤치로 가서 앉을까요?" 날이 무더워서 땀을 식히고 싶었다.

"알겠어요."

앰버의 비키니는 그야말로 외설적이었다. 조금만 잘못 앉아도 전부 보였다. 탈룰라와 벨라가 서리와 함께 외출해서 다행스러웠다. 앰버는 종일 잭슨과 일하면서도 빠짐없이 체육관에 나간 것이 분명했다. 그녀가 어떻게 시간을 냈는지 궁금했다. 나는 일부러 몸을 많이 가리는 원피스 수영복을 입고 아랫배를 당당하게 내밀고 있었다. 잭슨은 나를 보자마자 배가 나온 것을 알아차릴 것이었다.

우리는 수영장 얕은 곳에 설치한 의자에 나란히 앉았다. 정확히 섭씨 29도로 맞춰진 물에 들어가자 기분이 좋았다. 드넓게 펼쳐진 수영장과 그 너머의 해변을 바라보았다. 그리고 짠 내 나는 바닷바람을 깊이 들이마시며 긴장을 풀었다.

잭슨이 수영하러 밖으로 나왔다.

"아가씨들, 자외선차단제는 발랐겠죠? 하루 중 가장 뜨거운 시간인데."

나는 미소 지었다. "난 발랐어요. 하지만 앰버는 태닝 로션을 바르더군요."

앰버는 가슴이 최대한 부각되도록 몸을 똑바로 세웠다. "좀 태우고 싶어서요."

"앰버는 아직 젊어서 햇빛 때문에 주름이 생긴다는 걸 몰라요." 내가 말했다.

잭슨은 다이빙대로 가서 뒤로 돌아서더니 완벽한 자세로 뛰어들었다. 나는 깜짝 놀랐다. 과시하는 것일까? 그가 수면 위로 솟구쳐 오르자 앰버는 손뼉을 쳤다.

"브라보! 정말 대단해요."

잭슨은 수영장 가장자리로 헤엄쳐 간 다음 물에서 나와 고개를 까딱 숙여 인사했다.

"이건 아무것도 아니에요."

"잠깐 우리와 이야기해요." 내가 말했다.

그는 야외 바 뒤에 놓인 장식장에서 수건을 꺼내 우리 맞은편의 푹신한 의자에 앉았다.

"난 파티 시작 전에 일을 좀 해야 해요."

"제가 도울 일이라도요?" 앰버가 물었다.

잭슨은 미소 지었다. "아니, 없어요. 오늘은 휴일이잖아요. 말도 안 되는 소리 하지 말아요. 게다가 당신에게 일을 시켰다가는 대프니가 날 가만히 두지 않을 거예요."

"맞아요. 오늘 앰버는 손님인걸요."

"날씨가 정말 덥네요. 물에 깊이 들어가야겠어요." 앰버는 벤치에서 일어나 물속으로 미끄러지듯 들어갔다. 내 시선은 잭슨에게 향했다. 그는 수영하다가 계단으로 가 물 밖으로 나오는 앰버를 유심히 지켜보았다. 앰버는 그에게 젖어서 속이 비치는 몸을 또렷하게 볼 기회를 주었다.

"정말 기분 좋은데요?" 앰버는 그를 똑바로 보며 말했다. 점점 뻔뻔해지고 있었다.

"음, 난 이만 일하러 가야겠어요." 잭슨은 이렇게 말하고 집을 향해 갔다.

앰버는 내가 있는 곳으로 와서 다시 앉았다. "오늘 초대해줘서 다시 한 번 고마워요. 정말 특별한 선물이에요." 그녀는 나를 바보로 여기는 것일까? "다들 몇 시에 온다고 했죠?"

"여섯 시쯤에요. 몇 시간 쉰 다음 씻고 옷 갈아입자고요. 안젤라에게 세 시에 와서 머리 해달라고 했어요." 오후에 계획이 몇 가지 더 있었다. 잭슨의 돈이 줄 수 있는 온갖 좋은 점을 앰버에게 보여줄 생각이었다.

"멋지군요. 그 사람이 항상 당신 머리를 다듬어주나요?"

"손님을 초대했거나 특별한 곳에 갈 때만요. 전속 계약해서 내가 부르면 다른 약속은 거의 취소하는 편이에요." 앰버 눈에 분노가 스쳤다. 하지만 그녀는 이내 원래 모습을 찾았다.

"와."

"물론 미리 연락하려고 노력해요. 일부러 다른 사람 계획을 엉망으로 만들고 싶지는 않거든요."

"오늘 파티가 제법 성대한가봐요?"

나는 다리를 앞으로 쭉 뻗었다. "그렇지는 않아요. 클럽에서 알게 된 부부 셋과 앰버에게 소개해주고 싶다고 한 남자가 오죠."

"그 사람 이야기 좀 해줘요."

"나이는 이십 대 후반이고 붉은빛이 도는 금발이에요. 눈동자는 파랗고요. 잘생긴 모범생의 전형이랄까요." 나는 웃었다.

"무슨 일을 하는데요?"

"아버지가 카빙턴 회계사무소 소유주예요. 가족회사에서 일하고 있죠. 돈이 아주 많아요."

그제야 앰버는 관심을 보였다. "그 사람이 내게 관심이 있을지 모르겠어요. 상류층 여자나 뼈대 있는 가문 여자들에게 익숙할 것 같은데요."

나는 그녀가 동정심을 유발하는 행동에 지쳤다. 마사지사 두 명이 타일이 깔린 파티오로 나오는 것이 보였다. "깜짝 선물이 있어요."

"뭔데요?"

"이제 느긋하게 기분 좋은 마사지를 받을 거예요."

"설마 그 사람들도 전속 계약을 했나요?" 앰버가 물었다.

"아니에요. 그들은 파트타임으로 써요. 잭슨과 나는 일주일에 마사지를 두 번 이상 받지 않으면 못 살 거예요." 이 말은 사실이 아니었지만 나는 앰버가 질투심에 불타기를 바랐다.

기분 좋은 나른함 속에 오후가 지났다. 한 시간 넘게 마사지를 받은 뒤에 욕조에 몸을 담갔고 그동안 앰버는 머리를 했다. 그리고 안젤라가 내 머리를 매만지는 동안 우리는 이야기를 나누었다. 세 시 삼십 분에는 해협이 보이는 일광욕실에 앉아서 술을 한 잔 마셨다. 몇 시간 뒤면 다음 단계 계획이 시작되었다.

여섯 시에 우리는 베란다에서 술을 마시고 있었고 그레그는 예상대로 앰버에게 푹 빠졌다. 나도 모르게 지금의 그녀와 위원회 모임 첫날 침착하고 자신감 있게 그 자리에 서 있던 젊은 여자를 비교했다. 오늘 앰버를 처음 만난 사람들 가운데 그녀가 이런 자리에 어울리지 않는다고 생각할 사람은 없었다. 앰버의 모든 것에서 부와 세련됨이 느껴졌다. 그녀의 마크 제이콥스 옷도 예전에 입던 상의와 하의가 각기 다른 엘엘빈 옷과 완전히 딴판이었다.

나는 그녀와 그레그에게 다가갔다. "드디어 우리 앰버를 만났군요."

그는 나를 보며 환하게 웃었다. "그동안 어디에 숨겨두셨어요? 클럽에서는 본 적 없는데요." 그는 앰버를 잘 안다는 듯한 표정으로 쳐다보았다. "봤으면 기억했을 거예요."

"난 클럽 회원이 아니에요." 앰버가 말했다.

"그럼 이제부터 내 손님으로 같이 가면 되겠군요." 그는 앰버의 빈 잔을 보았다. "술 더 갖다줄까요?"

앰버는 그의 팔에 손을 올렸다. "고마워요, 그레그. 정말 신사군요. 나도 같이 갈게요."

함께 홈바로 가는 동안 그레그는 앰버 등의 오목한 부분에 손을 올렸다. 나는 잭슨이 그 모습을 보고 있는지 확인했다. 그는 소유욕에 불타고 있었다. '내 집 잔디에 오줌을 싸다니.' 그의 눈빛은 이렇게 말하고 있었다. 효과가 있었다.

그에게 다가갔다.

"앰버와 그레그가 서로 잘 맞는 것 같아요." 내 눈에는 앰버가 그레그를 가지고 노는 것이 보였지만 잭슨 눈에는 그레그가 내뿜는 페로몬만 보였다.

"앰버는 저 바보 같은 놈보다 더 좋은 사람을 만나야 해."

"그레그는 바보가 아니에요. 훌륭한 청년이라고요. 저녁 내내 앰버에게서 눈을 떼지 못하던걸요?"

잭슨은 남아 있던 버번위스키를 단숨에 마셨다. "그레그는 돌멩이처럼 둔해 빠졌지."

저녁을 먹으려고 자리에 앉았을 즈음 그레그는 완전히 넋이 나갔다. 앰버는 이미 그를 마음대로 주무르고 있었다. 그녀가 목마른 표정을 지으면 그레그는 시중드는 사람을 불러 술을 주었다. 다른 여자들도 이를 놓치지 않았다.

잭슨의 골프 친구와 결혼한 금발 미인 젠카가 내게 속삭였다. "불안하지 않아요? 저런 여자가 매일 남편 사무실 앞에 있는데요? 잭슨이 당신을 사랑한다는 건 알지만 결국에는 그도 남자예요."

나는 웃음을 터뜨렸다. "그이를 절대적으로 믿는걸요. 게다가 앰버는 좋은 친구고요."

젠카는 미심쩍은 표정이었다. "모를 일이에요. 나 같으면 워런이 저런 비서를 절대 고용하지 못하게 했을 거예요."

"의심이 너무 많은 거 아니에요? 난 걱정 안 해요."

그레그는 마지막에 떠났다. 그는 앰버의 볼에 담백하게 입 맞췄다. "일요일에 만나요. 정오에 데리러 갈게요."

그레그가 가자 나는 앰버를 보았다. "일요일이라고요?"

"클럽에서 점심 먹고 플레이하우스에서 〈뜨거운 양철 지붕 위의 고양이〉를 보기로 했어요."

"정말 잘됐네요. 음, 난 너무 피곤해요. 이만 잘까요?"

앰버는 고개를 끄덕였다.

나는 복도를 사이에 두고 침실 맞은편에 있는 손님방을 그녀에게 내주었다. 그녀가 가까이에 있다는 것을 잭슨이 알기를 바라는 마음에서였다.

내가 침실로 들어가자 잭슨은 이미 침대에 누워 있었다.

"즐거운 저녁이었어요. 안 그래요?" 내가 물었다.

"그 멍청한 그레그만 빼면. 애초에 당신이 왜 그 녀석을 초대했는지 모르겠다니까." 그가 투덜댔다.

"앰버에게 짝이 없으면 어색하잖아요. 괜찮은 사람이에요. 술을 좀 마셔서 그렇지."

"좀 마셨다고? 완전히 취했던데. 난 절제 못 하는 사람은 질색이야."

나는 이불 속으로 들어갔다. "앰버랑 둘이 일요일에 데이트하기로 했대요."

"앰버는 그런 놈을 만나기엔 너무 똑똑해."

"음, 마음에 들어 하는 것 같던데요?" 좋았어. 잭슨은 질투하고 있었다.

"돈 많은 아버지가 아니었다면 그레그는 누군가의 차고 위에 지은 원룸 아파트에서 살았을 거야."

"잭슨, 물어보고 싶은 게 있어요."

잭슨은 일어나 앉더니 불을 켰다. "뭔데?"

"내가 줄리를 얼마나 그리워하는지 알잖아요. 지금껏 내가 만난 사람들 중에 여동생이라고 할 만한 사람은 앰버뿐이에요. 그런데 당신이 앰버에게 보이는 관심이 직장 상사로서 갖는 관심 이상인 것 같군요."

잭슨의 언성이 높아졌다. "잠깐. 언제부터 내가 당신이 질투할 만한 일을 했다고 그래?"

나는 그의 팔을 다정하게 잡았다. "그렇게 화내지 말고요. 당신을 탓하는 게 아니에요. 하지만 앰버가 당신을 보는 눈빛을 봤어요. 그녀는 당신을 좋아해요. 그렇다고 누가 그녀를 탓할 수 있겠어요?" 내 목소리가 너무 확신에 차 있나? "난 그냥 두 사람 사이에 아무 일도 없었으면 해서 그래요. 누구든 실수할 수 있잖아요. 앰버는 하나밖에 없는 진정한 친구예요. 혹여 앰버에게 끌리더라도 그 마음에 무릎 꿇지는 말아줘요. 내가 하고 싶은 말은 이것뿐이에요."

"말도 안 되는 소리. 난 다른 여자들에게 관심 없어."

하지만 나는 그 표정을 알았다. 그의 눈에 드러난 투지를. 잭슨 패리시에게 이래라저래라 할 수 있는 사람은 아무도 없었다.

63

이중생활은 나와 잘 맞았다. 잭슨과 함께 산 세월 동안 한두 가지쯤은 배웠겠지. 앰버가 자신은 정말 똑똑하고 나는 멍청하다고 생각한다는 것을 알기에 때로는 힘들었지만 결국에는 그럴 만한 가치가 있는 일이라고 믿었다. 앰버와 아이들과 함께 호숫가 집에서 보낸 주말은 길고 힘들었다. 그 집에 가는 게 정말 싫었다. 어머니가 그 집에서 한 시간밖에 떨어지지 않은 곳에 사는데도 잭슨은 어머니를 초대하지 못하게 했다. 좀더 자세히 말하자면 그는 일부러 그 집을 골랐다. 그렇게 가까운데도 초대하지 않을 만큼 내가 자기중심적이라는 생각을 어머니에게 심어주기 위해서였다. 어머니는 자존심이 강해서 먼저 찾아가도 되느냐고 묻지 않았다. 어쨌든 앰버를 호숫가 집으로 초대하게 되었으니 어쩔 수 없이 계획을 실행해야 했다. 그 주말 나는 앰버가 덥석 물 만한 정보를 제공했다. 잭슨이 아들을 간절히 원하는데 나는 아들을 낳을 수 없다는 이야기였다. 그녀에게 뉴욕 아파트 열쇠도 주었다. 앰버는 머지않아 그 아파트를 사용할 핑계를 생각해내겠지.

그다음 주 금요일 아침 앰버에게서 주말에 뉴욕 아파트를 써도 되겠느냐는 문자메시지가 오자 나는 계획을 하나 떠올렸다. 잭슨은 일주일 내내 호숫가 집에서 일했고 그 때문에 아이들과 나는 생활하기 힘들었다. 그는 휴가 동안에도 일정을 느슨하게 잡지 않았다. 잭슨이 그 집에 없을 때 우리는 종일 호숫가를 거닐었고 먹고 싶을 때 먹었으며 밤늦게까지 영화를 보기도 했다. 하지만 그와 함께 있을 때에는 무조건 정오에는 점심을, 일곱 시에는 저녁을 먹어야 했고 아이들은 여덟 시에 자야 했다. 정크푸드는 절대 먹을 수 없고 유기농이나 건강한 음식만 먹을 수 있었다. 나는 침대 옆 탁자의 책을 숨기고 그가 일주일 동안 읽으라고 골라준 책을 놓아야 했다.

하지만 그 주에는 잭슨을 조금 짜증나게 하기로 했다. 나는 수영하고 나서 눈 화장이 번지고 머리가 헝클어진 채로 있었고 조리대에는 빵 부스러기를 그대로 두었다. 금요일이 되자 그가 한계에 다다른 것이 보였다. 점심 먹을 때 나는 일부러 시금치가 앞니 사이에 끼게 했다.

잭슨은 혐오스러워하는 표정으로 나를 보았다. "정말 돼지 같군. 이에 커다란 초록색 물질이 끼었어."

나는 이를 드러내며 그에게 몸을 기울였다. "어디에요?"

"윽, 가서 거울 좀 봐." 그는 고개를 저었다.

나는 일어나면서 일부러 엉덩이를 식탁에 부딪쳤다. 그 바람에 접시가 쨍그랑 소리를 내며 바닥에 떨어졌다.

"좀 보고 다녀!" 그는 내 몸을 위아래로 훑어보았다. "살쪘어?"

사실 5킬로그램이 늘었다. 나는 어깨를 으쓱했다. "모르겠어요. 여기에는 체중계가 없어서요."

"다음 주에 가져와야겠군. 젠장…… 내가 여기 없을 때 도대체 뭘 하는 거지? 정크푸드를 처먹나?"

나는 접시를 주워서 싱크대로 갔다. 바닥에 떨어진 오이는 일부러 그냥 두었다.

"대프니!" 잭슨은 오이를 가리켰다.

"이런, 미안해요."

나는 접시를 흐르는 물에 헹궈 식기세척기에 넣었다. 잘못된 방향으로.

"참, 잭슨. 오늘 저녁에 레인스 씨네 가족과 식사하기로 했어요." 나는 이것이 최후의 일격이라는 것을 알았다. 호숫가 집 이웃인 레인스 씨 가족은 원래 우드스톡에 살았고 정치 성향은 마르크스보다도 왼쪽이었다. 잭슨은 그들과 같은 공간에 있는 것만으로도 괴로워했다.

"장난해?" 그는 내 뒤로 다가와 어깨를 움켜쥐더니 나를 돌려세웠다. 그러고 내 얼굴 몇 센티미터 앞에 얼굴을 들이밀었다. "일주일 내내 엄청나게 인내심을 발휘했어. 당신의 지저분한 모습과 엉망인 집안 꼴까지 전부 다 참았다고. 하지만 이건 너무하잖아."

나는 바닥을 보았다. "난 왜 이렇게 멍청할까요? 이번 주에는 당신이 여기에 안 오는 줄 알았어요. 날짜를 착각했지 뭐예요. 정말 미안해요."

잭슨은 크게 한숨을 내쉬었다. "그럼 원하는 대로 해주지. 오늘 집으로 가겠어."

"주말 동안 집 카펫 청소를 맡겼어요. 약품 때문에 집에는 못 있어요."

"빌어먹을. 그럼 뉴욕 아파트로 가야겠군. 사무실에도 나가봐야 하고. 모든 걸 엉망으로 망쳐놔서 다시 한 번 고맙군."

그는 화나서 쿵쿵대며 짐을 싸러 침실로 갔다.

나는 원래대로라면 앰버에게 바로 보내야 할 문자메시지를 다음 날 아침 보내기로 했다. 잭슨이 아파트를 써서 그녀가 머무를 수 없게 되었다는 메시지를. 그러고 나서 '전송' 버튼 누르는 것을 깜빡했다고, 잭슨이 갑자기 나타나서 놀라지 않았기를 바란다고 해야지.

침실로 가서 《율리시스》를 내던지고 잭 리처의 최신작을 꺼냈다. 그리고 침대에 다리를 뻗고 앉아서 숨을 깊이 들이마셨다. 저녁에는 아이들과 피자를 먹을 것이다. 레인스 씨 가족은 직접 참여하는 콘서트에서 즐거운 시간을 보낼 테고. 지난주에 저녁 먹으러 우리 집에 왔을 때 그렇게 말했으니까.

몇 시간 뒤에 휴대전화가 울렸다.

"당신 도대체 무슨 짓이야?" 잭슨이었다.

"무슨 말이에요?"

"앰버가 여기에 있잖아. 대프니, 지금 무슨 장난이라도 하자는 거야?"

나는 놀란 척했다. "앰버에게 당신이 아파트를 쓸 거라고 메시지 보냈어요. 기다려봐요. 전화기 확인해볼게요." 그러고 몇 초 뒤에 말했다. "난 정말 바본가봐요. 전송이 안 됐네요. 정말 미안해요."

잭슨은 욕했다. “내 주말을 망치려고 작정했군. 그저 조용히 평화롭게 있고 싶었을 뿐인데. 부하직원과 사사로운 이야기나 할 기분이 아니라고.”

“그럼 앰버에게 가라고 해요. 내가 전화할까요?”

그는 한숨을 쉬었다. “아니, 내가 알아서 할게. 참 고마워 죽겠네!”

나는 앰버에게 메시지를 보냈다. 미안해요. 잭슨이 아파트에 간다는 걸 알리려고 했어요. 그이와 부딪치지 않는 게 좋을 거예요. 나 때문에 기분이 별로 안 좋거든요.

그 정도면 앰버가 잭슨에게 위로를 건네기에 충분할 것이었다. 그리고 두 사람은 바로 침대로 향할지도 몰랐다.

64

잭슨은 단단히 빠졌다. 틀림없이 앰버가 정말 잘한 모양이었다. 그는 업무가 너무 늦게 끝나서 집까지 오기 힘들다면서 아파트에서 자는 일이 늘었다. 그가 사흘을 연달아 집에 들어오지 않자 나는 내 가설을 확인하기 위해 뉴욕 아파트로 가서 곁에 있어 주겠다고 말했다. 하지만 그는 사무실에 있는 시간이 많으니 그럴 필요 없다고 했다. 앰버의 태도에서도 둘 사이가 분명히 드러났다. 그녀는 자신이 영리하다고 믿으며 내가 둘의 관계를 모르리라고 생각했겠지만 나는 앰버가 우리 집에 왔을 때 둘이 눈빛을 교환하고 잭슨이 말을 얼버무리면 그녀가 대신 마무리해주는 모습을 보았다.

런던에 있는 동안에는 잭슨이 회의에 참석하고 돌아올 때마다 그의 옷과 머리카락에서 앰버의 향수 냄새가 났다. 그는 외도 때문에 늘 흥분상태인지 평소보다 관계를 더 많이 요구했다. 그가 언제 나를 원할지는 알 수 없었다. 관계는 예전과 달랐다. 잭슨은 자기 몫의 먹이를 요구하는 개처럼 빠르고 거칠었다. 앰버에게는 그가 몇 주째 나를 건드리지도 않는다고 거짓말했다. 잭슨의 눈이 온통 그녀에게 쏠려 있다고 믿게 하고 싶었다. 딱 한 번 자존심 때문에 잭슨과 잤다고 말한 적 있었지만. 그때 그녀의 표정에 어린 충격과 분노는 너무 달콤했다. 하지만 걱정스러웠다. 잭슨이 앰버에게 싫증내고 내게 돌아와 전보다 더 집착하는 것은 시간문제였기 때문이다. 앰버가 그에게서 나를 처음 만났을 때 느꼈던 것과 똑같은 감정을 끌어내는 것이 내 유일한 희망이었다. 잭슨이 앰버를 갖고 싶다고 생각하도록 초점을 맞춰야 했다. 앰버는 어린 내가 되려고 애쓰면서 이미 자기 몫을 톡톡히 하고 있었다. 그녀는 나와 똑같은 향수를 뿌리고 똑같은 머리를 했다. 립스틱마저 똑같은 색을 발랐다. 나는 그녀에게 끊임없이 정보를 제공했다. 하지만 그것으로 충분할까? 앰버가 임신하는 데 왜 이렇게 오래 걸릴까? 물론 임신하더라도 아들이 아니라면 소용없을 것이다. 잭슨은 딸을 임신하면 어떻게 할지 말한 바 있었다. 그에게 또 다른 딸은 필요 없었다.

나는 더 안쓰러워 보이려고 애썼다. 그가 나를 대신할 사람으로 앰버가 완벽하다고 생각하기를 바랐다. 나는 길이가 긴 속옷을 입고 몸이 뜨거워서 땀이 난다고 불평했다. 조기폐경이 올 것 같다는 말도 흘리기 시작했다. 나와 함께 살면 아들을 가지겠다는 꿈을 이룰 수 없다고 알리기 위해서였다. 나는 앰버가 아들을 임신하는 데 모든 희망을 걸었다. 하지만 아들을 임신하지 못한다고 해도 똑똑한 앰버가 잭슨을 낚아챌 다른 방법을 생각해내기를 바랐다.

잭슨은 파리에서 돌아오던 날 밤 기분이 좋았다. 앰버는 내가 의심하지 않도록 며칠 동안 친구를 만나러 간다고 했다. 하지만 나는 그녀가 잭슨과 함께 있었다는 사실을 알았다. 떠나기 직전에 잭슨이 여행가방에 여자 속옷을 쑤셔 넣는 것을 보았기 때문이다.

내가 거의 잠들었을 때 잭슨이 침실로 들어와 불을 켰다.

"안 자는 거 다 알아." 그는 내가 누운 쪽으로 와서 서더니 나를 물끄러미 내려다보았다.

"자요."

"난 상처받았어. 당신이 안 자고 날 기다릴 줄 알았는데. 내가 멀리 떠나면 당신을 얼마나 그리워하는지 잘 알잖아."

나는 눈꺼풀을 파르르 떨며 눈을 뜨고 그에게 경직된 미소를 지었다. "당연히 나도 보고 싶었죠. 하지만 당신이 피곤할 것 같아서요."

잭슨은 슬며시 미소 지었다. "당신에게라면 피곤할 리 없지. 선물을 사왔어."

나는 일어나 앉아서 기다렸다.

빨간색과 검은색이 섞인 코르셋이었다. 잭슨이 여행가방에 넣었던 바로 그 속옷이었다. 나는 그에게서 속옷을 받았다. 인컴퍼러블 향기가 났다. 이 구역질나는 개자식. 앰버가 입었던 속옷을 내게 입히려 하다니.

"그 옷에 어울리는 스타킹도 있으니 일어나서 입어."

"내가 옷을 직접 골라서 당신을 깜짝 놀라게 하면 어때요?" 나는 앰버의 몸에 닿았던 옷이 맨살에 닿는 게 싫었다.

잭슨은 내게 코르셋을 던졌다. "지금 입으라니까!" 그는 내 손을 잡더니 침대에서 끌어냈다. "팔."

내가 팔을 올리자 그는 내 잠옷을 벗겼다. 나는 팬티만 입고 서 있었다.

"살쪘군." 그는 내 허리 살을 꼬집더니 얼굴을 찡그렸다. "곧 거들을 사주지. 남은 일주일 동안은 아무런 약속도 잡지 마. 매일 트레이너와 함께 있어야 할 테니까. 목요일은 클럽에서 저녁을 먹어야 하니 새 드레스를 사주지. 그 옷이 잘 맞아야 할 텐데." 그는 고개를 저었다. "게으른 년. 이제 멋진 남편이 갖은 고생을 해서 사온 그 옷을 입어."

나는 빳빳한 속옷을 엉덩이와 배 위로 올렸다. 꼭 끼었지만 그럭저럭 입을 수는 있었다. 수치스러워서 얼굴이 빨개졌다. 눈물이 흘러내리지 않도록 천장을 보아야 했다. 스타킹을 신자 잭슨은 내게 피루에트(한 발로 서서 빠르게 회전하는 발레 동작)를 하라고 했다.

그는 고개를 저었다. "정말 못 봐주겠군." 그는 나를 아래로 밀쳤다. "엎드려."

바닥에 엎드리자 딱딱한 마루 때문에 무릎이 아팠다. 마음을 다잡기도 전에 잭슨이 바지를 벗는 소리가 들렸고 어느새 내 뒤로 온 것이 느껴졌다. 그가 거칠게 움직였고 나는 몸이 둘로 쪼개지는 것 같았다. "대프니, 아직은 쓸 만하군."

분노에 가득 차 바닥에 쓰러지듯 눕자 몸이 떨렸다. 그동안의 노력이 모두 물거품이 되는 것일까? 잭슨은 벌써 앰버가 지겨워졌을까? 그에게서 달아나는 삶을 꿈꾼 이상 이대로 포기할 수는 없었다. 어떻게 해서든 나는 자유로워질 것이었다.

65

앰버가 잭슨에게 최후통첩을 한 것이 분명했다. 지난밤에는 욕실에서 잭슨이 속삭이며 통화하는 소리가 들렸다. 앰버에게 시간이 더 필요하다고 하는 것 같았다. 나는 그녀가 쥐고 있는 카드를 제대로 활용하지 못하면 모두 수포로 돌아갈 수도 있다고 생각했다. 잭슨은 협박이 통하는 남자가 아니었다. 그저께 사무실에 잠깐 들러서 앰버를 보고 알 수 있었다. 그녀는 임신한 게 틀림없었다. 적어도 삼 개월은 되어 보였다. 아들일지 딸일지 궁금했다. 줄리가 죽은 뒤로 뭔가를 위해 이렇게 간절하게 기도해본 적이 없었다.

저녁식사 내내 우리는 모두 달걀 위를 걷는 것 같았다. 다이닝룸에서는 잭슨의 문자메시지 알람이 계속해서 울렸다. 그는 어느 순간 일어나더니 냅킨을 의자 위에 던지고 방에서 황급히 나갔다. 그리고 잠시 뒤 돌아왔고 그 이후로 문자메시지 알람은 더 이상 들리지 않았다.

아이들을 재운 뒤에 우리는 펭귄에 관한 다큐멘터리를 보았다. 마침내 열 시가 되자 그는 나를 보았다.

"그만 들어갑시다."

다행히 그는 씻고 곧장 침대로 들어가 잠들었다. 나는 어둠 속에 누워서 그와 앰버 사이가 어떻게 되어가고 있을지 생각했다. 지난밤 생리가 시작되어서인지 머리가 은근히 아파 일어나서 약을 먹고 다시 잠들었다.

꿈꾸고 있다고 생각했다. 밝은 빛에 눈이 부셔서 고개를 돌리려고 했지만 움직일 수 없었다. 눈을 번쩍 뜨자 잭슨이 내 위에 앉아 손전등으로 눈을 비추고 있었다.

"잭슨, 뭐 하는 거예요?"

"대프니, 슬퍼?"

나는 빛 때문에 눈을 감았고 고개를 옆으로 돌렸다. "뭐라고요?"

그는 내가 다시 빛을 보도록 내 고개를 돌렸다. "생리가 시작되어서 슬프냐고. 다시 한 달이 지났는데 아기가 안 생겨서."

도대체 무슨 말을 하는 것일까? 그가 자궁 내 피임기구를 알게 되었을까? "잭슨, 이러지 말아요. 눈이 아파요."

그가 손전등을 끄자 목덜미에서 차가운 총구가 느껴졌다.

그는 손전등을 켰다. 그리고 다시 껐다. 손전등을 껐다 켰다 하면서 총으로 내 목을 점점 세게 눌렀다. "매달 내 등 뒤에서 비웃는다면서? 내가 아들을 얼마나 간절히 원하는지 알면서?"

"그렇지 않아요. 당신을 비웃은 적 없어요." 말은 속삭임이 되어

나왔다.

그는 목에서 총을 떼고 얼굴로 가져가더니 한쪽 눈에 갖다 댔다. "눈이 없으면 울지도 못하겠지."

이번에는 그가 나를 정말 죽일 것 같았다.

잠시 뒤 그는 총을 내 입으로 가져가더니 입술을 훑었다. "입이 없으면 내 이야기를 못 할 텐데."

"잭슨, 이러지 말아요. 애들을 생각해요."

"애들 생각 하고 있어. 내가 갖지 못한 애들. 당신이 오래된 자두처럼 시들어버려서 가질 수 없는 아들을. 하지만 걱정 마. 내게 해결책이 있으니."

그는 내 배로 총을 가져가더니 숫자 8을 그렸다. "괜찮아, 대프니. 당신이 너무 늙어버려서 여기에 아기를 품을 수 없다고 해도. 입양하기로 결심했으니까."

"무슨 말이에요?" 나는 그가 방아쇠를 당길까봐 너무 무서워서 꼼짝도 할 수 없었다.

"임신했는데 아기를 원하지 않는 사람을 알아. 그 아기를 데려오면 돼."

온몸이 경직되었다. "왜 다른 사람 아기를 입양해야 해요?"

그가 총의 공이치기를 당기는 소리가 들렸다. 그는 내가 볼 수 있도록 몸을 숙여 불을 켰다.

잭슨은 나를 보며 미소 짓고 있었다. "총알은 한 발뿐이야. 어디 한번 볼까? 내가 방아쇠를 당겼는데도 당신이 살아 있으면 입양하기로 하지. 당신이 죽으면 어차피 못 할 테고. 공평하지 않아?"

"잭슨, 제발……."

나는 두려움에 가득 차 그의 손가락이 뒤로 움직이는 것을 지켜보며 숨을 멈추었다. 딸깍 소리가 들리자 참았던 숨과 함께 울음이 터져 나왔다.

"좋은 소식이군. 우리에겐 아들이 생길 거야."

3부

66

앰버는 작은 여행가방과 신용카드와 돈다발을 들고 이스트 62번가의 아파트를 떠났다. 잭슨이 전화를 걸어 밤 아홉 시에 오겠다고 했지만 앰버는 그가 빈 아파트에 들어가게 하고 싶었다. 그녀는 기다리다 지쳤다. 잭슨은 하루는 대프니에게 말하겠다고 했다가 그다음 날에는 왜 말하지 못했는지 핑계를 댔다. 더 이상 참을 수 없었다. 이제 마지막 결전을 치를 때였다.

그녀는 가명으로 작은 호텔에 방을 예약했다. 아파트에는 짧은 쪽지를 남겼다.

당신이 나와 우리 아들을 사랑하지 않는 것 같아서 두려워요. 당신은 대프니를 떠나 나와 결혼할 생각이 전혀 없어 보여요. 당신이 이 아이를 원치 않으니 세상으로 불러낼 이유가 없겠죠.

— 큰 슬픔에 빠진 앰버

아홉 시가 지나자 앰버의 휴대전화가 울리기 시작했다. 그녀는 전화를 받지 않았다. 몇 분 뒤에 전화가 다시 울렸지만 이번에도 받지 않았다. 이렇게 이십 분 동안 전화가 울린 뒤에 잭슨은 음성메시지를 남겼다. 앰버, 부탁이야. 바보 같은 짓 하지 마. 사랑해. 제발 전화해줘.

앰버는 두려움에 차 애원하는 그의 목소리를 듣고서 미소 지으며 전화기를 꺼버렸다. 밤새도록 전화하면서 그녀가 어디에 있는지, 무슨 짓을 했는지 궁금해하라지. 그녀는 텔레비전을 켜고 침대에 누웠다. 밤이 길고 지루할 테지만 그녀 입장에서는 시간이 얼마 남지 않았기에 과감하게 움직여야 했다. 그녀는 다시는 어수룩하게 속지 않겠다고 다짐하며 선잠이 들었다.

앰버는 자다가 몇 번이나 깨서 화장실에 갔고 그때마다 휴대전화를 확인했다. 잭슨에게 부재 중 전화가 여러 통 와 있었고 애원과 분노를 오가는 음성메시지와 문자메시지도 여럿 와 있었다. 그녀는 새벽 네 시에 마지막으로 깨고 나서야 여덟 시까지 깨지 않고 쭉 잘 수 있었다. 일어나서는 룸서비스를 시켰다. 이십 분 뒤에 디카페인 차와 요구르트가 방으로 왔고 조간신문도 함께 왔다. 앰버는 별 관심 없이 신문을 넘겨보고는 기다렸다. 기다리고 또 기다렸다.

오후 두 시에 그녀는 잭슨에게 전화를 걸었다. 첫 신호음이 끝나기도 전에 그가 전화를 받았다. "앰버! 어디야? 어젯밤부터 계속 연락했는데."

앰버는 떨리는 목소리로 속삭였다. "잭슨, 미안해요. 당신을 사랑하지만 날 이렇게 만든 건 당신이에요." 그녀는 최대한 측은해 보이려고 조금 흐느끼기까지 했다.

"무슨 말이야? 무슨 짓을 한 거야?"

"잭슨, 한 시간 뒤로 예약했어요. 미안해요. 사랑해요." 그녀는 전화를 끊었다.

그녀는 잭슨이 이 일로 잠시 속을 끓이도록 놔둘 생각이었다. 그녀의 휴대전화가 울렸고 다섯 번쯤 신호가 울렸을 때 전화를 받았다.

"왜요?"

"앰버, 내 말 잘 들어. 제발 그러지 마. 난 당신과 우리 아들을 사랑해. 당신과 결혼하고 싶어. 결혼할 거야. 오늘 밤에 대프니에게 이야기할게. 제발 날 믿어줘."

"잭슨, 더 이상 뭘 믿으라는 건지 모르겠군요." 앰버는 피곤하고 지친 듯이 말했다.

"앰버, 절대 이러면 안 돼. 당신은 내 아들을 품고 있다고. 난 아들을 잃을 수 없어." 잭슨은 화난 목소리였다.

"잭슨, 이게 다 당신 때문이에요. 당신 잘못이라고요." 그는 한숨을 쉬더니 목소리가 달라졌다.

"그렇지 않아. 내가 질질 끈 건 사실이지만 다 우리를 위해서였어. 적당한 때를 기다린 거라고."

"됐어요. 그 적당한 때는 절대 오지 않을 것 같군요. 잭슨, 난 영원히 기다릴 수 없어요. 병원 예약도 언제까지고 미룰 수는 없고요."

"정말 우리 아이를 죽일 생각이야? 믿을 수가 없군. 우리 예쁜 아들을?"

"미혼모로 혼자서 이 아이를 낳을 순 없어요. 당신은 괜찮다고 생각할지 모르겠지만 나는 그렇게 자라지 않았어요."

"아들이 태어나기 전에 당신과 결혼하겠다고 약속할게. 정말이야. 하지만 앰버, 그 전에 먼저 내게 와. 지금 어디야? 내가 당장 데리러 갈게."

"나도 몰라요. 하지만……"

잭슨은 말을 잘랐다. "내 아파트로 같이 가자고. 거기에서 지내. 앞으로도 계속. 부탁이야."

앰버는 고양이처럼 미소 지었다.

잭슨은 한 시간 뒤에 나타났다. 앰버는 리무진 뒷좌석에 타서 안쓰러워 보이기를 바라는 표정을 지었다. 그는 입술이 하얗게 질린 데다 얼굴을 잔뜩 찌푸리고 있었다.

"다시는 이러지 마."

"잭슨, 난……"

그는 앰버 손을 꼭 잡았다. "어떻게 우리 아이를 죽이겠다고 협박할 수 있어? 어떻게 아들을 인질로 삼을 수 있느냐고?"

"당신이 내게 상처를 줬잖아요."

잭슨은 잡고 있던 손을 놓았다. "내 아들에게, 그리고 당신에게 무슨 일이 생겼다면 내가 무슨 짓을 했을지 몰라."

잭슨의 목소리와 태도에 앰버는 왠지 모르게 불안해졌지만 떨쳐버렸다. 그는 화나고 걱정스러운 상태였으니까. 평소와 달리 행동하는 게 당연했다.

"안 그럴게요. 약속해요."

"좋아."

그들은 아파트로 돌아갔고 앰버는 그를 침대로 유혹했다. 둘은 어두워질 때까지 침대에 있었고 앰버는 그에게 용서해달라고 말하면서도 계획이 계속 진행되도록 확실히 해두려고 애썼다.

"배고파요?" 그녀가 물었다.

"굶어 죽을 것 같아. 오믈렛 먹을까?" 잭슨은 이렇게 말하고는 이불을 젖히고 침대에서 나갔다. 앰버는 그를 따라 주방으로 갔고 그는 그릇에 달걀을 풀기 시작했다. 그녀는 이제 하고 싶었던 말을 본격적으로 해도 되겠다고 생각했다. 잭슨의 마음이 바뀌기 전에.

"잭슨, 생각해봤는데요. 지금 사는 집에서 나오지는 않을 거죠? 그 집은 결혼하기 전부터 당신 집이었잖아요."

앰버는 그 집을 처음 본 순간부터 원했다. 그 집의 안주인이 되고 싶었고 벨라와 탈룰라가 그녀의 말을 듣게 하고 싶었다. 지금 그들은 앰버의 집에 손님으로 살고 있을 뿐이었다. 앞으로 벨라는 말도 안 되는 행동을 계속하면 손바닥이 얼얼해질 것이다. 앰버는 그 집에 들어가면 가장 먼저 자기 사진을 찍을 생각이었고 그중 하나는 임신한 누드로 하고 싶었다. 그리고 그 사진을 아이들이 집에 올 때마다 볼 수 있는 곳에 걸어둘 생각이었다. 그들 기분을 비참하게 만들어서 주말에 집에 오고 싶지 않게 하고 싶었다. 잭슨도 신경 쓰지 않을 것이 분명했다. 시간이 지나면 잭슨이 아이들을 피 빨아먹는 존재로 여기게 만들 셈이었다. 아이들 엄마와 마찬가지로.

"내가 먼저 이혼하자고 하면서 대프니를 내쫓을 수는 없어." 잭슨이 달걀을 휘저으며 말했다.

"그 말도 일리가 있군요. 하지만…… 대프니는 그 집을 싫어해요. 그 집이 허세 덩어리라고 말한걸요. 그녀가 그런 집에 살 자격이 있는지 모르겠어요. 대프니는 어머니를 불러서 함께 살고 싶어

할 테고요. 그 아름다운 집이 대프니 소유가 되는 걸 원해요? 그 집을 유지할 수나 있을까요?"

앰버는 잭슨이 열심히 머리를 굴리고 있다는 것을 알았다.

"음, 대프니를 만나기 오래전에 그 집을 산 건 맞아. 어떻게 할지 좀 생각해볼게. 내가 그 집을 계속 가지고 있도록 설득할 수 있을지도 모르겠군."

"오, 잭슨! 그럼 정말 좋겠어요. 난 그 집이 너무 좋아요. 그곳에서 우린 행복하게 살 거예요."

앰버는 대프니의 집으로 들어가 그녀 몫을 모두 차지하는 것보다 대프니가 자기가 살던 곳과 같은 누추한 원룸으로 간다면 더 기분 좋겠다고 생각했다. 나쁘다는 건 알았지만 상관없었다. 대프니는 너무 오랫동안 과한 행복을 누렸다. 명품 구두를 신는 일이 얼마나 기분 좋은지 깨닫는 것도 좋을 것이었다. 대프니는 계속 앰버의 친구인 척했지만 마음 깊은 곳에서는 앰버를 도우미 정도로 여겼다. 그녀는 바운티풀 부인(극작가 조지 파커의 〈멋쟁이의 계략〉에 등장하는 돈 많고 자비로운 여인)을 행세하며 가난하고 불쌍한 앰버에게 도움의 손길을 내밀었다. 앰버는 대프니가 자신을 한 번도 위협적인 존재로 생각하지 않았다는 데 화가 났다. 대프니는 자신이 앰버보다 훨씬 예쁘다고 생각했고 그래서 잭슨의 사랑을 자신했다. '대프니, 무슨 일이 일어났는지 알아요? 이제 잭슨은 날 사랑해요. 그는 내 것이 됐다고요. 난 그에게 새로운 가족을 안겨줄 거예요. 당신과 버릇없는 녀석들은 쓸모가 없다고요.'

67

마침내 그 일이 일어났다! 그날 아침 잭슨은 대프니에게 전화를 걸어 '중요하게' 상의할 일이 있으니 뉴욕 아파트로 오라고 했다. 대프니는 무슨 일인지 궁금해할 필요가 없었다. 사립탐정 제리 핸슨이 가르쳐준 덕분에 휴대전화 복제법을 익혔기 때문이다. 그녀는 지난 한 달 동안 앰버와 잭슨이 주고받은 문자를 모두 보았다. 그녀는 앰버에게 사라지겠다는 연기는 천재적인 발상이었다고 말할 뻔했다. 잭슨은 그토록 오래 기다린 아들을 잃지 않기 위해서라면 무엇이든 할 테니까.

대프니는 다섯 시에 아파트에 도착했다. 안으로 들어가자 앰버의 향수 냄새가 났다. 앰버와 잭슨은 이미 소파에 앉아 있었다.

대프니는 충격받은 척했다. "무슨 일이에요?"

"대프니, 앉아요." 잭슨이 대답했다. 앰버는 말없이 앉아서 긴장된 표정으로 미소 지었다. 그녀의 눈에는 악의가 가득했다. "우리가 할 말이 있어요."

대프니는 계속 서서 앰버를 보았다. "우리라고요?"

앰버는 손을 내려다보았지만 입은 여전히 웃고 있었다.

"무슨 일이에요? 말해봐요."

잭슨은 뒤로 기댄 채 대프니를 한동안 바라보았다. "요즘 우리가 행복하지 않은 건 분명한 것 같아요."

'요즘 행복하지 않다고? 우리가 행복한 적이 있었나?' 대프니는 이렇게 말하고 싶었다. "무슨 말이에요?"

잭슨은 일어나서 서성대다가 고개를 돌려 대프니를 보았다. "대프니, 당신과 이혼하겠어요. 앰버가 내 아들을 임신했어요."

대프니는 그들을 위해 충격받은 척 연기하며 의자에 주저앉았다. "임신했다고요? 앰버와 잤어요?"

"무슨 대답을 기대하는 거예요?" 잭슨은 그녀를 아래위로 훑어보았다. "당신은 자제할 줄 몰라요. 살찌고 지저분한 데다가 게을러지기까지 했죠. 날 위해 아들을 못 낳는 게 당연해요. 자기 몸을 개떡같이 대하니까."

대프니는 두 사람이 얼마나 멍청한지 말하지 않으려고 안간힘을 썼다. 대신 그녀는 슬픈 표정으로 앰버를 보았다. "내 남편이랑 언제부터 잤어요?"

"일부러 그런 건 아니에요. 우린 사랑에 빠진걸요." 이 말에 대프니는 잭슨을 보았다. 그러자 그는 앰버의 손을 잡았다.

"정말이에요?" 대프니는 언성을 높였다. "그럼 서로 사랑하게 된

지는 얼마나 됐어요?"

"대프니, 미안해요. 당신에게 상처 줄 생각은 없었어요." 앰버는 이렇게 말했지만 눈빛은 다른 말을 하고 있었다. 그녀는 지금 이 순간을 매우 즐기는 것이 분명했다.

"당신을 믿었어요. 친동생처럼 대했다고요. 그런데 이렇게 되갚아요?"

앰버는 한숨을 쉬었다. "우리도 어쩔 수 없었어요. 우린 영혼의 동반자인걸요."

대프니는 웃음이 터질 뻔했다. 입 밖으로 소리가 새어 나왔지만 그들이 흐느낌으로 오해하기를 바랐다.

"대프니, 정말 미안해요." 앰버가 다시 말했다. "때때로 이런 일이 일어나기도 하잖아요." 그녀는 손으로 배를 문질렀다. "우리 아이가 걸린 문제라서요. 시간이 지나면 날 용서하게 될 거예요."

대프니는 입이 떡 벌어졌다. "진심이에요? 당신 정말……."

"그만." 잭슨이 끼어들었다. "우린 결혼하고 싶어요. 내 아들이 태어나기 전에. 당신이 빨리 이혼해주면 그만한 보상은 할게요."

대프니는 일어났다. "생각할 게 좀 많군요. 이야기할 준비가 되면 연락할게요. 그 자리에는 저 여자가 없었으면 해요."

아파트를 떠나 두 사람의 시야에서 벗어나자 대프니는 참았던 미소를 비밀스레 지었다. 이미 어느 정도 보상받은 기분이었지만 잭슨에게는 말하지 않을 생각이었다. 어떻게 자유에 값어치를 매길 수 있을까? 하지만 아이들을 위해서 돈을 받아야 했다. 앰버가 전부 가지게 놔둘 수는 없었다. 절대. 대프니는 위자료를 넉넉히 약속받아야겠다고, 그런 다음 서둘러 이혼해야겠다고 결심했다.

68

손 관리사가 부드러운 로션을 발라 손을 마사지하자 앰버는 눈을 감았다. 관리사에게 결혼할 예정이라고 말했고 그 즉시 감상에 빠져 프렌치 매니큐어를 해달라고 말했다. 그동안 얼마나 싸구려처럼 살았는지. 그녀는 눈을 뜨고 왼손을 보았다. 그리고 그라프 다이아몬드 반지를 처음으로 손가락에서 뺐다. 대프니의 반지보다 1캐럿 컸다. 그녀는 미소 지으며 매니큐어가 칠해지는 손을 바라보다가 별안간 확 뺐다.

"그 색은 싫어요. 지우고 다른 색 보여주세요."

젊은 관리사는 앰버 말에 따라 매니큐어를 더 많이 가져와서 보여주었다. 그녀는 천천히 살펴본 뒤에 샴페인 누드 색을 골랐다. "이걸로 해주세요." 앰버는 병을 가리키고 가죽 의자에 기대앉았다. 오늘 그녀는 전신과 얼굴에 마사지를 받고 페디큐어를 했다. 내일이면 더 예뻐 보이겠지. 그리고 내일 법원 담당자 앞에서 잭슨 패리시 부인이 되면 그녀의 꿈이 모두 이루어지게 된다. 잭슨의 이혼은 때맞춰 마무리되었다. 아기는 언제라도 나올 수 있었고 앰버는 아기가 태어났을 때 잭슨의 아내이고 싶었다. 잭슨은 곧 아들이 태어난다는 사실에 흥분했고 성대한 결혼식을 열어 임신한 아내를 모든 친구에게 소개하고 싶어 했다.

"집에서 결혼식을 열어 전부 다 초대하겠어. 적어도 300명이 참석하는 성대한 결혼식이 될 거야. 모두 매력적인 내 아내를 만나면 좋겠어. 그리고 곧 우리의 놀라운 아들이 태어난다는 소식도 알리고." 그가 말했다.

"잭슨, 정말 그래야 해요? 아기 소식은 다들 알잖아요. 이혼, 임신, 우리 약혼까지도요. 전부 지난 육 개월 동안 사람들 입에 가장 많이 오르내린 가십인걸요. 게다가 난 친밀한 소규모 결혼식이 좋아요. 우리 둘만의 결혼식이라든지요." 앰버는 임신해서 살찐 자기 모습을 비숍 하버의 모든 속물에게 보여주고 싶지 않았다. 결혼식 날 등 뒤에서 수군대고는 대프니에게 결혼식 이야기를 전하는 것도 싫었다. "성대한 파티는 나중에 해요. 아기가 태어난 다음에요." 그녀는 웃으며 잭슨의 뺨에 입 맞췄다. "게다가 배가 이렇게 커다란데 예쁜 옷을 입을 수도 없잖아요. 그러니까 미뤄요, 응?" 앰버는 잭슨의 아내로 처음 선보일 때 그 자리에 딱 맞는 모습이고 싶었다. 누가 알아보면 어쩌나 하는 걱정은 더 이상 하지 않았다. 작고 별 볼일 없는 그녀의 고향 마을에서 엮일 만한 사람은 아무도 없었다. 그들은 라나 크럼프가 이렇게 멋진 앰버 패리시가 되리라고는 꿈에도 생각하지 못할 것이다. 혹시 누가 소란을 피우더라도 앰버에게는 성가신 문제를 해결할 돈이 많았다.

잭슨은 입술을 내민 채 고개를 끄덕였다. "알았어. 그럼 나중에 해. 하지만 탈룰라와 벨라는? 아이들은 결혼식에 와야 할 텐데."

앰버는 화가 나서 뚱한 탈룰라와 버릇없는 벨라가 결혼식에서 관심의 대상이 되게 하고 싶지 않았다. 아이들은 모든 것을 망쳐놓을 것이었다. 아이들이 예식장에서 울거나 성질을 부려 자기 아버지를 방해할 수 없도록 결혼식이 끝나고 이야기를 전해 듣는 쪽이 나을 것 같았다.

"그렇죠. 당신 말이 옳아요. 하지만 아이들이 임신한 나를 보고 기분 나빠하지 않을까요? 아기를 가진 사람이 자기 엄마가 아니라서 애들이 슬퍼하는 건 싫어요. 아이들이 상처받거나 자기 자리를 빼앗겼다고 생각하는 것도 싫고요. 우리 아기가 태어난 뒤에는 조금 더 쉬울지도 몰라요. 아이들에게 남동생이 생기고 나면 엄마가 누구인지는 덜 중요해지겠죠. 나중에 크게 축하 파티를 할 때까지 아이들에게 기다릴 시간을 주는 게 어때요? 그래야 받아들이기 수월할 것 같은데."

"모르겠어. 아이들이 없으면 이상해 보일 것도 같고." 잭슨이 말했다.

"아이들은 나중에 파티에 참석하는 걸 훨씬 재미있어할 거예요."

"당신 말이 맞는 것 같군."

"애들이 날 좋아했으면 좋겠어요. 새엄마로 인정받고 싶어요. 소아과 의사와도 상의해봤어요. 의사는 아이들이 감당하기 힘들 거라면서 아버지가 나서야 한다고 했어요." 앰버는 소아과 의사 이야기를 꾸며내면서도 순진한 표정으로 눈을 크게 떴다.

"중요한 이야기군. 생각해보니 아이들이 꼭 올 필요는 없을 것 같아. 어쨌든 다른 가족들도 오지 않으니까."

앰버는 미소 지으며 그의 손을 잡았다. "우린 행복한 대가족이 될 거예요. 두고 봐요. 분명 아이들은 남동생을 예뻐할 거예요."

"이 녀석을 어서 만나고 싶군."

"곧 만나게 되잖아요. 그건 그렇고 우리 예비 남편을 기분 좋게 해주고 싶은데 어때요?" 앰버는 이렇게 말하며 잭슨의 허리띠를 풀었다.

"당신만큼 날 흥분시킨 여자는 없었어." 그는 이렇게 말하며 의자에 앉았다. 앰버는 그의 앞에 무릎 꿇으며 패리시 부인이 되고 나면 더 이상 이 짓을 좋아하는 척하지 않겠다고 다짐했다.

다음 날 아침 앰버는 일찍 일어났다. 잭슨에게 결혼식 전날 밤에 신랑과 신부가 상대의 모습을 보면 불운이 닥친다고 말했기 때문에 그녀가 아파트에 머무는 동안 잭슨은 플라자 호텔에 있기로 했다. 앰버는 그런 말도 안 되는 미신은 믿지 않았지만 혼자 아침을 보내고 싶었다. 전화할 곳이 몇 군데 있었는데 잭슨이 통화 내용을 듣는 것이 싫었다. 그녀는 요구르트와 과일로 간단히 아침을 먹고 이메일을 확인했다. 잭슨의 새로운 행정비서 자리에 지원한 사람들 세 명에게서 온 이메일이 있었다. 그녀는 그동안 여러 지원자의 이력서를 유심히 검토했다. 완벽한 사람을 뽑고 싶었다. 젊고 매력적이고 똑똑하고 최신기술에 능하며 창의적으로 생각하는 사람이어야 했고 무엇보다 남자여야 했다. 물론 수표책도 집으로 오게 될 것이었다. 집에서 돈이 어디에 쓰이는지는 앰버만 알게 될 것이다. 그녀는 절대 대프니처럼 멍청하게 실수하지 않을 것이었다.

그녀는 몸을 씻고 값비싼 바디 크림을 바른 다음 옆으로 돌아서서 거울에 비친 배를 보았다. 거대하게 부풀어 오른 배는 혐오스러웠다. 어서 아기를 낳고 예전 몸매로 돌아가고 싶어서 견딜 수 없었다. 그녀는 고개를 저으며 시선을 돌렸고 가운을 집어 들었다. 그녀가 자신과 잭슨을 위해 직접 준비한 비싼 플러시 가운에는 모노그램도 넣었다. 그녀는 웃음이 났다. 뭔가를 살 때마다 인터넷에서 '가장 비싼'을 입력하다니. 그녀는 배우는 속도가 빨랐다.

한 시에 시청에서 잭슨을 만나기로 했기 때문에 옷을 입고 리무진을 부를 시간이 충분했다. 그녀는 침실에 있는 긴 벨벳 안락의자에 몸을 기대고 휴대전화 번호를 눌렀다.

"여보세요?" 대프니였다.

"아이들과 통화하고 싶어요."

"아이들이 좋다고 할지 모르겠군요." 대프니는 딱 부러지고 차갑게 말했다.

"잘 들어요. 내 앞길을 방해하는 건 자유지만 내게 협조하는 건 의무예요. 안 그랬다가는 이혼 서류가 마르기도 전에 그 꼬맹이들이 당신 삶에서 사라질 테니까요."

한동안 아무 소리도 들리지 않더니 잠시 뒤 탈룰라의 목소리가 들렸다. "여보세요?"

"탈룰라, 동생은 어디에 있니? 셋이 같이 이야기할 수 있을까?"

"잠시만요."

탈룰라는 벨라에게 전화 받으라고 소리치더니 잠시 기다렸다. "벨라, 전화로 이야기할 수 있니?"

"네."

"탈룰라, 너도 아직 있지?" 앰버가 물었다.

"네."

"너희 둘에게 할 말이 있어. 오늘 결혼식에 너희가 못 와서 정말 슬프단다. 아빠에게 떠들썩한 파티는 싫고 가족끼리만 모이고 싶다고 말했어. 너희 둘만 오면 되고 다른 사람들은 필요 없다고. 하지만 아빠는 너희가 그 자리에 오기에 너무 어리다고 생각하더구나." 앰버는 우는 것처럼 훌쩍이는 소리를 냈다. "아빠가 아들이 생긴다는 데 너무 들떠서 간혹 너희를 잊더라도 이해해야 해. 난 너희와 정말 좋은 친구가 되고 싶어. 당연히 너희를 우리 새로운 가족이라고 생각하고. 무슨 말인지 알겠니?"

"네." 탈룰라가 퉁명스럽게 대답했다.

"벨라, 너는?" 앰버는 대답을 강요했다.

"아빠는 날 사랑해요. 나를 잊지 않을 거예요."

앰버는 벨라가 그 건방진 작은 발을 구르는 모습이 떠올랐다.

"벨라, 그건 당연하지. 내가 너라면 걱정하지 않을 거야. 그나저나 곧 태어날 아기에게 아빠 이름을 지어줄 거라고 이야기했던가? 잭슨 마크 패리시 주니어라고 부를 거야."

"아줌마 미워요." 벨라는 이렇게 말하고 전화기를 내려놓았다.

"죄송해요. 벨라가 어떤지 아시잖아요." 탈룰라가 말했다.

"그래, 알아. 하지만 그 애가 분별 있게 말하도록 네가 가르쳐야 할 거야. 알겠니?"

"노력해볼게요. 나중에 이야기해요."

"그래, 안녕. 다음번에 이야기 나눌 때는 내가 새엄마가 되어 있겠구나."

앰버는 전화를 끊었고 하고 싶은 말을 제대로 전한 것 같아서 흡족했다. 탈룰라는 평화를 위해 애썼으니 아무런 문제도 일으키지 않을 것이다. 벨라는 반짝이는 보석과 새로운 장난감이면 충분히 설득할 수 있을 테지. 물론 앰버는 문제가 생길 정도로 아이들을 집에 오래 두고 싶지 않았다.

그녀는 노트북을 옆에 놓고 관심을 기울여야 할 이메일에 답장한 다음 옷을 입으려고 일어났다. 잭슨에게 섹시하고 매력적으로 보이기 위해 할 수 있는 일이 많지는 않았지만 부른 배만으로도 그를 행복하게 하기에 충분했다. 그녀는 크림색 드레스에 몸을 욱여넣은 다음 잭슨이 결혼 선물로 준 엘라 가프터 진주 귀걸이를 했다. 이 귀걸이와 에메랄드컷 다이아몬드 반지를 제외하고는 아무런 장신구도 하지 않았다.

앰버가 도착하자 잭슨과 새로운 비서 더글러스가 건물 앞에 서서 기다리고 있었다. "정말 아름다워." 잭슨이 그녀의 손을 잡으며 말했다.

"해안으로 올라온 고래 같은걸요."

"당신은 사랑스러움 자체야. 다른 말은 듣고 싶지 않아."

앰버는 고개를 저으며 더글러스를 보았다. "오늘 증인이 되어줘서 고마워요."

"천만에요."

잭슨은 앰버의 어깨를 감쌌고 세 사람은 계단을 올라 입구로 향했다.

그들은 순서를 기다렸고 차례가 되자 담당자 앞에 섰다. 순식간에 담당자는 신랑은 신부에게 키스하라고 말했다. 그의 신부라니. 앰버는 입속에서 그 말을 음미했다. 정말 달콤했다.

"저는 이제 사무실로 돌아가야겠어요. 축하합니다." 더글러스는 이렇게 말하고 잭슨과 악수했다.

그가 가자 앰버는 이제 남편이 된 잭슨에게 기댔다. 온몸에 전기가 흘러 짜릿한 기분이었다. 이제 반지 끼는 손가락에는 다이아몬드 반지와 함께 가는 백금 반지가 더해졌다. 두 사람은 마침내 결혼했다. '이제 아무 때나 나와도 돼.' 앰버는 속으로 뱃속 아이에게 말했다. 리무진에 올라타 고급 가죽 시트에 기대앉자 앰버의 머릿속에 앞으로 펼쳐질 삶이 떠올랐다. 세계 곳곳에 비싼 집을 두고 황홀한 여행을 다니며 보모와 하녀들이 그녀의 명령에 따라 움직이고 고급 의상과 보석이 있는 삶이었다.

비숍 하버의 거만한 여자들은 곧 그녀에게 고개 숙일 것이었다. 그 정도는 확신할 수 있었다. 엄청나게 많은 돈과 권력자 남편만 있으면 가능한 일이었다. 그들은 기를 쓰고 앰버와 친구가 되려고 할 것이었다. 하하. 생각만 해도 좋았다. 클럽에서 매년 열리는 보트 경주 만찬 때에는 서로 그녀가 자리한 테이블에 앉으려고 아우성치겠지. 그레그의 가족이 이를 망치지 못하도록 확실히 수습해두었다. 그녀와 잭슨은 가장 먼저 대프니에게 소식을 알렸고 그다음으로 앰버는 그레그에게 만나서 술을 한잔하자고 했다. 개방된 장소에서 만나면 그레그가 흥분하지 않고 침착하게 행동하리라는 생각에서였다. 그들은 비숍 하버의 바닷가에 위치한 작은 술집 화이트 웨일에서 만났다. 그레그가 도착했을 때 앰버는 이미 자리를 잡고 앉아 있었다. 그는 다가가 앰버에게 키스하려고 고개를 숙였다. 하지만 그녀가 고개를 돌리는 바람에 뺨에 입 맞췄다. 그레그는 당혹스러운 얼굴로 맞은편에 앉았다.

“무슨 일 있어요?”

앰버는 눈물을 삼키는 체하며 그의 앞에 놓인 위스키 잔을 가리켰다. “마셔요. 미리 주문해놨어요.”

그레그는 어리둥절한 표정으로 천천히 한 모금 마셨다. “무섭게 왜 이래요.”

“이 말을 쉽게 할 방법이 없으니 단도직입적으로 말할게요. 나 다른 사람과 사랑에 빠졌어요.”

그레그는 입을 떡 벌렸다. “뭐라고요? 누구요?”

앰버는 그의 손을 잡았다. “이런 일이 일어날 줄은 몰랐어요. 매일……” 그녀는 말을 멈추고 눈물을 한 줄기 흘렸다. “매일 함께 있다보니 이렇게 되었어요. 아침저녁으로 함께 일하다보니 우리가 서로 영혼의 동반자라는 걸 알게 됐어요.”

그레그는 인상을 썼고 더욱 혼란스러운 표정이었다.

‘이 정도로 멍청하단 말인가?’ 앰버는 한숨을 꾹 참았다. “잭슨이에요.”

“잭슨? 잭슨 패리시라고요? 하지만 유부남이잖아요. 당신보다 나이도 훨씬 많고요. 난 당신이 나를 사랑하는 줄 알았는데.” 그의 아랫입술이 떨렸다.

“그 사람이 결혼한 건 나도 알아요. 하지만 결혼생활이 행복하지 않았어요. 때로는 이런 일도 생기는 법이죠. 누군가와 가까이에서 일하는 게 어떤 건지, 감정이 어떻게 싹트는지 당신도 알 거예요. 사무실에서 당신 비서가 당신을 바라보는 눈빛만 봐도 알겠던데요.”

그는 미간을 찡그렸다. "베키 말이에요?"

앰버는 고개를 끄덕였다. "맞아요. 그 사람도 꽤 예쁘던걸요. 그 사람이 당신에게 얼마나 푹 빠졌는지 모를 리 없었을 텐데."

앰버는 그가 술을 두 잔 더 마실 때까지 기다리고 나서야 술집에서 나갈 수 있었다. 그레그는 그녀에게 이해한다고 말했다. 앰버는 그에게 우정마저 거두지는 말아달라고 간청하며 마음이 불안하고 사람들이 손가락질하는 이런 때 옆에 있어달라고 설득했다. 그리고 그 바보는 그녀의 말에 넘어갔다. 클럽에서 그레그와는 아무 문제가 없었다. 그리고 베키는 앰버에게 고마워해야 했다. 조만간 비서에서 약혼녀로 승진하게 되었으므로.

잭슨과 앰버 패리시는 비숍 하버의 멋진 신혼부부가 되었다. 앰버는 뱃속 아기가 처음이자 마지막이라고 다짐했다. 그녀는 어서 몸매를 되찾고 싶었다. 그 순간 그녀를 둘러싼 행복하고 만족스러운 빛은 맨해튼을 전부 비출 수 있을 정도였다.

69

대프니는 아이들이 옛날 집에 한 번이라도 갔다가는 현재 집으로 돌아오지 않으리라는 것을 알았다. 지금까지 그들은 제3의 장소에서 만났다. 하지만 앰버와 잭슨이 주말 동안 아이들을 데리고 있고 싶다고 하자 결국 대프니도 수락하고 말았다.

앰버는 잭슨이 속한 사교계에 아주 매끄럽게 녹아들었다. 대프니가 지난 십 년을 함께 보낸 사교계의 여자들에게 신경을 많이 썼다면 지금쯤 상처받았을지도 모른다. 그들이 잭슨의 새로운 아내를 거리낌 없이 받아들였기 때문이다. 역시나 비숍 하버에서 잭슨 패리시 부인을 감히 모욕할 사람은 없었다. 대프니를 버리지 않은 사람은 메러디스뿐이었다. 그녀는 대프니의 진정한 친구로 남았다. 대프니는 메러디스에게 진실을 모두 털어놓고 싶었지만 그런 위험을 감수할 수는 없었다. 그래서 메러디스가 그녀를 어리석고 순진하다고 생각하도록 놔두었다.

아이들은 집 앞에 도착하자 차에서 내렸다.

"내가 초인종 누를래." 둘이 현관을 향해 달려가면서 벨라가 외쳤다.

"그러든지." 탈룰라가 대답했다.

제복을 입은 남자가 나타났다. '집사가 있구나.' 대프니는 집사를 보고 왜 놀랐는지 알 수 없었다.

그는 문을 열었다. "너희가 벨라와 탈룰라구나. 패리시 부인께서 기다리고 계신단다."

앰버를 패리시 부인이라고 부르는 것이 귀에 거슬렸지만 대프니는 집사에게 고개를 끄덕인 뒤 아이들을 따라갔다.

"여기에서 기다리십시오. 부인을 모셔오겠습니다."

잠시 뒤 앰버가 아들을 안고 나타났다.

벨라가 대프니를 올려다보며 물었다. "아빠는 어디에 있어요?"

"벨라, 남동생 잭슨 주니어를 먼저 만나보고 싶지 않니?" 앰버가 아기를 가까이 데려오며 물었다.

벨라는 아기를 보더니 뾰로통한 표정을 지었다. "못생겼어. 쭈글쭈글해."

앰버의 얼굴에 분노가 스쳤다. 그녀는 대프니를 보았다. "아이들에게 예의범절 좀 가르치지 그래요?"

대프니는 벨라의 무례함이 처음으로 고마웠다. 그녀는 앰버를 차가운 표정으로 본 뒤에 벨라의 어깨에 손을 올렸다. "얘야, 무례하게 굴면 안 된단다."

"아빠가 너희 오는 걸 잊어버렸나보다." 앰버가 말했다. "우리 아가 잭슨에게 줄 장난감을 사고 있거든. 아빠는 이 아이를 너무 사랑해. 아빠에게 전화해서 너희가 왔다고 해줄까?"

탈룰라는 대프니를 끔찍하다는 듯 쳐다보았다. 대프니는 지금 이 자리에서 앰버를 죽이고 싶었다.

"다음에 다시 날짜를 정하는 게 좋겠……" 대프니가 이렇게 말을 꺼냈지만 벨라가 발을 구르며 말을 끊었다.

"싫어! 아빠를 몇 주나 못 봤잖아요!"

"여기에서 기다려도 괜찮아." 앰버가 말했다. 그녀는 집사를 보았다. "에드거, 벨라와 탈룰라를 응접실로 데려다줄래요? 거기에서 기다리게요. 난 할 일이 있어서요."

"아빠가 올 때까지 기다려요." 탈룰라가 대프니에게 속삭였다.

대프니는 탈룰라의 손을 꼭 잡고 속삭였다. "그래, 그럴게."

"앰버."

"네?"

"나도 아이들과 함께 기다릴게요. 얼마나 기다려야 할 것 같아요?"

앰버는 눈을 굴렸다. "과잉보호는 여전하군요. 좋을 대로 해요. 곧 오겠죠."

대프니는 두 아이의 손을 잡고 에드거를 따라 '응접실'로 갔다. 그곳 대리석 벽난로 위쪽 벽에는 임신한 앰버의 거대한 누드 사진이 걸려 있었다. 한 손으로 가슴을 감싸고 다른 한 손은 만삭인 배에 얹은 사진이었다. 응접실은 그들의 결혼식 사진으로 도배되어 있었고 대프니는 앰버가 그들에게 일부러 사진들을 보여준다는 것을 알았다. 앰버는 잭슨이 집에 올 때까지 대프니가 아이들만 놔두지 않으리라는 것을 알고서 그가 집에 없도록 꾸몄다.

"난 저 아줌마가 싫어요." 탈룰라가 말했다.

"이리 오렴." 대프니는 탈룰라를 안고 속삭였다. "엄마도 저 아줌마가 끔찍하다는 거 알아. 그냥 무시하고 아빠랑 좋은 시간 보내."

"얘들아!" 잭슨이 나타나자 아이들은 그의 품으로 달려갔다.

"난 가라는 신호 같군요." 대프니는 자리에서 일어났다. "일요일에 애들 데리러 올게요."

잭슨은 대프니를 쳐다보지도 않았다. 그녀는 응접실에서 나가는 세 사람을 지켜보았다.

현관으로 나가 문손잡이를 잡자 앰버의 목소리가 울려 퍼졌다.

"잘 가요, 대프니. 걱정 말아요. 꼬맹이들은 내가 잘 돌볼 테니."

대프니는 홱 돌아서서 그녀를 노려보았다. "아이들 털끝 하나라도 다치게 하면 죽여버릴 거야."

앰버는 웃음을 터뜨렸다. "드라마를 너무 많이 봤군요. 애들은 괜찮을 거예요. 데리러 올 시간에 늦지나 말아요. 내 남편을 위한 짓궂은 계획이 있으니까. 그이는 내게 만족할 줄 모르죠."

"즐길 수 있을 때 즐겨요."

앰버의 표정이 어두워졌다. "무슨 뜻이에요?"

대프니는 미소 지었다. "곧 알게 될 거예요."

70

대프니는 곧 비장의 카드를 꺼내기로 했다. 이혼한 지 이 개월이 지났고 위자료로 받은 수백만 달러는 이미 적절히 운용하고 있었다. 아이들 양육권도 그녀가 가졌고 잭슨은 주말에만 아이들을 볼 수 있도록 허가받았다. 이제 그녀는 이 상황을 바꾸려고 이곳에 왔다.

그녀는 잭슨의 비서에게 갔다.

"안녕하세요, 더글러스. 잭슨 혼자 있나요?"

"네, 약속하셨는지요?"

"아니요, 하지만 금세 끝나요. 약속할게요."

"알겠습니다."

그녀는 잭슨의 사무실로 들어갔다.

잭슨은 놀란 표정으로 그녀를 보았다. "여기에는 어쩐 일이야?"

"잘 지냈어요? 당신이 관심 있어 할 만한 소식을 알려주려고 왔어요." 그녀는 이렇게 말하고는 문을 닫고 서류철을 건넸다.

"대체 이게 뭐지?" 내용을 살펴보는 그의 얼굴이 새하얘졌다. "말도 안 돼. 난 앰버의 여권까지 봤는데."

"앰버는 실종된 사람이에요. 당신 아내 라나가 그 신분을 사용하고 있죠. 속는 입장이 되어보니 기분이 어때요? 앰버는 흔해빠진 사기꾼일 뿐이에요." 대프니는 소리 내어 웃었다. "이쯤 되면 그녀가 정말 원한 게 당신인지 당신 돈인지 궁금할 테죠."

잭슨의 관자놀이가 어찌나 심하게 팔딱거리는지 피부를 뚫고 나올 것 같았다.

"이해가 안 되는군." 그는 식식거리며 계속 서류를 읽었다.

"간단해요. 앰버, 그러니까 라나는 당신을 목표물로 정한 거예요. 부자 남편을 얻겠다는 분명한 목적을 갖고 교묘하게 내 환심을 샀어요. 물론 내가 그 속셈을 알게 된 뒤로 그녀는 내가 당신에게서 빠져나올 절호의 기회를 준 사람이 되었지만요."

"무슨 소리야? 나와 앰버 사이를 알고 있었다는 말이야?"

"내가 그렇게 만들었어요. 사실 당신에게 앰버를 잘 포장해서 갖다준 것이나 다름없죠. 호숫가 집에서 주말을 보냈을 때 당신이 곧장 앰버에게 가도록 만든 사람은 나였잖아요. 그리고 내가 임신하지 못한 이유도 알려줄까요? 음, 자궁에 피임기구를 삽입한 상태에서는 임신하기가 힘들다는 정도로만 말해두죠."

잭슨은 놀라서 눈이 휘둥그레졌다. "날 갖고 놀았어?"

"최고의 전문가에게서 배운걸요."

"이런 망할……."

"진정해요, 잭슨. 자제력을 잃어봐야 좋을 것 없잖아요."

그의 호흡이 점점 가빠졌다. "앰버에게도 밝힐 생각이야?"

"당신 하기에 달렸죠."

"원하는 게 뭐지?"

"친권을 포기해요."

"미쳤어? 내 아이들에 대한 권리는 절대 포기 못 해."

"그럼 경찰서에 가서 앰버가 누구인지 이야기하고요. 그럼 체포되겠죠. 설마 아들에게 그런 유산을 남겨주고 싶은 거예요? 감옥에 있는 엄마라는 유산을요? 그런 배경으로는 차터하우스에 절대 못 들어갈 텐데."

잭슨은 책상을 주먹으로 내리쳤다. "이런 나쁜 년!"

대프니는 눈썹을 추켜올렸다. 몇 년 만에 처음으로 잭슨과 함께 있는데도 마음이 편했다. "욕하면 곧장 경찰에 전화할 거예요. 신문에도 실리겠죠. 갓 결혼한 당신 아내가 수갑을 차고 집에서 잡혀 나오는 모습을 모두 보게 될 거예요."

잭슨은 주먹을 꽉 쥐었다 폈다 하며 몇 차례 심호흡했다. "내가 친권을 포기하면 당신이 앰버를 신고하지 않는다는 말을 어떻게 믿지?"

"당신을 믿게 할 방법은 없어요. 하지만 난 당신과 다르잖아요. 친권만 포기하면 당신들을 영원히 떠날 거예요. 당신은 앰버와 함께 있는 한 날 내버려두겠죠. 내가 원하는 건 그뿐이에요. 어때요, 서명하겠어요?"

"사람들이 어떻게 여기겠어? 내가 아이들을 버렸다고 생각하는 건 싫은데."

대프니는 고개를 저었다. "내가 아이들을 데리고 캘리포니아로 가도록 놔두지 않으면 이혼하지 않겠다고 했다고 말해요. 뭐라고 꾸며대도 좋으니 나한테 속았다고 해요. 그런 일 잘하잖아요. 날 형편없는 엄마로 만들고 아이들 만날 기회를 호시탐탐 노리는 척해요. 아무도 모를 거예요."

"사람들이 당신을 어떻게 생각할지는 신경 쓰이지 않나봐?"

"전혀요. 그런 건 당신이나 신경 쓰죠." 그녀가 신경 쓰는 것이라고는 아이들을 데리고 잭슨에게서 최대한 멀리 떨어지는 것뿐이었다. "당신은 원하는 걸 전부 갖게 되겠죠. 그리고 날 막을 방법을 생각하기 전에 알아둬야 할 게 있어요. 혹시라도 내게 무슨 일이 생기면 모든 증거자료는 메러디스에게 전달될 거예요. 만일에 대비해 다른 계획도 세워놓았어요."

잭슨은 그녀가 어떤 사립탐정을 고용했는지, 안전장치를 얼마나 많이 해두었는지 알 수 없었다. 탐정은 자료를 모두 가지고 있었고 대프니에게 무슨 일이 생기면 경찰에 신고하기로 했다. 그녀는 어머니에게도 모든 것을 이야기했고 앰버와 관련된 서류 사본을 주었다.

"친권포기각서 가지고 왔어?"

대프니는 가방을 열어 봉투를 꺼냈다. "당신 변호사에게 검토해 보라고 해요. 변호사가 날인해야 하는 부분도 있으니까. 공증도 받아야 해요. 그리고 당신이 아동가족부에 나를 신고한 일이 모두 꾸며낸 일이라는 내용도 있어요."

"왜 내가 그 서류에 서명해야 하지?"

"그러지 않으면 경찰을 부를 거니까요. 당신이 더 이상 내 삶에 영향력을 행사하도록 놔두지 않을 거예요. 서명해요. 당신이 애들을 찾아내려고 노력하지만 않으면 아무도 모를 테니까."

잭슨은 한숨을 쉬었다. "알겠어. 당신은 당신 인생 찾아. 어쨌든 난 당신이라면 진절머리가 나니까. 당신은 너무 늙고 기운이 없어." 그는 대프니를 아래위로 훑어보았다. "어쨌든 내가 당신 젊음은 가졌군."

그녀는 잭슨의 말에 아랑곳하지 않고 고개를 저었다. "난 당신에게 미안할 지경이에요. 당신이 태어날 때부터 이랬는지 부모가 망쳐놓았는지는 모르겠지만 당신은 정말 비참하기 짝이 없는 개자식이에요. 당신은 절대 행복할 수 없을 거예요. 하지만 당신과 함께한 시간을 후회하지는 않아요. 당신을 만나지 않았다면 내 인생에서 가장 소중한 두 선물을 얻지 못했을 테니까요. 나는 당신과 함께한 그 끔찍한 세월을 아이들과 바꿨어요. 그리고 내게는 아직 사랑하며 살아갈 날이 많아요."

잭슨은 하품을 했다. "다 끝났어?"

"끝나기야 수년 전에 끝났죠." 그녀는 일어났다. "그리고 한 가지 더요. 당신 잠자리에서 정말 최악이었어요."

잭슨은 분노가 폭발하여 의자에서 벌떡 일어나 그녀를 향해 달려갔다.

대프니는 문을 열고 밖으로 나갔다.

"서류는 내일 보내줘요." 그녀는 이렇게 말하고 자리를 떠났다.

71

앰버의 행복은 짧았다. 아기가 태어난 뒤 앰버와 잭슨은 보라보라섬으로 뒤늦은 신혼여행을 떠났다. 잭슨은 그녀가 남편에게 바라는 것을 모두 지니고 있었다. 그녀는 그저 무엇이든 원하는 것을 말하기만 하면 가질 수 있었다. 보모가 밤낮으로 아들을 돌봤고 돈에 구애받지 않고 무제한으로 쇼핑할 수 있었으며 원하던 대로 어디에서나 대접받았다. 앰버는 상점이나 스파에서 모든 사람이 자신에게 굽실대는 것이 좋았고 한껏 예의 없게 굴어도 아무도 뭐라고 하지 않는 상황을 즐겼다. 잭슨 패리시 부인을 감히 무례하게 대하는 사람은 아무도 없었다. 돈을 뿌리고 다닐 때에는 더욱.

앰버는 대프니가 아이들을 데리고 캘리포니아로 이사하는 바람에 그 괴물 같은 꼬맹이들을 볼까봐 걱정할 필요도 없었다. 잭슨은 아이들을 만나러 그곳으로 가겠다고 말했다.

그래서 어느 날 아침 잠에서 깨 침대 옆에 서서 그녀를 물끄러미 바라보는 잭슨을 보고도 무슨 일이 닥칠지 전혀 알지 못했다. 앰버는 눈을 비비며 일어나 앉았다.

"뭐해요?"

잭슨은 그녀를 노려보았다. "당신이 그 게을러빠진 엉덩이를 언제 침대 밖으로 뺄까 궁금해하고 있었지."

앰버는 그가 장난친다고 생각했다.

그래서 웃으면서 대답했다. "내 엉덩이가 그렇게 좋아요?"

"내 취향에는 요즘 좀 살쪘더군. 마지막으로 운동하러 간 게 언제지?"

이제 앰버는 화가 났다. 그녀는 이불을 홱 젖히고 벌떡 일어났다. "대프니에게는 그런 식으로 말했는지 모르겠지만 내게는 안 돼요."

잭슨이 미는 바람에 그녀는 침대에 주저앉았다.

"이게 무슨……"

"입 닥쳐. 난 네 과거를 전부 알고 있어."

앰버의 눈이 휘둥그레졌다. "무슨 말이에요?"

그는 서류철을 침대에 던졌다. "이 이야기야."

앰버의 눈에 처음 들어온 것은 옛날 사진이 실린 신문 복사본이었다. 그녀는 신문을 집어 들고 재빨리 훑어보았다. "이걸 어디에서 났어요?"

"그건 중요한 게 아니야."

"잭슨, 설명할게요. 부탁이에요. 당신이 몰라서 그래요."

"그만. 누구도 날 속일 수 없어. 당신을 고발해야겠어. 감옥으로 보내버릴 거야."

"난 당신 아들의 엄마예요. 그리고 당신을 사랑해요."

"그래? 예전에 그놈을 사랑했듯이?"

"난…… 그런 게 아니라……."

"걱정하지 마. 아무한테도 말 안 할 테니까. 엄마가 감옥에 있으면 내 아들에게도 안 좋겠지." 그는 앰버에게 가까이 가 얼굴을 바싹 들이밀었다. "하지만 이제 넌 내 거야. 그러니 내가 원하는 걸 전부 알려주겠어. 그리고 넌 그대로 해야 해. 무슨 말인지 알아?"

앰버는 고개를 끄덕이며 이제 어떻게 해야 할지 미친 듯이 머리를 굴렸다. 잭슨은 그냥 화가 난 것 같았다. 그럴듯한 이야기만 생각해내면 그는 진정할 테고 모든 것이 예전으로 돌아갈 것이라고 생각했다.

하지만 상황은 나빠졌다. 잭슨은 그녀에게 돈을 빡빡하게 주었고 그녀는 동전 하나 쓸 때마다 영수증을 받아야 했다. 그녀는 이 상황을 어떻게 바꾸어야 할지 계속 고심했다. 잭슨은 그녀에게 옷과 책을 골라주었고 여가생활마저 무엇을 할지 정해주려고 했다. 체육관에도 매일 가야 했다. 잭슨은 대프니가 활동했던 거드름 피우는 사람들이 모인 원예클럽에서 앰버가 자원봉사하기를 원했다. 앰버는 회원들이 자신을 원치 않는다고 느꼈지만 그런 것은 신경 쓰지 않았다. 다만 정원사들이나 하는 일을 배워야 한다는 사실이 불만스러웠다. 게다가 일지도 있었다. 잭슨은 그녀에게 그놈의 망할 다이어트 일지를 적으라고 했고 매일 몸무게도 확인했다. 정말 수치스러웠다. 벼랑 끝으로 내몰린 앰버는 할 테면 해보라는 식이 되었다. 바로 지난주에 있었던 일이다.

"미쳤어요? 매일 뭘 먹는지 당신에게 보고하지 않을 거예요. 그 망할 놈의 일지는 당신이나 써요. 빌어먹을!" 앰버는 일지를 바닥에 던졌다.

잭슨은 얼굴이 시뻘게지더니 벌떡 일어나서 그녀를 죽일 듯이 쳐다보았다. "주워." 그가 이를 악물고 말했다.

"싫어요."

"앰버, 경고야."

"뭘 경고해요? 날 고발하지 않겠다고 이미 말했잖아요. 그러니까 협박은 그만둬요. 난 당신 첫 번째 아내처럼 나약하고 유순하지 않아요."

이 말에 그는 폭발했다. "당신은 대프니 발끝도 못 따라가. 저급한 창녀 같으니라고. 원하는 걸 전부 읽고 공부해봐야 당신은 가난뱅이 백인 쓰레기일 뿐이야."

앰버가 제대로 생각하기도 전에 그녀의 손이 옆 탁자 위의 크리스털 시계를 집어 들어 그에게 던졌다. 시계는 완전히 빗나갔고 바닥에 떨어져 산산조각 났다. 그녀는 살기 어린 눈으로 다가오는 잭슨을 보았다.

"미친년, 감히 날 다치게 하려고 해?" 그는 앰버의 손목을 잡고 그녀가 아파서 비명을 지를 때까지 힘을 주었다.

"잭슨, 날 위협하지 말아요. 당신을 쏠 수도 있어요." 그녀는 속으로는 떨고 있었지만 조금이라도 우위를 점하려면 용감한 척해야 한다는 것을 알았다.

잭슨은 갑자기 손을 놓고 돌아서서 나갔고 앰버는 자신이 이겼다고 생각했다.

그날 저녁 잭슨이 집에 왔을 때 두 사람 모두 아침의 싸움에 대해서는 한마디도 하지 않았다. 앰버는 마르가리타에게 저녁식사로 프랑스 요리 코코뱅을 준비해달라고 했다. 그녀는 구글에서 코코뱅을 검색했고 그에 어울리는 와인과 디저트도 찾아보았다. 격조 있는 사람이 누구인지 잭슨에게 보여주고 싶었다. 그는 일곱 시에 집에 도착했고 곧장 서재로 가서 여덟 시에 앰버가 저녁을 먹자고 부를 때까지 있었다.

"어때요?" 잭슨이 음식을 한 입 먹자 그녀가 물었다.

그는 우습다는 듯 앰버를 보았다. "그걸 왜 물어? 당신이 만들지도 않았으면서."

그녀는 식탁에 냅킨을 던졌다. "내가 메뉴를 골랐어요. 잭슨, 화해하려고 하잖아요. 싸우고 싶지 않다고요. 우리 사이가 예전으로 돌아가는 걸 원하지 않아요?"

잭슨은 와인을 한 모금 마시고 그녀를 보았다. "당신은 날 속여서 대프니를 떠나게 했어. 그리고 내가 당신을 다른 존재로 생각하게 만들었어. 그러니 앰버, 우리는 예전으로 돌아갈 수 없어. 우리 아들만 아니었으면 당신은 감옥에 있을 거야."

그녀는 성인군자 같은 대프니에 대해 듣는 것이 지긋지긋했다. "대프니는 당신을 못 견뎌 했다고요. 당신 때문에 소름이 돋는다고 항상 불평했어요." 대프니는 그런 말을 한 적이 없었지만 어쨌든 잭슨은 대프니 이야기를 하지 않았다.

"당신 입에서 나오는 말을 왜 내가 믿을 거라고 생각하지?"

앰버는 상황을 더 나쁘게 만들었다. "사실이니까요. 하지만 난 당신을 사랑해요. 당신의 믿음을 되찾을 거예요."

두 사람은 말없이 식사를 마쳤다. 식사 뒤 잭슨은 집 안에 있는 사무실로 갔고 앰버는 잭슨 주니어를 보려고 아이 방으로 갔다. 보모 라이트 부인이 흔들의자에 앉아 책을 읽어주고 있었다. 앰버는 잭슨에게 육아를 도울 입주 보모를 고용하자고 했다. 사빈은 떠났다. 앰버는 그 거만한 프랑스 계집이 얼쩡거리는 것이 싫었다. 주말에는 서리가 계속 도와주고 있었다. 버니가 라이트 부인의 신원을 조회해보았는데 자질이 아주 훌륭했다. 게다가 나이도 적당했다. 잭슨이 두 번 쳐다볼 만한 사람은 누구라도 싫었다.

"아이가 잘 안 자나요?" 앰버가 물었다.

"아니에요. 우유를 다 마시고 잠들었어요. 아기가 정말 사랑스러워요."

앰버는 허리를 숙여 아이의 머리에 부드럽게 입 맞췄다. 아기는 정말 예뻤다. 앰버는 아기가 자라 호기심이 생기게 될 날을 고대했다. 이렇게 바보처럼 누워 있기만 하는 것이 아니라 대화할 수 있고 같이 놀 수 있는 날이 오기를 바랐다.

앰버는 침대에 들어가 탁자에 숨겨둔 탐정소설을 꺼냈다. 한 시간쯤 뒤에 잭슨이 오자 그녀는 그가 보기 전에 책을 치웠다. 두 사람이 관계를 가진 지 이 주가 지나자 그녀는 걱정되기 시작했다. 잭슨이 이불 속으로 들어오자 그녀는 손을 뻗어 어루만졌다. 하지만 그는 손을 밀어냈다.

"그럴 기분 아니야."

그녀는 돌아누웠고 그와 다시 화합하려면 어떻게 해야 할지 고민하다가 그대로 잠들었다.

앰버는 갑자기 숨이 쉬어지지 않았다. 공포심에 눈을 뜨자 잭슨이 위에 앉아 손으로 앰버의 코를 막고 있었다. 그녀는 얼굴에서 그의 손을 간신히 떼내고 숨을 헐떡이며 소리쳤다.

"이게 무슨 짓이에요?"

"아, 다행이야. 깼군."

그는 불을 켰다. 총을 들고 있는 그의 모습에 앰버는 눈을 번쩍 떴다. 수개월 전에 대프니의 옷장에서 봤던 그 총이었다.

"잭슨! 왜 이래요?"

그는 앰버의 머리에 총을 겨누었다. "또 한 번 내게 뭘 집어던졌다가는 다시 눈뜨지 못할 줄 알아."

그녀는 잭슨이 그저 겁주는 것이라고 믿고 그의 손을 밀쳤다. "하하."

잭슨은 다른 한 손으로 그녀의 손목을 잡았다. "진지하게 하는 말이야."

앰버는 놀라서 입을 떡 벌렸다. "원하는 게 뭐예요?"

"잘 가, 앰버."

그가 방아쇠를 당기자 앰버는 비명을 질렀다. 딸깍. 아무 일도 일어나지 않았다.

그녀는 축축한 느낌이 들었고 오줌을 쌌다는 것을 깨달았다. 잭슨은 혐오스럽다는 표정이었다.

"나약해 빠졌군. 어린애처럼 침대에 오줌이나 싸고."

잭슨은 침대에서 나가면서도 계속 그녀에게 총을 겨누었다.

"이번에는 위기를 모면했지만 다음번에는 운이 그리 좋지 않을 거야."

"경찰을 부를 거예요."

잭슨은 웃음을 터뜨렸다. "아니, 그렇게는 못 할걸? 그럼 결국 당신이 잡혀 들어갈 테니까. 당신은 도망자 신분이잖아. 잊었어?" 그는 침대를 가리켰다. "일어나서 시트 갈아."

"먼저 씻으면 안 돼요?"

"안 돼."

그녀는 일어나서 흐느끼면서 침대 시트를 벗기기 시작했다. 그러는 내내 잭슨은 한마디도 하지 않고 서서 지켜보았다. 그녀가 시트를 갈자 그가 입을 열었다.

"가서 씻어. 그런 다음 이야기 좀 해." 앰버가 욕실로 가려는 찰나 그가 불러 세웠다.

"아, 한 가지 더." 그는 앰버에게 총을 던졌다. 총은 앰버가 받기 전에 바닥에 떨어졌다. "걱정 마. 총알은 없으니까. 머리글자를 잘 봐."

앰버는 총을 집어 들어 예전에 봤던 'YMB'라는 글자를 보았다. "이게 무슨 뜻인데요?"

잭슨은 미소 지었다. "넌 내 거야, 망할 년(You're mine, bitch)."

앰버는 말 잘 듣는 어린아이처럼 잭슨이 하는 말을 전부 다 듣게 되었다. 그가 체중을 2킬로그램 줄이라고 하면 이미 아기 낳기 전 몸무게를 회복했는데도 따지지 않았다. 잭슨이 그녀를 '멍청이'나 '백인 쓰레기'라고 부를 때에도 말대꾸하지 않았다. 잭슨이 그녀가 뭔가를 어겼다고 생각하면 무엇이든 사과했다. 그는 앰버에게 값비싼 옷과 보석을 퍼부었지만 이제야 그녀는 그 모두가 보여주기 위한 것이라고 깨달았다. 겉보기에 그들은 완벽한 부부였다. 앰버는 사랑받고 사랑하는 아내였고 잭슨은 잘생기고 너그러운 남편이었다.

성관계도 나날이 힘들고 수치스러워졌다. 잭슨은 막 외출하려거나 옷을 입은 앰버에게 구강성교를 요구했고 자기 흔적을 남겨서 나중에 그녀에게 망신을 주었다. 그녀가 무슨 짓을 했기에 이런 상황을 감당해야 할까? 삶은 정말 불공평했다. 앰버는 모두 자신을 쓰레기처럼 보던 끔찍한 동네에서 탈출하려고 열심히 노력했다. 그래서 인근에서 가장 부유하고 뭐든 가장 좋은 것에 둘러싸인 잭슨 패리시 부인이 되었다. 그런데도 그녀는 계속 멸시당했고 쓰레기 취급을 받았다. 그녀는 자신에게 합당한 삶을 원할 뿐이었다. 이 삶이 합당하다고는 생각지 못했다.

72

8개월 뒤

대프니는 뉴욕에 도착해 택시를 타고 창밖을 보며 휴대전화를 꼭 쥐었다. 너무 긴장해서 비행기에서 아무것도 먹지 못했고 여전히 뱃속이 울렁거렸다. 가방을 뒤져보니 박하사탕이 있었다. 그녀는 사탕을 입에 넣었다. 택시가 잭슨의 회사 건물에 가까워지자 심호흡하며 마음을 다잡았다. 오늘이 지나면 코네티컷을 영원히 떠나 그녀가 일궈낸 새 삶을 살 수 있었다.

이혼이 마무리된 뒤 대프니는 아이들을 데리고 어머니의 비앤비로 갔다. 미리 전화하지는 않았다. 사실 어떻게 말을 꺼내야 할지 몰랐다. 도착해서 아이들이 잠들고 나자 그녀는 어머니와 앉아 처음부터 끝까지 모든 것을 쏟아냈다.

어머니는 마음 아파했다. "불쌍한 내 딸. 왜 나한테 말 안 했어? 여기로 왔어야지."

대프니는 한숨을 쉬었다. "그러려고 했어요. 탈룰라가 아기였을 때 집을 나왔어요. 하지만 그 일로 잭슨은 저를 범죄자로 만들었고 제게 불리한 증거를 모두 모았어요. 할 수 있는 일이 없었어요." 대프니는 어머니의 손을 잡았다. "엄마가 할 수 있는 일도 없었어요."

어머니는 눈물을 흘렸다. "내가 알았어야 했는데. 넌 내 딸인데. 내가 그놈을 제대로 봤어야 했는데. 네가 변했다는 그놈 말을 곧이곧대로 믿는 게 아니었는데."

"아니에요, 엄마. 엄마는 알 수 없었어요. 그러니 제발 자책하지 마세요. 중요한 건 이제 제가 자유롭다는 거예요. 이제 엄마와 함께 있을 수 있어요."

"네 아빠는 그놈을 좋아하지 않았어." 어머니가 조용히 말했다.

"뭐라고요?"

"난 네 아빠가 널 과잉보호한다고 생각했지. 너도 알잖니. 아빠들이란 딸이 자라기를 원치 않는 법이지. 네 아빠는 그놈이 겉만 번드르르하고 노련하다고 생각했어. 그 말을 들었어야 했는데."

"그래도 제가 듣지 않았을 거예요. 그런 말을 들었다면 잭슨과의 관계가 더 단단해지기만 했을 거예요." 대프니는 어머니의 어깨를 감쌌다. "그이가 너무 보고 싶구나. 정말 훌륭한 아버지였어."

두 사람은 밤새 지난 이야기를 했다. 다음 날 어머니는 대프니를 깜짝 놀라게 할 결심을 밝혔다.

"베리에게 비앤비를 팔고 너와 캘리포니아로 가면 어떻겠니?"

"너무 좋아요! 진심이세요?"

어머니는 고개를 끄덕였다. "난 이미 많은 걸 놓쳤어. 더는 놓치고 싶지 않구나."

아이들은 할머니와 함께 산다는 사실에 흥분했다.

서던 캘리포니아는 그들 모두에게 좋았다. 햇살이 계속 내리쬐었고 주변 사람들의 행복한 기운도 이롭게 작용했다. 물론 아이들은 여전히 아버지를 그리워했지만 하루하루 지날수록 조금씩 견디기 수월해졌다. 아이들은 부모의 이혼이 앰버 때문이라고 생각했고 대프니는 그렇게 생각하도록 놔두었다. 아이들이 더 자라면 진실을 알릴 생각이었다. 그러는 동안 아이들은 유능한 심리치료사와 아이들이 가득한 이웃, 장난감을 자꾸 훔쳐간다는 이유로 밴디트(노상강도)씨라고 이름 붙인 래브라도레트리버의 도움으로 치유되고 있었다.

이들은 산타크루스 해변에서 2킬로미터 정도 떨어진 방 네 개짜리 예쁜 집을 발견했다. 처음에 대프니는 아이들이 해변의 저택에서 살다가 매력적이지만 아담한 180여 제곱미터 넓이의 집에 살게 되어 힘들어하지 않을까 걱정했다. 위자료로 더 큰 집을 살 수도 있었지만 그녀는 더 이상 그렇게 살지 않기로 했다. 어머니는 베리에게 비앤비를 넘겼고 집을 사는 데 돈을 보태고 싶다고 고집했다. 대프니는 위자료를 아이들 앞으로 신탁했다. 이자만으로도 가족들이 살아가기에는 충분했다. 더글러스가 줄리스 스마일을 지휘하게 될 테고 대프니는 이사진으로 참여할 생각이었다. 물론 다시 일할 계획이었지만 아직은 아니었다. 지금은 치유를 위한 시간이었다.

그녀는 아이들에게 집을 보여주고 숨죽인 채 그들 반응을 기다렸다. 아이들은 자기 방을 확인하려고 곧장 2층으로 뛰어 올라갔다.

"엄마, 이 방 내가 써도 돼요? 분홍색 벽이 마음에 들어요!" 방을 보고 난 뒤에 벨라가 물었다.

대프니는 탈룰라를 보았다. "저도 좋아요. 저는 붙박이 책장이 있는 방이 마음에 들거든요." 탈룰라가 말했다.

"그럼 됐네." 대프니는 미소 지었다. "다들 마음에 들어?" 아이들은 고개를 끄덕였다.

"엄마, 여기는 엄마 방이에요?" 벨라는 대프니의 손을 잡아끌고 안방으로 갔다.

"그래, 여기는 엄마 방이 될 거야. 그리고 3층은 할머니가 혼자 쓰실 거고."

"신난다! 엄마가 우리랑 가까운 데에 있어요."

"그게 그렇게 좋아?" 대프니가 물었다.

벨라는 고개를 끄덕였다. "큰 집에서는 엄마랑 아빠가 너무 멀리 있어서 무서웠어요. 여긴 너무 좋아요."

대프니는 벨라를 끌어안았다. "그래, 그렇구나." 대프니는 다시는 침실 문을 잠그지 않아도 되어서 감사했다.

냉장고는 그들이 좋아하는 음식으로 채웠다. 냉동실에 아이스크림이 있었고 식료품 저장실에는 사탕도 있었다. 대프니는 코네티컷에 체중계를 버리고 왔고 그 어느 때보다 더 건강하고 아름다운 기분이었다. 가끔 습관적으로 다이어트 일지에 손이 갔지만 그때마다 더는 이런 것을 적을 필요가 없다고 떠올렸다. 그녀는 두 번 다시 누구에게도 조종당하지 않겠다고 다짐하려고 일지를 가져왔다. 5킬로그램을 찌운 몸무게가 그대로 유지되어서 기뻤다. 덕분에 더 여성미 넘치고 맵시 있는 몸매가 되었기 때문이다. 거실로 들어가니

스펀지밥의 시끄러운 웃음소리가 들렸고 우스꽝스러운 장면을 즐기는 딸들을 보자 기쁨이 넘쳤다. 대프니는 앙갚음당할 걱정 없이 뭐든 자유롭게 결정하는 일이 즐거웠다. 오랜 세월 동안 참았던 안도의 한숨을 내쉬는 기분이었다.

학기는 삼 주 뒤에 끝난다. 그들은 모두 조개껍데기를 모으고 서핑을 배우며 여름방학을 느긋하게 보내기를 고대하고 있었다. 대프니는 이곳에서의 단순한 삶이 좋았다. 일정이 빡빡하고 규율이 엄격한 나날은 더 이상 없었다. 전학 첫날 아이들을 학교에 태워다주자 벨라가 놀란 얼굴로 그녀를 보았다.

"이제 보모가 안 데려다줘요?"

"그래, 이제 엄마가 데려다줄 거야."

"하지만 엄마는 체육관에 가야 하잖아요?"

"체육관에 갈 이유가 뭐가 있겠니? 자전거를 타고 해변으로 가도 되고 산책해도 되는데. 할 게 아주 많아. 이곳이 너무 예뻐서 집 안에만 있을 수가 없구나."

"그러다가 뚱뚱해지면요?"

그 말이 비수처럼 가슴에 꽂혔다. 잭슨 때문에 마음에 박힌 것들은 그녀의 바람처럼 쉽게 씻겨나가지 않았다.

"이제는 건강하기만 하면 뚱뚱하든 날씬하든 걱정하지 않아도 돼. 하나님은 우리 몸을 정말 똑똑하게 만드셨기 때문에 좋은 음식을 먹고 재미있게 운동하면 다 괜찮아."

아이들이 그녀를 다소 미심쩍은 눈빛으로 보았지만 대프니는 시간을 두고 노력할 생각이었다.

어머니는 지난주 도착해 대프니만큼이나 집과 동네에 넋을 잃었다. 어머니가 삶으로 돌아와서 대프니는 정말 기분이 좋았다.

택시가 멈춰 서자 대프니는 택시비를 냈다. 회사 건물에 들어서자 익숙한 두려움에 휩싸였다. 그녀는 어깨를 활짝 펴고 천천히 숨을 쉬며 이제는 두려워할 것이 없다고 되뇌었다. 그녀는 더 이상 잭슨 소유가 아니었다. 문자메시지를 보내고 기다리자 오 분 뒤에 잭슨의 비서 더글러스가 엘리베이터를 타고 내려와 다가왔다. 그는 대프니와 포옹했다.

"와주셔서 기뻐요. 방금 그들에게 전화를 받았는데 곧 도착한다고 합니다."

"잭슨이 눈치챘나요?"

더글러스는 고개를 저었다.

"상황이 얼마나 안 좋아요?"

"형편없어요. 몇 개월째 그들에게 장부를 보내고 있어요. 계좌번호 일부는 이 주 전에야 보낼 수 있었고요. 분명 그 덕분에 혐의를 확신했을 겁니다."

"올라갈까요?" 대프니가 물었다.

"네, 제가 출입증으로 문 열어드릴게요." 그는 돌아서서 대프니 뒤쪽을 보았다. "그들이 왔어요." 그가 속삭였다.

반짝이는 파란색 압수수색용 재킷을 입은 남자 네 명이 건물로 들어왔다. 재킷 왼쪽 가슴에는 금색으로 'FBI'라고 새겨져 있었다. 그들은 보안창구로 가더니 신분증을 내밀었다.

"어서 가요. 저들이 도착하기 전에 위층에 가야 해요" 더글러스가 말했다.

엘리베이터가 올라가자 대프니는 손목에서 맥박이 고동치는 듯했고 손가락 끝이 얼얼한 느낌이었다. 얼굴이 뜨거워지더니 갑자기 메스꺼움이 밀려왔다.

"괜찮으세요?" 더글러스가 물었다.

그녀는 침을 꿀꺽 삼키고 배에 손을 얹은 다음 고개를 끄덕였다. "괜찮아요. 잠깐 토할 것 같았을 뿐이에요." 그녀는 애써 미소 지었다. "걱정 말아요. 난 괜찮으니까."

"정말요? 아시겠지만 이 자리에 꼭 계실 필요 없어요."

"농담 말아요. 무슨 일이 있어도 이 순간을 놓치지 않을 거예요."

엘리베이터 문이 열리자 대프니는 더글러스를 따라 몇몇 사무실을 지나 잭슨의 사무실 바로 앞에 있는 그의 사무실로 갔다.

그녀는 잠시 생각한 뒤에 재빨리 더글러스를 보았다. "곧 올게요."

"어디 가시게요?"

"그들이 들이닥치기 전에 잭슨에게 할 말이 있어요."

"서두르셔야 해요."

대프니는 굳이 노크하지 않고 잭슨의 사무실 문을 벌컥 열었다. 그는 잠시 어리둥절해하더니 놀란 표정으로 그녀를 보았다. 그는 의자에서 일어났다. 흠잡을 데 없는 정장 차림의 잭슨이 화난 얼굴로 노려보았다.

"여기에서 뭐 하는 거지?"

"곧 멀리 떠날 텐데 작은 이별 선물을 주려고요." 대프니는 다정하게 대답하고는 핸드백에서 작은 꾸러미를 꺼냈다.

"도대체 무슨 소리지? 내던지기 전에 당장 내 회사에서 나가." 잭슨은 책상 위의 전화기를 집어 들었다.

"잭슨, 내가 뭘 가져왔는지 보고 싶지 않아요? 당신을 위해서 준비했는데.”

“대프니, 무슨 수작인지는 모르지만 관심 없어. 당신은 날 지루하게 해. 언제나 그랬지. 당장 나가.”

“그거 알아요? 당신 인생은 이제 곧 정말 재미있어질 거예요. 더 이상 지루하지 않을 거라고요.” 그녀는 꾸러미를 책상에 던졌다. “자, 받아요. 멀리 떠나 있는 동안 즐겨요.”

그녀는 문을 열었고 로비에서 본 남자들이 사무실로 오는 것을 보자 숨을 죽였다. 그들의 웃음기 없는 얼굴은 불길한 조짐을 풍겼다.

더글러스가 제복 입은 네 사람을 잭슨의 사무실로 안내해오자 잭슨과 대프니는 그들을 보았다.

그들 중 한 사람이 신분증을 내밀자 대프니는 한 발 비켜섰다. “잭슨 패리시 씨이십니까?”

잭슨은 고개를 끄덕였다. “그렇습니다.”

“FBI입니다.” 나이가 더 많아 보이는 요원이 이렇게 말했고 나머지 셋은 잭슨을 둘러쌌다.

“이게 도대체 무슨 일입니까?” 언성을 높이는 잭슨의 목소리가 갈라졌다. 회사는 쥐 죽은 듯 조용했다. 모두 소란의 현장을 보려고 의자를 돌려 앉았고 사람들 눈이 온통 잭슨에게 쏠렸다.

“선생님, 구속영장을 가지고 왔습니다.”

“이건 무슨 헛소립니까? 무슨 일로 영장이 발부됐죠?” 잭슨은 평소 목소리로 물었다.

“인터넷뱅킹과 텔레뱅킹을 이용한 금융사기, 돈세탁, 탈세 혐의입니다. 그리고 분명히 말하지만 이건 헛소리가 아닙니다.”

“당장 여기에서 나가! 난 아무 짓도 안 했어. 내가 누군지 알아?”

"잘 알고 있습니다. 순순히 돌아서서 손을 뒤로 하십시오." 요원은 이렇게 말하며 잭슨을 강하게 돌려세워 벽에 밀어붙였다.

그는 뺨을 벽에 댄 채 식식거렸다. "너지? 네가 한 짓이지!"

대프니는 미소 지었다. "사법제도가 잘 돌아가고 있는지 확인하고 싶었어요. 전부 당신에게서 배운 거예요. 당신이 그랬잖아요. 항상 생각을 발전시켜야 한다고요."

잭슨은 그녀를 향해 돌진하려 했지만 요원들이 그를 제지하고 수갑을 채웠다. "망할 년! 시간이 얼마나 걸리든 똑같이 복수할 거야!" 그는 자신을 붙들고 있는 요원에게서 빠져나오려고 몸부림쳤다. "언젠가는 오늘을 후회하게 될 거야."

잭슨 뒤에 서 있던 덩치 큰 요원이 수갑의 쇠줄을 아래로 당기자 어느새 잭슨은 바닥에 무릎을 꿇고 아파서 인상을 찡그렸다.

대프니는 고개를 저었다. "후회 안 해요. 그리고 당신은 더 이상 날 다치게 할 수 없어요. 다른 사람이 아니라 당신 자신을 원망해요. 그렇게 욕심 부려서 해외계좌를 개설하지 않았더라면, 또 적법하게 세금을 냈다면 이런 일은 일어나지 않았을 테니까요. 내가 한 일이라고는 당신을 신고할 만큼 진실한 사람을 새로운 비서로 앉힌 것뿐이에요."

"무슨 말이지?"

더글러스가 들어와 대프니 옆에 섰다. "제 여동생은 낭포성 섬유증을 앓고 있죠. 대프니의 재단이 그 아이 생명을 살렸어요." 그는 한 요원을 보며 고개를 끄덕였다.

"실례지만 부인…… 그리고 선생님, 두 분이 잠시 물러서주셔야겠습니다." 요원은 몰래 윙크하며 쓴웃음을 지었다. "갑시다, 패리시 씨.” 그는 무릎 꿇고 있던 잭슨을 일으켜 엘리베이터가 있는 쪽으로 향했다.

“잠깐.” 대프니가 말했다. “잭슨, 선물 가져가야죠.”

그녀는 책상에서 꾸러미를 집어 그의 주머니에 넣으려 했다.

“죄송합니다, 부인. 무엇인지 확인해야 합니다.” 키 큰 남자가 손을 뻗어 그것을 잡았다.

대프니는 그에게서 꾸러미를 받아 포장을 풀고 달러 스토어에서 산 싸구려 플라스틱 거북을 들어 보였다. “자, 이거예요.” 그녀는 잭슨의 눈앞에서 거북을 흔들었다. “날 괴롭게 했던 거죠. 하지만 당신처럼 이제 이것도 내게 아무런 영향력을 발휘하지 못해요.”

73

대프니는 들러야 할 곳이 한 군데 더 있었다. 그녀는 택시에서 내려 기사에게 기다려달라고 말했다. 살던 집 초인종을 누르는 기분은 여전히 이상했다. 문을 연 마르가리타는 놀라서 손을 올렸다.

"부인! 이렇게 뵈니 정말 좋군요."

대프니는 그녀를 안았다. "나도 그래요, 마르가리타." 대프니는 목소리를 낮춰 말했다. "앰버가 당신에게 잘해주고 있었으면 해요."

마르가리타는 얼굴에서 감정을 숨기고 불안한 듯 주위를 둘러보았다. "패리시 씨를 만나러 오셨어요?"

대프니는 고개를 저었다. "아니요, 앰버를 만나러 왔어요."

마르가리타는 눈썹을 추켜올렸다. "잠시만 기다리세요."

"여기에는 어쩐 일이에요?" 앰버가 나타났다. 그녀는 몹시 마르고 창백했다.

“할 이야기가 있어요.”

앰버는 대프니를 미심쩍게 바라보았다. “무슨 이야기요?”

“일단 들어가요. 일하는 사람들에게 이야기가 들리는 건 원치 않을 테니까요.”

“이제 이 집은 내 집이에요. 들어오라는 말은 내가 할 거예요.” 앰버는 입술을 비쭉 내밀더니 초조한 듯 주위를 둘러보았다. “좋아요, 따라와요.”

대프니는 그녀를 따라 거실로 가서 벽난로 앞에 앉았다. 가족사진이 걸려 있던 자리에는 결혼식 날 찍은 앰버와 잭슨의 거대한 사진이 걸려 있었다. 당시 앰버는 임신 중이었고 배가 눈에 띄게 불러 있었지만 배가 부르지 않고 호리호리하게 사진을 손보았다.

앰버는 대프니를 조심스레 바라보며 물었다. “무슨 일이에요?”

“내 아이들을 다시는 괴롭히지 말아요.”

앰버는 눈을 굴렸다. “난 그저 남동생 세례식에 초대한 것뿐인데요. 고작 그걸 불평하려고 캘리포니아에서 여기까지 비행기를 타고 온 거예요?”

앰버의 비웃음을 무시한 채 대프니는 그녀를 향해 몸을 기울였다. “잘 들어, 이 요망한 년아. 앞으로 애들한테 엽서 한 장이라도 보냈다가는 머리가 날아갈 줄 알아. 알아들어, 라나?”

앰버는 의자에서 벌떡 일어나 대프니에게 다가갔다. “날 뭐라고 불렀죠?”

“들었잖아요…… 라나. 라나 크럼프.” 대프니는 콧잔등을 찡그렸다. “좀 재수 없는 성이군요. 그 성을 안 쓰는 것도 당연해요.”

앰버는 얼굴이 빨개지고 호흡이 가빠졌다. "그걸 어떻게 알았어요?"

"메러디스가 당신과 날을 세우고 나서 난 사립탐정을 고용했어요. 그리고 모두 알게 되었죠."

"하지만 그때 당신은 내 친구였잖아요. 날 믿었잖아요. 이해할 수가 없군요."

"내가 정말 그렇게 멍청하다고 생각해요? 당신이 무슨 일을 꾸미는지도 모를 정도로? 이러지 말아요." 대프니는 고개를 저었다. "'오, 앰버, 잭슨이 바람피우는 게 아닌지 정말 걱정돼요. 난 그에게 아들을 낳아줄 수 없어요.' 당신은 이 말을 곧이곧대로 듣고 내가 바라는 일을 모두 했어요. 심지어 내가 '알레르기'가 있다고 한 향수까지 샀죠." 그녀는 '알레르기'라는 말을 할 때 손으로 강조 표시를 했다. "그리고 당신이 아들을 임신하자 난 당신이 잭슨을 차지하게 되리라고 생각했어요. 지금은 어때요, 라나? 그가 아직 본색을 드러내지 않았나요?"

앰버는 그녀를 노려보았다. "나한테만 그런 줄 알았어요. 잭슨이 나에 대해 알게 된 사실 때문에 그런 줄 알았어요. 그 사람은 내게 백인 쓰레기라고 했어요." 앰버는 증오에 가득 찬 눈빛으로 대프니를 보았다. "잭슨에게 서류철을 준 사람이 당신이에요?"

대프니는 고개를 끄덕였다. "매튜 록우드라는 불쌍한 남자가 결혼할 수 없다고 하자 당신이 그에게 성폭행 혐의를 뒤집어씌운 사실도 다 확인했어요. 저지르지도 않은 죄 때문에 그가 이 년이나 감옥살이를 하게 만든 일 말이에요."

"그 개자식은 그래야 마땅했어요. 그놈은 돈 많은 여자친구가 멀리 가 있는 동안 나를 더러운 비밀처럼 숨겨두고 여름 내내 나와 잤어요. 그리고 그놈 어머니는…… 그 여자가 손주를 원했을 거라고 생각하겠죠? 하지만 내가 임신하자 그 여자는 내게 중절수술을 해야 한다고 했어요. 내가 만든 아이는 쓰레기라고 하면서요. 그렇게 귀한 그녀의 아들이 경찰에 잡혀가는 동안 난 웃었어요. 록우드라는 이름이 추문으로 더럽혀지는 모습을 보니 좋았죠. 그들은 자기들이 고귀한 상류층이라고 생각했어요."

"아직도 원한이 남았어요? 당신 때문에 그 남자는 감옥에 갔고 그곳에서 구타당해 여생을 휠체어에서 보내게 되었는데도?"

앰버는 일어나서 서성대기 시작했다. "그래서 어쩌라고요? 감옥에서 제 한 몸 건사하지 못할 정도로 약골이라서 그런 거지 내 잘못이 아니에요. 그 남자는 응석받이 마마보이일 뿐이에요." 그녀는 어깨를 으쓱했다. "게다가 그에게는 돈이 있다고요. 보살핌을 잘 받겠죠. 멍청하게 웃기나 하던 여자친구와 결혼도 했고요."

"그럼 당신 아들은요?"

"잭슨 주니어가 왜요?"

"아니, 다른 아들이요. 어떻게 그 아이를 버릴 수 있었죠?"

"그럼 내가 어떻게 했어야 하는데요? 엄마는 내 일기장을 보고 경찰서로 갔어요. 확신하는데 경찰에서는 유죄를 판결받게 하는 데 노력할 만한 배심원을 찾아냈고 그 사람은 내게 불리하게 증언하기로 했어요. 경찰은 나를 체포했죠. 자기 딸을 신고하는 엄마가 어디에 있어요? 엄마는 매튜에게 미안하다고 했어요. 그 버릇없는 응석받이가 동정받을 자격이 있다는 듯이요. 나는 보석금을 내고 나와서 도망쳐야 했어요. 매튜에게 받아 마땅한 것을 줬다는 이유만으로 감옥에 갈 수는 없었으니까요." 앰버는 숨을 깊이 들이마셨다. "하지만 내 아들은 되찾고 싶어요. 매튜와 그의 뚱뚱한 암소 같은 아내를 벌하고 싶어요. 그 여자는 자기가 친엄마인 것처럼 내 아들을 기르고 있어요. 그 아이는 내 아들이에요. 그 여자 아들이 아니라고요. 이건 불공평해요."

"불공평하다고요?" 대프니는 웃음을 터뜨렸다. "그 남자는 당신이 없어야 더 잘 살겠군요. 자, 말해봐요. 앰버 패터슨은 누구죠? 그 사람이 실종된 데도 관여했나요?"

앰버는 또다시 눈을 굴렸다. "그건 아니에요. 난 미주리에서 화물차 운전사의 차를 얻어 타고 마을을 빠져나가 네브래스카로 갔어요. 그곳에서 웨이트리스로 일했는데 단골손님 중에 기록실에서 일하는 남자가 있었어요. 그 사람이 신분증을 줬어요."

"앰버 패터슨의 여권은 어떻게 손에 넣었어요?"

앰버는 미소 지었다. "작은 마을이 어떤지 알잖아요. 얼마 뒤 속임수를 써서 그 여자의 불쌍한 어머니를 만났어요. 동네 식료품 가게에서 일하고 있었죠. 몇 달 걸리기는 했지만 그 여자가 나를 보면 실종된 딸이 떠올랐나봐요. 그녀의 딸과 머리를 똑같이 하고 딸의 친구들에게 접근해 딸과 똑같은 것을 좋아하는 척하는 게 도움이 됐죠. 앰버 어머니는 일주일에 한 번씩 내게 저녁을 만들어줬어요. 요리는 정말 형편없었지만요. 그러다가 앰버가 학업 때문에 프랑스에 가기로 되어 있었다는 걸 알게 됐어요. 멍청한 시골뜨기가 여권을 발급받는 이유는 그런 것뿐이죠. 그래서 여권을 훔쳤어요." 앰버는 어깨를 으쓱했다. "근사한 사파이어 반지가 있길래 그것도 가졌고요. 어쨌든 앰버에게는 필요 없었으니까요."

대프니는 고개를 저었다. "당신 정말이지 바닥이군요."

"당신은 절대 이해 못 해요. 찢어지게 가난하게 자라 온갖 멸시를 받으며 살았어요. 뭔가를 원하면 스스로 손에 넣어야 한다는 사실을 일찍 깨우쳤죠. 원하는 걸 손에 쥐여주는 사람은 없어요."

"그래서 지금은 원하는 걸 가졌나요?"

"처음에는 그랬죠. 잭슨이 내 과거를 알기 전까지는요." 앰버는 조금 전까지 부리던 허세가 시들해졌다. 그녀는 자세를 바로 하고 대프니를 보았다. "당신이 그 서류만 안 줬어도 난 그를 떠나서 양육비와 위자료를 받을 수 있었겠죠. 하지만 이제 그렇게 했다가는 그가 나를 신고할 거예요." 앰버는 갑자기 태도를 바꾸었다. 대프니의 눈에도 변화가 보일 정도였다. "대프니, 그가 어떤 사람인지 알잖아요. 우리 둘 다 희생자예요. 그러니 날 도와줘야 해요. 당신은 빠져나갈 방법을 찾아냈잖아요. 내가 이용할 방법이 분명 있을 거예요. 그렇죠?" 그녀는 예전의 앰버로 돌아왔다. 대프니가 친구라고 믿었던 그 사람으로. 앰버는 자아도취가 너무 심한 나머지 아직도 대프니를 조종할 수 있다고 믿었다.

대프니는 그녀를 보았다. "하나만 솔직하게 말해줘요. 날 친구로 생각한 적 있어요?"

앰버는 그녀의 손을 잡았다. "물론이에요. 난 당신 친구였어요. 당신을 좋아했고요. 유혹이 너무 컸어요. 내겐 아무것도 없었고 당신은 전부 가지고 있었죠. 부디 날 용서해요. 내가 잘못했다는 거 알아요. 미안해요. 우리 아이들이 서로 연결돼 있잖아요. 이제 우린 자매나 마찬가지예요. 대프니, 당신은 좋은 사람이잖아요. 제발 날 도와줘요."

"내가 도와주면 그다음에는 어떻게 되는데요? 당신은 잭슨을 떠나고 우리는 다시 친구가 된다는 말인가요?"

"맞아요. 다시 친구가 되는 거예요. 줄리와 샤를린을 위해서." 앰버가 이 말을 내뱉자마자 대프니는 자신이 실수할 뻔했다는 사실을 깨달았다.

"그래요. 존재한 적도 없는 샤를린을 위해서." 대프니는 벌떡 일어났다. "앰버, 침대에서 즐겁기를 바라요. 거기에서 많은 시간을 보내게 될 테니까. 잭슨은 욕구가 강한 사람이잖아요."

앰버는 대프니를 노려보았다. "진실을 알고 싶어요? 난 당신을 친구로 생각한 적이 한 번도 없어요. 당신은 돈과 권력을 모두 틀어쥐고 있었고 내게는 부스러기만 줬어요. 가진 것에 고마워하지도 않았고요. 잭슨이 당신에게 쓰는 많은 돈과 당신의 건방진 아이들에게도요. 정말 가당찮은 일이죠. 그동안 나는 잭슨의 사무실에서 개처럼 일했다고요." 앰버의 눈빛은 차가웠다. "난 해야 할 일을 했을 뿐이에요. 당신의 우울한 이야기를 듣는 건 정말 지루했어요. '그 애는 죽었다고요! 아무도 줄리에게 신경 쓰지 않아요. 이십 년 동안 땅 속에서 썩었어요. 그만 잊어요!' 이렇게 외치고 싶었죠."

대프니는 앰버의 손목을 세게 쥐었다. "다시는 내 동생 이름을 입에 올리지 마. 알아들어? 넌 이런 일을 당해도 싸." 대프니는 손을 놓았다. "주위를 잘 살펴봐둬요. 부유하게 산다는 게 어떤 것인지 마음에 잘 새겨두라고요. 이제 다 끝났으니까."

"무슨 말이에요?"

"잭슨의 사무실에서 오는 길이에요. FBI가 그에게 수갑을 채워서 사무실에서 데리고 나갔어요. 해외계좌를 알아낸 것 같더라고요. 딱해라. 세금도 내지 않은 모양이던데. 장담하는데 모든 정황을 고려해볼 때 운이 좋으면 둘이서 당신이 예전에 살던 아파트 정도에는 살 수 있을 거예요. 잭슨이 감옥에 가지 않는다면 말이에요. 하지만 그 사람이 어떤지 알잖아요. 어떻게든 빠져나올 방법을 찾겠죠. 물론 재산은 모두 처분해야겠지만. 그가 새로운 사업을 시작하도록 당신이 도울 수 있을지도 모르겠군요."

"거짓말이야." 앰버의 목소리는 날카로웠다.

대프니는 고개를 저었다. "당신이 사무실에서 재미 볼 일이 없어야 한다면서 잭슨에게 채용하라고 부추긴 남자 비서 알죠? 더글러스 말이에요. 그 사람은 내 오랜 친구예요. 그 사람 여동생은 정말로 낭포성 섬유증을 앓고 있죠. 줄리스 스마일이 그의 가족에게 도움을 많이 줬어요. 그가 잭슨을 감시했고 결국 연방수사국에 신고하는데 필요한 계좌번호를 알아냈어요. 주위를 잘 둘러봐요. 이런 걸 오래 누리지 못할 테니." 대프니는 가려다가 멈추고 앰버를 돌아보았다. "그래도 당신에게는 잭슨이 있잖아요."

대프니는 그 집에서 나왔다. 이제 정말 마지막이었다. 택시 운전사가 차를 움직이자 그녀는 시야에서 멀어지는 집을 바라보았다. 처음 봤을 때와 너무도 다른 모습이었다. 그녀는 뒤로 기대앉으며 지나가는 길의 웅장한 집들을 마지막으로 바라보았다. 저들에게는 어떤 비밀이 있을지 궁금했다. 집과 멀어질수록 마음이 더 가벼워졌고 비숍 하버의 말끔한 경계를 벗어나자 감옥에 사는 동안 껴안고 살았던 고통과 수치심을 떨치게 되었다. 이제 새로운 삶이 기다리고 있었다. 한밤중에 그녀를 공포에 떨게 하는 사람도 없고 자신이 아닌 모습으로 살아가도록 강요하는 사람도 없는 삶이었다. 아이들은 사랑받으며 안전하게 자라 자유롭게 원하는 사람이 되고 하고 싶은 일을 할 수 있는 삶이었다.

그녀는 하늘을 바라보며 사랑하는 줄리가 위에서 지켜본다고 상상했다. 그리고 가방에서 펜과 작은 수첩을 꺼내 편지를 쓰기 시작했다.

사랑하는 줄리에게

네가 아직 이곳에 있었다면 내가 다른 길을 선택했을까 하고 자주 생각해. 네가 있었다면 엄청난 실수를 저지르지 않도록 막을 수 있었을 텐데. 네가 있었다면 많은 사람을 살리고 싶다는 마음 때문에 내 눈이 흐려지도록 놔두지 않았겠지. 널 살릴 수 있었다면 얼마나 좋았을까? 그랬다면 나도 살아보려고 더 열심히 노력했을지도 몰라.

네게 속을 털어놓을 수 있었고 무슨 일이 있어도 한 사람만은 내 편이던 그 시절이, 너와 삶을 함께했던 그때가 얼마나 그리운지 몰라. 그때와 똑같은 위로를 다른 사람에게서 받을 수 있다고 생각했던 내가 얼마나 어리석었는지.

널 잃고서 어딜 가든 널 찾았던 것 같아. 하지만 이제 알겠어. 난 널 잃은 게 아니라는 걸. 넌 아직도 여기에 있어. 벨라의 반짝이는 눈 속에, 탈룰라의 따뜻한 마음속에. 넌 아이들과 내 안에 살아 있어. 우리가 다시 만날 그날까지 함께했던 소중한 기억을 단단히 움켜쥐고 있을게. 네가 나를 지켜보고 있다는 기분이 들어. 해변에서 네 조카들과 함께 즐겁게 뛰놀 때 느껴지는 따스한 햇살, 저녁에 뺨을 간질이는 시원한 바람, 어수선한 집안에 깃든 평화로움 속에서 너를 느껴. 널 정말 간절히 되찾고 싶지만 네가 병으로 괴로워하지 않는 곳에서 마침내 영원한 안식을 찾았다고 굳게 믿어.

셰익스피어 연극을 처음으로 같이 봤던 때 기억나? 그때 넌 겨우 열네 살이었고 난 열여섯 살이었지. 우리 둘 다 자기를 원하지도 않는 남자를 좋아하는 헬레나를 바보라고 생각했어. 문득 내게 헬레나와 반대의 상황이 벌어졌다는 생각이 드는구나.

소중한 내 동생 줄리, 이제 1막이 끝나고 새로운 막이 열렸어.

사랑해.

대프니는 수첩을 가방에 넣고 의자에 기댔다. 그녀는 미소 지은 채 위를 보며 줄리와 오래전 함께 본 연극에 나온 셰익스피어의 잘 알려진 대사를 읊조렸다.

"이제 연극은 끝났고 왕은 거지가 되었네. 모두 좋게 끝난 셈이니……."

옮긴이 박지선

동국대학교 영어영문학과를 졸업하고 (주)대교에서 수년간 일하다가 번역에 뜻을 품고 성균관대학교 번역대학원에서 번역을 공부했다. 번역학과 석사학위를 취득하고 현재 출판번역에이전시 베네트랜스에서 전문 번역가로 활동하고 있으며《나는 어떻게 너를 잃었는가》《하렘의 꽃》《반지의 기적》《사막에서의 하룻밤》《가려진 이름》《열대의 밤》외 많은 책을 우리말로 옮겼다.

마지막 패리시 부인

1판 1쇄 발행 2017년 11월 30일
1판 7쇄 발행 2018년 12월 21일

지은이 리브 콘스탄틴
옮긴이 박지선
발행인 오영진 김진갑
발행처 나무의철학

기획편집 임나리 이다희 김율리 함초롬
디자인총괄 안윤민
마케팅 박시현 신하은 박준서
경영지원 이혜선

출판등록 2006년 1월 11일 제313-2006-15호
주소 서울시 마포구 월드컵북로5가길 12 서교빌딩 2층
전화 02-332-3310 팩스 02-332-7741
블로그 blog.naver.com/midnightbookstore
페이스북 www.facebook.com/tornadobook

ISBN 979-11-5851-082-4 03840

나무의철학은 토네이도미디어그룹(주)의 자회사입니다.

이 도서의 국립중앙도서관 출판예정도서목록(CIP)은 서지정보유통지원시스템 홈페이지(http://seoji.nl.go.kr)와 국가자료공동목록시스템(http://www.nl.go.kr/kolisnet)에서 이용하실 수 있습니다.
(CIP제어번호: CIP2017027320)